Ariadne Krimis: Inwiefern anders?

Ariadnes Spezialität ist spannender Lesestoff mit literarischem *und* aufrührerischem Anspruch. Für uns muss ein *guter* Krimi folgende Kriterien erfüllen: Der Suspense muss auf mehreren Ebenen stattfinden. Also nicht nur: wer hat gekillt bzw. wird er oder sie überführt?, sondern zusätzliche Rätsel, Fragen, Unklarheiten, Gefahren, Ängste und Nöte. Der Erzählkosmos darf keine heile Welt sein, die nur durch ein einsames Verbrechen gestört und mit der Lösung des Falls wieder blitzsauber wird – vielmehr zieht ein guter Krimi seine Spannung auch aus den Lücken, Grauzonen und Fehlern herrschender Moral und Rechtsvorstellung. Gerade hier sehen wir die Herausforderung einer zeitgemäßen Krimikultur: eingängig und spannend Geschichten zu erzählen, die gesellschaftliche Widersprüche und Ungerechtigkeiten ausleuchten, Zweifel an kulturellen, moralischen, sozialen Selbstverständlichkeiten wecken, kritischen Argwohn gegenüber den gängigen Glücks-, Erfolgs- und Wohlstandsversprechungen schüren, zum Misstrauen gegen blinde Ideologien, Dogmen und Normen anregen.

Ariadne Krimis neigen zum Subversiven. Dass Frauen darin stets die Hauptrollen besetzen, war vor zwölf Jahren ein mittlerer Skandal, heute stehen wir damit nicht mehr so allein. Dass die Hälfte unserer Protagonistinnen Sex mit Frauen bevorzugt, ist schon weniger gängig und entspricht dem Off-Mainstream-Anspruch der Ariadne Krimis. Die Heldinnen und Antiheldinnen sind meist Figuren, die an den üblichen Rollenmustern rütteln und neue Wege zu gehen versuchen. Bei den deutschsprachigen Autorinnen suchen und fördern wir diejenigen, die mit dem Genre experimentieren, über den Tellerrand spähen, sich dreist auf neues Terrain wagen. Krimis sind für uns eine Art Widerstandskultur. Das muss man natürlich nicht genauso sehen, man kann auch einfach die spannenden Bücher genießen, die wir verlegen.

Zu diesem Buch

Die Stuttgarter Journalistin Lisa Nerz ist frisch gefeuert. Mehr Sorge allerdings bereitet ihr das kommentarlose Abtauchen ihres Freundes Richard Weber, seines Zeichens Staatsanwalt für Wirtschaftsstrafsachen. Was hat Richard auf die Schwäbische Alb verschlagen? Vielleicht die Mauscheleien bei der Umstellung des ehemaligen Truppenübungsplatzes Münsingen auf zivile Nutzung? Doch diverse Störfaktoren behindern Lisas Suche: der knackige Hintern ihrer Jugendfreundin Janette, die Tragödie des Höhlenforschers Hark Fauth, dessen Frau unter ungeklärten Umständen im Todsburger Schacht starb, das Verschwinden eines kleinen Jungen …

Christine Lehmann, geboren 1958 in Genf und wohnhaft in Stuttgart, hat bereits vier Lisa-Nerz-Krimis veröffentlicht. Neben der Hard-boiled-Schiene schreibt sie »Soft-Krimis« und Romane. Lehmann pflegt einen wundervoll eigenen Stil: realitätsscharf, gefühlsecht, souverän und sarkastisch.

Christine Lehmann

Höhlenangst

Ariadne Krimi 1161
Argument Verlag

Ariadne Krimis
Herausgegeben von Else Laudan
www.ariadnekrimis.de

Ähnlichkeiten mit lebenden oder toten Personen
sind nicht beabsichtigt und wären rein zufällig.

Christine Lehmann bei Ariadne:

Harte Schule *(Ariadne Krimi 1157)*
Höhlenangst *(Ariadne Krimi 1161)*

Diese Ausgabe entstand mit freundlicher Unterstützung
der Buchpaten Dieter Haug, Frigga Haug, Gabriele Haug
und Wolfgang Fritz Haug.

Deutsche Originalausgabe

Glashüttenstraße 28, 20357 Hamburg
Telefon 040/4018000 – Fax 040/40180020
www.argument.de
Lektorat & Satz: Iris Konopik
Umschlaggestaltung: Martin Grundmann,
www.herstellungsbuero-hamburg.de
Druck: Oldenbourg Taschenbuch GmbH, Kirchheim
Gedruckt auf säure- und chlorfreiem Papier
ISBN 3-88619-891-X
Erste Auflage 2005

1

Es fing nicht harmlos an. Ich fuhr die Haarnadelkurven in der Gebirgsfalte des Albtraufs unterhalb der Märchenburg Lichtenstein hinauf. Dabei nahm Brontë fast den Radfahrer auf die Schnauze, der die Kurven hinaufochste. Brontë gehorchte mir immer noch nicht so recht, mein hochzeitsweißer Porsche 356 B 1600 Super 90 mit nuttenroten Ledersitzen und gut vierzig Jahren auf den Zylindern.

Trochtelfingen fachwerkelte im Tal auf der Alb an einem Bach zwischen bewaldeten Schenkeln. Es besaß eine Hauptstraße mit Giebelrathaus und einem gestauchten Wehrturm mit quer liegenden wulstigen Schießscharten. In der pfingstfeiertäglichen Einöde saß Janette an einem der beiden Tische vor dem *Café Hanner*. Die Sonne herzte ihr dunkeläugiges Gesichtchen mit den wie mit spitzem Bleistift gezeichneten Mundwinkeln, aus denen sich ehrgeizige Lippen aufwarfen. Noch hatte sie das biegsame Figürchen einer Siebzehnjährigen, das sie mit einem wuchtigen Gürtel betonte.

»Schick siehst du aus.« Ich beugte mich zum Küsschen.

Sie wich aus. »Und du hast dich immer noch nicht entschieden, ob du ein Bue bisch oder ein Mädle.«

»Zu meiner Narbe im Gesicht passt Rosa einfach nicht.«

»Ach ja, dein Unfall. Wie lange ist das her? Meine Laura ist jetzt auch schon neun. Wie geht es deiner Mutter?«

»Sie betet, also lebt sie.«

Sechs Jahre lang hatten Janette und ich in der Schule nebeneinander gesessen, in meinem Kaff unterhalb der Schwäbischen Alb. Janette kam eigentlich »von der Alb ra«, wie man so sagte, aus Laichingen. Die Karriere ihres Vaters als Rathausangestellter hatte sie zuerst hinunter nach Vingen in meine Schulbank geführt und sie mir dann, als wir vierzehn waren, nach Reutlingen entführt, nur ein paar Kilometer weiter, aber aus der Welt.

Im Spätsommer vergangenen Jahres hatte ich ihre Stimme

wiedergehört, als ich beim *Reutlinger Tagblatt* anrief, um mir von den Kollegen die Einzelheiten über den Großeinsatz der Höhlenrettung an der Falkensteiner Höhle bei Bad Urach erzählen zu lassen. Fünf Stuttgarter Jugendliche hatten nach einem Regenguss zwei Tage lang in der Reutlinger Halle hinter dem ersten Siphon ausharren müssen, bis Taucher sie holten.

»Ich hätte nie gedacht«, sagte sie, »dass du wirklich kommst.«

Ich bestellte erst einmal Kaffee und Herrentorte, ehe ich sie enttäuschte. »Ich brauche deine Hilfe.«

»Als Kollegin?«

»Nein. Ich bin nicht mehr beim *Stuttgarter Anzeiger*. Sie haben mich rausgeworfen.«

Janette zog die Bögen gezupfter schwarzer Brauen hoch. »Es geschehen noch Zeichen und Wunder! Sitzt deinetwegen nicht der Chefredakteur in U-Haft?«

»Kann sein. Aber das ist Schnee von gestern. Jetzt suche ich einen Staatsanwalt aus Stuttgart, der seit einer Woche hier oben auf der Alb verschwunden ist. Offiziell hat er drei Wochen Urlaub genommen.«

Janette blickte mich interessiert, aber verständnislos an.

»Das kann aber nicht sein«, fuhr ich fort, »denn die Pfingstferien sind den Kollegen mit Kindern vorbehalten. Und ich kann ihn auch nicht auf seinem Handy erreichen.«

Janette verdrückte mehr Enttäuschung in ihre Mundwinkel, als ihr zustand. »Was interessiert dich dieser Staatsanwalt?«

»Ich denke, er hat Vorermittlungen aufgenommen. Und da er ein ziemlich hohes Tier ist, muss es um etwas Hochbrisantes gehen.«

»Um den Truppenübungsplatz Münsingen, würde ich sagen«, platzte es aus Janette heraus. »Der wird nämlich dichtgemacht zum Jahresende.«

Herrentorte und Kaffee kamen. Janette steckte sich eine Zigarette an und blickte diätscheu über die Glut hinweg auf meine Gabel, die knackend in den Schokoguss einbrach.

»Und was passiert da?«, fragte ich. »Die Soldaten ziehen ab …«

»Die sind schon weg. Seit anderthalb Jahren. Bis auf ein paar Hanseln.«

Janette versuchte woandershin zu paffen, aber der Wind drehte routiniert auf mich. Die Herrentorte bestand aus unsüßem Schokoplüsch mit Schichten von Kaffeecreme und Träublesgsälz.

»Und nun?«, fragte ich weiter.

»Das Gelände geht ans Finanzministerium, und unser neuer Ministerpräsident will daraus ein Biosphärengebiet machen. Stand aber alles in der Zeitung.«

Ich kaufte mir keine mehr, um meinen früheren Arbeitgeber zu strafen. Ich hatte aber den Verdacht, dass er das gelassen sah.

»Nun tobt natürlich der Kampf zwischen Naturschutz und Wirtschaftsinteressen. Die IHK Reutlingen glaubt, man könne vierzig Millionen Euro Kaufkraftvolumen aus dem Gelände herausholen, wenn man regionale Firmen ansiedelt.«

»Aber liegen da nicht Blindgänger und so?«

»Wovon du ausgehen kannst. Aber das Finanzministerium hat schon abgewinkt. Denen ist das Gutachten zu teuer. Fünf Millionen würde es kosten.«

»Das heißt, man schickt die Schäfer vor und schaut, wo die Schafe in die Luft fliegen.«

Janette verzog keine Miene. »Schafe weiden dort schon immer. Es ist ein einmaliges Biotop. Da hat niemals eine Flurbereinigung stattgefunden. Es gibt seltene Tiere wie Steinschmätzer, Ameisenbläuling – ein Falter, der sich in Ameisennestern verpuppt – und die Kreuzkröte. Der Naturforschende Verein Schwäbische Alb fordert deshalb die Ausweisung eines Naturschutzgebiets, in das man auch gleich die Uracher Spinne einbeziehen könnte.«

»Igitt!«

Wieder blickte Janette mich tadelnd an, aber auch schon ein wenig mütterlich. »Das ist ein Hang- und Schluchtwald im Albtrauf, Lisa, nordwestlich des Truppenübungsplatzes.«

»Also Deckel drauf, Minen drum herum, Wanderer raus und alle Biker abschießen, damit der Ameisenbläuling überlebt.«

»Der Zug ist leider längst abgefahren.« Janette löffelte den erkalteten Cappuccino aus ihrer eigentlich leeren Tasse. Ein Schäumchen blieb auf ihrer Oberlippe. »Der Alte hat nämlich dem Königsmörder noch ein Ei ins Nest gelegt.«

»Der alte Ministerpräsident dem neuen?«

Janette nickte. »Er, also der Alte, hat kurz vor der Stabübergabe an den Jungen noch schnell eine GmbH ins Leben gerufen, die sich um die Erschließung des Truppenübungsplatzes kümmern soll. Zum Geschäftsführer hat er seinen ehemaligen persönlichen Referenten bestimmt. Erich Schorstel.«

Kannte ich nicht.

»Der Königsmörder hatte keine andere Wahl, als ein Biosphärenprojekt zu verkünden: Die Natra, so heißt die GmbH, soll eine Mischung aus Schafbeweidung, mäßigem Tourismus und kleineren Betriebsansiedlungen ausloten und Investoren an Land ziehen.«

Ich spaltete den Rand der Herrentorte. »Und wo ist da der Skandal?«

Janette drückte mit lackierten Fingernägeln ihre lippenstiftgetränkte Kippe aus. »Beispielsweise bekommt Erich Schorstel ein Jahresgehalt von 305.000 Euro.«

»Das ist doch nicht viel! Und krimineller, als Politik üblicherweise ist, auch nicht. Deshalb fährt kein leitender Oberstaatsanwalt der Schwerpunktstaatsanwaltschaft für Wirtschaftsstrafsachen beim Landgericht Stuttgart auf die Alb.«

»Mehr kann ich euch Stuttgartern leider nicht bieten«, spitzte Janette.

»Wo sitzt denn die Natra?«, erkundigte ich mich friedlich.

Da düdelte das Handy los, das vor Janette auf dem Tisch lag. Mein unmusikalisches Gehör erkannte Miss Marple. Janette klebte es sich ans Ohr und krauste die Nasenwurzel. »Ja … Mhm … Oh! … So? … Keine Ahnung … Hoffentlich nicht!

Danke, Frau Kerner. Ja … Ja.« Janette beendete das Gespräch und tippt sich ins nächste weiter. »Florian, ich bin's. Du, Laura ist daheim, oder? … Dann schau doch mal bitte … Ja, ich warte.« Janette drehte hektisch die schwarz gefärbte Strähne vor ihrem Ohr zu einer Locke. »Ah, Gott sei Dank! … Nein … Weiß ich nicht.« Sie klappte das Handy zusammen. »Sorry, Lisa, aber aus unserem Wiedersehenskaffeeklatsch wird nun doch nichts. Ich muss weg. Ich habe dir ja gesagt, dass ich Bereitschaft habe.«

»Was ist denn?«

»Scheint's ist ein Kind in einer Höhle. Julian, ein Klassenkamerad von Laura. Die Klassenlehrerin hat gerade angerufen, Frau Kerner. Der langen Rede kurzer Sinn: Man hat Julian, Laura, Gerrit und Volker zusammen nach Steinhilben radeln sehen. Aber Laura ist zu Hause.«

»Und die anderen?«

»Das kläre ich jetzt. Verdammt, wo bleibt denn die Kellnerin? Ich kann nicht länger warten. Zahlst du für mich?«

Sie stand schon, die Handtasche unter den Arm geklemmt.

Ich kippte den Kaffee, schob einen viel zu großen Schein unter die Kaffeetasse und lief ihr hinterher.

2

Der Polizeiposten Trochtelfingen als Außenstelle des Engstinger Polizeipostens Alb war eine Straße weiter in einem Haus neben dem üppigen Fachwerkgebäude eines Optikergeschäfts untergebracht. Drei Hanseln taten hier nach der Verwaltungsreform des Alten noch Dienst. Einer davon war Polizeihauptmeister Heinz Rehle.

»Hallo, Heinz«, sagte Janette. »Dein Volker ist daheim, ja? Ruf doch mal schnell die Gudrun an. Julian ist nämlich nicht nach

Hause gekommen, und es heißt, er sei mit deinem Volker und Gerrit zur Mondscheinhöhle.«

Der PHM griff zum Telefon, strich sich den grauen Schnauzer, wählte und raunte Älplerisches in den Hörer. »Der Volker isch daheim«, beschied er uns dann. »Die Mondscheinhöhle sagsch? Da sollt ma dann wohl nausfahre, eh?«

»Und ich fahre derweil schnell zu Hark Fauth.«

Hark Fauth? Wo hatte ich den Namen schon mal gehört? Mein Gedächtnis alzheimerte. Es hatte zügig zwei Tage nach meiner Entlassung damit angefangen. »Warte, Janette, ich komme mit!«

Ich hatte ja sonst nichts zu tun. Und Janettes Pobacken unter dem schweren Gürtel hatten mich längst betört. Die khakifarbenen Hosen spannten sich über kleinen Bällen, und über der Pospalte warf sich der Stoff zu einer berückenden V-Falte auf. War Janette sich dieser Köstlichkeit bewusst? Achtete sie beim Kleiderkauf darauf, dass ihre Hosen diese Falte warfen?

»Du willst mit?« Janette musterte mich von oben bis unten. »Aber unsere Muttertiersorgen gehen dir doch kilometerweit am Arsch vorbei, Lisa!«

»Ach, das würde ich nicht sagen«, stammelte ich.

Wir eilten zurück in die Fachwerkschlucht. Im Augenwinkel sah ich einen jungen Polizisten mit einem Zahlschein in der Hand um Brontë herumschleichen, die einsam auf einem umfriedeten Parkplatz hinterm Museum stand. Aber jetzt galt es, Prioritäten zu setzen. Ich folgte Janette zu ihrem silbrigen Überlandgolf. »Wer ist Hark Fauth?«

»Gerrits Vater.«

Wir rollten unter der Brücke der Landstraße hindurch östlich aus Trochtelfingen raus. Die Bäume am Straßenrand waren über die Knospen noch nicht hinaus. Im Wald herrschte das Einheitszartgrün des Frühlings, unterbrochen vom dunklen Nadelgrün der Fichten und Tannen. Auf der Alb war es eben immer einen Kittel kälter.

»Und warum fahren wir zu diesem Hark Fauth?«, erkundigte ich mich. »Warum rufen wir ihn nicht an?«

Janette blickte kurz zu mir herüber. »Weil wir ihn gleich mitnehmen zur Höhle. Er ist …«

Mir schuppte es von den Hirnzellen. »Verdammt, Hark Fauth, der Höhlenforscher. Der, der in der Sirgensteinhöhle am Hohlen Fels bei Laichingen den Steinzeitpimmel entdeckt hat – nein, kein versteinerter Schwanz, sondern Steinzeitkunst – und die ältesten Höhlenmalereien der Menschheit. Der Held meiner pubertären Jugendtage. Ich besaß sogar einen Bildband von ihm. Feuchte Höhlenmünder sehen doch alle aus wie Muschis.«

»Ist das immer noch das Einzige, was dich interessiert?«

»Je älter ich werde, desto mehr. Und ich werde vierzig dieses Jahr.«

Janette klemmte kurzsichtig hinter dem Lenker. Wir schlingerten nach Steinhilben hinauf. »Hark kommt eigentlich aus Laichingen. Er ist erst vor zwei Jahren hierher gezogen. Nach dem Unglück mit seiner Frau.«

»Was für ein Unglück?«

»Vor drei Jahren im Todsburger Schacht.«

Ich schwieg ein Fragezeichen in die Luft.

»Da kommst du dran vorbei, wenn du von Stuttgart nach München fährst. Die Höhle liegt am Autobahnalbaufstieg bei Mühlhausen im Täle, in dem Berg, an dem sich die Fahrspuren teilen. Eine Schachthöhle, über siebzig Meter tief. Hark ist zwanzig Meter hinab in die Untere Halle gestürzt. Er lag wochenlang im Koma. Sibylle starb im Seil.«

»Im Seil?«

»Das kommt leider immer wieder vor. Wenn jemand ohnmächtig am Seil im Sitzgurt hängt, dann staut sich das Blut in den Beinen. Nach ungefähr zehn Minuten stirbt er an Blutmangel im Herzen. Und Hark konnte Sibylle nicht mehr aus dem Seil retten.«

»Unschön!«

»Er selbst erinnert sich an absolut nichts mehr, sagt er. Aber es gab eine Untersuchung. Demnach hat Sibylle sich im Seil verletzt, und Hark ist beim Versuch, sie zu retten, abgestürzt. Ein typischer Petzl-Stop-Unfall.«

»Bitte was?«

Janette ratschte durch die Gänge. »Petzl-Stop, so heißt ein Fabrikat von Abseilgeräten, das eine Notfallbremse besitzt. Ursprünglich sind Abseiler ganz einfache Metallösen in Form einer Acht am Sitzgurt.«

»Der Abseilachter!«, sagte ich. »Zur Not tut es auch ein stabiler Flaschenöffner. Das kenne ich noch vom freien Klettern. Ist allerdings schon ein paar Jahre her.«

Janettes Blick rutschte kurz zu mir herüber. »Dann weißt du auch, dass der Achter in Höhlen nicht taugt.«

»Nein, weiß ich nicht«, beruhigte ich meine eifersüchtige Chauffeurin.

»Nun, in Höhlen sind die Abseilstrecken so lang, dass der Achter das Seil zu sehr durchwalken würde. Also benutzt man Abseiler, die das Seil weniger belasten. Da gibt es welche mit einer so genannten Totmannstellung. Das heißt, sie blockieren, sobald der Kletterer im Seil ohnmächtig wird.«

»Wie oft wird eigentlich ein Kletterer im Seil ohnmächtig?«

»Bei Steinschlag zum Beispiel. Der Petzl-Stop ist genial einfach konstruiert. Man führt das Seil über zwei feststehende Metallscheiben, so als würde man von unten nach oben eine halbe Acht schreiben. Unten ist ein Hebel. Solange man den niederdrückt, kann das Seil laufen. Lässt man ihn los, kippt der untere Teil wie eine Schere auf, und eine Metallnase drückt das Seil im Zentrum der Acht und stoppt. Leider gehört es zu den menschlichen Instinkten, sich festzuklammern, wenn die Abfahrt zu rasant wird. Beim Petzl-Stop sollte man aber unbedingt loslassen.«

»Klingt nach einer lebensgefährlichen Konstruktion.«

»Ist aber lebensrettend, wenn irgendetwas den Mann im Seil außer Gefecht setzt.«

»Eben jener Steinschlag.«

Janette ließ sich nicht beirren. »Es gibt zwar auch Abseiler, die sowohl stoppen, wenn man loslässt, als auch, wenn man sich festklammert, aber Hark hat immer den Petzl-Stop benutzt.«

»Ein falscher Reflex? Kann so etwas einem Höhlenkrokodil passieren?«

»Warst du schon mal in einer Schachthöhle?«

»Nein, du?«

»Ich? Der Besuch der Laichinger Tiefenhöhle hat mir schon gereicht, und da ist alles mit Treppen ausgebaut und beleuchtet, und das seit hundert Jahren. Aber Florian veranstaltet Höhlenkletterseminare für Manager. Er bringt ihnen die Single-rope-Technik bei, die Ein-Seil-Technik, und dann geht es ab in einen Schacht. Und Florian sagt, in so einer Höhle bist du nur noch du selbst. Biologie, Tier, Reflex. Aus Teamplayern werden Egoisten und aus Eigenbrötlern Retter des ganzen Teams. Und wenn zweie sich hassen, dann würden sie einander umbringen, wenn andere nicht aufpassen.«

Ich musste lachen.

»Was gibt es da zu lachen?«

»Janette, du glaubst, dass Hark seine Frau umgebracht hat.«

Wir rollten in Steinhilben an einem Schul- und Rathaus vorbei.

»Aber Hark ist doch abgestürzt, nicht sie«, hakte ich nach.

»Nur, dass Sibylle mit einem gebrochenen Bein, einer gebrochenen Schulter und einem gebrochenen Handgelenk im Seil hing.«

»Steinschlag?«, lockte ich.

»Der Untersuchungsbericht sagt: nein. Es lagen keine neuen losen Steine im Schachtfuß, und solche Verletzungen, wie Sibylle sie aufwies, sind typische Pendelverletzungen. Sie ist am Seil an die Wand gekracht.«

»Und nun will Hark sich an gar nichts mehr erinnern können. In der Tat, sehr verdächtig!«

Janette kniff Resignation in die angespitzten Mundwinkel und setzte den Blinker, um nach einer rücksichtslosen Vollbremsung hinter Steinhilben von der Landstraße auf einen geteerten Feldweg abzubiegen, der in ein Tal hineinschwenkte. Über der Wiese im Winkel der Wälder schwebte gelb ein Hauch von Butterblumen.

»Man müsst es ihm halt nur nachweisen«, bot ich ihr an.

Sie spöttelte: »Du?«

Der Wirtschaftsweg ging in einen Albfeldweg aus gelbweißem Kalkstein über, der unter den Reifen knackte. Am Ende des Tals glitzerten am Waldrand im Nachmittagslicht die Fenster eines bäuerlichen Anwesens. Es bestand aus einem kleinen Haus mit Schindeln auf der Wetterseite, einer großen Scheune, die neu gedeckt und mit modernen Fenstern versehen war, einem Vorplatz und einem Schuppen, vor dem Janette ihren Wagen zum Stehen brachte. In der Wiese, die sich zu einem lautlosen Bach senkte, lag an einem Nussbaum ein Kinderfahrrad. Das Refugium eines Aussteigers, der sich den Luxus der Stille leisten konnte. Man hörte nur das Knistern der Sonne auf den Schindeln.

Und das Knirschen der Steine unter unseren Sohlen.

Auch der Angriff kam lautlos. Ein pechschwarzer Vogel schoss auf uns hernieder. Es war ein riesenhafter Rabe mit grünlichem Schimmer im Gefieder. Ich duckte mich und dachte an ausgehackte Augen.

»Das ist Graf Huckebein«, lachte Janette. »Der will nur spielen!«

Der Flugterrier stieg steil in die Höhe, kippte in der Luft und ließ sich wie ein Stuka herabfallen. Ich machte mich bereit, ihn zu packen und ihm den Hals umzudrehen.

»Gerrit und Hark haben ihn aufgezogen«, erklärte Janette. »Es ist ein Kolkrabe.«

Das wäre mir egal gewesen. Der Gedanke, das Biest könnte mit allen Krallen und Federn auf meinem Kopf landen, machte mich wahnsinnig. Aber glücklicherweise schwenkte der Bote des Todes mitten im zweiten Angriff zur Dachrinne um. »Onk!«

Genau darunter war die Haustür aufgegangen und ein ziemlich sackbetonter Mann erschienen. So einer in abgewetzten Jeans, verwaschenem Sweater mit Haaren wie ein Stoppelfeld im Herbst, einem in markante Wangenfalten gefrästen Stoppelbart, die Augen grau wie Regenwolken, einem kräftigen Kinn und einer aufreizenden Ruhe in den lockeren Gliedern.

»Hallo, Hark!«, sagte Janette mit einem Klickern in der Stimme, das hormonellen oder anderen Stress verriet.

Er blieb locker in der Hüfte. »Hallo, Janette.« Seine Stimme war angeraut von einer gewissen Grundaggressivität und auch nicht stresslos.

»Das ist ...« Janette musterte mich unschlüssig.

»Der Liebhaber aus Stuttgart«, sprang ich ihr bei.

Dem Höhlenkrokodil fiel die Mimik aus dem Gesicht. Janettes Stimme wurde schrill. »Das ist LISA Nerz! Eine ... eine Kolleg-IN aus Stuttgart!«

»Ex«, korrigierte ich.

Hark blickte verständnislos, aber nicht uninteressiert. Leider musste ich den schwarzen Grafen auf der Regenrinne im Auge behalten.

»Hark«, sagte Janette, »wir suchen Julian. Ist er bei euch?«

»Nein.«

»Mirjam Kerner hat mich angerufen, du weißt, die neue Klassenlehrerin. Julian ist nicht nach Hause gekommen. Er wollte scheint's mit Volker und Gerrit zur Mondscheinhöhle.«

»Ausgeschlossen!«

Der Rabe ordnete raschelnd sein Gefieder, hüpfte klackernd auf der Regenrinne hin und her und beäugte mich erst mit dem einen, dann mit dem anderen Auge. Die Anspannung schoss mir vom Nacken bis in die Kniekehlen.

»Könnte ich trotzdem mal mit Gerrit sprechen?«, fragte Janette.

»Wozu? Außerdem ist für solche Fälle die Höhlenrettung in Göppingen zuständig. Die Nummer kennst du ja.«

Da schob sich ein vielleicht neunjähriger Junge aus dem Flur in die Sonne. Wenn das Harks Sohn war, konnten Vater und Sohn kaum gegensätzlicher sein. Gerrit war ein Hemd – wie man in Schwaben sagt – mager und klein. Seine Augen und sein Haarschopf waren schwarz wie Grillkohle. Vermutlich, dachte ich, hatte Hark seine Frau nach einem Gentest umgebracht. Allerdings hätte er dann wohl kaum den Jungen … Aber darum ging es jetzt wirklich nicht.

»Hallo, Gerrit«, sagte Janette im routinierten Tantenton. »Weißt du, wir suchen Julian. Und wir haben gehört, dass er zur Mondscheinhöhle wollte.«

»Man kann nicht rein in die Höhle«, nuschelte Gerrit gesenkten Blicks. »Man braucht das ganze Schachtgeraffel. Seile und so.«

Hark legte die Hand auf die Schulter seines Sohnes.

»Kann aber schon sein, dass sie hingegangen sind«, druckste Gerrit zu seinem Vater hoch.

»Ist das weit von hier?«, fragte ich.

»Am Lippertshorn«, antwortete der Junge.

»Zu Fuß eine halbe Stunde«, ergänzte Hark und deutete mit einer kurzen Kopfbewegung hinter sich in die Wälder.

»Komm, Janette, was stehen wir hier noch herum?«, sagte ich. »Der Held hat Schiss, er kneift.«

Die Sonne verlosch im Wald. Gerrit verschwand vor Scham im Boden, und im Haus begann ein Telefon zu klingeln. Hark drehte sich um und war weg. Der Rabe ließ sich von der Regenrinne plumpsen und segelte in den dunklen Korridor.

Ich atmete aus.

»Säckel!«, fluchte Janette und kramte nach dem Telefon. »Dann rufen wir halt die Höhlenrettung an.«

Ich ordnete rasch die Örtlichkeiten: Göppingen lag unten, genauso wie Reutlingen. Janettes Blatt war trotzdem für hier oben zuständig und die Höhlenrettung auch.

Janette zog, während sie lauschte, die Brauen hoch, dann klappte sie das Telefon zusammen. »Die wissen es schon. Sie suchen gerade nach jemandem, den sie schicken können, denn der Vorstoßtrupp der Höhlenrettung Bad Urach befindet sich auf Fortbildung im Nordschwarzwald.«

Bad Urach lag zwischen Unten und Oben in den Falten des Albtraufs.

»Und ehe man das volle Programm abfährt, sollte halt jemand nachschauen. Das kostet ja immer ein Heidengeld, und acht von zehn Alarmen sind Fehlalarme.« Janette tauschte das Telefon gegen ihren Autoschlüssel.

»Moment!«, rief es da vom Haus her. »Janette, warte! Ich hole nur schnell die Ausrüstung.« Und schon war Hark Fauth wieder weg.

»Scheint's hat die Höhlenrettung ihren Mann gefunden«, bemerkte ich. »Warum hat er sich dann so geziert?«

Janette zuckte mit den Schultern. Wir wanderten zum Wagen. Während Janette den Golf wendete, besichtigte ich das Kinderfahrrad in der Wiese. Es hatte einen Platten und zwei verbogene Speichen. Da kam auch schon Hark aus dem Haus gelaufen, über der Schulter eine voluminöse rote Sporttasche mit dem Aufdruck einer kleinen schwarzen Spinne. Weder Kind noch Rabe folgten ihm.

Ich zog mich in die Verantwortungslosigkeit der Rückbank zurück. Janette raste los, und Hark begann an seiner Sporttasche zwischen den Füßen herumzuzippen. Steigklemmen und Schraubkarabiner klirrten, klackend befüllte er eine Helm- und Handlampe mit Batterien, ließ zwei Funkgeräte zischen und wühlte anschließend in Seilen, Leinen, Longen und Gurten.

Wir fuhren nördlich aus Steinhilben hinaus und bogen in den nächsten Feldweg ein, der auf den lang gestreckten Wald zuhielt, in dem sich das Lippertshorn versteckte. Ein Wandersmann trat zur Seite. Er trug Kord, Loden und einen Pfadfinderrucksack aus Stoff mit speckigen Lederriemen. Außerdem Hut und Stock.

Janette ließ das Fenster hinunter und hielt. »Hallo, Bodo!«

Der Alte bückte sich unter seinem Hut weg. »Hallo, Janette, hallo, Hark.« Auch mich traf sein Blick aus ungemein blauen Augen.

»Bodo«, sagte Janette. »Hast du Kinder im Wald gesehen? Wir suchen Julian.«

»Den habe ich nicht gesehen«, erwiderte der Alte.

»Warst du an der Mondscheinhöhle?«

»Nein.«

»Danke. Wir müssen weiter. Schönen Abend noch.« Janette startete. Der Wandersmann schrumpfte im Rückfenster, die gebutterte Wiese rückte an ihn heran, der zart ergrünte Wald verdrängte ihn aus meinem Blickfeld.

»Das war Bodo Schreckle«, warf mir Janette über den Rückspiegel zu, »genannt Bodo der Schreckliche. Alle Trochtelfinger sind bei ihm zur Schule gegangen, auch Florian. Alle hat er sie durch die Ammonitengründe des Jurakalks geschleppt. Florian musste erst dreißig werden, um ihm dafür dankbar zu sein!« Sie lachte. Sie selbst war ja woanders zu Schule gegangen, erst zusammen mit mir, dann zusammen mit einer anderen besten Freundin.

Im Wald dämmerte es schon. Schrundige Kalkfelsen stellten sich uns in den Weg, Gebüsch zerrte an den Türen. Wir rutschten durch einen Hohlweg um eine Ecke, und Janette trat mit aller Kraft in die Eisen, denn vor uns glühten die Rücklichter eines Streifenwagens auf. Seine Scheinwerfer bestrahlten eine Forsthütte.

Zwei mit Taschenlampen bewaffnete Polizisten – einer von ihnen war Polizeihauptmeister Heinz Rehle – in schwarzen Lederjacken waren ausgestiegen und halfen zwei Frauen aus den hinteren Türen. Die eine war jung, blond und blauäugig, mit der aus Unreife gepressten Strenge einer gerade aus der pädagogischen Hochschule entsprungenen Lehrerin auf den Lippen: die Klassenlehrerin, Mirjam Kerner. Die andere war Julians Mutter, eine alkoholisierte Tonne in gestreiftem Zelt mit schiefen Pantoffeln an den geschwollenen Füßen. Beide passten nicht in den Wald, in dem Hark zum Naturburschen mutierte.

Die Hauptsorge der Mutter galt dem Versuch zu erklären, warum sie die Abwesenheit ihres Sohnes bis jetzt nicht bemerkt hatte. »Der Kerle ist doch ständig mit Gerrit unterwegs. Soll ich da jedes Mal Alarm schlagen?«

»Ich sage Julian immer, dass er Sie anrufen soll«, verteidigte sich Hark, »aber Sie gehen ja oft gar nicht ans Telefon.«

»Jetzt schaun wir erst mal«, schlichtete Heinz Rehle.

Vor uns lag ein kurzer, von Wurzeln durchzogener Anstieg auf eine kleine kahle Höhe vor einem hohen graugelben Kalkfelsen, in dessen Schründen Kraut und junge Buchen wucherten. Auf der Lichtung zeugte ein Ring aus Steinen und durchnässte Holzasche von neuzeitlicher Freizeitkultur. Ein umgelegter Baumstamm bot sich als Sitzgelegenheit an. Gegen den Stamm war ein blaues Kinderfahrrad geworfen.

»Das ist Julians!«, keuchte die Mutter. »Na, der kann was erleben!«

Im Schein der Taschenlampen leuchtete weiß ein am Felsen in den Boden betoniertes Schild. Das Kraut war flach getrampelt. Der Polizist ging in die Hocke, wobei er versuchte, sein Knie vor Bodenkontakt zu bewahren, und rief »Hallo!« in ein Loch, das ich nicht sah. »Julian? Bist du da unten? Hallooooo!« Kopfschüttelnd blickte er zu uns hoch.

Hark ließ mit verbissenen Kiefern seine Tasche an dem Baumstamm fallen. Janette holte Block und Digitalkamera aus ihrer Handtasche. Julians Mutter wankte. Mirjam Kerner sprach beruhigende Worte. Ich war überflüssig und schaute mich nach Hark um.

Er hatte einen rotblauen Schlaz, den Plastikoverall der Höhlenfahrer, über den Baumstamm gelegt und holte ein zum Bündel geknüpftes weißes Seil aus der Tasche, löste den Knoten, begann es Meter für Meter der ganzen Länge nach durch die Hand zu ziehen, um mögliche Verdrehungen zu glätten, und ließ es dabei in Schlingen auf den Boden fallen. Etwas stimmte nicht dabei.

»Kann ich helfen?«

Das letzte Tageslicht legte einen schweißigen Glanz auf sein bleiches Gesicht mit dem rötlichen Bart.

»Was ist denn?«, fragte ich.

Er trocknete sich die Hände an den Jeans und fuhr sich bis zum Knie hinab. »Ich hab's halt am Knie.«

Ich wog ein Kinderleben gegen einen Meniskus auf. Wahrscheinlich runzelte ich die Stirn. »Am Knie?«

»Es hat keinen Wert, wenn ich nicht wieder raufkomme!«, blaffte er mit reichlich Testosteron im Blut, den Blick in meinen geheftet. »Vor drei Jahren habe ich mir bei einem Sturz mehr Knochen gebrochen, als Sie Namen dafür kennen. Ich hätte mich nicht breitschlagen lassen dürfen, hier heraufzukommen. Aber ich habe halt gedacht, es ist ein Fehlalarm.«

»Na gut«, sagte ich, »dann gehe ich eben runter.«

»Sie? Können Sie das denn?« Auf seinen gegerbten Lippen erschien das Lächeln, das auf Männerlippen erscheint, wenn eine Frau beispielsweise behauptet, sie könne im Stehen pinkeln.

»Ich kann mich immerhin kontrolliert abseilen«, sagte ich. »Ich habe mal freies Klettern betrieben.«

»Aber eine Höhle ist was anderes als eine Felswand. Sie müssen am Seil auch wieder hochklettern. Können Sie mit den Bescheißerles umgehen?«

»Äh?«

»Den Steigklemmen.«

»Wenn Sie es mir erklären.«

Er schüttelte den Kopf. »Das hat keinen Wert! Das muss man üben.« Er hustete angestrengt und blickte sich zum Höhlenfelsen um. Da stand Janette mit der Kamera. »Es wird schon gehen, irgendwie.«

»Und wer holt Sie hoch, wenn Sie nicht können?«

Sein Blick irrte ins Gebäum ab.

Ich langte nach dem Schlaz. »Und wie zieht man den an?«

Er antwortete nicht.

»He, hallo! Hören Sie mich, Hark?«

Er fuhr zusammen. »Das … das kann ich nicht verantworten.«

»Müssen Sie auch nicht. Das verantworte ich. Wir sollten nicht noch ein paar Stunden warten, bis jemand aus Göppingen kommt.« Ich stieß mir die Schuhe von den Fersen, warf meine Lederjacke ab, unter der ich ein dunkelgraues Herrenhemd trug, und stieg in den Schlaz. Die Jeans durfte ich wohl anbehalten, meine Allroundsneakers zog ich wieder an. »Und der Helm, muss ich den wirklich aufsetzen?«

Ich musste, denn auf ihn war mit einem Band die LED-Lampe aufgezogen. Als ich in den Sitzgurt stieg und Harks Hände an mir herumschnallten, eilte Janette herbei. »Was wird das denn?«

»Ich gehe runter«, erklärte ich. »Er dirigiert mich von oben.«

»Spinnst du?« Immer geradeheraus, die Leute von der Alb.

»Es hat keinen Wert mit meinem Knie, Janette«, sagte Hark. »Ich wäre Julian keine Hilfe, wenn ich nicht wieder aufsteigen kann. Falls er überhaupt da unten ist.«

»Wo soll er denn sonst sein?«

»Er könnte überall sein. Habt ihr denn ein Seil am Höhlenmund gefunden?«

Janette schüttelte den Kopf. »Der Knoten könnte sich gelöst haben. Sehr wahrscheinlich sogar.«

»Oder Julian hat sich einfach nur im Wald verlaufen.«

Deshalb hatte Hark aufgehört, etwas von Verantwortung zu murren. Er rechnete nicht damit, dass ich Julian in der Höhle fand. Da konnte er sich den Test seines Knies sparen. Während ich mir Knie- und Ellbogenschützer überstreifte, befestigte er das Zweikanal-Funkgerät am Geschirr.

»Ein Langwellengerät«, erklärte er. »Es müsste da unten etwas weiter reichen als Kurzwelle. Außerdem hat es eine Babyphon-Funktion. Sie können also plärren, ohne eine Taste drücken zu müssen.« Ich war in der rauen Männerwelt angekommen.

Zum Schluss fädelte er mir ein Seil durch ein längliches blaues Gerät, das mir vorn am Sitz- und Brustgurt hing: der Abseiler der Marke Petzl-Stop. Loslassen!, ermahnte ich mich.

Nun stapfte auch Polizeihauptmeister Rehle vorgeschobenen Bauchs herbei. »Was wird jetz' au des?«

»Sein Knie«, erklärte Janette.

Der PHM war alt genug, die Existenz von Knien zu kennen. Aber mich kannte er nicht. »Der da, kann der des überhaupt? Eh?« Er hob das Kinn, als wolle er mich damit vors Brustbein stoßen. »Wo klettern wir denn?«

»Klettersportgruppe Elbsandstein«, sagte ich.

Janette blickte mich verwundert an.

»Elbsandstein? Sachsen, eh?« Der PHM stieß mir erneut sein Kinn vor die Brust.

»Die KSG Elbsandstein präpariert jedes Jahr die Felsenbühne von Rathen für die Karl-May-Festspiele. Karl May, den kennt ihr doch hier auch?«, sagte ich, mich übers ›Ihr‹ zum in der Trachtengruppe notwendigen ›Du‹ vortastend.

Heinz lachte. »Na denn, Winnetou, dann zeigsch halt mal, wie's geht, eh?«

Mirjam Kerner nagte an ihrer pädagogischen Schmallippe und übertrug ihre Bewunderung vom entmannten Höhlenkrokodil auf mich. In voller Montur mit klirrenden Karabinern und Steigklemmen trat ich an den Felsen. Auf dem Schild im Kraut am Felsfuß stand:

Mondscheinhöhle
Fundierte Höhlenkenntnisse erforderlich
Andernfalls besteht Lebensgefahr!
Der Vorsitzende des Naturforschenden Vereins
Schwäbische Alb,
H. Fauth

Der Höhlenmund versteckte sich als Schlitz unterm Felsüberhang. Niemand konnte aus Versehen hineinstolpern. Ich musste auf dem Hintern unter den Stein rutschen. Hark hängte das Seilende mit dem Schraubkarabiner in einen Ring, der in den Boden zementiert war. Den ersten Karabiner sicherte er schulmäßig mit einem zweiten.

»Tu langsam!«, sagte er, nun auch ins rauweltliche Du übergehend. »Es dürfen keine Steine vom Höhlenmund fallen. Sie könnten Julian verletzen, falls er da unten ist. Und jetzt umdrehen.«

Janette hob ihren Fotoapparat und blitzte mich ab.

Das Loch war eng. Ich drehte mich, schon halb in der Höhle, mit dem Rücken zum Fels, während Hark mit seiner Hand den Abseiler an meinem Bauch vor dem Schmodder am Höhlenmund schützte.

»Glück tief!«, knurrte er.

3

Hilfe! Ein letzter Blick in die blendenden Lichter der Lampen, dann schlug der Stein über mir zusammen. Loslassen! Rums. Ich baumelte am Seil. Wenn ich es recht überlegte, war ich bisher nur in der Bärenhöhle gewesen. Da ging es ebenerdig hinein, und es gab hübsche Tropfsteine. Aber hier ging es senkrecht in die Tiefe. Kantiger gelblicher Fels leuchtete im Schein meiner Helmlampe. Die Wand rückte von allen Seiten an mich heran. Ich angelte nach dem Seil, das unter mir baumelte, und umfasste erneut den Abseiler.

Hark hatte mir im Schnelldurchlauf den Schacht beschrieben, aber mein Hirn hatte alles rausgesiebt bis auf das Wort »Perlsinter«. Das war wohl das, was einige Meter weiter unten aus der Wand knopfte, glasierte Kügelchen wie Streuselkuchen. Die Herrentorte versinterte in meinem Magen.

»Wo bist du?«, sprotzte das Funkgerät an meinem Brustgurt. Harks Stimme war kaum zu erkennen.

»Am Streuselkuchen.«

»Dann … sprotz … drei Meter bis … knatter … Engstelle.« Unter mir eierte in feuchten Felsringen das Loch der Röhre. Die Wände trieften, der Sinter schillerte. Ich klammerte und ratschte im freien Fall abwärts. Loslassen! Aber die Hand am Abseiler gehörte nicht mehr zu mir. Mich rettete nur die Notwendigkeit, mich mit den Händen abzustützen, um nicht gegen die Wand zu pendeln. Als mein Herzklopfen und Blutrauschen nachließen, hörte ich das Funkgerät brodeln.

»Ich bin am Muttermund«, sagte ich in der Hoffnung, dass mein Babyphon besser funktionierte als mein Empfang.

Gleich unter dem Durchschlupf bekam ich rutschigen Boden unter die Schuhe. Der Knick bildete einen abschüssigen und schmierigen Rastplatz. Ein Stück weiter pulsierte der zweite senkrechte Schlund und hauchte feuchte Finsternis herauf. Der Blick in eine außerdem halbwegs waagerecht abzweigende Röhre verlangte, dass ich auf Knie und Hände ging.

Unter dem Handschuh fühlte ich beim Vorrücken zum Röhrenmund einen Fremdkörper im Schmodder. Eine Uhr! Es müllten auch noch andere Dinge auf dem Absatz im Knick, eine Glasflasche, Stöcke und Steine. Offenbar konnten viele auf dem Grillplatz der Versuchung nicht widerstehen, die Tiefe des Schachts mit Einwürfen auszutesten. Die Uhr mochte jemand bei diesem wenig naturschützerischen Tun verloren haben. Ich zog mir den Handschuh aus, knüpfte sie mir ans Handgelenk und zog den Handschuh wieder an.

Eigentlich hätte Julian hier im Müll landen müssen, wenn er im Schacht hinuntergerutscht war, weil das Seil sich gelöst hatte. »Erst in die horizontale Röhre schauen!«, hatte Hark Fauth mir eingeschärft. »Wenn Julian im Toten Ende steckt, ist eh alles zu spät.« In den für einen erwachsenen Menschen unzugänglichen Spalten des zweiten Schlunds würde ich ihn nicht einmal sehen können.

Ich suchte für mein Seil einen Ring, den Vorgänger am Knick in die Wand gedübelt hatten, und hängte es mit einem Karabiner dort ein.

»Julian!«, rief ich aus beengter Brust. »Wo bist du?«

Täuschte ich mich, oder hörte ich tatsächlich ein Wimmern?

Das Klirren meines Geschirrs störte die Peilung. Die horizontale Röhre schluckte das Licht meiner LED-Lampe in die Endlosigkeit weg. »Julian!«, rief ich hinein. Stille kam zurück. Ich hielt meinen Atem an, bis mir die Lunge zu den Ohren herauskam. Immer noch Stille.

»Ich gehe zum Toten Ende hinunter«, meldete ich über mein Babyphon nach oben, egal, ob es ankam. Hark hatte mir auf seine sprücheklopfende Art versichert, dass er die Hand immer am Seil haben werde. »Das Seil spricht zu mir. Ich spür das, wenn du dich bewegst. Und wenn sich zehn Minuten nichts tut, dann komm ich runter.«

Wie tief es hinunterging, weiß ich nicht. Im Gedärm der Erde relativierte sich die Zeit. Aus Spalten quoll Sinter, Wasser tropfte und rann. Dann bog sich der Schlund unters Geschiebe verkanteter Schichten. Das Licht meiner Helmlampe knallte gegen Flächen und verfing sich in Ritzen und Spalten.

»Julian?« Eigentlich hatte ich rufen wollen, aber meine Stimme kam über ein Flüstern kaum hinaus.

»Hierbinnich!« Ein dünner Schrei aus einem Spalt. Der Schacht hatte sich zu einer Rutsche verbreitert, war aber gerade mal noch einen flachbrüstigen Atemzug hoch.

»Ich komme!«

Am blockierten Abseiler drehte ich mich wie eine Spinne mit dem Kopf nach unten. Da, endlich! Im Geschiebe der Schatten ein weißes Gesichtchen mit weit aufgerissenen Augen, zwei weiße Hände am Stein.

»Nicht bewegen, Julian!« Dass er mir bloß nicht vor der Nase vollends abrutschte in die unzugänglichen Falten des Schlunds! »Warte, bis ich dich habe! Hörst du?«

Ich zog meinen Handschuh aus und stopfte ihn in den Gurt. Denn krebste ich seitwärts an ihn heran, verankerte die Fußspitzen in den Schründen und streckte den Arm. »Rühr dich nicht, Julian! Warte, bis ich dich habe!« Die Hand des Jungen war steif und kalt. »Hab dich!«

Und jetzt? Vierzig Kilo halb gefrorenes Fastfood mit einem Arm hochziehen. Man kann, wenn man muss. Julian klammerte sich wie ein Affe in meine Gurte. Ich ließ mich rückwärts gegen die Rampe fallen und schlang eine Leine um ihn.

»Ich habe ihn!«, teilte ich meinem Babyphon mit. »Ihr könnt mich raufziehen!«

Keine Antwort. Na ja, einen Versuch war es wert gewesen. »Hallo, Julian«, sagte ich. »Ich bin die Lisa. Alles okay?«

Der Junge nickte mit dem Kopf an meiner Brust. Ich ertastete ein Seil, das ihm noch um die Hüfte geschlungen war, ein blaues Plastikseil der Marke Dachbodengerümpel. Wenn Julian unterkühlt war, durfte er sich nicht bewegen. Als Journalistin liest man ja so allerlei, was man nie im Leben braucht, auch über den so genannten Bergungstod.

»Deine Mama wartet oben«, plauderte ich, während ich den Jungen in Leinen schlug und an eine Bruststeigklemme hängte und danach die Handsteigklemmen ins Seil einbaute.

Dabei verlor ich den Handschuh.

»Wenn du in eine Höhle gehst, nimm nichts mit, lass nichts zurück, mach nichts kaputt und schlag nichts tot«, spülte mir mein spätpubertäres Studium von Harks Höhlenbilderbuch ins Gedächtnis.

Ich nestelte die Handlampe vom Gurt. Hätte ich nicht noch einmal ins Geschiebe des Toten Endes geleuchtet, dann hätte wohl niemand jemals erfahren, welche Beute die Mägen des Bergs soeben zu verschlucken und zu verdauen im Begriff standen.

Er pfropfte bis zu den Schultern im Spalt. Sein Gesicht konnte ich nicht erkennen, denn der weiße Helm war mit dem erloschenen Auge der Helmlampe gegen die Schachtschräge gesunken.

Die Arme lagen über die Schultern geknickt. Der Schlaz, in dem er steckte, leuchtete, wo kein Schlamm ihn verkrustete, orangerot. Auf ihm ringelte sich wie eine satte Mamba nach dem Biss ein schwarzes Seil.

Vermutlich hatte er Julian das Leben gerettet, denn er hatte verhindert, dass der Junge auf Nimmerwiedersehen ins Tote Ende rutschte.

Julian wandte den Kopf, und ich schwenkte das Licht schnell weg von der Leiche. Das Nachbild brannte sich durch die Netzhaut ins Gehirn. Trotzdem hätte ich mir Janettes Kamera gewünscht.

Mein Handschuh war verloren.

Außerdem wurde es Zeit, das Unmögliche zu versuchen und mit den Steigklemmen klarzukommen. Sie bildeten eine Art Kletterverbund. Man schob die Klemme mit der Hand am Seil empor, samt Fuß, der in einer Schlinge steckte, die mit ihr verbunden war. Nach wenigen Metern glühten mir die Knie, und am Knick war ich völlig außer Atem. Mit Julian im Bauchbeutel kroch ich vor zum Einstiegsschlot. Der Muttermund wollte uns schier nicht durchlassen. Am Perlsinter hatte ich wieder Sprechkontakt mit der Oberwelt.

»Mama!«, schrie Julian.

Scheinwerferlicht schrägte über mir in den Schachtmund und warf krautige Schatten an die Wände. Der Sinter blieb zurück, der Stein wurde rauer. Ich ächzte mich bis zur süßen Nachtluft hinauf. Hark streckte seine langen Arme herein, packte Julian – »Hab ihn! Mach ihn los!« – und zog ihn raus.

Dann erlitt ich eine Kurzamnesie. Als ich meine Umwelt wieder wahrnahm, kroch ich unter dem Felsüberhang hervor in eine von Scheinwerfern durchgeisterte Waldnacht. Am Hohlweg stand ein Krankenwagen. Julian lag schon auf der Trage.

Ich fiel Janette und einem weiteren Sanitäter in die Hände.

»Und wo ist Hark?«

4

»Du übernachtest bei uns, keine Widerrede!«, sagte Janette, als wir ins nächtliche Fachwerk von Trochtelfingen einfuhren. »In deinem Zustand fährst du nicht nach Stuttgart!«

»Brontë fährt doch!«

»Wer?«

Ich deutete auf meinen weißen Porsche vor der dunklen Mauer hinterm Museum.

»Sei nicht kindisch, Lisa! Allerdings, dort kannst du sie nicht stehen lassen! Am besten, du fährst mir nach.«

Ich zupfte den Strafzettel unter Brontës Scheibenwischer hervor und legte ihn zu den anderen ins Handschuhfach. Janette hatte Recht. Schon beim Wenden auf dem Parkplatz überforderte Brontës Widerspenstigkeit meine überanstrengten Arme. Die alte Dame besaß keine Servolenkung.

Janettes Rücklichter leiteten mich durch das Kaff, in dem sechstausend Seelen schliefen. Oder sie sahen fern, vermutlich *Tatort*. Jedenfalls sah man keine. Bis auf eine. Und die hätte ich fast noch überfahren, weil mir Brontë den Lenker aus den Fingern riss, als ich an der Feuerwehr abbiegen sollte. Im Rückspiegel sah ich Hut und Stock enteilen. Es sah aus wie Bodo der Schreckliche. Oder gab es von der Sorte mehrere?

Janette bewohnte mit Mann und Tochter eine Doppelhaushälfte in nordwestlicher Hanglage. Sie schlüsselte uns durch einen Windfang mit Gummistiefeln in eine Diele, die unter der Last der Mäntel, Jacken, Schals und Mützen an der Garderobe erstickte. Im Gang zum Klo die offenen Schuhregale zum Ausstinken und ein Herrensportrad. Wischfeste rote Steingutkacheln.

»Bin wieder da!«, juhute Janette und ließ Harks rote Sporttasche unter der Garderobe fallen. »Hab jemanden mitgebracht!«

Birkenstocksandalen kamen die Treppe herab, in ihnen graue Socken, darüber ausgebeulte Trainingshosen, dann ein schiefes T-Shirt. Florian war ein Kuschelmann mit Halbglatze. Als Leiter von Motivationsseminaren für Manager war er vermutlich ein Crack, aber so wie er mir die Hand hinstreckte, war er absolut unaufregend. »Hallo, Lisa«, sagte er, Pepp in seine Stimme quetschend. »Freut mich, dich einmal kennen zu lernen.«

»Dann kannst du dich auch gleich um sie kümmern, Flori«, ordnete Janette an. »Ich muss noch schnell mit der Redaktion telefonieren. In der Mondscheinhöhle steckt eine Leiche.« Damit wandte sie sich die Treppe hinauf und wäre fast über ein Mädchen im unglücklichen Alter zwischen Babyspeck und Nagellack gefallen, das im gepunkteten Schlafanzug auf den Stufen hinterm Geländergitter saß und sich den Finger durch die Nase ins Hirn bohrte.

»Mein Gott, Laura! Wieso bist du nicht im Bett?«

»Ist sie schon verfault?«, fragte Laura.

»Was, die Leiche? Das kann ich dir nicht sagen, Laura. Da musst du Lisa fragen. Aber in einer halben Stunde liegst du im Bett!« Damit zwitscherte Janette ab.

Das Wohnzimmer verlieh der Doppelhaushälfte mithilfe von gerundeten Massivkiefernholzmöbeln eine biodynamische Note. Dass ich Hunger haben könnte, kam dem Familienvater nach der Abendbrotszeit nicht mehr in den Sinn. Als Getränke standen Wein, Bier, naturtrüber Apfelsaft und Mineralwasser zur Auswahl. Als ich um ein Glas Wasser aus dem Wasserhahn bat, stellte Florian seine haushälterische Inkompetenz durch einen ästhetischen Missgriff unter Beweis und brachte es mir in einem ausgedienten Senfglas.

»Janette hat erzählt, dass du Kletterseminare gibst?«, versuchte ich ihn von dem in meiner Hand zitternden Wasserglas abzulenken, das Laura mit großen Augen verfolgte und mit der Bemerkung quittierte: »Du hast was verschüttet.«

Florian tappte in die Frauenfalle und machte sich daran, mein Hirn mit langatmigen Schilderungen seiner Konzepte einzuschläfern. Erstaunlich, wie viele Männer noch nicht wissen, dass mit der ansteigenden Zahl der Worte, die sie machen, das erotische Thermometer in den Eiskeller fällt. Aber vielleicht kam es Florian ja genau darauf an.

»Die Menschen«, behauptete er, »haben ein wachsendes Bedürfnis nach einer natürlichen Bestimmung ihrer Wertewelt. Das methodische Einbeziehen der Natur in ihrer ursprünglichen Form führt die Seminarteilnehmer zu einfachen und überschaubaren Handlungen, die wiederum die Basis für die natürliche Interaktion in der Gruppe darstellen.«

»Ah«, versuchte ich mich wachzurütteln, »nach dem Prinzip: Treffen sich zwei Jäger … Beide tot.«

»Bitte?«

Laura lachte heftig und erlitt einen Bewegungssturm, der sich darin entlud, dass sie die Schachtel Monopoly anschleppte und auf den Couchtisch knallte.

»Nicht jetzt, Laura«, sagte Florian, hatte aber schon aufgegeben, ehe er das sagte.

»Du hast es versprochen!«, schrie Laura. »Wenn Mama da ist, spielen wir Monopoly. Mama ist jetzt da.«

Konnte es sein, dass sie mich mit ihrer Mutter verwechselte? Oder war es einerlei, wer die Strafe abkriegte für die ständigen Bestechungsversprechen der Erwachsenen? Laura würfelte sich stracks auf die Schlossallee und die Parkstraße, baute Häuser und sahnte ab, während ich umgehend im Gefängnis landete. Danach versuchte ich, durch waghalsiges Geschäftsgebaren so schnell wie möglich Pleite zu gehen, aber so etwas gelingt einem nur im richtigen Leben.

Beim Geldraffen fiel mir eine Uhr an meinem Handgelenk auf. Normalerweise trug ich keine. Richtig, ich hatte sie am Knick in der Höhle gefunden. Während Laura würfelte, wischte ich angetrockneten Schlamm vom Glas. Das Zifferblatt war weiß und trug die Aufschrift: Patek Philippe Genève. Das Gehäuse bestand aus Rotgold, das Armband sah nach Krokoleder aus. Dem Format nach hatte sie am Arm eines Herrn gesessen. Vermutlich hätte ich sie Polizeihauptmeister Rehle zusammen mit der Eröffnung übergeben müssen, dass ich einen Toten gesehen hatte.

Als das Teil kurz vor zehn zeigte, erschien Janette in Hausschlappen mit einem Glas Rotwein. »Julian geht es gut«, teilte sie mit. »Sie behalten ihn zwar noch die Nacht im Krankenhaus, aber er hat sich nicht einmal etwas gebrochen.«

»Kinder sind wie Katzen«, bemerkte Florian würfelnd.

»Und du hast Lisa ja gar kein Glas Wein angeboten, Florian! Was bist du nur für ein Gastgeber!«

Ich winkte ab.

»Du musst mitspielen, Mama!«, rief Laura und drückte ihr ein gelbes Figürchen in die Hand. »Ich schenk dir den Nord- und den Westbahnhof! Und du darfst zweimal würfeln!«

»Weißt du eigentlich, wie spät es ist, Laura?«, mutterte Janette. »Die halbe Stunde ist längst um. Hatten wir nicht abgemacht, dass du dann im Bett liegen solltest?«

»Aber es sind doch Feeerien, und wir sind noch gar nicht fertig!«

»Monopoly ist nie fertig.«

»Noch eine Runde. Bitte, Mama, bitte, bitte!«

»Nur, wenn du zugibst, dass du heute mit Volker, Gerrit und Julian an der Höhle warst.«

Laura knallte das Plastikmännchen aufs Spielfeld, sprang auf und riss dabei das Brett hoch. Häuser und Ereigniskarten hüpften über den Teppich, und Spielgeldscheine flatterten.

»Laura!«, donnerte die Mutter, bückte sich aber schon, um die Scheine einzufangen. »Was soll denn Lisa von dir denken?«

»Das ist mir scheißegal, was diese Scheiß-Lisa für Scheiße von mir denkt!«, kreischte das Mädchen, dass es im Trommelfell klirrte, und rannte hinaus. Florian erhob sich bedächtig und ging dem Kind hinterher. Seufzend ließ Janette sich gegen die Rückenlehne des Sessels fallen.

»Florian hat sicher wieder den ganzen Tag am Computer gesessen und sich Laura vom Hals gehalten, indem er sie zum

Eisessen in den Ort geschickt hat. Mich schimpft er immer überbehütend!«

Ich begann, die Karten und Spielgeldscheine in die Schachtel zurückzuordnen.

»Wer der Tote wohl ist?«, fragte sich Janette laut. »Es wird niemand vermisst hier in der Gegend, sagt Heinz.«

»Vielleicht ist Florian beim letzten Teamgeistseminar ein Manager aus Hamburg abhanden gekommen.«

Janette spitzte ihre Mundwinkel an. Kindisch!, lautete die Zensur, die ihr mir Blick erteilte. »Dann schon eher ein Tourist aus Stuttgart, der wieder nirgends Bescheid gesagt hat. Jetzt wird man die Mondscheinhöhle wohl endlich dichtmachen.«

»Wieso hat man das nicht schon längst getan?«

»Wer kennt sie schon? Sie steht in keinem Höhlenführer.« Janette leerte mit einem Schluck fast das halbe Glas Wein.

»Und wie käme ein Ortsfremder in eine Höhle, die keiner kennt? Außer natürlich der Naturforschende Verein Schwäbische Alb mit seinem Vorsitzenden Hark Fauth, Florian und ein halbes Dutzend Schulkinder.«

»Gerrit wird herumgeprahlt haben mit seinen Höhlenkenntnissen. Was hat er denn sonst? Er ist ein Außenseiter.«

Ich ordnete die Häuser und Hotels in die Fächer.

»Na, morgen wissen wir mehr. Da wird die Höhlenrettung ihn bergen.«

Janette stand auf, ihr leeres Glas in der Hand. Ich probierte, ob meine ausgeleierten Sehnen die Knochen noch zusammenhielten. Ungelenk wie ein Kamel folgte ich Janette in die Küche. In der Spüle verkeilten sich jene Teller, Messer und Tassen, die Männer mit der Bemerkung zu hinterlassen pflegen, sie hätten sie noch in die Spülmaschine geräumt, wäre die Frau ihnen nicht wieder mal zuvorgekommen. Auf dem Tisch stand eine Flasche Rotwein.

Janette goss ihr Glas voll, wandte mir ihre Hinterbackenbällchen im atemberaubenden Spiel der Khakifalten zu, öffnete das

Fenster, holte einen Aschenbecher vom Fensterbrett herein und zündete sich eine Zigarette an.

An die Kante einer Arbeitsfläche gelehnt, den Unterarm quer über der Hüfte, den Ellbogen des anderen Arms in die Hand gestützt, rauchte sie blicklos. Jeder Zug eine Nebelkerze gegen die Unerträglichkeit des Lebens. Ich zündete mir ebenfalls eine Zigarette an und ließ mich berücken vom Reißverschluss ihrer Hüfthose, der den kurzen Weg von der Gürtelschnalle zum Schambein nahm.

»Komisch, dass Hark so plötzlich verschwunden ist.«

»Ich denke«, antwortete Janette, »er musste nach Hause. Er ist allein erziehender Vater.«

»Aber zu Fuß? Und lässt seine Tasche einfach da? Ein paar Minuten später hätten wir ihn gefahren.«

Janette zuckte mit den Schultern, nahm einen Schluck Wein und füllte das Glas sofort nach. Ein roter Tropfen rann den Kelch entlang und zog sich unter den Fuß.

»Wusstest du, dass er Knieprobleme hat?«, fragte ich weiter.

»Nach dem Unfall dachte man, er würde überhaupt nie wieder laufen können. Die Reha hat Monate gedauert.«

»Warum hat er sich dann nicht von der Liste der Höhlenretter streichen lassen? Spätestens am Dienstag weiß jeder, dass nicht der große Hark Fauth, sondern eine zufällig anwesende Tussi aus der Stadt den kleinen Julian aus der Höhle geholt hat. Dokumentiert in deiner Zeitung mit Text und Foto. Das wird Gerrit in der Schule allerlei Spott eintragen.«

»Soll ich lügen?« Janette spitzte die Glut am Aschenbecherrand. »Wenn sich herumspricht, dass ich Fauth in meinem Bericht unterschlagen habe, dann werde ich unglaubwürdig.«

Das Glaubwürdigkeitsproblem hatte ich nicht mehr. Mich musste auch keine Leiche mehr interessieren. Ich konnte mich auf mein privates Problem mit meinem Staatsanwalt konzentrieren.

»Und sollte Hark etwas mit der Leiche zu tun haben …«, sinnierte Janette.

»Warum das denn?«

»Na, es ist schon komisch, dass Hark nicht selbst in die Höhle gestiegen ist. Das findest du doch auch.«

»Hallo, Miss Marple!«

Janette blies versonnen den Rauch über den Küchentisch zum Fenster, wo er zwischen Kalt- und Warmluft verwirbelte. Ich kannte diese Gier. Einmal selbst eine Geschichte auftun, ehe sie im Polizeibericht stand. Selbst einen Mordfall lösen. Wie fremd mir das plötzlich war. Was hatte ich eigentlich all die Jahre getrieben? Ein Leben wie im Fiebertraum. Währenddessen hatte Janette mit Florian ein Kind bekommen und ein Haus gekauft.

Auf Birkenstocks raschelte er in die Küche und meldete, dass Laura schlafe. Die unendliche Erleichterung der Eltern, wenn sie den nachwachsenden Fremdling losgeworden sind, wurde durch meine gastfremde Gegenwart allerdings geschmälert. Janette und ich stauchten die Kippen in den Aschenbecher. Sie besann sich darauf, auch mir ein Glas Wein einzuschenken. Florian stellte den Aschenbecher aufs Fensterbrett, holte ein Bier aus dem Kühlschrank und ploppte es auf. Sie nahm ihr Glas und kreuzte die Arme.

»Ich habe das Gästebett bezogen«, teilte er mit.

»Hoffentlich hast du nicht wieder den zerrissenen Bettbezug genommen!«

»Warum heben wir den eigentlich auf?«

Ich hätte den Wink verstehen und mich ins Gästezimmer zurückziehen sollen. Stattdessen erinnerte ich mich meiner eigenen Suchrichtung. »Wie hieß noch mal der Geschäftsführer der GmbH, die den Truppenübungsplatz erschließen soll?«

»Ernst Schorstel«, antwortete Janette, »entstammt einer alteingesessenen Laichinger Leinweberfamilie. Seinem Bruder, Alfons Schorstel, gehört die Canfax-Gruppe: Außentextilien und Naturmöblierung, Festzelte, Planen, Fahnen, Parkbänke, Aussichtsplattformen, Fahrradständer und so weiter. Sitzt in Laichingen, genauso wie die Natra GmbH von Ernst Schorstel. Ein Narr, der sich Böses dabei denkt.«

»Wieso?«, fragte ich töricht.

»Du weißt ganz genau, Janette«, nölte Florian in seiner langsamen Art, »dass öffentliche Aufträge über fünf Millionen EU-weit ausgeschrieben werden müssen.«

»Wetten, dass Alfons trotzdem den Auftrag kriegt! Und wenn der Bund das Gelände verkauft, ist der Auftrag ohnehin nicht mehr öffentlich.«

»Was für ein Auftrag?«, fragte ich.

»Na was für einer wohl«, antwortete Janette. »Der Truppenübungsplatz braucht Aussichtsplattformen, Parkbänke, Grillplätze und so weiter. Man will regionale Firmen zum Zuge kommen lassen. Wenn die Litauer oder Polen billigere Angebote machen, dann wird man sich was einfallen lassen müssen. Zum Beispiel die Privatisierung des Geländes. Die Natra hat potente Gesellschafter, die nur darauf warten, es zu kaufen.«

War das Grund genug für Oberstaatsanwalt Dr. Richard Weber, sich die Wanderstiefel anzuziehen?

»Florian wird sich da schon was einfallen lassen. Gell, du und deine IPE.«

»Das ist nicht meine IPE«, sagte Florian. »Ich arbeite nur für die, und zwar auf Honorarbasis.«

»Was ist die IPE?«

»Industrie- und Personalentwicklung«, antwortete Janette. »Kurz, IPE. Sitzt in Haid.«

Ich nickte. Auf dem Weg von Reutlingen nach Trochtelfingen war ich durch Haid gekommen.

»Willst du mir etwa vorwerfen, dass ich Geld verdiene, Janette?«, trauerte Florian. »Wovon sollen wir denn das Haus abbezahlen? Außerdem dürfte Lisa das kaum interessieren.«

Doch, brennend. Aber wir mussten uns nun Janettes schrille Erklärung anhören, dass sie durchaus genug verdiene für Laura und sich selbst. »Und wenn wir in Reutlingen wohnen würden, müsste ich auch nicht so viel fahren! Außerdem sind die Schulen besser!«

»Aber wir waren uns doch einig, dass hier oben die Luft besser ist!«, sagte Florian.

»Du warst dir einig!«, schrie Janette und knallte die Tür.

Florian rülpste. »Seit Sibylles Tod hat sich Janette verändert«, bemerkte er. »Ich glaube, sie macht sich Vorwürfe, dass sie ihrer besten Freundin nicht hat helfen können. Aber mit mir redet sie ja nicht darüber.«

»Moment! Hark Fauths Frau war Janettes Freundin?«

5

Es war zu still zum Schlafen in der Kammer unterm Dach. Da ich auf eine Übernachtung nicht vorbereitet war, fröstelte ich in Schlüpfer und Unterhemd unter der Bettdecke. Mein Kreislauf neigte nach Anstrengungen dazu abzusacken. Oder es lag an den Nachwirkungen meines Schocks am Waschbecken. Ich hatte die Uhr unterm Wasserhahn abgespült. Urplötzlich war der Gedanke über mich gekommen, ich hätte diese Uhr schon mal gesehen, und zwar am Handgelenk von Oberstaatsanwalt Richard Weber, der seit nunmehr acht Tagen für mich unauffindbar war. Wenn er das nun war, den ich tot in der Mondscheinhöhle …

»Unsinn!«, redete ich mir ein. »Das ist absoluter Quatsch. Mach dich nicht verrückt!« Nur weil Richard Uhren trug, deren Zeitlosigkeit ans Altmodische grenzte, musste es nicht diese gewesen sein. Ich nahm im Dunkeln mein Handy und simste zum fünften Mal an Richard. »Leiche in Mondscheinhöhle gefunden. Melde dich. L.«, lautete meine Botschaft diesmal.

Als mir das Bewusstsein gerade schwand, tappte jemand die Treppe hinunter und wieder herauf. Zweiter Versuch. Als um fünf die Amseln anfingen, die Neubausiedlung am Hang zu beschallen, war ich wieder wach. Die aufkeimende Dämmerung modellierte in der Dachkammer Omas Nachkriegsmobiliar, das zum Rauswerfen zu schade und zum Wohnen zu düster war. Schließlich verstummten die Amseln und ich schlief, bis die Sonne um die Dachfensterkante bog. Dann weichte ich meine Muskeln unter der Dusche auf, zog das Bett ab und faltete die Laken.

Janette war schon weg, als ich hinunterkam. Unter eine Schüssel, in der Linsen im Wasser quollen, hatte Janette einen Zettel geklemmt, auf dem sie mir mitteilte, sie sei am Lippertshorn bei der Bergung, und Laura und Florian seien zum Pfingstmarkt nach Laichingen gefahren. »Hab einen schönen Tag, Lisa. Melde dich mal wieder.«

Ich verließ das Haus ohne Abschied.

Brontë interessierte sich nicht für landschaftliche Schönheiten. Die Schwäbische Alb war oben eher platt. Das Wetter hatte dem Wetterbericht getrotzt und zeigte Sonne. Das wiederum hatte Familien bewogen Parkplätze anzusteuern. Schilder warnten allenthalben vor Wanderern, die sich mit Hut, Stock, Rock und fliegenden Haaren quer über die Straße stürzen würden.

Auf der Heeresstraße geriet die Kolonne wegen einer Familie auf Rädern ins Stocken. Vater machte die Vorhut, die Kinder schlenkerten in der Mitte und Mutter sammelte von hinten die Verluste ein. Ich hatte Zeit, mich über die Buchstabenanhäufung »TrÜPl« auf den gelben Straßenschildern zu wundern. Sie pfeilte nach rechts ins sich südlich der Landstraße hinziehende Naturparadies der Wälder und Wacholderheide. Da bog ich dann mal ab. Ein weißes Schild stoppte mich an einer rotweißen Schranke.

Militärischer Sicherheitsbereich.
Grenze des Truppenübungsplatzes.
Schieß- und Übungsbetrieb
Blindgänger! Lebensgefahr!
Unbefugtes Betreten des Platzes ist verboten
und wird strafrechtlich verfolgt
Der Kommandant

Hier also. Hier im Gutsbezirk Münsingen ballerte seit über hundert Jahren das Militär. Zuerst das Grenadierregiment des Königs Karl von Württemberg, dann die Amerikaner, danach die Franzosen und schließlich seit 1992 die Bundeswehr. Und in ein paar Monaten zog der letzte Soldat ab. Zurück blieb hinter dem Sichtschutz einer Reihe junger Bäume ein von sechzehntausend Schafen geschorenes Hügelgelände von fast siebentausend Hektar, in dessen Panzerwellen Einmaliges biotobte.

Gen Laichingen schwenkte die Landstraße vom Trüpl weg. Der Raps blühte. Weiße Kalksteinwege peilten das nächste Wäldchen an. Aus Laichingen quoll mir der Pfingstmarkt entgegen. Ein mir unbekanntes regionales Großereignis. Aus Ulm, Esslingen und Reutlingen war man angereist und ruckelte auf der Suche nach einem Parkplatz durch die Straßen bis drüben wieder hinaus. Im Ortskern reihten sich Verkaufszelte dicht an dicht, auf jedem freien Plätzchen der Stadt wucherten Flohmärkte, Menschen zogen in Kolonnen vom Ortsrand hinein oder, mit Harken, Besen, Vogelkäfigen oder Gartenschläuchen beladen, wieder hinaus. Allerdings zogen mehr hinein.

Ich stellte Brontë am Abzweig zur Tiefenhöhle auf dem Fußweg ab. Andere standen da auch schon.

Das Getümmel verklumpte sich gleich an der ersten Wurstbraterei. Überhaupt waren die Fressstände die einzigen, die wirklich Umsatz machten. Socken, Unterwäsche, Kälberstricke, Handtaschen, Magnetschmuck und Stofftiere versperrten die Sicht auf die Fachwerkhäuser und erlaubten kein Urteil, ob die Stadt hübsch war. Der Marktplatz war es jedenfalls nicht. Nicht nur weil gebaut wurde. Zwischen skulpturell hingeworfenen Quadern erinnerte ein Springbrunnen an die Hüle, die einstige Viehtränke im Vulkantufftümpel des Kraters, in dem das Städtchen im fünften Jahrhundert von dem Alemannenhäuptling Laicho gegründet worden war und dann als Leinenweberstadt Karriere gemacht hatte.

Das habe ich natürlich erst später nachgelesen.

Ich kaufte eine dieser modernen metallisch schimmernden Krawatten – silber-rot gestreift – und knüpfte sie mir zum dunkelgrauen Hemd unter die Lederjacke. Bei der Narbe, die mein Gesicht beharkte, genügte in winziger Tupfer, um keinerlei Verdacht aufkommen zu lassen, unter meinem dunklen Kurzhaar ticke ein weibliches Gehirn. Meine geschundenen Designerjeans waren eh unisex und die asics hätten jedem Triathlonläufer Ehre gemacht. So versachlicht konnte ich in jede Hotelrezeption treten und nach Herrn Dr. Weber fragen, ohne Richards Bedürfnis nach Diskretion ernstlich zu verletzten.

Um allerdings das Hotel *Krehl »zur Ratstube«* mit dem Rotary-Schild zu entdecken, musste man die Verkaufsbuden schon ein bisschen beiseite schieben. Ein findiger Bauer hatte aus vier Betonpfeilern und schuppig eingesetzten Brettern Kompostbehälter aufgebaut, die er ausgerechnet mir verkaufen wollte. »Sie könnet nadirlich oins bschtelle, aber des isch ja immer viel Gschäft mit dem Transport. Aber wenn Sie heut Abend wiederkommet, na krieget Sie's glei. Des kloine isch allerdings scho weg.« Hundert Euro hätte das kleine Kompostgehege gekostet, zweihundert kostete das größere, das keineswegs doppelt so groß aussah.

An der Hotelrezeption beschied man mir, ein Dr. Weber sei bei ihnen nicht abgestiegen.

Ich hatte plötzlich Angst, unversehens Florian und Laura in die Arme zu laufen, und zog mich nach nebenan in den ersten Stock des *Café déli* zurück, um Kriegsrat zu halten. In einer Spielecke bauklötzelten Kinder, deren Mütter sich über Latte Macchiato und Cappuccino hinweg anqualmten und über Nudelsalat und Orgasmus sprachen.

Ich bestellte einen Kaffee und einen Grappa, stierte auf die an die Wand gemalten Worte »délicieux, delicious, delicado« und dachte über meine nicht gemachte Karriere als Fremdsprachensekretärin nach. Hätte ich mich an Pömps und Bluse gewöhnt?

Bestimmt hätte ich niemals Richard Weber kennen gelernt. »To your delight, a la delizia, avec délice …«

Wo konnte er der inneren Logik seines Denkens und Handelns nach stecken? Keinesfalls in einer Höhle! Aber was gab es auf der Alb für ihn zu tun, was nicht vom Schreibtisch aus zu machen gewesen war?

Ich zündete mir eine Zigarette an und blickte auf die Marktstände hinab. Es wurde Zeit, dass man den Pfingstmontag den Heuschrecken opferte, dann hätte ich jetzt aufs Rathaus gehen oder das Büro der Natra GmbH stürmen und mit den Sekretärinnen flirten können, damit sie mir sagten, ob ein Herr Weber vorgesprochen hatte, wo der Geschäftsführer sich herumtrieb und ob er die Bücher schönte.

Ein Kind schlug neben mir der Länge nach zwischen den Tischen hin und fing nach einer Schrecksekunde an zu brüllen. Eine der gestylten Mütter sprang auf und versuchte es mit Apfelsaft abzulenken.

Ich nahm mein Handy aus der Jacke. Wieder keine Antwort von Richard. Ein Mal hatte sich ein Kind gemeldet, als ich vergangene Woche sein Handy ansteuerte. Aber die letzten Tage klingelte es nur noch im Leerlauf. Eine Höhlenleiche war auch nicht gerade das, womit man den Staatsanwalt hätte locken können. Richard konnte keine Leichen sehen. Außerdem hatte ein Toter in der Mondscheinhöhle absolut nichts mit wirtschaftspolitischen Mauscheleien, Ernst Schorstel, der Natra und dem Truppenübungsplatz und deshalb auch nichts mit ihm zu tun.

Oder doch? Eine unbekannte Höhle eignete sich gut, um einen Staatsanwalt zu entsorgen.

6

Ich ließ Brontë die Zügel schießen. Sie nahm die landschaftlich schönen Kurven nach Münsingen an der Südflanke des Trüpl entlang mit hundert und mehr, bis mich ein Golf im Sightseeingtempo bremste. Ich hupte. Das war nicht fair, aber schließlich musste auch Brontë Ungerechtigkeiten ertragen. Zum Beispiel war sie in Münsingen auf dem Fußweg die Einzige gewesen, die einen Strafzettel bekommen hatte.

Unter heraufziehenden Regenwolken rollte ich durch Gomadingen zum Bernloch und näherte mich Steinhilben von Norden. Auf dem Feldweg zum Wald am Lippertshorn stand ein weißgrüner Wagen.

»Da könnet Sie net weiter«, sagte der Polizist.

Ich zückte meinen noch gültigen gewerkschaftlichen Presseausweis. »Ich … ich habe einen Verdacht, wer der Tote ist, der da gerade aus der Mondscheinhöhle geborgen wird«, behauptete ich, und meine Stimme rutschte mir weg dabei.

»Na wendet Se sich an den Polizeiposchte Trochtelfinge. Hier könnet mer Se net durchlasse. Wegen der Einsatzfahrzeuge.«

Ich war nicht in Stimmung, mich zu streiten. So wenig streitlustig hatte ich mich überhaupt noch nie in meinem Leben gefühlt. Ich orgelte Brontë rückwärts zur Landstraße zurück und fuhr nach Steinhilben hinauf. Im Sturmschritt bog ein Mann mit Hut, Stock und Pfadfinderrucksack wie dem Wanderparkplatzschild entsprungen um das Schul- und Rathaus auf die Straße. Ich bremste, hielt und leierte das Fenster herunter. »Grüß Gott, Herr Schreckle!«

Der Mann blickte sich um und übersah vor lauter weißem Porsche mich.

»Hallo, hier bin ich, im Auto.«

Bodo Schreckle beugte sich und schärfte seine knallblauen Augen zuseiten einer Hakennase. »Oh, ah! Ich habe Sie gar nicht erkannt.« Er zog den Hut. »Grüß Gott, Herr … äh …«

»Lisa Nerz«, sagte ich.

»Was? Bitte? Oh, ah! Entschuldigen Sie. Das ist mir jetzt aber sehr peinlich. Aber Ihre ... Ich bitte tausendmal um Vergebung.«

»Sie meinen meine Krawatte«, lächelte ich und riss mir den Binder vom Hals. »Eine blödsinnige Maskerade. Ich muss mich bei Ihnen entschuldigen, Herr Schreckle.«

Dazu sagte er nichts, aber jede Falte seines Gesichts verriet die abgeklärte Überlegenheit des Alters über die Selbstdarstellungszwänge der Jugend, zu der ich aus seiner Perspektive noch gehörte.

»Sie könnten mir vielleicht helfen«, sagte ich. »Ich suche dringend einen Zugang zur Mondscheinhöhle, der nicht über den Feldweg führt, wo wir uns gestern getroffen haben. Da steht nämlich die Polizei und lässt mich nicht durch.«

»Hm. Aber ein Stückle müssten Sie schon zu Fuß gehen.«

»Kein Problem.«

Er blinzelte. »Aber erst müssten wir fahren.«

»Steigen Sie ein.«

Etwas knielahm, aber zackig, klappte sich Bodo Schreckle im Beifahrersitz meiner kleinen Brontë zusammen und rasterte mit schmalen Augen die übers lackierte Blech verstreuten Armaturen ab: die silbrige Belüftungswahl mit den blauen und roten Farbtupfern in der Skala, die schwarzen Knöpfe, die runde Ticktackuhr, das Radio mit den rätselhaften Skalen von kurz nach dem Volksempfänger.

»Der Zündschlüssel ist links«, stellte ich gleich klar.

Er nickte. »Baujahr neunundsechzig, schätze ich.«

»Stimmt.«

»Wissen Sie, meine Frau hätte genau den so gern gehabt. Damals. Aber das war halt nicht drin im Lehrergehalt. Wenn sie noch leben würde, dann hätte ich Sie jetzt ganz unverschämt gebeten, mich zu besuchen und mit ihr eine Spritzfahrt zu unternehmen. Das hätte sie sicher sehr gefreut.«

»Und mich erst«, erwiderte ich artig und wendete, seiner Handbewegung folgend.

»Und?«, fragte er. »Was wollen Sie heute schon wieder an der Mondscheinhöhle?«

»Jetzt kommt die pädagogische Inquisition.«

Er linste zu mir herüber. »Was glauben Sie, warum man mich Bodo den Schrecklichen nennt? Weil ich die kleinen Schlawiner in die Ecke stelle? Nee. Sondern, weil ich immer alles ganz genau wissen will.«

Ich lächelte zurück. »Dann werden Sie sicher nicht versuchen, mir weiszumachen, dass Sie gestern Nacht nicht noch mal an der Höhle waren, nachdem Sie erfahren hatten, dass Janette, Hark und ich dorthin unterwegs waren.«

»Jetzt unterziehen Sie mich aber der Inquisition.«

»Dann noch eine Frage: Sie haben doch gestern sehr wohl Kinder im Wald gesehen.«

»Das ist grammatikalisch gesehen keine Frage.«

»Semantik und Grammatik liegen manchmal weit auseinander«, antwortete ich.

Er lachte knarzig. »Sie Schlauberger!«

»Danke für das Kompliment. Und wen haben Sie gestern gesehen?«

»Na ja, Laura und Volker mit den Rädern. Sie sind wie gesengte Sauen aus dem Wald nach Trochtelfingen hinabgesaust. Aber hätte ich Laura bei ihrer Mutter verpetzen sollen? Und wo sie ist, war ja gestern nicht die Frage, gell? Da vorn am Holzstoß, da stellen wir das Auto ab.«

Die Erde war weich neben dem Weg. Brontës Bodenblech matschte.

»Was ist denn nun eigentlich passiert an der Mondscheinhöhle?«, fragte Bodo Schreckle. »Was war mit Julian? Den Krankenwagen habe ich noch gesehen. Reinfallen kann man in die Höhle nicht. Man muss schon einsteigen.«

In diesem Moment klingelte mein Handy. Ich stellte den

Motor ab. Eine Nummer ohne Name auf meinem Display. Es war Janette. Die hatte ich noch nicht in meinem Speicher.

»Lisa, wo bist du?«, fragte sie. Waldvögel im Hintergrund.

»Auf dem Weg zur Mondscheinhöhle. Aber die Bullen lassen mich nicht durch.«

»Und dein Staatsanwalt?«

Was interessierte sie das jetzt? Mein Herzschlag sprengte mich fast. »Ich … ich weiß nicht …« Ich schluckte.

»Jedenfalls wäre es gut«, sagte Janette leise, »wenn du gleich mal schnell hier heraufkommen würdest. An die Höhle, meine ich. Ich sage Heinz Bescheid, damit er die Polizisten instruiert. Du findest den Weg?«

»Ja. Bis gleich.«

Bodo winkelte den Blick.

»Das war Janette«, sagte ich. »Die Bullen lassen mich jetzt durch.«

»Dann brauchen Sie mich nicht mehr?« Er tastete nach dem Türgriff.

»Trotzdem, vielen Dank.« Ich beugte mich über den Rucksack, den er auf den Knien hielt, und half ihm mit dem Türhebel.

»Und wenn Sie mich mal besuchen wollen«, sagte er. »Ich könnte Ihnen einige Ihrer Fragen beantworten.«

»Ja, äh …«

Schon hatte er die Tür zugeschlagen, sich den Rucksack auf die Schultern geschwungen und war zurückgetreten, damit ich wenden konnte. Warum hatte er mir keine Zeit gelassen, ihn zu fragen, ob er mitkommen wollte? Ich hatte nicht die Nerven, das zu klären.

Die Polizisten winkten schon, als ich ankam. Erste Regentropfen fielen.

»Nix für ungut«, sagte der Polizist. »Hätten Sie doch glei gsagt, dass Sie mit dem Heinz bekannt sen.«

Janette empfing mich mit ernster Miene am Aufgang zum Grillplatz vor der Höhle. Aber mein Herz hüpfte: Richard! Nein, falsch! Der Mann im braunen Anzug, der mit dem Rücken zu mir bei Polizeihauptmeister Rehle stand, trug eine Brille.

»Da ischer ja, unser Winnetou vom Elbsandstein«, rief Rehle und kam herbei. »Hasch uns ja geschtern ganz schön 'n Bären uffbunde, eh?«

Immerhin duzte er mich noch.

»Woischt eigentlich, was des alles hier koscht?«

Er schwenkte mit der Hand über das Waldplätzchen. Zwischen den Bäumen sirrten Absperrbänder. Ein halbes Dutzend Männer standen in orangefarbenen Schlazen herum, rauchten und zoteten. Eine Bergungsschale aus rotem Plastik lag bereit, mehrere Kisten und gepackte Schleifsäcke, die man in Höhlen hinter sich herzieht, warteten darauf, entpackt zu werden. Am Baumstamm reihten sich rote Sporttaschen mit aufgedruckter Spinne. Bündelweise lagen Seile herum. Vier grün Uniformierte standen sich die Beine in den Bauch, und auf einem silberfarbenen Metallkoffer saß ein Mann und rauchte, der Leichenbeschauer, extra angereist aus Tübingen.

Der im braunen Anzug stellte sich mir als Hauptkommissar Abele vor. »Und Sie wollen hier gestern eine Leiche gesehen haben?«

Heinz Rehle biss sich die Spitzen seines Schnauzbarts von der Oberlippe. Vermutlich war Abele der Dorfdepp in seiner finalen Rolle als Inspektor Derrick.

»Was ist denn los?«, wandte ich mich an Janette. »Kriegt ihr ihn nicht raus? Oder habt ihr noch gar nicht angefangen?«

»Ha!«, rätzte Rehle. »Rauskriegen, des isch gut. Was sollen wir denn da rauskriegen, Winnetou? Eine Leich isch jedenfalls nicht da onde!«

»Bitte?«

»Da unten ist keine Leiche«, wiederholte Janette in einem Ton knapp unter der Hysteriegrenze. »Und nun fragen wir uns hier alle, was du eigentlich gestern gesehen hast.«

»Eine Leiche jedenfalls nicht, junger Mann!«, arbeitete sich der dörfliche Nick Knatterton nach vorn. »Aber auch das Vortäuschen einer Straftat ist strafbar!«

Allerdings hatte ich nicht behauptet, den Toten in der Höhle auch gleich ermordet zu haben.

»Wenn Sie sich jetzt also bitte mal ausweisen würden.«

»Ihnen, Herr ... äh ...?«

»Kriminalhauptkommissar Abele, PD Reutlingen, wie schon gesagt.«

Ich fragte mich, was fiebriger glitzerte, seine Brillengläser oder die Hundeaugen dahinter. »Mein Ausweis gegen Ihren! Sonst könnt ja jeder kommen, gell.«

Vor meinen Augen grünte grimmig der Ausweis der Kriminalkommissare. Dieser Abele war tatsächlich echt!

»Ich muss mich mal setzen.«

Hätte Heinz Rehle mich nicht mit väterlichem Polizeigriff am Arm festgehalten, ich wäre neben dem Baumstamm im Bärlauch gelandet und hangabwärts gekugelt.

»Möchten Sie jetzt sofort eine Aussage machen, junger Mann? Ihr Gewissen erleichtern.« Verrückt war KHK Abele ohne Zweifel. Als ob er seinen Job im Fernsehen gelernt hätte. Ich gab ihm meinen Personalausweis. Abeles Augen ploppten gegen die Brillengläser. Dann lief er rot an. Schweigend gab er mir den Beweis seines Irrtums zurück, drehte sich auf dem Absatz um und winkte den Polizeiarzt von seinem Koffer zum Abmarsch.

Rehle runzelte die Stirn.

»Keine Leiche?«, wandte ich mich an ihn. »Das kann nicht sein. Wart ihr denn am Toten Ende?«

»Toter geht es nicht«, mischte sich jetzt ein Mann ein, der den orangeroten Schlaz von seinem muskelprallen Oberkörper geschält hatte. »Sogar im Wurmschacht waren wir. Aber nix. Kein Fatz von einem Toten!« Er überprüfte auf meiner Augenhöhe mit breiter Hand den Sitz seines Gemächts.

»Aber ... aber das kann nicht sein!«, sagte ich. »Ich habe ihn ganz genau gesehen. Zwar nur kurz, aber …« Hinter meinen Augen verwischte sich das Bild schon. »Weißer Helm mit Stirnlampe, erloschen, orangeroter Schlaz.«

»Stirnlampe?«, fragte der Höhlenretter. »Welches Fabrikat?«

»Gott, ja …«

»Und der Helm? Weiß war er? Hatte er kleine Luftlöcher, gar keine oder große an der Seite?«

»Ich kann mich an keine Löcher erinnern.«

»Das hilft uns nicht weiter.« Er lockerte das Bein in der Hüfte, schob die Schultern zurück und ließ das Brustbein unterm weißen T-Shirt knacken. Seine Arme waren schwarz behaart.

Ich wandte mich an Rehle. »Er klemmte im Spalt. Die Spurensicherung muss doch Fasern finden, Kratzspuren …«

»Und wie sollen wir die Spurensicherung da nonder bringe, eh?«, erkundigte sich Heinz. »Des send doch keine Höhle'fahrer. Und wie sollen die da onde arbeite? Kopfüber am Seil hängend, eh, Winnetou? Wie hasch dir des denkt?«

Mein Blick zappte von Stiefel zu Stiefel der herumstehenden Höhlenretter, über den zertrampelten Waldboden bis zum Höhlenmund am Felsfuß. Schon gestern Abend hatten wir das Kraut platt gedrückt und jede Menge Reifenspuren auf den Waldwegen hinterlassen. Man hätte heute Nacht eine Elefantenherde an die Höhlen treiben können, um den Toten herauszurüsseln, ohne dass man das jetzt noch kriminaltechnisch hätte feststellen können.

»Und warum«, sagte Rehle, »hätt au justemang heut Nacht einer da nonderkrauche solle? Seltsamer Zufall, gell? Woher hätt der denn wisse solle, dass ma dort geschtern an Dode gefunde hätt?«

Er brachte es auf den Punkt.

»Ich muss mal kurz …« Ganz dringend! Das Wasser stand mir schon Oberkante Unterlider.

»He!«, rief Heinz mir hinterher. »Net weglaufe. Wer zahlt denn jetz des ganze Klomp?«

Als ob man der Polizei jemals auskäme. Außerdem rannte ich gegen einen Baum. Deshalb hatte mich Janette auch gleich eingeholt.

»Lisa! Was ist denn los? Du ...« Sie lachte. »Nicht die Augen reiben! Lass das. Du reibst dir bloß Dreck hinein.«

Ich fand ein Taschentuch und schnaubte. »Ich kann«, eierte meine Stimme, »Richard nirgends finden.«

»Und wer bitte schön ist Richard?«

»Mein ... mein Staatsanwalt. Wir haben uns gestritten. Und nun ist er weg. Verschwunden. Er geht nicht ans Handy und antwortet nicht auf meine SMS. Seit einer Woche!«

»Ach! Dann ermittelt er gar nicht, sondern ist ...« Sie lachte wieder. »... auf Beziehungsurlaub. Aber, Lisa. Kennst du die Männer so wenig? Die brauchen das hin und wieder. Nun mach dich doch nicht verrückt. Wahrscheinlich hat er nur vergessen, das Aufladegerät für sein Handy mitzunehmen.«

»Und wenn ihm etwas passiert ist?« Ich rotzte.

»Was soll ihm denn passiert sein? Wenn er einen Unfall gehabt hätte ... Er ist doch Staatsanwalt. Das hätte sogar in der Zeitung gestanden, und zwar in unserer. Und dann wüsste ich das.«

»Aber wenn er ... wenn er das ist ... das war, da unten?«

»Himmel, Lisa! Deine Fantasie möchte ich nicht haben.«

»Dann hätte bis heute nichts in deinem Blatt über einen Staatsanwalt stehen können, der unter mysteriösen Umständen zu Tode gekommen ist.«

»Dann überlegen wir mal, Lisa. Ist dein Richard Höhlenfahrer?«

Ich schüttelte den Kopf.

»Ist er mit einem Höhlenfahrer befreundet?«

»Nicht, dass ich wüsste.«

»Tja dann!« Sie glitzerte mich an. »Wie soll er dann da hinuntergekommen sein, in voller Montur? Und nun komm. Ich fürchte, das Protokoll wird dir Heinz nicht erlassen, aber vielleicht die Kosten für den Einsatz, wenn du dich glaubhaft zerknirscht zeigst.« Sie nahm mich am Arm.

»Übrigens …« Ich rutschte auf einer Wurzel ab. »Warum hast'n den Bullen nicht gesagt, wer ich bin, Janette?«

»Wer bist du denn?« Sie lachte. »Ich finde, du musst jetzt schon selber sehen, wie du aus deinem Mummenschanz herauskommst.«

Die genarrten Höhlenretter hatten sich inzwischen aus ihren Schlazen gepellt und waren dabei, ihre Ausrüstung zusammenzupacken.

Ich stoppte. »Janette! Wieso sind die Seile rot?«

Sie klappte den Mund auf, ohne ihn wieder zuzumachen. Es gibt Fragen, die stellen sich nicht.

Ich enterte die raue Männerwelt, in der ein junger Mann eben verkündete, er sei mehr der grobmotorische Typ, was der nächste mit einem angedeuteten Faustschlag und einem »Buff!« kommentierte. Gelächter. »Oder wie Bud Spencer«, bemerkte ein weiterer. »Piff-paff-piff-pafff.«

»Eine Frage«, sagte ich.

»Tschuff, tschuff, tschuff!«, fuchtelte sich der junge Mann durch eine imaginäre Reihe von Gegnern. »Kennt ihr die Szene, wo Indiana Jones von einem Samurai angegriffen wird? Zwei Schwerter, ein Messer und tschui, tschui, tschui. Und Indiana Jones zieht eine Pistole und peng.« Er blies über den Revolvermund.

Die Männer bogen sich.

»Entschuldigung! Ich hätte da mal eine kurze Frage!«

Das Gejohle verflog nur widerstrebend.

»Jetzt Grüß Gott au!«, sagte ein großer Grauhaariger.

»Grüß Gottle zusammen.« Meine Forschheit prallte vom einen zum andern und auf mich zurück. Ich drosselte mein Tempo noch mehr. »Ihr seid die von Göppingen?«

»Noi, mir send die Schpeider-Män von der Uracher Spinne.«

»Ah, deshalb die Spinnen auf euren Taschen.«

»Nix für Spinnenphobiker«, bemerkte der Höhlenbär, der mich vorhin nach der Helmlampe gefragt hatte.

Gelächter.

»Wie ich sehe, benutzt ihr rote Seile.«

»Was dagegen?«

Die Herrschaften bogen sich erneut vor Lachen. Der Höhlenbär war jetzt, wo ich stand, einen halben Kopf kleiner als ich, aber dreimal so breit.

»Sind das besondere Seile?«, fragte ich.

»Besondere Männer, besondere Seile, das mögen die Frauen.« Der Bär wandte sich ab, um sich von den Kumpels den gern gezollten Lohn für seinen Witz abzuholen.

»Okay«, sagte ich. »Dann machen wir jetzt den Schwanzvergleich!«

Schlagartig wurde es still.

»Komm her. Du zeigst deinen und ich meinen«, sagte ich. »Und wenn meiner länger ist, dann kriege ich eine Antwort.«

Irgendeinem entfuhr ein Lachen, aber es wurde sofort vom allgemeinen Schweigen niedergeknüppelt.

»Na, was ist?«, sagte ich und fasste mir an den Knopf der Jeans, die hüftig hing.

»Na, Winnie, was ist?«, echote der junge Indiana Jones.

Ich öffnete meinen Knopf und fasste mir an den Zipper. In der Peripherie sah ich die Männer den Atem anhalten. Ein Striptease ist eben immer ein Striptease.

»Auf geht's, Winnie?«, lächelte ich und zippte, den Blick in die blassblauen Gucker des Höhlenbären gebohrt. Seine Kiefermuskeln zuckten.

»Jetz isch's aber gut, mein Junge«, schlichtete der Grauhaarige. »Wenn du seiche musch, na gesch da nom! 's isch a Dame anwesend!«

Gelächter. Winnie lockerte sich wieder. »Also, was willst du wissen?« Er stemmte die Hände auf die Hüften und ließ das Brustbein knacken. »Warum wir rote Seile haben, willst du wissen? Das ist ganz einfach: Die Höhlenrettung verwendet rote Seile, damit man sie unterscheiden kann von denen, die wo die zu Bergenden in den Schacht eingebaut haben.«

Ich knöpfte mich zu. »Und die weißen Seile?«
»Die meisten statischen Seile von Petzl sind weiß.«
»Und was ist ein statisches Seil?«
»Und dich hat der Hark da gestern runtergelassen?«
»Ich bin Freeclimber!«
Winnie zog die buschigen Brauen hoch. »Aber dass ihr an der Wand dynamische Seile verwendet, das weißt du?«
Ich nickte. »Sie geben nach, um die Sturzenergie durch Dehnung zu absorbieren. Höhlenseile tun das also nicht, nehme ich an.«
»Ganz recht«, sagte Winnie. »In einer Höhle sollte man überhaupt nicht ins Seil fallen. Falls es doch mal passiert, falls! …« Er hob seinen kurzen, aber dicken Zeigefinger. »… dann will man sich in einem engen Höhlenschacht nicht alles abschrammen, weil das Seil nachgibt.«
Die neuerliche nahezu haltlose Heiterkeit der Herren half Winnie, sich noch ein Stück aufzupumpen. »Außerdem, hast du schon mal versucht, mit Steigklemmen an einem dynamischen Seil hochzukommen?«
Ich schüttelte das Köpfchen.
»Dann versuch's gar nicht erst.« Winnie packte mich am Arm und spaltete mir mit seinem Daumen durch die Lederjacke hindurch den Bizeps. »Dazu braucht man nämlich echte Muckis. Beim Wichsen kriegst du die nicht!«
Gelächter.
»Und schwarze Seile? Was ist mit denen?«
Er ließ los und wandte sich ab. »Die tät man ja nicht sehen.«
Ich ordnete meine Gedanken. War es doch eine Schwarze Mamba gewesen, die sich auf dem Toten gekringelt hatte?
»Die gibt's schon auch«, sagte der große Grauhaarige. »Beim Sicherheitsdienst für Nachteinsätze.«
»Also beim Grenzschutz und der Polizei?«
»Und bei der Bundeswehr.«

7

Der Regen pladderte, die Scheibenwischer knirschten. Janette saß auf dem Beifahrersitz. Kein Wort über den blechernen Charme meines Gefährts, keine Frage, nach welcher der drei Brontë-Schwestern sie benannt war.

»Und was«, fragte sie endlich, als wir nach Trochtelfingen hinabrollten, »was hättest du gemacht, wenn Winnie ...?«

»Der? Nie! Meiner hätte ja länger sein können.«

Ich spürte, wie Janette mich von der Seite musterte, und blickte nicht hin. Der Regen hatte die Straße im Spalier der Fachwerkfassaden leer gespült.

»Und was war so wichtig daran, dass die Höhlenrettung rote Seile verwendet?«

»Auf dem Toten lag ein Seil. Aber es war weder weiß noch rot, sondern schwarz.«

»Ein Bundeswehrsoldat? Aber in Münsingen sind keine mehr. Und was sollte der in der Höhle gesucht haben?«

Vielleicht die Uhr, dachte ich, sagte es aber nicht. Vielleicht war sie wirklich teurer. Was hätte wohl Kommissar Abele gesagt, wenn ich sie ihm überreicht hätte? Womöglich hätte er mich sofort festgenommen.

Ich kurvte zum Polizeiposten, vor dem Janettes Golf stand. Das Haus daneben übertrieb es eindeutig mit dem Fachwerk. »Aber nun gibt es ja keine Leiche mehr.« Ich hielt und stellte den Motor aus. »Und selbst wenn, es ist nicht mein Job, mich dafür zu interessieren, Janette. Danke für das Bett heute Nacht. Es ... es hat mich sehr gefreut, dass wir uns mal wieder gesehen haben.«

»Mich auch.«

Ich überlegte, ob ich ihr wenigstens ein französisches Küsschen abluchsen konnte. Jetzt, wo sie mich zum ersten Mal bewunderte. Jedenfalls irgendwie.

»Aber die Leiche«, sagte sie, die Hand wieder vom Türgriff

zurückziehend, »kann doch nur jemand entfernt haben, der gestern mitgekriegt hat, dass wir ... dass du sie entdeckt hast.«

»Hast du es jemandem erzählt außer Florian und Laura?«

»Der Stallwache in der Redaktion natürlich, damit er mir Platz freihält für meinen Artikel. Ich habe aber nicht gesagt, um welche Höhle es sich handelt. Und du?«

Ich schüttelte den Kopf. »Und Florian?«

Sie schüttelte den Kopf.

»Und das Haus hat er auch nicht verlassen?«

»Na hör mal, Lisa!«

»So ist das, Janette, wenn man Detektiv spielt. Es ist wie *Einer wird Millionär.* Erst einmal alles ausschließen, und dann ist es entweder C oder die längste Antwort, ob es einem passt oder nicht. Und dann hast du zwar die Million, aber du hast keine Freunde mehr.«

Für eine Sekunde sah es so aus, als hätte Janette mich verstanden. Sie nagte an ihrer Unterlippe und drehte am Ehering. Dann klemmte sie sich die Handtasche untern Arm und langte wieder nach dem Türgriff. »Aber es sind doch nur ganz wenige, die Bescheid gewusst haben.« Sie lehnte sich wieder in den Sitz und blickte mich an.

»Die beiden Polizisten.« Ich nahm die Finger zu Hilfe. »Dann die Klassenlehrerin, Mirjam Kerner, Julians Mutter, Hark Fauth und du und ich. Dann dein Kollege in der Redaktion. Und Hark wird es Gerrit erzählt haben. Auch Julians Mutter war nicht zum Schweigen verpflichtet. Ist Mirjam verheiratet? Dann hat sie es ihrem Lebensgefährten erzählt. Wir haben es Florian gesagt. Macht zehn. Janette, dafür brauchst du eine zwanzigköpfige Soko.«

Janette sinnierte mich lächelnd an. »Unsere zwei Weiberköpfe wiegen zwanzig Bullen auf, meinst du nicht?«

»Ach ja, und Winnie und seine Mannen von der Höhlenrettung, die müssen ja auch gestern Abend alarmiert worden sein.«

»Ich habe Winnie angerufen. Wir kennen uns schon lange,

ich bin mit seiner Frau Eva befreundet. Sie haben übrigens drei Kinder und sie ist schon wieder schwanger. So viel zu Winnies Schwanz.« Sie gluckste.

»Wo sind die überhaupt so schnell hergekommen, diese Uracher Spinnen? Gestern hieß es doch noch, sie seien auf Fortbildung im Schwarzwald. Oder waren das andere?«

»Nein, die Uracher Spinnen, die sind der Vorstoßtrupp aus Bad Urach. Sie saßen schon im Bus zurück und sind gestern Abend gegen neun heimgekommen.«

»Was ist das eigentlich für ein Ku-Klux-Klan?«

»Sie sind Teil des Naturforschenden Vereins Schwäbische Alb.«

»Dessen großer Vorsitzender Hark Fauth ist.«

Janette nickte. »Den Verein gibt es schon ewig. Bis vor zehn oder elf Jahren war Bodo Schreckle der Vorsitzende. Keiner kennt sich mit Ammoniten so gut aus wie er. Dann hat er das Amt abgegeben, um sich um seine schwer kranke Frau zu kümmern. Als Hark den Vorsitz übernahm, hat er den Vorstoßtrupp der Höhlenrettung aufgebaut, den Winnie leitet. Winnie ist Harks Höhlenzwilling. Er war bei jeder Exkursion dabei. Ein technisches Genie, sagt Hark immer. Höhlenforschung ist zu vier Fünfteln Technik.«

»Und was macht dieser Verein? Beschränkt er sich auf Stammtisch, Kassenbericht und Vereinszeitung oder macht er auch Ärger?«

»Was für Ärger denn?«

»Niemand macht so viel Ärger wie ein Naturschützer.«

Janette lachte. »Hark hält im Sommer Bildvorträge über seine Expeditionen. Bodo erscheint auf jeder Baustelle und schaut nach urzeitlichen Fossilien. Das kann schon mal einen Bau verzögern. Aber Ärger machen würde ich das nicht nennen. Außer vielleicht Alexander … Aber …«

»Wer ist das?«

»Alexander ist der Sohn von Heinz Rehle aus erster Ehe. Seine Frau ist ihm vor fünfzehn Jahren mit einem Grafen durchgebrannt. Sie hat Alexander mitgenommen. Sie wohnen in einem Schlösschen bei Münsingen. Alexander macht gerade Abitur. Im Verein kümmert er sich um die Schulen, bringt der Handygeneration die Natur nahe, leitet Kletterfreizeiten und so.«

»Dann kann er klettern.«

»Sehr gut sogar. Er hat etliche Wettbewerbe im freien Klettern gewonnen! Ich habe darüber berichtet.«

»Da schau her. Da haben wir doch schon den ersten Verdächtigen. Er kann klettern, und er kann durch seinen Vater von der Leiche erfahren haben. Natürlich müsste er vorher einen Mord begangen haben. Am besten, wir sagen es gleich dem Vater. Er kann dann selbst los, seinen Sohn festnehmen.«

»Du bist unmöglich, Lisa!« Sie legte den Kopf schief. »Wie isses? Willst du nicht doch noch ein bisschen bleiben? Wenigstens zum Abendessen! Florian macht Linsen mit Spätzle. Da kann immer noch ebber mitessen.«

Ich versuchte, eine Entscheidung zu treffen, aber meine Kriterien waren mir abhanden gekommen.

»Du musst doch nicht arbeiten morgen«, lockte Janette. »Und ich habe auch frei. Da könnten wir doch noch ein bisschen … Hm?«

»Da gibt es allerdings ein kleines Problem, Janette. Ich bräuchte frische Unterwäsche. Und eine Zahnbürste.«

»Kriegst du von mir.«

»Und morgen muss ich mich um einen Staatsanwalt kümmern.«

»Du glaubst doch nicht immer noch, dass er der Tote im Schacht war!« Sie lachte.

Hatte ich anlässlich meiner ersten Leiche eigentlich auch dermaßen gelacht? Ein Wurm von Angst fraß sich durch mein Gedärm.

Sie zog sich, kaum zu Hause, an ihren Laptop zurück, um den Artikel für ihr Blatt zu schreiben, und ich fragte Florian, ob ich mal seine Flatrate benutzen dürfte.

Sein Flachbildschirm stand in einem ausgebauten Dachstübchen. Ein Männernest mit Hometrainer, Fernseher und Bücherregalen voller broschierter Buntware über Computer, Kommunikationspsychologie und Speläologie. Florian hatte in Tübingen Psychologie, Soziologie und Betriebswirtschaft studiert – was nicht sonderlich gepeilt aussah – und entwarf für die Firma IPE Konzepte für ein Motivations- und Teamtraining des mittleren Managements.

»In den Kletterparks und Höhlen der Schwäbischen Alb«, ermunterte mich eine Broschüre auf dem Tisch, »sollen in der Gruppe das Verhalten in außergewöhnlichen Situationen, Gemeinschaftssinn, Risikobereitschaft, Verantwortungsbewusstsein und Belastbarkeit getestet und gestärkt werden.«

Ich vertrieb alle Höhlenleichen aus meinem Kopf und googlete mich über die Alb durch Münsingen, das Alte Lager und die Herzog-Albrecht-Kaserne. Die Laichinger Tiefenhöhle kam mir immer wieder in die Quere. Ansonsten gab es nicht viel. An einem Pfingstmontag hatten offensichtlich nicht nur Ämter, Behörden und Parteibüros dicht, sondern auch schwäbische Heimseiten im weltweiten Netz. Nur so viel verriet es mir: Es gab eine Stadt Münsingen und einen Gutsbezirk Münsingen. Der war gemeindefreies Gebiet und besaß keine gewählte Gemeindevertretung. Den Gutsbezirksvorsteher bestellte die Oberfinanzdirektion. Er diente genau 259 zivilen Einwohnern und hatte sein Büro in der Stadt Münsingen.

Nach einer Weile fiel mir auf, dass die Natra sich offensichtlich zu fein für einen Internetauftritt war.

Immerhin existierte sie, wie ich dem elektronischen Bundesanzeiger entnehmen konnte. Der Eintrag der Natra GmbH ins Handelsregister war im Oktober vorigen Jahres bekannt gegeben worden. Sitz der Gesellschaft mit beschränkter Haftung war Laichingen. Geschäftsführer wie bekannt, Erich Schorstel, der ehemalige persönliche Referent des Alten. Sein Stellvertreter hieß auch irgendwie. Die Natra war dem Trend der Zeit gefolgt und hatte die Kosten aufgeteilt. Ein Drittel trug das Land, zwei Drittel brachten Privatinvestoren auf, die wiederum eine Beteiligungs-GmbH gebildet hatten, deren Geschäftsführerin Heidemarie Wunder-Schorstel hieß.

Na!

Hauptgesellschafter der Beteiligungs-GmbH war nicht Alfons Schorstel mit seinen Canfax-Naturtextilien, sondern ein gewisser Ivan Räffle, ein Bauunternehmer mit Firmensitz in Laichingen. Er brachte achtzig Prozent des Kapitals auf. Die anderen beiden Gesellschafter hießen IPE und Canfax.

Ein insgesamt doch sehr familiäres Unternehmen.

Aber reichte das, um die Justiz in Gestalt von Richard Weber auf den Plan zu rufen? Hätte er dazu geneigt, sich mit der Politik anzulegen, wäre er niemals Oberstaatsanwalt für Wirtschaftsstrafsachen geworden. Richard stammte aus Balingen, der Stadt der Millionäre, und hatte als Pietist mit der Konfirmation den Wert der Geldabschöpfung aus den gesellschaftlichen Gegebenheiten als Liebesbeweis Gottes verinnerlicht. Auf die journalistische Grobmotorik, mit der wir aus individueller Geldvermehrung einen Skandal machten, reagierte er mit viel juristischer Abgeklärtheit.

Und ich war keine Journalistin mehr. Um herauszufinden, ob ich überhaupt noch etwas war, hätte ich jetzt Richard mal wirklich gebraucht. Aber der steckte ... Angstwürmer verstopften mir die Luftröhre.

Ich gruppierte die Suchbegriffe neu. Plötzlich fiel mir eine Ausschreibung aus dem Netz in den Schoß. Es war nicht die Ausschreibung selbst, sondern eine Vorinformation über eine öffentliche Ausschreibung des Gutsbezirks Münsingen, die Florians IPE ins Netz gestellt hatte.

Der Auftrag bewegte sich in einem Kostenrahmen von 180 Millionen Euro und umfasste Aushub- und Erdbewegungsarbeiten und die Planung und Ausführung eines Wegenetzes unter Berücksichtigung eventueller Gefahrenpotenziale durch Kampfmitteleintrag in den Boden bis hin zur Beschilderung eines Naturlehrpfads mit Beobachtungsplattformen für Ornithologen. Das alles in die Hand eines Unternehmers zu legen, war so gut wie eine Privatisierung.

Ich gab Druckbefehl.

Eine womöglich tatsächlich erfolgte EU-weite Ausschreibung fand ich nicht. Ganz offensichtlich suchte die Natra nicht mehr Öffentlichkeit als unbedingt nötig.

Ein Besuch in dieser Firma war wohl unumgänglich. Ich durchforschte mein persönliches und das elektronische Gedächtnis nach Dingen, die der Journalist mal irgendwo gelesen hat, aber nie in seinem Leben braucht. Die chaotische Finanzgesetzgebung der letzten drei Jahre gebar den schönen Begriff »Umsatzsteuernachschau«.

Dann ging ich Janette stören. Sie klemmte kurzsichtig zwischen Bügelbrett, Staubsauger, Eimern und Kehrschaufeln an einem Tischchen in einer Kammer vor ihrem Laptop und tippte. Das Fenster stand offen. Im Aschenbecher krümmten sich drei Zigarettenkippen.

»Weißt du«, sagte sie, »was ich mir gerade überlege?«

»Was?«

»Es sind ja eigentlich zwei Geschichten. Einmal eine über dumme Jungs, die die Gefahren einer Höhle unterschätzen …«

»Mach mich nicht zur Heldin, Janette!«

»Habe ich auch nicht vor, Lisa!« Sie feixte, zupfte an einer Zigarette und stieß sie wieder in die Schachtel zurück. »Die zweite Geschichte handelt von der Bergung einer Leiche, die nicht vorhanden ist. War das nun ein Fehlalarm, oder ist es ein mysteriöser Mordfall?«

»Mord ist es immer dann, wenn man jemandem nachweisen kann, dass er geplant hat, den Menschen umzubringen. Sonst ist es Totschlag.«

Janette schnaubte. »Das ist nicht der Punkt, Lisa! Ich könnte einen langen Artikel über eine verschwundene Leiche schreiben oder einen Achtzeiler über einen Einsatz der Uracher Spinnen, der ergebnislos verlief. Und ich frage mich, was den Täter eher nervös machen würde.«

»Du willst den Täter nervös machen? Das ist aber nicht primär die Aufgabe des Journalisten, Janette.«

Sie drehte sich zu mir um und maß mich von unten nach oben. »Deine Arroganz habe ich noch nie leiden können, Lisa!«

»Höre ich da eine leichte Kritik an meiner Wesensart heraus?«

»Weißt du, wie du mir vorkommst, Lisa? Du kommst mir vor wie ein kleiner Junge, der rülpst und rüpelt, um die Erwachsenen zu provozieren. Und der immer seine kleine Schwester an den Zöpfen zieht, denn dann weiß er wenigstens, warum ihn niemand lieb hat, seine kleine Schwester aber jeder. Aber so warst du schon immer.«

»Jaha, auf dem Dorf, da gibt es kein Pardon«, sagte ich. »Da kann einer Massenmörder werden, und die Nachbarn erinnern sich, was für ein liebes Kind er war. Und da kann ich gesittet säuseln, und du erinnerst dich daran, wie wegen mir nach dem Schwimmunterricht einmal die ganze Mädchenumkleide gekreischt hat, weil ich allen an die Titten gelangt habe, übrigens nur dir nicht.«

»Daran erinnere ich mich beispielsweise nicht!«

»Denn eigentlich hatte ich natürlich dir an die Titten gehen wollen, Janette! Aber du hast damals schon so streng auf mich Qualle herabgeblickt. Also bin ich halt infantil geblieben.«

»Und jetzt mir die Schuld zuschieben! Das könnte dir so passen!« Der Hauch eines Lächelns huschte über Janettes volle Lippen.

Ich fasste das hübsche Kinn. Aber bevor das Vögelchen aus dem Totstellreflex erwachte und flatterte, ließ ich los und zog mich zurück.

In der Küche stand Florian, über die Schüssel mit den gewässerten Linsen gebeugt. Auf dem Tisch hatte er Saitenwürste, Bauchspeck, Lauch, Möhren, Zwiebeln, Sellerie, Salz, Pfeffer,

Rotweinessig, Nelken, Lorbeerblätter und Butter aufgebaut. Ich schaute mich verstohlen nach der Fernsehkamera um.

»Kochen«, erklärte er, »ist ein Weg zurück zu den natürlichen Grundlagen des Lebens. Deshalb verwenden wir nur einheimische Produkte.«

»Ich wusste gar nicht, dass man auf der Alb Linsen anbaut!«

»Inzwischen wieder, und zwar in Meidelstetten.«

Woraus ich schloss, dass dieser Ort die Eigenschaft der Nähe besaß, welche die Bezeichnung regional noch zuließ.

»Linsen hat es immer gegeben auf der Alb. Sie mögen nährstoffarme Böden. Allerdings sind sie empfindlich gegen Nässe und Kälte, weshalb der Ertrag schwankt. Außerdem stecken in jeder Schote immer nur zwei Linsen. Und wer macht sich in Deutschland heut noch so viel Gschäft.«

»Aber die Spätzle, die schabst du nicht selbst.« Ich deutete auf die Ware in der Klarsichttüte.

Musste er nicht, denn diese Spätzle waren von Alb Gold, und das war nicht nur *die* Nudelfabrik von Trochtelfingen, sondern sie produzierte nach Florians Worten auch das Beste, was man maschinell an Teig- und Eierwaren überhaupt herstellen konnte.

Es waren noch gut zwei Stunden Zeit, bis das Lieblingsessen der Schwaben – und ihrer Todfeinde, der Badener – auf dem Tisch stehen sollte. Die würde Florian vermutlich brauchen, um den ganzen Weg zurück zu den Grundlagen seines Lebens zu gehen.

»Soll ich was helfen?«

Florian kratzte sich das Kinn. »Du könntest vielleicht die Zwiebeln …«

»Oh, da fällt mir ein: Ich muss noch mal schnell weg.«

8

Noch immer stand im Flur Harks rote Tasche mit dem Kletterzeug. Darauf lagen eine hellblaue Kinderjacke und ein verschwitztes Radlertrikot, das von Florians Körperertüchtigungsprogramm zeugte. Ich spitzte die Finger, beseitigte beides und nahm die Tasche mit.

Wind und Regen schufen den nahtlosen Übergang vom Frühling zum Herbst. Ich schwenkte hinter Steinhilben ins Tal. Das Anwesen am Waldrand tropfte. Regenstille auf allen Schindeln. Aber die Fenster der Scheune standen offen.

Als ich mit Harks Sporttasche auf die Haustür zuknirschte, vernahm ich auch schon das bedrohliche Gefiederrascheln. Graf Huckebein hockte in einem offenen Scheunenfenster und linste nach mir, erst mit dem einen, dann mit dem anderen Auge zuseiten seines hammergewaltigen Schnabels. Die Nackenhaare stellten sich mir. Da ließ Huckebein sich auch schon fallen und segelte knapp über dem Boden auf mich zu. Ich drückte mich gegen die Haustür und gefror. Er schwenkte hoch und landete auf der Dachrinne. »Onk!«

Im selben Moment gab die Tür nach. Für zwei Sekunden verlor ich gänzlich den Überblick. Im Augenwinkel sah ich das schwarze Geschoss und duckte mich, ein Flügel streifte mich, das Biest flatterte in den Gang, ich stolperte über die Tasche und ging zu Boden.

Gerrit blickte verwundert auf mich herab.

»Hallo, Gerrit. Ich bringe die Tasche deines Vaters.«

Das Kind schwieg dunkeläugig und mit Strichmund.

Ich rappelte mich wieder in eine erwachsene Lage. »Ich bin die Lisa. Erinnerst du dich? Janette und ich, wir haben deinen Vater gestern abgeholt. Er hat die Tasche oben an der Höhle vergessen. Ist er … äh, ist er da?«

Gerrit nickte.

»Übrigens«, sagte ich. »Es tut mir Leid, was ich gestern zu deinem Vater gesagt habe. Dass er Schiss hat und kneifen will, meine ich. Das war falsch.«

Mein Ungeschick mit Kindern wurde dadurch vermehrt, dass sie mir nicht mit Floskeln halfen, mich durch die Konversation zu seilen.

»Papa ist in der Werkstatt.«

Damit drehte Gerrit sich um und ging einen verwinkelten Gang entlang. Alte Höfe besaßen oft vom Wohnhaus einen Zugang zu den Stallungen und zur Scheune. Und was für eine Scheune! Ausgebeint und renoviert bis unters gigantische Gebälk. Und taghell im Licht von Scheinwerfern. Während ich noch nach rückwärts lauschte, ob Graf Huckebein mich von hinten überfallen würde, sah ich mich schon dem nächsten Flugdrachen gegenüber.

Seine Spannweite betrug bestimmt vier Meter. Er hockte auf einem Bock in der Mitte der Scheune, besaß einen Hakenschnabel mit Zähnen und einen ebenso langen Fortsatz am Hinterkopf.

»Ein Archäopteryx«, fiel mich eine Stimme von der Seite an. Hark Fauth materialisierte sich gipsfarben und verstaubt in einer Ecke zwischen Säcken, Drahtrollen, Steinen, Eimern und Hölzern. »Es ist ein Modell aus Supraleichtplastik in halber Lebensgröße. Diese Viecher sind vor hundertfünfzig Millionen Jahren auf der Alb herumgesegelt. Eine Übergangsform zwischen Reptil und Vogel. Er hat noch einen Eidechsenschwanz, aber auch schon das so genannte Rabenbein, das ein Vogel an der Brust braucht, damit seine Flugmuskeln einen Ansatzpunkt haben. Ein Archäopteryx hat sich nicht nur im Gleitflug von Felsen gestürzt, er konnte richtig mit den Flügeln schlagen. Übrigens hatte er Federn. Ursprünglich sollten die Federn die Echsen nur wärmen, aber dann hat die Evolution entdeckt, dass man damit fliegen kann.«

»Wie schön!«, sagte ich.

»Wir bauen eine Fernsteuerung«, erklärte Gerrit, »und dann kann er auch fliegen. Ganz bald!«

»Toll!«

»Er hat Steuerungsklappen wie ein Flugzeug. Papa hat das ganz allein gebaut. Mit meiner Hilfe!«

»Ich dachte, du bist Paläontologe?«, sagte ich.

»Studiert habe ich schon mal nicht!«, antwortete Hark. »Was ich mache, heißt: Naturwissenschaftlicher Präparator. Ich stopfe tote Viecher aus. Dermoplastie nennt man das in der zivilisierten Welt. Früher habe ich mich mehr mit nicht ausgestorbenen Tieren beschäftigt. Und wenn ein Vergnügungspark einen Bären braucht, dann machen Gerrit und ich das immer noch zusammen.«

Gerrit hatte sich inzwischen vertrauensvoll unter die Fittiche des Archäopteryx verkrümelt.

»Aber mein Geld verdiene ich damit, Saurier zu rekonstruieren oder Modelle für Naturkundemuseen zu bauen. Der Archäopteryx, das ist allerdings mein Privatvergnügen.«

Vergnügt klang er nicht.

»Hark, warum bist du gestern Abend so plötzlich verschwunden?«

Der Mann blickte zu seinem Sohn hinüber und senkte die Stimme. »Wofür hätte ich mir wohl gratulieren lassen sollen? Dafür, dass ich Julian nicht bergen konnte?«

»Und warum –«

»Übrigens wäre ich dir dankbar, wenn du mich und meinen Sohn künftig in Ruhe lassen würdest. Hier gibt es nichts, was die Presse etwas anginge. Absolut nichts!«

»Ich bin nicht die Presse. Ich wollte dir nur die Tasche mit deiner Ausrüstung bringen.«

»Dann danke schön!«

»Ich vermute, du hast noch mehr Seile und –«

»Ich wüsste nicht, was dich das angeht!« Seine wolkengrauen Augen zuckten von mir fort zum Fenster. In dem Moment, wo ich Federn rascheln hörte, landete Graf Huckenbein auch schon auf meiner Schulter.

»Hilfe!«

Gerrit lachte.

Der Rabe atmete hörbar und knispelte knackend und schmatzend an meinem Ohr. Mir brach der Schweiß aus.

»Er will nur spielen!«, sagte Hark. Sogar lachen konnte er. Freundlicherweise zögerte er nicht allzu lange, seine kräftigen Hände an muskulösen, blond behaarten Unterarmen auszustrecken und die reichlich ein Kilo blau schillernde Spielwut in Bussardgröße von meiner Schulter zu heben. Auf Harks Hand sträubte Graf Huckebein sein zottiges Kehlgefieder und linste mir gierig in die Augen. »Krärrr!«

»Das hat er noch nie gemacht«, behauptete sein Herr mit rauer Zärtlichkeit in der Stimme. »Eigentlich schätzt er Fremde nicht.«

Guter Witz!

9

Brontë rettete mich in die Altstadt von Trochtelfingen. Leer war kein Ausdruck. Es herrschte Vakuum kurz vor der Implosion. Ein Kindergefühl von Freiheit und Trauer stellte sich ein, das Gefühl, in meinem Dorf als Einzige überlebt zu haben zwischen Bushaltestelle, Rathaus, Kriegerdenkmal und Kirche. Eine Täuschung, alles Plüsch, denn man war nie allein. Alle Fenster hatten Augen.

Ich hielt, parkte, stieg aus und ging ins *Café Hanner*, wo ein paar Überlebende Tortenstücke verspeisten. Keiner unter fünfzig.

»Die Straß nonder, hinterm Wehrturm. A Holzhäusle, net zu übersehe!«, beschied mir die Verkäuferin, unter dreißig.

Holzhäusle? Ach was! Es war ein von Rosen umschlungenes Holzschlösschen mit geschnitzten Fensterstürzen. In der Einfriedung waren wagenradgroße Ammoniten vermauert, im Garten blühte und tropfte alles, was der Frühling hergab. Den Weg zur Haustür säumten knorrige Wurzeln und löchrige Kalksteine.

Hinter den Fensterscheiben hingen Klöppelgardinen, über der Klingel war ein getöpfertes Namensschild angebracht.

»Oh, ah!«, stammelte Bodo Schreckle, erfolglos bemüht, seine unbändige Freude zu verbergen. »Das ging aber schnell. Bitte einzutreten in meine bescheidene Hütte. Fühlen Sie sich ganz wie zu Hause.« Er trug ockerfarbene und kleinteilig gemusterte Nachkriegsware und Hauspantoffeln. »Was darf ich Ihnen anbieten? Kaffee, Tee, Kakao … äh …«

»Aber nur, wenn ich nicht störe!«

»Wobei sollten Sie einen alten Mann stören? Meine CDs kann ich zu jeder beliebigen Zeit hören. Wenn Sie fünf Minuten haben, dann gehe ich schnell zu *Hanner* und hole Kuchen. Obstkuchen oder Cremetorte?« Er griff nach Hut und Jacke, die neben einem Stock einsam an der Garderobe hingen.

»Es gießt!«, gab ich zu bedenken. Doch irgendetwas musste ich ordern, wenn ich seine Flucht in den Kuchen stoppen wollte. »Aber ein Kaffee, das wäre sehr schön. Bei Florian und Janette gibt es immer nur Tee.«

»Ihr Wunsch ist mir Befehl.«

Der Weg zur Küche war gespickt mit Möbeln, auf denen Reisebeute stand, Südseemuscheln, Treibholz, Vasen mit fremdländischen Disteln, Dorngezweig und Trockenblumen. An den Wänden hingen Fotos blauer Buchten, steiler Felsen, toter Tintenfische über einer Leine, Gischt in einer Grotte. Mittendrin immer wieder eine drahtige Frau in Kniebundhosen, Wanderstiefeln und karierten Hemden. Fast immer lachte sie, und selbst wenn sie nur lächelte, entfachte sie Heiterkeit in meiner Seele.

»Eigentlich hatte ich gar nicht damit gerechnet, Sie zu Hause anzutreffen«, konversierte ich, während Bodo Schreckle die Kaffeemaschine befüllte. »Sie sind viel unterwegs.«

»Das hält rüstig. Oder fit, wie man heute sagt.« Seine Hand zitterte leicht. »Und es kostet kein Geld.«

Die Tassen klapperten auf den Untertassen, als er sie hinüber in ein Wohnzimmer trug, das mir die Sprache verschlug. Ammoniten, überall Ammoniten! Kleine, große, schwarze, weiße, gelbliche, welche mit vielen Spiralen, welche mit nur einer, grob gerippte und fein gerippte, welche, die aussahen wie glasiert, andere rau und rissig.

Schreckle stellte die Tassen hin, griff sich in die Hosentasche und ließ ein weißes Steinchen in meine Hand gleiten.

»Sieht aus wie eine Muschel«, bemerkte ich. Es ribbelte unter dem Daumennagel.

»Es ist eine versteinerte Muschel«, sagte er. »Ich habe sie auf dem Weg gefunden, gleich nachdem Sie mich vorhin am Holzstoß abgesetzt hatten. Die Alb ist ein einziges Fossilienmuseum. Unsere Höhlen verdanken wir der Zeit, als das Jurameer vor etwa hundertfünfzig Millionen Jahren austrocknete und das Wasser unterirdisch ablief. Sobald Sie irgendwo ein Haus bauen, stoßen Sie auf Malm, die oberste und jüngste Sedimentschicht, der Weiße Jura, und auf versteinertes Meeresgetier, Fische, Korallen, Ammoniten, Muscheln. Nein, behalten Sie sie. Ich habe genug davon. Renate und ich – Renate, so hieß meine Frau – sind auf jeder Baustelle gewesen, und je mehr Ammoniten wir fanden, desto fieberhafter haben wir gesucht. Bitte setzen Sie sich doch.«

Renates Foto stand an prominenter Stelle in einem Fach der Eichenschrankwand. Ihr rabenschwarzes Kurzhaar vom Flur war mittlerweile grau meliert. Die dunklen Augen sprühten immer noch, vielleicht sogar noch mehr.

»Sie ist vor zehn Jahren an Krebs gestorben.«

»Oh, das tut mir Leid.« Wie hatte er nur die Trockenblumen im Korridor so lange konservieren können?

»Und Sie?«, fragte er, nachdem auch er in einem der ausladenden Sitzmöbel aus metallisch grünem Samt mit Bommeln und Troddeln an den Lehnen und unteren Kanten saß. »Was ist mit Ihnen? Liebeskummer, hm?«

»Was? Nein! Wie kommen Sie denn darauf?«

»Ach, Sie sehen traurig und verwirrt aus. Aber ich wollte nicht indiskret sein.«

»Doch, genau das wollen Sie!«

Er versenkte ein Lächeln unter seiner Hakennase und schenkte Kaffee aus. »Wissen Sie, ich bin ein guter Zuhörer. Milch? Zucker? Das ist der Vorteil des Alters. Man hat selber schon so viel dummes Zeug gesagt, dass man lieber anderen zuhört.«

»Und die sagen dann dieselben Dummheiten.«

Bodo der Schreckliche lachte. »Für einen Dorfschullehrer ist es durchaus ein Abenteuer, die berühmte Lisa Nerz zu Gast zu haben.«

»Bitte?«

»Ich lese Zeitungen, Frau Nerz. Das waren doch Sie, die seinerzeit in Vingen den Sohn des Saftfabrikanten und Gestütsbesitzers Gallion geheiratet hat? Und dann der Unfall, der gar kein Unfall war, sondern Mord, wie Sie später herausgefunden haben. Ihr Mann starb dabei und Sie überlebten schwer verletzt. Wenn ich auch betonen will, dass die Narben Ihrem Gesicht eine ungemein interessante Note geben und keineswegs so ins Auge fallen, wie Sie das vermutlich bei dem überkritischen Blick in den Spiegel finden, den Frauen nun mal an sich haben.«

Ich musste lachen und schlürfte mit stiller Seele den heißen Kaffee.

»Und gab es da nicht auch eine ziemlich tödliche Geschichte mit der Chefin einer feministischen Zeitung? Ach ja, und der Kultusminister, der musste wegen Ihnen zurücktreten.«

Ich schnurrte innerlich. Man musste vielleicht ein bisschen suchen gehen nach der eigenen Berühmtheit, aber hier und da wurde man doch fündig in den Nestern auf der Alb.

»Und wie kann ich Ihnen nun helfen?«, fragte er.

Ich erwachte nur halb aus meiner Eitelkeit. »Es geht um den Truppenübungsplatz Münsingen.«

Schreckle zog die Augenbrauen hoch.

»Was dachten Sie denn?«, fragte ich.

»Ich dachte, Sie wollen von mir etwas über Hark Fauth wissen.«

»Wieso über den?«

»Weil seine Frau unter ungeklärten Umständen ums Leben gekommen ist. Das ging damals ziemlich durch die Presse.«

Ich lachte gemütlich. Mehr von mir zu geben, hätte das Risiko bedeutet, dass Bodo Schreckle sich tatsächlich in einen guten Zuhörer verwandelte.

»Ein verschlossener Mensch, unser Hark. Raue Schale, weicher Kern. Das Höhlenkrokodil. Aber seit seinem Unfall war er in keiner Höhle mehr, soviel ich weiß. Sein Vater ist Förster in Laichingen, ein Schulfreund von mir. Man kennt sich halt, hier heroben. Übrigens, was war heute wieder los da oben an der Mondscheinhöhle? Gestern ist Julian reingefallen. Das hat mir Frau Kerner inzwischen erzählt, die Klassenlehrerin. Gott sei Dank hat er sich nicht ernsthaft verletzt, wie ich höre. Nur etwas unterkühlt war er. Kein Wunder nach fünf Stunden. In unseren Höhlen herrscht eine konstante Temperatur von acht Grad. Wie in einem Kühlschrank. Übrigens hat Frau Kerner noch etwas sehr Erstaunliches erzählt.«

»Was?«

»Sie, Frau Nerz, waren es, die den Julian hochgeholt hat, nicht unser großer Hark Fauth.«

»Er hat Probleme mit seinem Knie.«

»Tatsächlich?« Bodo nagelte seinen blauen Blick in meinen. »Wenn Sie mich fragen, Frau Nerz, dann hat Hark Fauth ein ganz anderes Problem.«

»Ah ja?«

»Ja.« Bodo lehnte sich zurück. »Ich glaube, er leidet unter Klaustrophobie.«

Ich musste lachen.

»Das klingt verrückt, ich weiß. Fast zwanzig Jahre lang kraucht unser Hark durch sämtliche Höhlen der Erde, und es gibt nichts, wovor er sich fürchtet, und auf einmal hat er Platzangst.«

»Und wie kommen Sie darauf?«

»Ich habe da etwas beobachtet, letztes Jahr in einem Restaurant in Engstingen. Hark hatte einen unter den Sommergästen so beliebten Bildvortrag über die Höhlen der Schwäbischen Alb gehalten. Wahrscheinlich zahlt man ihn gut dafür. Ich war nur zufällig dort, um etwas zu trinken. Hark hat mich gar nicht gesehen. Er wollte zu den Toiletten. Da war eine von diesen Treppen, die eng und steil nach unten gehen, ockergelb gestrichen, grottenschummrig. Und wissen Sie, was dann passierte? Nichts. Hark ist nicht hinuntergegangen. Er hat eine Weile mit sich gerungen, dann ist er auf dem Absatz umgekehrt. Und Harndrang ist Harndrang!«

»Aber gleich Klaustrophobie?«

»Waren Sie schon mal bei ihm zu Hause? Ist Ihnen nicht aufgefallen, dass immer ein Fenster offen steht? Damit hat er uns diesen Winter auch bei den Vereinstreffen zum Wahnsinn getrieben. Egal, wie kalt es draußen war, immer musste ein Fenster offen stehen. Wegen des Zigarettenrauchs, behauptete er. Ich habe schon überlegt, ob ich vorschlage, dass wir nicht mehr rauchen, um die Probe aufs Exempel zu machen. Allerdings hätte ich Winnie dann in meinen Verdacht einweihen müssen, damit er seine Spinnen überzeugt, dass sie dafür stimmen. Und wissen Sie, das hätte dann vielleicht so aufgefasst werden können, als wollte ich was gegen Hark anzetteln. Nach dem ominösen Unfall mit seiner Frau ist er ohnehin nicht mehr unumstritten. Ich bin verschiedentlich schon aufgefordert worden, wieder für den Vorsitz zu kandidieren.«

»Dann vermuten Sie«, resümierte ich, »dass Harks Klaustrophobie eine Folgeerscheinung des ungeklärten Unglücks ist.«

»Das könnte durchaus sein. Aber es könnte auch sein, dass er immer schon latent klaustrophobisch war. Sie wissen doch, Alfred Adler: Der Zwerg wird Imperator, der Gehörgeschädigte trainiert sich zum Vogelstimmenspezialisten hoch, ein Mann mit Platzangst wird Höhlenkrokodil. Hark ist der Typ, den Herausforderungen anspornen. Ein Willensmensch. Doch dann ist im Todsburger Schacht irgendetwas passiert, was er nicht mehr kontrollieren konnte. Etwas, das ihn bis ins Mark erschüttert hat.

Und jetzt kann er eben auch seine Platzangst nicht mehr kontrollieren. So etwas kommt vor.«

Ich fragte mich, ob ich mich schon als Kind geduckt hatte, wenn Janette ihren Wellensittich fliegen ließ. Doch ja, nämlich nachdem er mir auf den Kopf geschissen hatte! Den Sittich im Auge behalten, war eine durchaus vernünftige Schutzmaßnahme gewesen. Entstanden so Phobien?

»Und was war heute an der Mondscheinhöhle los?«, nahm Bodo seine pädagogische Inquisition wieder auf.

»Heute haben die Uracher Spinnen versucht, eine Leiche zu bergen.«

Bodo flogen die Brauen unters weiße Haupthaar. »Eine Leiche?«

»Augenscheinlich ein verunglückter Höhlenfahrer. Seltsam nur, dass er nicht mehr dort war, als man ihn heute bergen wollte. Er ist über Nacht verschwunden.«

»Verschwunden? Interessant.« Schreckle legte die Fingerspitzen aneinander. Sherlock Holmes auf seine alten Tage. »Und nun fragen Sie sich, wer die Leiche hätte beseitigen können.«

»Nein, das frage ich mich nicht.«

Mein Einwurf kümmerte ihn nicht. »Hark jedenfalls nicht, denn er leidet ja unter Klaustrophobie.«

»Oder Knieproblemen.«

»Das lässt sich medizinisch vermutlich leichter nachweisen. Ein gutes Alibi, muss ich schon sagen.«

Es klang, als hätte Bodo seine so schlau entwickelte Theorie von der Klaustrophobie des großen Hark Fauth gern sofort wieder in Zweifel gezogen. Dem musste wirklich etwas daran liegen, Hark in Misskredit zu bringen. Verraten hatte er es mir längst, nur sagen wollte er es nicht so deutlich.

»Und warum sollte er ein Alibi nötig haben?«, fragte ich.

Bodo ließ die Fingerspitzen gegeneinander tanzen. »Andersherum. Warum fährt er mit Janette und Ihnen hoch zum Lippertshorn und geht dann doch nicht runter? Warum gesteht er öffentlich ein, dass er nicht mehr kann? Janette hat doch bestimmt Fotos gemacht. Sie macht immer und überall Fotos, und dann findet man sich in ihrem Blatt wieder. Wissen Sie, was ich denke: Hark wollte unbedingt wissen, ob die Leiche gefunden wird. Aber er selbst wollte sie nicht finden. Das setzt logischerweise voraus, dass er wusste, dass in der Mondscheinhöhle eine Leiche steckte. Und das kann er nur wissen, wenn er … nun ja.«

Ich schmunzelte. »Der Mörder ist.«

»Zumindest könnte es so sein, nicht wahr? Unter uns gesprochen.« Er zwinkerte mir zu. »Unter uns Detektiven, nicht?«

»Wenn Hark gestern Nacht die Leiche aus der Höhle geholt hat«, überlegte ich, »dann müsste die Identität des Toten direkt auf ihn als Täter verweisen. Nicht wahr, Mr Holmes?«

Die Lippen des Alten spannten sich zu einem Lächeln. »Zwingend und unabweisbar.«

Ich lächelte. »Wer ist es?«

Schreckle fuhr sich durchs weiße Haar. »Mal im Ernst. Wissen Sie, warum die Polizei damals nach dem Unfall im Todsburger Schacht die Ermittlungen gegen Hark eingestellt hat? Nicht nur, weil Hark sich an nichts erinnern will, sondern vor allem, weil man einfach keine glaubwürdigen Zeugen hat auftreiben können, die hätten erklären können, warum Hark seiner Frau den Tod gewünscht haben sollte. Dass es in der Ehe ein wenig kriselte, war kein ausreichender Grund. Auch die Erbschaft, die Sibylle ein Jahr vor ihrem Tod gemacht hat, reichte nicht aus. Sibylles Vater war nämlich einer der reichsten Holzbauern auf der Hohenzollern Alb. Und Hark konnte das Geld für seine Exkursionen gut gebrauchen. Wenn Sie in Laichingen jemanden fragen, dann sagt er Ihnen: Der Hark, der war's. Seine Frau hat er vernachlässigt, um sein Kind hat er sich nicht gekümmert. Das Einzige, was den interessiert hat, waren seine Höhlentouren und der Ruhm. Aber dem Staatsanwalt sagen hat's dann doch keiner wollen.«

»Und Sie«, sagte ich, »Sie haben auch nicht den Helfershelfer des Henkers spielen wollen.«

Bodo beugte sich vor. »Sibylle war zwar Renates Patenkind …«

»Oh!«

»... aber mein Kontakt zu ihr war in den letzten Jahren nicht mehr so eng. Sie wissen ja, wie das ist. Die einsamen Alten werden irgendwann lästig, vor allem, wenn sie meinen, sie müssten ihre Lebenserfahrung weitergeben. Ich wäre auch nicht der Zeuge gewesen, den die Polizei damals suchte. Ich hätte nichts beweisen können.«

Zeugen mussten nichts beweisen. Aber solche Feinheiten bekümmerten Hobbydetektive selten.

»Aber Sibylle«, fuhr Bodo fort, »hatte einen ... einen Liebhaber. Da bin ich mir sicher. Ich habe sie gesehen, Hand in Hand mit einem Mann, einmal in Ulm und einmal, da bin ich förmlich über die beiden gestolpert, im Wald nahe der Laichinger Tiefenhöhle. In eindeutiger Position, wenn Sie verstehen, was ich meine.«

»Beim Schrauben.«

»Nennt man das jetzt so?«

»Und wer war der Mann?«

Bodo schüttelte den Kopf. »Mitte dreißig, sportlich, dunkelblond, Schnauzer.«

10

Männer, lasst nie nach einem Abendessen eure Frauen allein die Küche aufräumen! Beim Küchengespräch vertraut die eine der anderen an, dass sie erstens fremdgegangen ist, zweitens versucht hat, ihren Mann mit Pilzen zu vergiften, noch nie einen Höhepunkt hatte, von Sex auf dem Gynäkologenstuhl träumt – und zwar von hinten! – und sich neulich fünf Paar Schuhe gekauft hat.

Es fing harmlos an. »Florian meint immer, es reicht, wenn er kocht«, sagte Janette. »Und ich bin es dann, die den Dreck wegmacht. Während er am Computer sitzt.« Auch Laura hatte sich mucksmäuschenstill mit ihrem MP3-Player verzogen. Janette schaufelte die Reste der Linsen in den Biobereich des Mülleimers und leitete den Vernichtungsfeldzug ein: »Florian kann auch nix wegschmeißen. Es schimmelt dann wochenlang im Kühlschrank in kleinen Schälchen vor sich hin.« Sie fegte den Rest Spätzle hinterher.

Ich verspritzte derweil Putzmilch auf der Cerankochfläche und überlegte, wie ich die Scheidung abwenden konnte. »Sag mal, Janette. Du kanntest doch Sibylle ganz gut, oder?«

Ihr entsprang der Topfdeckel, prallte von der Kante der Spülmaschinenklappe ab und schepperte über den Boden. »Ganz gut?« Sie lachte auf. »Sibylle war meine ... meine beste Freundin seit ... Ach, seit immer schon.«

Ich vernahm es mit einem Stich von Eifersucht. Bevor Janette nach Reutlingen gezogen war, war ich ihre beste Freundin gewesen.

»Du hast sie doch auch kennen gelernt«, sagte Janette. »Als du mich in Reutlingen besucht hast. Das eine Mal, wo du dich aufraffen konntest.«

»So eine Dunkle?«, fragte ich und nahm den Daumennagel, um einen Fleck vom Ceranfeld zu kratzen. »Die törichte Jungfrau mit großen schwarzen Augen und gebärfreudigen Hüften?«

»Sibylle war eine Schönheit, Lisa! Und von einer natürlichen Eleganz, wie ich sie nie wieder gesehen habe!«

Außerdem war sie zweimal sitzen geblieben und damit zwei Jahre älter gewesen als Janette. Entscheidende zwei Jahre in einem Alter, in dem wir unsere Eltern um Mopeds anbettelten. Denn Sibylle hatte den Führerschein und von Papa ein Auto, mit dem man auf Diskotour gehen konnte. So hatten sie sich zusammengefunden, die ehrgeizige Janette und die reiche und schöne Sibylle. Während ich auf dem Realgymnasium verkümmerte, ließ Janette Sibylle abschreiben und fuhr mit ihr am Wochenende nach Stuttgart. Auf den Fahrten träumten sie von Paris und London. Janette sah sich als Auslandskorrespondentin mit dem

Mikro in der Hand, und Sibylle wollte als Modedesignerin die Mädels auf den Laufsteg schicken. Da war ich längst dazu verurteilt, Sekretärin zu lernen.

Die Liebe machte Sibylle einen Strich durch die Rechnung, die niemals aufgegangen wäre. Sie verliebte sich in einen durchtrainierten Förstersohn aus Laichingen mit regenwolkengrauen Augen, kräftigem Kinn und aufreizender Ruhe in lockeren Gliedern.

»Ich war damals auf der Journalistenschule in München«, sagte Janette. Als ob sie es hätte verhindern müssen.

Hark kam gerade aus Mexiko und konnte viel erzählen von einem Monster von Aramberri, dessen Skelettteile man Mitte der achtziger Jahre versteinert gefunden hatte. Wenn man es ganz ausgrub, schwärmte Hark, müsse es achtzehn Meter lang sein, das größte Raubtier, das jemals gefunden worden war. Ein Meeresreptil, hundertfünfzig Millionen Jahre alt und als Jungtier totgebissen von einem noch größeren Raubtier. Pliosaurier nannte sich diese Gattung, welche eine Untergattung des Plesiosauriers war. Auch bekannt als das Monster von Loch Ness.

Die Tochter des reichsten Holzbauern von der Hohenzollern Alb fand Paläontologie auf einmal ungemein aufregend. Dazu mochten auch die zitternden Pfützen in Spielbergs *Jurassic Park* beigetragen haben. Sibylle nutzte unbefangen das Vorrecht der Jugend und die Abwesenheit ihrer besten Freundin, sich nicht klar zu machen, dass ihr Konzept von der großen weiten Welt nicht mit Harks Lebensentwurf übereinstimmte. Wüsten, Höhlen und Fossilien befanden sich überall auf der Welt immer fern der großen Städte, und Sibylle hoffte auf Buenos Aires, New York, Marseille oder Monaco.

Nach drei Jahren Ehe hätte sie aber auch hin und wieder den Stachus, die Zeil oder den Kudamm gelten lassen als Entschädigung für ihre Existenz als Hausfrau und Mutter im Haus der Schwiegereltern in einer uneleganten Stadtrandsiedlung von Laichingen auf der Alb. Doch Hark war das Höhlenkrokodil und ging keine Kompromisse ein. Entweder er kroch durch die Geburtsgänge der Erde oder er baute in den Naturkundemuseen des Landes den Säbelzahntiger und Tyrannosaurus nach oder er war in Vorträgen unterwegs auf Sponsorensuche. Von seiner Mission überzeugter als ein Prediger.

»Wenn Sibylle in der Küche versteinert wäre«, witzelte Janette, »dann hätte Hark sich vermutlich zu Hause aufgehalten und sie rekonstruiert.«

Sie stand inzwischen am Fenster, den Unterarm über die Hüfte gequert, in der anderen Hand die Zigarette, und stippte die Asche hinaus aufs Fensterbrett. Es zischte, denn im Aschenbecher stand das Regenwasser.

»Und dann ist etwas ganz Blödes passiert. Hark und ich, wir haben uns ineinander verliebt.«

Ich griff nach dem Scheuerschwamm und begann in der Spüle herumzufuhrwerken. Bei Küchengesprächen äußert frau an diesem Punkt nur gelinde Überraschung und keinerlei moralische Bedenken.

»Es war nach einem Rettungseinsatz an der Falkensteiner Höhle. Drei Höhlenfahrer saßen in der Hohen Kluft fest. Der Demutsschlupf im Eingangsbereich war bereits voller Wasser. Alle Kräfte der Höhlenrettung waren im Einsatz. Das ganz große Besteck. Ich war zufällig auf Termin in Bad Urach bei der Höhlenrettung Uracher Spinne, um mir den Einsatzwagen erklären zu lassen, den sie sich gerade angeschafft hatten, als der Anruf kam. Normalerweise bevorzugen die Retter eine stille Bergung ohne Presserummel. Aber Winnie nahm mich mit. Fast zwanzig Höhlenretter waren über achtzehn Stunden im Einsatz, um die Hobbyhöhlenfahrer, darunter einen Schwerverletzten, aus den Schächten herauszuholen, von denen viele überflutet waren. Nachts um drei war es geschafft. Ich hatte Hark und einigen anderen in einem Hotel in Bad Urach Zimmer besorgt, damit sie nicht mehr heimfahren mussten. Und da ist es dann passiert. Im Hotel.«

Ich vertiefte mich in das Abflussloch der Spüle. Der Siphon wies leichte Züge von Verstopfung auf. »Und dann?«

»Scheiße war das!«, sagte Janette. »Sibylle war meine beste Freundin und dann so was! Natürlich hatte ich ein irre schlechtes Gewissen. Das kannst du dir denken.«

Du hast triumphiert, dachte ich. Sagte es aber nicht.

»Hark kam auch nicht klar damit. Wir haben uns noch ein paarmal getroffen, es war auch sehr schön, aber es … ach, ich weiß auch nicht. Laura war schon auf der Welt, ich stand kurz vor der Hochzeit mit Florian. Wir wollten das Haus kaufen. Und Hark hatte auch Frau und Kind. Und er hing an Gerrit, immer schon. Der war damals gerade vier Jahre alt. Und im Grunde ist Hark total der Familienmensch.«

»Ein Sindbad der Seefahrer«, bemerkte ich. »Familie im sicheren Hafen, in den er zurückschippert, um sich für den nächsten Kampf mit dem Höhlendrachen zu rüsten. Da muss daheim alles stimmen: die Eltern im Haus, Sohn im Garten, Frau in der Küche.«

»So ungefähr.« Janette ließ die Kippe im Nikotinaschebad zischen. »Es wäre zu viel kaputtgegangen. Aber eigentlich … eigentlich hätten wir es damals durchziehen sollen.«

Ich drückte gefühlvoll den Scheuerschwamm unterm Wasserhahn aus. »Und wie hat Sibylle reagiert?«

Janette lachte auf. »Sie hat nicht einmal etwas gemerkt. Wir waren immer noch die dicksten Freundinnen. Richtig an mich geklammert hat sie sich. Ich sei ihre einzige Vertraute. Nur auf Frauen könne man sich wirklich verlassen. Sie tat mir Leid. Sie war so unselbständig. Sie hat sich total abhängig gemacht von Hark. Ich habe ihr sogar einmal vorgeschlagen, dass sie sich einen Liebhaber sucht.«

»Und? Hat sie?«

Janette schnaubte. »Dazu war sie zu feige! Oder zu träge. Geträumt hat sie davon, das ja. Aber eigentlich hat sie davon geträumt, dass Hark mit ihr in Paris shoppen geht. Geld war ja da. Oder dass er mit ihr nach Berlin zieht, damit sie wieder als Modedesignerin arbeiten konnte. Aber das war Augenwischerei. Denn einen Tisch mit Papier und Stiften kann man überall hinstellen. In Zeiten von Internet und E-Mail muss keiner mehr in München oder Berlin leben. Letztlich ist alles eine Frage der Organisation. Ich habe es ja auch hingekriegt!«

Janette holte aus einem Schrank eine Flasche Rotwein und kramte in der Schublade nach dem Korkenzieher.

»Sibylle hat immer erwartet, dass man ihr alles auf dem Silbertablett serviert. Reiche Tochter reicher Eltern eben. Alleine hat sie ihren Arsch nicht hochgekriegt! Eines Tages ist mir dann echt der Kragen geplatzt. Im Winter vor ihrem Tod. Wir saßen in einem Café in Laichingen, wo man die Kinder spielen lassen konnte.«

»Im *déli?* Das kenne ich.«

»Keine Ahnung, ich war nie mehr dort seitdem. Sie hat ja immer erwartet, dass ich mich ins Auto setzte und zu ihr kam. Als ob ich nicht genug Fahrerei gehabt hätte. Und dann immer dieselbe Platte. Wozu Hark eine Frau brauche und ein Kind, wenn er nie daheim sei. Wozu einen Garten, wenn sie es sei, die ihn jäte. Er sei besessen von seinen Höhlen. Pathologisch sei das. Ich konnte es plötzlich nicht mehr hören, weißt du. ›Dann tu doch was!‹, habe ich gesagt. ›Beweg dich. Du wirst sowieso langsam fett! Glaubst du, Hark findet das attraktiv? Immer forderst du von ihm, dass er mit dir irgendwohin fährt. Aber warst du jemals mit ihm klettern? Du musst dich nur darauf einlassen. Hast du dich denn jemals wirklich für Harks Sachen interessiert? Wenn er nach Hause kommt, dann empfängst du ihn mit Vorwürfen, dass er nicht öfter da ist. Welcher Mann soll da denn noch nach Hause kommen wollen?‹«

Für den Mann unserer besten Freundin sind wir allemal die bessere Frau, dachte ich. Zumindest dachte ich, dass ich es nur dachte.

»Wie bitte?«, schnappte Janette.

»Wie geht das mit der Spülmaschine?« Ich ratschte den Knopf

einmal rundherum durch die verschiedenen Einstellungen von Öko bis viel Schmutz und hörte, wie innen die von Janette vorhin bereits gefüllte Spülmittelklappe aufschnappte.

»Lisa, du wirst doch wohl wissen, wie man mit einer Spülmaschine umgeht!« Janette stellte Flasche und Korkenzieher auf den Tisch, riss die Klappe auf, füllte neues Pulver nach, schloss sie wieder und stellte den Knopf auf Ein. Die Pumpe begann zu würgen.

»Und wie hat Sibylle deine Standpauke aufgenommen?«, fragte ich.

»Sie war sauer.«

»Aber man muss doch auch mal die Wahrheit vertragen, unter Freundinnen«, sagte ich im Brustton falscher Überzeugung und nahm Janette Flasche und Korkenzieher aus den schwachen Händen.

»Ja, ich wollte ihr doch nur helfen«, behauptete sie. »Im Grunde habe ich ihre Ehe gerettet! Das Selbstloseste, was ich je in meinem Leben getan habe.« Sie lachte jurakalkig. »Eigentlich hätte ich allen Grund gehabt, sauer zu sein!«

Und sie war es immer noch. Ich stach in den Korken.

»Na ja, eine Weile war dann auch Funkstille. Doch auf einmal rief sie wieder an. Es war zwei Wochen vor ihrem Tod.« Janette holte zwei Gläser und stellte sie auf den Tisch. »Florian und ich wollten am nächsten Tag in Urlaub fliegen, für zwei Wochen.«

Ich entkorkte quietschend die Flasche.

»Sibylle wollte sich mit mir treffen. Wir haben ausgemacht, dass wir uns gleich nach meiner Rückkehr sehen. Aber dazu kam es nicht mehr. Sie erzählte noch, dass Hark und sie sich wieder näher gekommen seien. Und sie bedankte sich bei mir. Ich hätte ihr die Augen geöffnet. Als hätte sie sich von mir … von mir verabschieden wollen, habe ich manchmal gedacht. Sie sei den ganzen Sommer über mit Hark klettern gewesen. Er sei sehr liebevoll gewesen, sehr geduldig, obgleich sie ein bisschen Höhenangst habe. In zwei Wochen sei es so weit, ihre erste Höhlenfahrt.«

Ich füllte die Gläser. »Der Todsburger Schacht war Sibylles erste Höhle?«

»Ja, und … und dann stirbt sie und … und ich bin schuld!«

»Ach was, Unsinn!«

Janette griff nach dem Glas. Es wackelte in ihrer Hand. »Ich war nicht da. Ich war wieder nicht da!«

»Aber da kannst du doch nichts dafür.«

Der Wein schwappte ihr über die Hand und platschte auf den Boden. Aus Janettes Augen sprangen die Tränen.

Ich nahm ihr das Glas weg und stellte es auf den Tisch. Dann zog ich das Küchenhandtuch vom Halter, trocknete ihre Hand und ihr Glas ab, feudelte über den Boden, kickte das Handtuch unter den Tisch und zog meine schluchzende Schöne in die Arme. Vorsicht, nicht die Hand den Pobällchen nähern!

»Gibt es eigentlich nichts Wichtigeres im Leben«, sagte ich, »als herauszufinden, wie viel Promille man Schuld am Unglück der Freunde hat?«

11

Befreit rollte ich in den Dienstag, angetan mit einem Anzug von Florian, den Janette mir kichernd aus seinem Schrank geholt hatte. Im weißen Porsche mit Schlips und Kragen fühlte man sich gleich wie ein Wichser auf Freigang. Dem Blick des Bürohengsts im Außendienst offenbarte Münsingen das Fenster mit dem Herzen, wo man sich eine Viertelstunde lang von einer Lackledernen auspeitschen ließ, um sich für den Auftritt als Staatsmacht mit der nötigen hormonellen Arroganz zu rüsten.

Die Natra GmbH hatte die Büroräume in einem Neubau im ehrgeizigen Gewerbegebiet von Laichingen zwischen Gartenbau, Druckerei, Wäschefabrik und Jacquardweberei angemietet. Der Bau besaß mehr Briefkästen als Büromodule. Auf einer Klingeltaste klebte ein Zettel mit der handschriftlichen Aufschrift »Natra GmbH«.

»Ja bitte?«, meldete sich eine Frauenstimme in der Gegensprechanlage.

»Finanzamt Reutlingen, Nerz«, antwortete ich.

Der Summer verschluckte sich fast. Im zweiten Stock eines Treppenhauses, in dem noch der Staub gerade abgezogener Handwerker knisterte, erwartete mich eine halb offene Riffelglastür. Ich stand übergangslos in einem Sekretariat. Links ein Ständer mit Prospekten, eine Theke quer, dahinter ein Doppelschreibtisch mit Flachbildschirmen, Telefonanlage und Ablagen. Auf dem Fensterbrett ein Kaktus. An einer Wand graue Aktenschränke, verschlossen.

»Grüß Gott, die Damen!«, sagte ich und schmierte ein Lächeln in mein Gesicht.

Die eine war jung wie Eis am Stiel und blond mit violetten, hellgrünen und gelben Spangen im Haar, glitzernd lackierten Fingernägeln und hellgrünem T-Shirt, das die muskelarmen Schultern und ein Paar bombiger Brüste und breite Hüften betonte. Die andere war die Gefährlichere. Sie bekämpfte die ungünstigen Auswirkungen der Menopause auf die Figur mit einer Tupperschüssel voller Müsli.

»Nerz«, verbeugte ich mich und wedelte mit meinem bläulichen Judoausweis, »Buchprüfer des Finanzamts Reutlingen. Ich komme wegen der Umsatzsteuernachschau.«

Das Eis am Stiel schaute groß.

»Aber der Chef ist nicht da«, antwortete die Menopause. »Wieso rufen Sie nicht vorher an?« Sie hatte offenbar schon einmal in einem Büro gearbeitet.

»Aber Sie wissen doch, Frau äh ...«

»Bentle.«

»Angenehm, Frau Bentle. Sie wissen doch, seit drei Jahren haben die Prüfer des Finanzamts die Möglichkeit, ohne Vorankündigung während der Geschäftszeiten die Räume und Grundstücke des Steuerpflichtigen aufzusuchen und Einblick in die Unterlagen zur Umsatzsteuer zu nehmen.«

»Das muss der Chef entscheiden.« Sie langte nach dem Telefon.

»Rufen Sie ihn ruhig an, Frau Bentle, aber Ihr Chef kann da nichts entscheiden. Die Umsatzsteuernachschau ist keine Außenprüfung im Sinne der Abgabenordnung. Festgestellt werden nur umsatzsteuerliche Sachverhalte hinsichtlich der Unternehmensexistenz und des Vorhandenseins von Anlage- und Umlaufvermögen.« Ich wurde gemütlich. »Schauen Sie, Frau Bentle, ich sollte halt einfach feststellen, ob die Natra existiert und ob es die Möbel und Einrichtungen gibt, für die Sie sich die Umsatzsteuer haben zurückerstatten lassen. Es gibt leider eine Menge schwarzer Schafe, die wo Fantasierechnungen ausstellen, gell.«

Das Eis am Stiel hing gläubig an meinen Lippen. Vor ihm auf dem Tisch lagen diverse zuckerbunte Zeitschriften. Frau Bentle hingegen vertrieb sich die Zeit mit der Lektüre eines Buchs über Trennkost. Sie griff nach dem Telefon und tippte eine Nummer mit 0 und 1 davor, also eine Handynummer.

»Guten Tag, Herr Schorstel«, begann sie routiniert ein Band zu besprechen, »hier spricht Frau Bentle. Es ist jetzt elf Uhr zwanzig. Da ist ein Herr …«

»Nerz.«

»… vom Finanzamt Reutlingen. Der will eine … äh …«

»Umsatzsteuernachschau.«

»… eine Umsatzsteuerbeschau durchführen. Ich weiß jetzt gar nicht, was ich da tun soll. Wenn Sie vielleicht schnellstmöglich zurückrufen könnten. Danke.« Sie legte auf und blickte mich mit ihren vorstehenden Dachsaugen an. »Das könnte jetzt eine Weile dauern. Vielleicht haben Sie woanders noch etwas zu erledigen.«

»Frau Bentle, noch einmal«, sagte ich leicht ungehalten. »Ich werde nicht auf Ihren Chef warten. Die Umsatzsteuernachschau erfordert nicht die Anwesenheit des Geschäftsführers. Vielmehr haben Sie mir unverzüglich auf Verlangen Aufzeichnungen,

Bücher, Geschäftspapiere und andere Urkunden vorzulegen und Auskünfte zu erteilen. Rufen Sie den Steuerberater der Natra an, der wird Ihnen das erklären.«

»Gott, ich weiß doch gar nicht, wer das ist!« Immerhin kam sie von selber darauf, in den Akten nachzuschauen. Die Buchhaltung der Natra bestand aus ganzen fünf Ordnern, die hinter einer Doppeltür in einem sonst gänzlich leeren Schrank standen. Während Frau Bentle in den Warteschleifen eines offensichtlich größeren Steuerberatungsbüros hing, hatte ich Gelegenheit, mich dem Mädchen zuzuwenden.

»Frau …«

»Sabine Busen«, antwortete sie und schaute mich an, als würde sie den nächstbesten Wichser nehmen, der sie aus dem Gefängnis dieses Nachnamens und des Büros entführte, wo sie seit einem halben Jahr dieser Menopause gegenübersaß und sich gegen die Gewalt der Trennkost mit Frisurrezepten wehrte.

»Frau Busen, hätten Sie wohl für mich einen Tisch oder einen Raum, wo ich ein Stündchen ungestört …«

Die Torte erhob sich eilfertig aus dem Bürodrehstuhl und offenbarte einen Kutschpferdhintern, den die knappen Jeans kaum bewältigen konnten. Das T-Shirt über ein Arschgeweih hinabzippelnd ging sie voraus in einen Konferenzraum, der nach frisch geleimten Möbeln und Teppichboden roch. Alles vom Feinsten, Kirschholz und Freischwinger mit Leder.

»Sehr schön!«, sagte ich. »Dann bringen wir es hinter uns, würde ich sagen. Übrigens, wenn es nicht als Unverschämtheit empfunden wird, ein Kaffee wäre schon recht.«

»Oh, ja, natürlich. Gern.« Sie verlor sich in einem Lächeln und fuhr zusammen. »Ach so, ja, ein Kaffee. Kommt sofort.« Sie fand unfallfrei den Weg nach draußen.

Was sich wohl hinter der geschlossenen Reihe der Kirschholzschränke verbarg? Frau Bentle hinderte mich daran nachzuschauen. Immerhin kam sie mit der Bestätigung des Steuerberaters, dass mein Ansinnen im Prinzip statthaft war.

»Und was wollen Sie nun sehen?«

»Bringen Sie mir einfach alle Ordner mit den Geschäftsunterlagen. Ich finde mich dann schon zurecht.«

»Ich weiß nicht …«

Ich lächelte. »Ihr Steuerberater sollte eigentlich das Szenario einer Umsatzsteuernachschau mit Ihnen besprochen haben. Aber offenbar ist das nicht der Fall.«

Frau Bentle besann sich, dass sie nicht dafür bezahlt wurde, ihren Arbeitgeber vor dem Finanzamt zu schützen. Das Fräulein Busen brachte den Kaffee, Frau Bentle die fünf Ordner. »Vielen Dank«, sagte ich. »Ich melde mich, wenn ich Fragen habe.«

Nur zögernd ließen sie mich alleine. Aus unterschiedlichen Gründen, von denen ich die Sabine Busens gern gekannt hätte. Aber letztlich besann sich auch ein Wichser dann doch rasch auf seine Aufgabe. Ich blätterte und wünschte mir Richards bissiges Hirn für die versteckten Botschaften von Bilanzen. Ich sah nur Rechnungen für Maler- und Sanitärarbeiten, Mobiliar und Computer. Man hatte nicht gespart, aber die Rechnungen deckten sich mit der Ausstattung. Allerdings suchte ich nicht eigentlich nach Umsatzsteuerbetrug.

Die Protokolle der Gründungs- und Gesellschafterversammlungen, die mich als Buchprüfer im besonderen Auftrag nichts angingen, waren glücklicherweise nur in geringer Zahl vorhanden. Bei der dritten Gesellschafterversammlung im Januar hatte man das Jahresgehalt des Geschäftsführers Erich Schorstel von 305.000 Euro auf 1,4 Millionen Euro heraufgesetzt.

Hups!

Und zwar auf Vorschlag des Hauptgesellschafters der Beteiligungs-GmbH, Ivan Räffle, der, hätten die anderen Gesellschafter – nämlich IPE und die Canfax – dagegen stimmen wollen, den Beschluss mit seiner Anteilsmehrheit hätte durchsetzen können.

Ich lehnte mich zurück, faltete die Hände hinter dem Kopf und sonnte mich mit einem Blick aus dem Fenster auf eine Lagerhalle in meinem Erfolg. Fragen wir nicht, wofür Erich Schorstel dieses

Gehalt bezog. Zu tun gab es hier nichts. Das aber von zwei Sekretärinnen!

Immerhin klingelte ab und zu das Telefon. Zum Beispiel jetzt.

Ich riss mich zusammen. Nächster Ordner. Er enthielt die ausführliche Version der Ausschreibung für die Erschließung des Truppenübungsplatzes Münsingen, die schon die IPE ins Netz gestellt und vergessen hatte wieder herauszunehmen. Um den Auftrag beworben hatte sich – Überraschung! – Ivan Räffle. Seine Unterlagen umfassten zweihundert Seiten! Die Bewerbungsunterlagen einer Firma mit Sitz in Wilna beschränkten sich auf zehn Seiten in bedenklich fehlerhaftem Deutsch. Beeindruckend aber die Auflistung der einzelnen Dienstleister, die die Litauer unter ihrem Dach vereinigten, angefangen bei Gärtnern und Biologen über Hochtiefbau bis hin zu Schreinern, Schneidern und Blechbiegern. Und sicher billiger als Räffle. Worin seine Trümpfe bestanden, konnte ich nicht erkennen, wenn ich die Seiten nur unterm Daumen durchlaufen ließ. Ich musste auf Eingebungen hoffen. Aber ein Klingeln draußen im Sekretariat verscheuchte diese Muse der Buchprüfer, ehe sie sich zeigte. Ich schlug den Ordner zu, schob ihn weg und zog den mit den Rechnungen zu mir heran. Keine Sekunde zu früh.

Erich Schorstel schoss herein wie eine Kanonenkugel. Er musste sein Sekretariat waagerecht durchschlagen haben.

»Was isch das, was Sie hier machen? Umsatzsteuerbeschau? Wollen Sie mich verarschen?« Er sprach ein Politikerschwäbisch mit betonten Endsilben.

»Umsatzsteuernachschau«, korrigierte ich sanft.

»Und wer hat das angeordnet? Den Chef des Finanzamts Reutlingen, den kenne ich nämlich gut.« Schorstel war kaum Mitte dreißig, aber gut im Futter. Und er hatte Freunde!

Ich stand auf und zog die blaue Karte meines Kampfsportvereins. Im Zustand gesteigerter Kampfbereitschaft konnte kein Mensch lesen, und kein Mensch verstand meinen Vornamen, wenn ich ihn nicht betonte. »Guten Tag, Lisa Nerz ist mein

Name. Und Sie sind Herr Schorstel? Angenehm. Frau Bentle und Frau Busen waren so freundlich, mir –«

Der Rest blieb mir im Hals stecken. Denn mit geisterhafter Plötzlichkeit war ein weiterer Mann in der Tür erschienen. Mittelgroß, Anfang fünfzig, cognacfarbener Anzug und asymmetrische milchkaffeebraune Augen von aggressiver Intelligenz. Oberstaatsanwalt Dr. Richard Weber bekam, obgleich emotional sparsam veranlagt, seine Verblüffung nur mühsam in den Griff.

Aber kein Vergleich zu mir, die ich äußerst verschwenderisch mit Leidenschaften um mich werfe. Glücklicherweise war ich zu gelähmt, um »Richard, du lebst!« zu juchzen und ihm um den Hals zu fallen. Aber mein Kampfsportvereinsausweis rutschte mir aus den starren Fingern und segelte auf den Teppich.

Richard war sportlicher als Schorstel und schneller als ich. Er drehte das Kärtchen in den Fingern. »Soooo, Li … Was steht da?« Er kniff weitsichtig die Augen zusammen. »… Netz?«

»Nerz«, sagte ich artig.

»Finanzamt Reutlingen?«, wiederholte er gefährlich leise. »Weiß Ihr Vorgesetzter von Ihrer Aktion? Wie heißt er doch gleich?«

»Äh … Der würde sich schön bedanken, wenn wir ihn mit jeder Routinekontrolle behelligten, Herr …?«

»Richard Weber, Oberstaatsanwaltschaft Stuttgart.«

»Freut mich«, sagte ich und streckte meine Hand aus. »Freut mich sogar ungemein.« Meine Stimme entglitt mir dabei ins Glückselige.

Nicht einmal Richard konnte sich der Suggestivkraft einer ausgestreckten Hand entziehen und gab mir den Kampfsportvereinsausweis zurück.

»Sehen Sie, Herr Nerz, hier ist nix zu holen«, fuhr Schorstel dazwischen. »Ich stehe sozusagen unter staatsanwaltschaftlicher Aufsicht.« Er lachte.

Ich kämpfte gegen ein schwachsinniges Lächeln an, das meine Gesichtszüge erobern wollte. »Ich bin dann hier auch schon fertig. Es ist so weit alles in Ordnung, Herr Schorstel. Ein sehr umsichtiges Sekretariat haben Sie. Und nichts für ungut. Letztlich ist es ja auch in Ihrem Interesse, dass wir die schwarzen Schafe dingfest machen.«

»Ja, ja, natürlich.« Erich Schorstel hatte sich so schnell abgekühlt, wie er sich aufgepumpt hatte. »Hauptsache, alles hat seine Ordnung, gell.« Damit schlug er den offenen Ordner mit den Rechnungen zu.

»Dann darf ich mich verabschieden«, sagte ich, »und Ihnen noch einen schönen Tag wünschen und viel Erfolg mit Ihrem Unternehmen.« Ich quetschte mich im Krebsgang an den beiden Herren vorbei zur Tür und gewann das Vorzimmer. »Auf Wiedersehen, Frau Bentle. Und danke für den Kaffee, Frau Busen.«

Es wurde höchste Zeit. Das verschluckte Gelächter hatte mein Gedärm bereits zerrissen und begann mir den Hals heraufzugurgeln. Kichernd wankte ich die Treppe hinunter.

Die Haustür war noch nicht hinter mir ins Schloss geschwungen, da klingelte bereits mein Handy. Keine Nummer.

»Hallo!«, schepperte Richards Stimme. Ich stellte den Lautsprecher leiser. Aber er sagte nichts mehr.

»Kannst du reden?«, giggelte ich. Wie sollte er auch so schnell die beiden Damen und Schorstel vertrieben haben?

»Nein.«

»Okay. Dann machen wir Folgendes: Ich fahre nach Laichingen hinein und warte im *Café déli* auf dich. Allerdings nicht länger als dreiundzwanzigeinhalb Minuten. Uhrenvergleich.« Ich musterte meine Patek Philippe. Sie sah nicht nach Funkuhr aus. »Nach Braunschweiger Zeit ist es jetzt …« Ich war absolut sicher, dass Richard da oben im Sekretariat auf seine Uhr blickte.

»Ach, Unsinn!«, blaffte er. »Wie war das, wo sollen wir …?«

»In dem Café gleich neben dem Hotel *Krehl ›zur Ratstube‹*.«

12

An einem zugigen Tischchen auf der Straße vor dem Café beschäftigte ich mich eine geschlagene Stunde damit, Wolken über die Dächer und Passanten übers Pflaster ziehen zu sehen, bis Richard endlich vom Markt her um die Ecke bog und leichten Schrittes herankam. Er war nur eins neunundsechzig groß, aber gebaut wie ein Ringer. »Weißt du, wie man das nennt?«, fragte er, während er sich setzte.

»Amtsanmaßung«, antwortete ich fromm.

»Wie konntest du mich in so eine Lage bringen!«

»Erstens habe ich nicht wissen können, dass du mit Schorstel Golf spielst …«

»Ich spiele nicht Golf, wie du weißt.«

»… und plötzlich auftauchst. Und zweitens: Du hättest mich ja entlarven können.«

»Einen Kaffee bitte«, sagte er zu der jugendlichen Bedienung.

»Für mich nichts mehr, danke«, lehnte ich ab. Ich hatte schon einen Kaffee und zwei Mineralwasser zu mir genommen und gluckerte.

»Und wie hätte das gehen sollen?«, wandte sich Richard wieder an mich. »Darf ich vorstellen, Herr Schorstel, das ist Lisa Nerz, Journalistin beim *Stuttgarter Anzeiger* mit etwas ungewöhnlichen Recherchemethoden.«

»Das wäre nicht nötig gewesen. Ich bin nicht mehr beim *Stuttgarter Anzeiger.*«

»Ach?«

»Sie haben mir letzte Woche gekündigt. Wenn du mal die Gebrauchsanleitung deines Handys lesen würdest, dann wüsstest du, wie man eine SMS aufruft.«

Richard vertiefte sich schlagartig in die Suche nach der Zigarettenschachtel. »Und warum haben sie dich rausgeworfen?«

»Ein Missverständnis.«

Richard zog die Brauen hoch, aber es war nicht zu entscheiden, ob ihn die Leere seines zerknitterten gelben Päckchens nicht doch mehr bekümmerte als mein Schicksal.

»Na ja«, räumte ich ein und schoss ihm meine Zigaretten über den Tisch. »Ich habe die Arbeit verweigert. Die wollten, dass ich für die Serie ›Sonntagsarbeit‹ in die Landespolizeidirektion II gehe – Polizeipräsidium heißt die ja jetzt nach der Verwaltungsreform – und den Hanseln zugucke, wie sie sonntags die Bananen schälen. Das könnte ich auch beschreiben, ohne da hinzugehen, habe ich erklärt.«

»Oje!«

»Ist doch wahr! Das ist ein Job für Volontäre. Reine Schikane! Jedenfalls, das ging dann bis zum Chefredakteur. Und da der neu ist, hat er wohl gedacht, er müsste ein Exempel statuieren.«

»Und du warst dir nicht zu fein, ihn zu beleidigen, aber zu fein, irgendetwas zu erklären, hm?«

»Das erklärt sich doch von selbst. So kann man nicht umgehen mit einem vernunftbegabten Menschen!«

»Lisa! Du hättest schon sagen müssen, dass für dich mit diesem Gebäude sehr …« Er zögerte kurz. »… sehr unangenehme Erfahrungen verbunden sind, um nicht zu sagen: traumatische. Und weil ich nicht ganz unschuldig daran bin, werde ich mal mit dem Verleger reden.«

Mir fiel die Kinnlade runter. Richard, der für mich Beziehungen spielen ließ? »Ach nee, lass mal! Ich habe mich wirklich danebenbenommen.«

Er zündete sich die Zigarette an und griff nach seiner Kaffeetasse. »Es tut mir Leid!«

»Hättest ja mal anrufen können!«, sagte ich.

Er hielt inne, die Tasse kurz vor dem ersten Schluck. »Warum?«

»Weil …« Ich lauschte meiner Verwunderung. Sie hatte schrille Obertöne. »Verdammt, Richard, weil ich mir Sorgen gemacht habe.«

Er lachte.

»Haust einfach ab, und deine Büroschnepfe behauptet, du

seiest wandern auf der Schwäbischen Alb. Und zu mir sagst du keinen Piep!«

»Lisa, ich habe Urlaub.«

»Die ganzen Pfingstferien? Da sind doch deine Kollegen dran. Du hast keine Kinder!«

Richard nahm seinen Schluck Kaffee und verankerte seinen asymmetrischen Blick in meinem. »Der General fand, es sei an der Zeit, dass ich nach meinen Erfolgen mal ausspanne.«

»Der Generalstaatsanwalt hat dich hierher geschickt? Damit du mit Schorstel Golf spielen gehst. Verstehe.«

»Nein, du verstehst nicht.« Richard kreuzte die Beine und machte auf Tourist im Straßencafé von Florenz. »Den Schorstel kenne ich schon lange. Er ist studierter Jurist und hat sein Referendariat bei uns gemacht, bevor er in die Politik ging. Wir waren ein bisschen wandern. Er hat ja mit dem Truppenübungsplatz eine hochinteressante Aufgabe übernommen. Ein traumhaftes Stück Natur, Lisa. Da siehst du Schmetterlinge, das glaubst du nicht.«

Und das sagte, wer im cognacfarbenen Dreiteiler vor mir saß, sich in einem Jugendstilhaus auf der Stuttgarter Halbhöhe einen Bechsteinflügel hielt, Sport nur in Studios mit Maschinen betrieb und der genetischen Macht der Natur eher skeptisch gegenüberstand.

»Aber Schorstel ...«

»Stopp, Lisa!«

»Aber, Richard! Dein feiner Freund Schorstel lässt sich bestechen. Oder wie würdest du das nennen, wenn der Hauptgesellschafter dem Geschäftsführer das Gehalt vervierfacht und sich anschließend um einen Millionenauftrag bewirbt. Welchen Straftatbestand erfüllt das gleich noch mal?«

Richard seufzte. »Du beziehst dich wahrscheinlich auf den Straftatbestand 299 StGB, Bestechung und Bestechlichkeit im geschäftlichen Verkehr. ›Wer als Beauftragter eines geschäftlichen Betriebs im geschäftlichen Verkehr einen Vorteil als Gegenleistung dafür annimmt, dass er einen anderen bei gewerblichen

Leistungen im Wettbewerb in unlauterer Weise bevorzuge ...‹ – man beachte den stilvollen Konjunktiv! – ›... wird mit Freiheitsstrafe bis zu drei Jahren oder mit Geldstrafe bestraft.‹ Allerdings gibt es da ein kleines Problem.«

»Und zwar?«

»Der Hauptgesellschafter müsste den Großauftrag auch tatsächlich bekommen haben.«

»Aber sobald er ihn hat, könnt ihr tätig werden. Zumal das genau in den Aufgabenbereich der Schwerpunktstaatsanwaltschaft für Wirtschaftsstrafsachen beim Landgericht Stuttgart fällt, die du leitest.«

»Und wie«, erkundigte sich Richard sanft, »erhalten wir Kenntnis von diesem Sachverhalt?«

»Schick doch einen Buchprüfer vom Finanzamt vorbei, einen echten!«

»Es ist immer wieder verblüffend«, sagte Richard, »wie gering das Rechtsverständnis allgemein ausgeprägt ist. Das Finanzamt ist keine der Staatsanwaltschaft untergeordnete Behörde.«

»Ja schon, aber man spricht doch miteinander.«

»Nein, Lisa. Noch nie was vom Nemo-tenetur-Grundsatz gehört?«

»Ich hatte kein Latein«, sagte ich verschnupft.

»Nemo tenetur se ipsum accusare. Niemand muss sich selbst beschuldigen.«

»Ach das, ja klar.«

Richard schenkte mir eines seiner Lächeln, die umso verschwenderischer ausfielen, je mehr er dabei sein Sparbuch der Überlegenheit plündern konnte. »Nein, ich glaube nicht, Lisa, dass dir klar ist, was das beispielsweise für deine Steuererklärung bedeutet.«

»Verdammt, die muss ich auch noch machen!«

»Dann würde ich dir dringend raten, auch die Bestechungssummen anzugeben.«

Mir ging ein Licht auf.

»Die Gefahr, dass ich dir dann auf die Pelle rücke, besteht nämlich nicht. Und das hängt damit zusammen, dass Finanzamt und Staatsanwaltschaft nach zwei verschiedenen Rechtsgrundsätzen arbeiten. Dem Finanzamt gegenüber bist du zur Wahrheit verpflichtet. Du musst jegliches zu versteuernde Einkommen angeben. Nun ist Bestechlichkeit in Deutschland aber strafbar. Du würdest dich also selbst beschuldigen. Und genau darum darf der Finanzbeamte nichts an mich weitergeben. Tut er das doch, darf ich es nicht strafrechtlich verwerten.«

»Hauptsache, der Staat kriegt sein Geld, was!«

»Genau. Die Aufgabe des Finanzamts ist es, Geld einzutreiben. Daraus resultiert für den Bürger die Pflicht, die Wahrheit zu sagen. Wer das Finanzamt anlügt, wird bestraft. Den Strafverfolgungsbehörden hingegen ist niemand zur Wahrheit verpflichtet, wenn er sich selbst einer strafbaren Handlung beschuldigen würde.«

»Na gut. Aber ich bin nicht vom Finanzamt. Was du von mir weißt, kannst du strafrechtlich verwerten.«

»Informationen aus einem Akt der Amtsanmaßung?«

»Dann leite ein Strafverfahren gegen mich ein, und ich werde vor Gericht aussagen. Dann recherchieren wenigstens die Journalisten!«

»Es würde keine Verhandlung geben, bei der du aussagst. Du bekommst einen richterlichen Strafbefehl. Davon erfährt die Presse nichts. Du könntest natürlich auf einer mündlichen Verhandlung bestehen, aber zu der würde die Presse vermutlich nicht eben zahlreich erscheinen, um nicht zu sagen: gar nicht.«

»Himmel! Dann sollen die Schorstels und Räffles halt mauscheln, dass Laichos Hüle qualmt. Ich wollte sowieso nur wissen, wo du steckst.«

Richard zog die Brauen hoch. »In Schorstels Buchhaltung?«

»Aus irgendeinem Grund, den ich jetzt nicht mehr nachvollziehen kann, hatte ich sogar die Befürchtung, du stecktest ermordet in der Mondscheinhöhle.« Meine Stimme kippelte.

»Ich?« Richards Blick schmolz. »Aber, Lisa, du weißt doch, einen Staatsanwalt bringt man nicht um. Erstens erfährt er immer zuletzt von einem Verbrechen und zweitens ist er austauschbar.«

»Hoffentlich wissen das auch deine künftigen Mörder«, stotterte ich. »Aber wie gesagt, ich weiß selbst nicht mehr, was in mich gefahren ist. Wenn du meine SMS gelesen hättest ...«

»Mein Handy ist mir ... mir verlustig gegangen.«

»Wie?«

Er nahm die Kaffeetasse. »Ich habe es verloren, Lisa. Was ist das für eine Geschichte mit diesem Toten in der ... wie heißt die Höhle?«

»Mondscheinhöhle. Komisch an der Sache ist das schwarze Seil der Bundeswehr und dass die Leiche verschwunden war, als man sie zwölf Stunden nach der Entdeckung bergen wollte.«

Abrupt stellte Richard die Tasse ab.

»Ja?«, lockte ich.

Ekel schimmelte um seine Nase. »Verdammt, ich bin Wirtschaftsstaatsanwalt geworden, weil wir nichts mit Leichen zu tun haben! Geld zieht keine Würmer an und stinkt nicht, wenn es verwest.«

»Nun red schon. Wer, glaubst du, ist der Tote?«, drängelte ich.

»Vermutlich nur eine irrelevante Gedankenverbindung. Aber Schorstel hat mir gerade vorhin erzählt, dass man einen Sprengmittelingenieur vermisst. Und der ist sehr wichtig, denn Ivan Räffle bekommt den Großauftrag nur, weil er die Litauer mit einem integrierten Konzept für eine Kampfmittelbeseitigung schlagen konnte.«

»Sieh an, du hast ja doch schon ein bisschen ermittelt.«

»Nein. Aber Schorstel hat mich um Rat gefragt. Den ich ihm natürlich nicht geben konnte. Er ist aber entschlossen, Räffle den Auftrag nur dann zu erteilen, wenn damit zu rechnen ist, dass die nachher erbrachte Leistung auch dem Angebot entspricht. Also, wenn er tatsächlich einen Sprengmittelingenieur hat. Räffle hat in sein Konsortium bereits eine Firma eingegliedert, die aus sechs Mann und hochmodernen Geräten zum Aufspüren und Beseitigen von Kampfmitteln besteht. Ihr operativer Leiter ist ein ehemaliger Bundeswehroffizier mit bester Ausbildung und viel Erfahrung. Die hat er in Afghanistan gesammelt. Nur, dass der derzeit nicht aufzutreiben ist. Angeblich auf Urlaub auf Mallorca, der aber nur vierzehn Tage hätte dauern sollen.«

»Und als Leiche sollte er natürlich auf keinen Fall auftauchen«, bemerkte ich, »solange das Vergabeverfahren nicht abgeschlossen ist.«

13

Janette schnitt Rhabarber im Garten. Sie wischte sich die Hände an den Jeans ab, als Richard und ich über das Rasenhandtuch schritten. Ich beneidete sie um das Vorrecht, ihre Hinterbällchen anfassen zu dürfen.

»Krieg ich?«, rief Laura und langte nach dem Küchenmesser in Janettes Hand.

»Aber schneide dich nicht.«

»Das ist Richard Weber«, präsentierte ich. »Und das ist meine Schulfreundin Janette Bayer.«

»Hallo, Janette«, sagte er, streckte ihr die Hand hin und klärte sofort die Anrede. »Du schreibst für das *Reutlinger Tagblatt,* nicht?«

Sie nickte erfreut, die Knöpfe an seinem Jackett zählend – einer weniger als an Florians, das ich trug –, und entschied sich augenblicklich für ihn. Hätte ich einen meiner eigenen Anzüge getragen, so hätte ich das Pfauenradschlagen nicht verloren.

»Dann habt ihr euch also am Ende doch noch gefunden!«, lächelte sie geblümt. »Und Sie sind also ... äh ... du bist Lisas ...«

Glücklicherweise schnitt sich Laura in den Finger, bevor Janette das Wort Freund oder gar Lebensgefährte mit Verwunderung darüber aussprechen konnte, dass einer wie er sich mit einem Mummenschanz wie mir abgab.

»Kannst du nicht aufpassen!«, schimpfte Janette und riss dem Kind das Messer weg. Tränen und Geschrei spratzten waagrecht aus dem Gesichtchen.

»Oh, das tut aber weh!«, sagte Richard und ging in die Hocke. »Hallo, Laura. Ich heiße Richard.«

Laura vergaß Blut und Tränen, verbog die Arme auf ihrem Rücken und lächelte verschämt.

»Es gibt ein Geheimnis«, behauptete er, »damit man sich mit einem Messer nicht schneidet. Willst du es wissen?«

Laura nickte.

»Man hält die Schneide immer weg von sich. So!« Er nahm Janette das Messer fort und stieg mit Laura in den Rhabarber, der in der Gartenecke krautete. Richard fand stets Zugang zu Kindern. Janettes Stutenaugen bekamen Schmelz.

»Ich habe ihn mitgebracht, weil er ein paar Fragen zu der verschwundenen Leiche hat«, erklärte ich.

»Dann ermittelt er?«

»Nein, du weißt doch ... Staatsanwälte haben auch ihre Ressorts. Richard ist für Wirtschaftsstrafsachen zuständig. Aber er hat eine Idee, wer der Tote sein könnte.«

»Das reicht jetzt, Laura!«, rief Janette über das Rasenhandtuch zum erziehungsfreien Komplott hinüber. »Das ist genug für den Kuchen.«

Richard fischte Laura das Messer aus der Hand und sammelte die elchschaufeligen Blätter ein. Janette eilte ihm zu Hilfe und führte ihn hinüber zum Kompost, der in genau den Behälter eingebrettert war, den der Bauer mir in Laichingen hatte andrehen wollen. Sie köpfte die Blätter von den Stielen. Laura ließ sich unterdessen auf den Rasen fallen und begann sich Schuhe und Strümpfe auszuziehen.

»Das ist doch viel zu kalt!«, rief Janette. »Zieh die Schuhe bitte wieder an, Schatz.«

»Wolltest du Janette nicht ein paar Fragen zu der Leiche stellen, Richard?«, fuhr ich zwischen die Blätter.

»Ja?«, sagte Janette mit Augenaufschlag.

»Ein schöner Garten ist das«, bemerkte Richard und blickte sich um. »Erdbeeren, Holunder, Rhabarber, Johannisbeeren, Stachelbeeren! Meine Eltern hatten auch einen Garten. Ah, und ihr habt sogar Bärlauch.«

Der wilde Knoblauch stand dort, wo dicht über Grund die Bienen summten und sich an weißen Blüten betranken. Und schon war Laura von einer Biene gestochen worden. Janette drückte mir die restlichen Rhabarberwedel in die Arme, griff sich die Kleine und schleppte sie über die Terrasse ins Haus.

»Tja«, bemerkte Richard. »Kind sein ist keine Freude. Vor allem, wenn man Angst hat, dass die Eltern sich trennen.«

Ich kappte die Strünke. »Und woher willst du das wissen?«

Richard blickte mich an, als seien Haut und Knochen kein Hindernis für seinen Blick in mein Gehirn. Ich hatte schon immer den Verdacht, dass er im Gegensatz zu mir, die ich dort zu Hause war, meine synaptischen Kurzschlüsse sehen konnte. »Sie benimmt sich wie du«, sagte er. »Und du hast ja auch immer Angst, verlassen zu werden.«

Ich warf die rotgrünen Rhabarberstrünke in die Spüle und stieg hinauf, mich umziehen. Als ich in häuslicher Unisexkluft wieder hinunterkam, saß Richard am Küchentisch, und Janette stellte Mehltüte, Zuckertüte, Eierschachtel, Rührgerät um eine Rührschüssel herum auf, offenbar entschlossen, ihren freien Tag an einen Kuchen zu verschwenden.

Auf dem Tisch stand schon der Aschenbecher, und im Luftzug des offenen Fensters verwirbelte Janettes Halbsatz: »... dachten wir doch alle, sie sei lesbisch.«

Du Aas!, dachte ich und trat ein.

Richard spielte mit Janettes rotem Plastikfeuerzeug.

»Ah, da bist du ja, Lisa«, sagte Janette, den Hals wendend. »Kannst du den Rhabarber abziehen? Die Messer sind dort in der Schublade.«

Ich wählte ein Messer.

Laura rollte auf Inlinern in die Küche.

»Nicht im Haus!«, rief Janette. »Wie oft habe ich dir das schon gesagt.«

»Toll kannst du das«, bemerkte Richard und fing sie mit einem schnellen Griff auf, bevor sie mit dem Kopf gegen die Kante eines Küchenmöbels krachte, weil die Roller sich in einer Nut der Küchenbodenplatten verhakt hatten.

Meine Nerven!

Nicht zu reden von Janettes. Richard verhinderte die Explosion, indem er Laura bei der Hand nahm und hinauslotste. Segensreiche Ruhe kehrte ein.

»Das ist also dein phänomenaler Staatsanwalt!«, bemerkte Janette. »Endlich mal ein Mann, der sich gut anzieht!« Sie schlug die Eier am Schüsselrand auf. »Aber ist er nicht ein bisschen zu alt für dich?«

»Hast du ihm darum erzählt, dass ich als Dorflesbe verschrien war?«

Janette lachte überstürzt. »Will er denn wenigstens Kinder? Du wirst ja auch nicht jünger, Lisa.«

»Ich kann keine Kinder zeugen«, sagte Richard, der gespensterleise in der Küchentür erschienen war. »Außerdem ist es nicht entscheidend, ob der Mann Kinder will.«

»Du Trottel«, säuselte ich. »Das ist ein Küchengespräch! Da haben Männer nix zu sagen.«

»Ah!« Er setzte sich wieder.

Blickreiche Pause. Ich linste Janette auf die Hinteräpfel, und ich wusste, dass Richard dasselbe tat, vielleicht um sie mit meinen Schinken zu vergleichen.

»Mein Gott, Lisa!«, rief Janette plötzlich. »Doch nicht so. Du hast wohl noch nie Rhabarber geschält.« Sie nahm mir Stange und Messer aus der Hand. »Hier oben einschneiden und dann die Fasern abziehen!«

»Hübsch, wie du das machst«, sagte ich tuntig und wischte ihr ein Mehlstäubchen von der Schulter. Sie fuhr zurück an ihre Schüssel. Was sollte sonst der Herr von ihr denken, nachdem er gerade erfahren hatte, dass ich lesbisch sei?

»Wie war das, Richard?«, fragte ich, mich zu unserem Zuschauer am Tisch umwendend. »Wolltest du nicht ein paar Fragen stellen?«

Auch Janette drehte sich um. »Ja, das mit der verschwundenen Leiche ist wirklich interessant, nicht?«, marplete sie los. »Die entscheidende Frage ist doch: Wer hat Sonntagabend von Lisas Fund gewusst und wer hatte Gelegenheit und Fähigkeit, sie noch in derselben Nacht aus der Höhle zu holen. Und natürlich, warum.«

»Hm«, machte Richard.

Mein Messer knackte durch Rhabarberfasern. Als ich zog, kam der halbe Stiel mit. »Was ist eigentlich mit Mirjam Kerner?«

»Die ist nicht von hier.« Und mit einem Schulterblick auf den Mann ergänzte Janette: »Frau Kerner ist die Klassenlehrerin von Laura, Gerrit und Julian. Sie macht hier nur eine Schwangerschaftsvertretung. Das Wochenende verbringt sie meistens bei ihrem Freund in Stuttgart. Computerbranche.«

»Und warum war sie dann das verlängerte Pfingstwochenende nicht bei ihm?«, fragte ich.

»Weil er hier war.« Janette ließ die Quirle durch die Eier und den Zucker rattern. »Sein Motorrad stand vor ihrer Tür. Sie wohnt gleich hier um die Ecke. Wahrscheinlich sind sie jetzt gemeinsam auf Tour, denn ihr Auto steht immer noch hier.« Janette schnippelte Butter in die schaumige Masse. »Aber die haben bestimmt nichts mit Höhlen am Hut.«

»Eine Hausdurchsuchung würde Klarheit schaffen«, sagte ich protzig. »Wer klettert, hat Seile und Karabiner.«

Janette blickte sich doch tatsächlich zum Staatsanwalt um.

»Und Julians Vater, wo war der am Sonntagabend?«, fragte ich an seiner Stelle weiter.

»Der sitzt im Knast.«

»Und das sagst du jetzt erst?«

»Im Knast kann er ja nun wirklich nichts anrichten! Auch wenn er wegen schwerer Körperverletzung in Tateinheit mit räuberischer Erpressung sitzt. Er hat in Reutlingen eine alte Frau an einem Bankautomaten bedroht und gezwungen, Geld abzuheben.« Janette bestäubte sich, die Küche und die Rührschüssel mit Mehl, während ich meine letzte Stange Rhabarber abzog. »Offiziell ist er auf Montage. Was Julians Mutter nutzt, um sich mit einem Liebhaber zu besaufen. Julian bleibt meist sich selbst überlassen.«

»Klein schneiden?«, fragte ich.

»Aber nicht zu klein.« Janette dimensionierte mit butterfettigem Daumen und Zeigefinger.

»Dann kommen wir zu Hark Fauth«, nahm ich den Faden wieder auf, »auch wenn er längst weg war, als ich damit auftauchte, dass ich eine Leiche gesichtet habe. Allerdings wusste er, dass ich bis zum Toten Ende hinunter gemusst hatte. Das habe ich am Perlsinter nach oben gemeldet. Und wenn er wusste, dass da unten ein Toter steckt, dann musste er annehmen, dass ich ihn gesehen habe.«

»Das würde heißen«, sagte Janette, »dass er der Mörder … der Täter wäre.«

»Na und? Wenn es nach dir geht, hat er doch auch schon seine Frau umgebracht.«

»Das habe ich nie gesagt!«

»Oder gelten für den Gattenmord mildernde Umstände, während der Zeugenmord inakzeptabel ist?«

»Was für ein Zeuge denn?«, murmelte Janette. »Es gab doch keinen!« Sie linste zu Richard hinüber, der die Lider auf seine Hand und das Feuerzeug gesenkt hielt.

»Aber, Janette«, trumpfte ich. »Hast du nie über eine Gerichtsverhandlung berichtet? Dann solltest du wissen, dass ein Zeuge nicht nur derjenige ist, der bei einer Tat zugeschaut hat, sondern jeder, der erhellende Aussagen machen kann. Beispielsweise ein Geliebter von Sibylle. Und gegen den könnte Hark durchaus etwas gehabt haben.«

»Aber das ist doch alles mehr als drei Jahre her!«

»Und woher wissen wir, dass der Tote nicht jahrelang da unten steckte? Wir haben ihn ja leider nicht näher in Augenschein nehmen dürfen.«

Janette schaufelte mit den Fingern den Teigklumpen aus der Schüssel, klatschte ihn auf ein Blatt Alufolie, wickelte ihn ein und steckte ihn in den Kühlschrank.

»Na gut, dann Polizeihauptmeister Heinz Rehle«, blätterte ich das Album weiter. »In welchen Vereinen mischt der mit? Feuerwehr, Polizeischießsportgruppe, Trochtelfinger Narrenzunft, Schäferlaufverein? Der steht ja auch nicht allein in der Welt. Sein Sohn Alexander ist uns ja schon sehr unangenehm aufgefallen. Sohn aus erster Ehe. Was ist mit Rehles zweiter Frau?«

»Gudrun?« Janette lachte. »Oh, das ist eine ganz Liebe. Ein wahrer Glücksgriff für Heinz. Auch finanziell. Sie ist die Tochter eines Laichinger Bauunternehmers. Ivan Räffle heißt der. Ziemlich bekannt hier heroben. Mischt der nicht auch beim Bau der Stuttgarter Messe am Flughafen mit? Das Firmenschild habt ihr sicher schon gesehen: ein Affe, der unten an einem R hängt.«

»Eieiei!«, entfuhr es mir.

Richard zündete sich endlich die Zigarette an und gab Janette, die sich zu ihm an den Küchentisch setzte, Feuer. Ich schlug, gegen die Spüle gelehnt, die Arme unter.

»Ist was?«, erkundigte sich Janette.

Die Augen meines Staatsanwalts glitten ziellos unter den Wimpern entlang. Als er sie zu mir aufschlug, waren sie entspannt. Ich durfte reden, sollte sogar.

»Räffle fehlt ein Sprengmittelingenieur. Und ohne den bekommt er von Schorstel den Auftrag zur Erschließung des Truppenübungsplatzes nicht. Da das Land in Schorstels Natra GmbH zu einem Drittel mit drinhängt, muss er EU-weit ausschreiben und den billigsten Anbieter nehmen. Allerdings dürfte es kaum in Räffles Interesse gelegen haben, seinen Sprengingenieur zu beseitigen.«

»Falls es der war, den du in der Höhle gesehen hast«, warf Richard ein. Er hatte längst begriffen, dass Räffle nicht unser Verdächtiger war.

»Aber ein Interesse daran, dass die Leiche seines Sprengmittelingenieurs nicht gefunden wird, das dürfte er haben«, widersprach ich. »Allerdings, selbst wenn er von seiner Tochter Gudrun erfahren hat, dass in der Mondscheinhöhle eine Leiche steckt, warum hätte er da gleich an seinen vermissten Sprengmittelingenieur denken sollen. Es sei denn, er hätte von dem Mord gewusst.«

»Eben«, sagte Richard.

»Vielleicht ein Mafiamord!«, schlug ich vor. »Die Litauer sind ja erst seit kurzem in der EU und haben womöglich unsere Gepflogenheiten noch nicht so recht adaptiert. Das kann Räffle gewusst oder geahnt haben!«

»Damit solltet ihr aber zur Polizei!«, sagte Janette.

14

Ein Streifenwagen stand vor der Tür des Polizeipostens neben der Fachwerkperle. Polizeihauptmeister Rehle war auch zu Hause.

»So«, blinzelte er Richard und mich an, »Sie glaubet zu wisse, wer der Dode isch, eh? 's gibt aber gar koin'n Dode.«

Im Schwäbischen konnte man Tanten und Tote leicht verwechseln, denn beide sprachen sich gleich aus. Vielleicht rührte daher meine Affinität zu Leichen. Schließlich bin ich als Kind von zugereisten Flüchtlingen jedes Mal zu Dode erschrocken, wenn Janette von ihrer Dode in Laichingen sprach.

Aber mehr noch irritierte mich augenblicklich Richards Mutation zum Detektiv. Alle außer mir schienen dieser Tage an einer Leiche interessiert, die nur ich gesehen hatte. In Janettes Kopf klapperten die Stricknadeln von Miss Marple, Bodo Schreckle war die Habichtnase von Sherlock Holmes gewachsen, und Richard quasselte wie Lord Peter Whimsey.

»Das ist ja das Schöne hier oben«, sagte Richard, »dass jeder jeden kennt. Seit Generationen. Man heiratet untereinander, man ist verschwägert vom Pfarrer bis zum Bürgermeister, vom Metzger bis zum Organisten und vom Polizisten bis zum Bauunternehmer.«

Heinz fuhr sich über den Schnauzer.

»Und man schwätzt miteinander und springt einander bei. Hier liegt keiner tot in seiner Wohnung und niemand merkt es wochenlang. Nicht wahr, Herr Polizeihauptmeister?«

»'s isch nicht so anonym wie die Stadt, da könntet Sie scho Recht hen.«

»Saublöd, was jetzt da Ihrem Herrn Schwiegervater passiert ist, gell? Da hat er extra diese Kampfmittelbeseitigungsfirma aufgekauft, und dann verschwindet sein einziger staatlich anerkannter Sprengmittelingenieur mit Berufserfahrung. So einen Spezialisten kriegt er nicht so schnell wieder. Vielleicht hat der Kerl sich ja ins Ausland abgesetzt, mit den Einnahmen aus dem Verkauf seiner Firma, um sich auf den Bahamas der Fischerei hinzugeben. Ist ja ein nervenaufreibender Job, den er hatte. Da ist plötzlich Schluss, und man kann nicht mehr.«

»Sie meinet den Achim Haugk«, stellte Rehle fest. »Den hen i seit drei Jahre nemme gsehe.«

»Er war ja auch zwei Jahre für die Bundeswehr in Afghanistan auf der Suche nach Landminen und alter Munition. Dann ist er zurückgekommen nach Münsingen zum Panzerartilleriebataillon 285, um mitzuerleben, dass es nach dreißig Jahren aufgelöst wird. Er hat seinen Abschied genommen und beschlossen, sein Fachwissen und seine Erfahrungen einer von ihm selbst gegründeten Gesellschaft für Kampfmittelentsorgung mbH zur Verfügung zu stellen. Ein halbes Dutzend Mitarbeiter hat er auf der Dresdner Sprengschule ausbilden lassen und sich moderne Sondiertechnik, Bagger, Siebanlagen und Entschärfungsgeräte zugelegt.«

Von welchem Geld eigentlich?, fragte ich mich stumm.

»Und da saß er nun in seinem Büro und wartete auf Aufträge. Dann kam Ihr Schwiegervater, Ivan Räffle, kaufte sich als Gesellschafter ein und versprach ihm den ersten großen Auftrag, wenn er die Ausschreibung zur Erschließung des Truppenübungsplatzes gewinnt. Doch jetzt, wo man ihn dringend braucht, ist er fort. Da haben Sie Ihrem Schwiegervater doch ein bisschen suchen helfen, nicht?«

»Na ja, Herr … äh …« Heinz Rehle zog die Lesebrille aus der Brusttasche seines Hemds, um Richards Visitenkarte zu studieren.

»Und als am Sonntagabend die Leiche gefunden wurde«, fuhr Richard fort, »da haben Sie gedacht, Sie sagen es Ihrem Schwiegervater mal lieber, damit er gewarnt ist. Dass er die Leiche beseitigen lassen würde, das konnten Sie ja nicht wissen.«

Heinz Rehle nahm die Brille ab und wurde hochdeutsch. »Herr Oberstaatsanwalt Dr. Weber. Das sind Sie? Richtig? Dr. Richard Weber, wohnhaft in Stuttgart, Kauzenhecke 6 B?«

Richard nickte verwundert.

»Wenn das so ist, Herr Dr. Weber, dann habe ich etwas für Sie, das Sie interessieren wird.«

Sorgsam legte Heinz die Visitenkarte auf seinem Amtstisch ab, zog eine Schublade auf und entnahm ihr einen Spurensicherungsbeutel mit silbrigem Inhalt. »Kennen Sie das?« Er beschränkte sich auf eine nur kurze fragende Pause, denn er mochte ahnen, dass sich der Vertreter der Kotzbrockenfraktion nicht von einem Wachtmeister vorführen ließ. »Dann helfe ich Ihnen gerne. Das ist Ihr Handy, Herr Dr. Weber. Haben Sie es denn noch gar nicht vermisst?«

Richard antwortete nicht. Sein Handy schien da geschwätziger gewesen zu sein.

»Und wissen Sie, wo wir es gefunden haben?«

Das darf doch nicht wahr sein!, dachte ich. Wie gut, dass wir Janette bei Laura und dem Kuchen gelassen hatten.

»An der Mondscheinhöhle, gestern. Keine Leiche, aber dieses Handy.«

Richards Gleichmut machte keinen guten Eindruck.

»Wo genau?«, versuchte ich das Duell zu unterbrechen.

Aber Heinz schaute mich gar nicht an. »Und die letzte SMS, die Sie empfangen haben, Herr Dr. Weber, lautet: ›Leiche in Mondscheinhöhle gefunden. Melde dich. L.‹ Das war Sonntagabend gegen dreiundzwanzig Uhr. Keine Absendernummer, aber die Anfrage beim Mobilfunkanbieter läuft bereits. Morgen werden wir wissen, von dem diese Nachricht stammt.«

»Von mir«, sagte ich.

Jetzt wandte sich der Polizist doch mir zu. »Und unser Winnetou ist auch schon wieder mit von der Partie. In welcher Beziehung stehen Sie zu diesem Herrn?«

»Ich muss doch sehr bitten, Herr Polizeihauptmeister!«, sagte Richard. »Wenn Sie schon Ihren Kollegen in Reutlingen die Arbeit abnehmen wollen, dann wäre es schön, Sie würden uns aufklären, ob Sie uns als Beschuldigte befragen – dann wären wir zu keinerlei Angaben als denen zu unserer Person verpflichtet – oder ob Sie uns als Zeugen vernehmen.«

Heinz Rehle markierte ein Lächeln. »Wessen sollte ich Sie und unseren Winnetou denn beschuldigen? Mir hen doch no net amal a Leich.«

»Dann können Sie mir das Handy ja zurückgeben.«

»Dann ist das also Ihrs?«

»Das kann ich so nicht beurteilen. Die Nachricht jedenfalls, die

Sie zitieren, kenne ich nicht. Mir ist mein Handy vor gut einer Woche abhanden gekommen.«

Es klang nach einer sehr windigen Ausrede.

»So!«, machte Heinz. »In der Höhle?«

»Das werde ich zu gegebener Zeit den ermittelnden Kollegen in Reutlingen mitteilen.«

»Wie Sie wellet«, schnupfte der PHM und ließ das Tütchen wieder in seine Schublade fallen. »Die Kollegen aus Reutlingen werden sich bei Ihnen melden. Aber dazu sollte man Ihren momentanen Aufenthalt haben. Damit wir wissen, wo wir Sie erreichen können, gell?«

Da war ich auch ziemlich gespannt.

15

»Hildegard Obermann in Hohenstein!« Ich stand blöde auf der Marktstraße. Sie verkauften heute sogar etwas, und es gab Menschen, die sich nach uns umdrehten. »Eine alte Freundin! Ha!«

»Bitte, Lisa«, sagte Richard leise.

»Aus meinem bisschen Amtsanmaßung machst du einen Riesenskandal, und was tust du? Deponierst dein Handy am Fundort einer Leiche.«

»Es gibt keine Leiche!«

»Und warum belästigen wir dann die Polizei mit Vermutungen, es könnte sich um den Sprengmittelingenieur handeln? Und dann auch noch verbunden mit höchst gewagten Vorwürfen gegen den Dorfpolizisten? Das kannst du besser, Richard!«

»Müssen wir das hier diskutieren?«

»Dann gehen wir doch ins *Café Hanner!*«

»Genug!« Er nahm mich am Arm und führte mich mit hartem Griff ab in Richtung seiner Neuerwerbung, einer schwarzen S-Klasse, die am voll geparkten Straßenrand stand. Die Türriegel sprangen ja heutzutage reihum auf Knopfdruck auf, aber öffnen musste der Kavalier mir die Beifahrertür noch händisch. Er tat es mit so viel galanter Verachtung, dass jedermann mich für seine Geliebte hielt, oder vielleicht doch nur für eine unartige Tochter, weil ich so gar nichts Elegantes hatte, nicht einmal etwas Nuttiges.

Die Bonzenlimousine glitt unter seinen Kapitänshänden ruhig in die Fahrrinne und gewann die offene See.

»Wo fahren wir hin?«

»Soll ich dich bei Janette absetzen?«

An uns zogen Wälder, Wiesen, Felder und Gewerbegebiete vorbei. »Das ist aber nicht ganz der richtige Weg.«

Er antwortete nicht.

»Richard, du hast ein ernstes Problem«, konstatierte ich. »Wie gut, dass wir uns immer alles anvertrauen.«

Er schwieg.

Ich kramte mein Handy hervor und suchte im Menü nach Janettes Nummer, um den vorhin von ihr für den Nachmittag angedachten Ausflug mit Laura zur Bärenhöhle abzusagen. Ein Schwanken des Schiffs unterbrach mein Tun. Das blaue Schild mit den Wandersleuten mit Hut, Stock, Rock und wehendem Frauenhaar huschte durch meinen Augenwinkel. Richard war auf einen Parkplatz eingebogen und hielt mit dem Kühler im Waldrand, in dem Kleinmüll wie Taschentücher und Eispackungen knüllte. Neben mir rüsteten sich Senioren für einen Marsch. Autotür auf, Autotür zu, Autotür wieder auf, Kofferraum auf, Kofferraum wieder zu.

Richard stellte den Motor aus, langte über die Konsole mit Handbremse und Automatikschaltung zu mir herüber, wartete kurz, ob ich ihm entgegenkam, und küsste mich.

»Glaubst du mir jetzt?« Seine Position war immer klar gewesen, nur meine nicht. »Und deine Freundin Janette, was ist mit der?«

»Was soll mit der sein?«

»Lisa, ich kenne dich doch. Und genau deshalb ist es nicht sinnvoll, dass wir uns immer alles anvertrauen.«

»Bist du deshalb für eine Woche verschwunden?«

Er lächelte leicht. »Immerhin beruhigend, dass du mein Tun und Lassen eins zu eins auf dich beziehst. Das ist eine gute Basis, findest du nicht?«

Ich war verwirrt. »Dann ermittelst du doch?«

»Nein, Lisa. Ich mache Urlaub.«

Mein Handy meldete sich. Es war Janette. Der Kuchen sei fertig, und sie werde jetzt demnächst mit Laura zur Bärenhöhle aufbrechen, um von der mobilen Kletterwand, die sie im Traumland aufgestellt hatten, ein Foto zu machen. Dann müsse sie das morgen nicht tun. Wie es denn mit mir stehe. Wir verabredeten uns für in einer Stunde an der Kletterwand.

»Richard. Kannst du mich nachher an der Bärenhöhle absetzen?«

»Natürlich.« Er griff sofort nach dem Zündschlüssel.

Ich stoppte seine Hand. »Nachher, Richard. Vorher würde ich doch gerne wissen, was eigentlich los ist.«

»Was willst du denn hören?« Er studierte seine Fingernägel an den Händen, die auf dem Lenker lagen. »Ich besuche eine alte Freundin.«

»So weit waren wir schon. Ich weiß auch schon, dass sie Hildegard Obermann heißt und in Hohenstein wohnt, und kann ihr Hundescheiße in den Briefkasten werfen.«

Richard schmunzelte. »Mehr kann ich dir wirklich nicht sagen, Lisa.«

»Na, ins Detail zu gehen brauchst du ja nicht. Sag mir nur, ob ihr oder ob nicht.«

Er strich übers Lenkrad und starrte in die Bäume. »Hast du dir schon mal darüber Gedanken gemacht, Lisa, dass wir unsere politischen und wirtschaftlichen Entscheidungen inzwischen fast ausnahmslos an Beratungsgesellschaften delegieren?«

»Ich?«

Er blickte mich an. »Wir leben in einer regelrechten Beraterrepublik. Alle möglichen selbsterklärten Berater verfassen für teures Geld Gutachten und machen Vorschläge, von denen die meisten in Aktenordnern verschwinden. Gelesen, gelacht, gelocht.«

Politischer Weltschmerz? Ich war verblüfft. Wegen so was ging er wandern?

»Auch vor dem Verteidigungsministerium haben die Beratergesellschaften nicht Halt gemacht. Da gibt es eine Gesellschaft zur Entwicklung und Verwaltung mit beschränkter Haftung, deren Einsparverheißungen sich der gebeutelte Wehretat nicht entziehen konnte. Und so hat man sie beauftragt, die Liegenschaften und das Material der Bundeswehr zu verwalten. Wirklich erstaunlich, das Vertrauen, das unsere Politiker in privatwirtschaftlich agierende Berater hegen, und das Misstrauen, das sie ihren eigenen Ministerialbeamten und Fachleuten entgegenbringen. Natürlich hat die GEV ihre Versprechen nicht halten können. Außer im Gutsbezirk Münsingen!«

»Hier sind eben die Enteklemmer am Werk!«

Das fand Richard nicht mal zum Schmunzeln. Er kannte den Unterschied zwischen Sparsamkeit und Geiz nicht. »In der Tat hat die GEV eine hier ansässige Gesellschaft mit der Verwaltung des Gutsbezirks Münsingen beauftragt. Zum Vorteil für alle Seiten. Die Rechenschaftsberichte der GEV weisen für Münsingen deutliche Kostensenkungen auf.«

»Kunststück. Der Trüpl wird ja aufgelöst.«

»Aber die Gebäude stehen noch und müssen gereinigt und instand gehalten werden, ebenso die Fahrwege, die Schranken, Schilder und so weiter. Außerdem handelt es sich um den Zeitraum von Anfang vorigen Jahres drei Jahre zurückgerechnet. Da Einsparungen in dieser Größenordnung eigentlich nur im Personalbereich möglich sind, würde das heißen, dass im Gutsbezirk die Personalausgaben für Zivilangestellte um dreihundert Prozent gesenkt wurden.«

»Sauber!«

»Man hätte in diesen drei Jahren ungefähr tausend Zivilisten entlassen haben müssen. Tatsächlich dürften im Gutsbezirk zu Beginn dieses Zeitraums nicht mehr als rund hundertfünfzig Zivilangestellte gearbeitet haben.«

»Weiß man das nicht genauer?«

»Ich nicht, Lisa. Denn ich ermittle nicht. Ich bin nur rein zufällig vor gut einem Jahr am Rande einer Tagung in Berlin mit einem Ministerialbeamten aus dem Verteidigungsministerium ins Gespräch gekommen, dem die Ungereimtheiten in Münsingen und die Taubheit seiner Vorgesetzten schwer zu schaffen machten. ›Das interessiert niemanden‹, sagte er immer wieder. ›Und wenn die Waffen aus Bundeswehrbeständen nach Afrika verscherbeln, das ist denen da oben völlig egal. Hauptsache, die Bilanzen stimmen.‹«

»Oh!«, entfuhr es mir. »Darf ich raten? Leider hast auch du dich nicht zuständig gefühlt.«

»Ich bin nicht zuständig! Und ich habe genug anderes zu tun. Aber gerade die Geschichten, die man sich nicht sucht, verfolgen einen manchmal. Ende Januar habe ich zufällig Erich Schorstel wiedergetroffen. In der neuen Kunstgalerie in Stuttgart.«

Ich erinnerte mich an diesen Tag, einer meiner schwärzeren. Richard hatte mit mir in den Glaswürfel am Schlossplatz gehen wollen, aus irgendeinem offiziellen Anlass mit Prominenz, und ich hatte mich besonders martialisch herausgeputzt – Lederjacke, Springerstiefel, Nietengürtel, Pistolenhalfter –, woraufhin Richard bemerkte: »Es tut dir keiner was.« Ich hatte erwidert, wenn ich ihm peinlich sei, solle er alleine gehen. Woraufhin er mir vorgeschlagen hatte, einmal darüber nachzudenken, welche Ängste ich hinter meinen Verkleidungen versteckte. Da war ich natürlich ausgerastet. Das war mir in letzter Zeit leider öfter mal passiert.

»Ich fragte Schorstel«, fuhr Richard fort, »was er machen werde nach dem Wechsel des Ministerpräsidenten, und er erzählte mir, dass er bereits eine interessante neue Aufgabe habe. Sorge bereitete ihm allerdings der Kampfmitteleintrag ins Gelände. Kein Mensch schien zu wissen, wie viel das ist und um was es sich handelt. Leider hat die Natra es versäumt, mit dem Land vertraglich zu regeln, wer das Gutachten bezahlt. Das Finanzministerium, dem das Gelände jetzt gehört, sieht jedenfalls keine Veranlassung dazu. Und Schorstel eigentlich auch nicht. Aber er hat schon mal bei der IPE angefragt, wer infrage käme …«

»Dort arbeitet Janettes Mann, Florian.«

Richard sah aus, als wisse er das längst. »Und die haben ihm für eine erste Sichtung der Gefahrenlage den ehemaligen Bundeswehroffizier und erfahrenen Sprengmittelingenieur Achim Haugk vorgeschlagen.«

»Ah!«

»Der hat zwar keine Erfahrung mit Gutachten, aber er kennt eben genau diesen Truppenübungsplatz gut, wenn er auch in den letzten zweieinhalb Jahren seines Bestehens im Auslandseinsatz tätig gewesen war. Haugk konnte Schorstel versichern, dass in Münsingen hauptsächlich Artilleriebeobachtungsradargruppen mit laser- und rechnergestützten Beobachtungs- und Feuerleitsystemen geübt haben. Das heißt, man hat Haubitzengeschosse verwendet. Die wiegen vierzig Kilo und sind gut sichtbar. Beim Studium der Rechenschaftsberichte der GEV –«

»Hilfe!«

»GEV, das ist die Verwaltungsgesellschaft der Bundeswehrliegenschaften.«

»Mit dem Enteklemmer hier in Münsingen.«

»Richtig. Beim Studium der Rechenschaftsberichte ist Schorstel allerdings die kleine Ungereimtheit aufgefallen, von der ich dir schon erzählt habe. In Münsingen musste der Einsparsumme zufolge mehr Personal entlassen worden sein, als jemals dort gearbeitet hat. Als Geschäftsmann mit einem, sagen wir mal, guten Näschen ist Schorstel der Verdacht gekommen, dass Einnahmen, die nicht offen deklariert werden sollen, in Einsparungen umgerechnet worden sind.«

»Was für Einnahmen?«

»Nicht ganz legale, Lisa. Weil nämlich der Vertrag eine Klausel enthält, dass die Verwaltungsgesellschaft keine Gewinne aus der Verwertung oder Veräußerung mobilen Eigentums der Bundeswehr ziehen darf.«

Schön gesagt. »Und was könnten die verwertet oder verkauft haben?«

Richard zuckte mit den Schultern. »Das Panzerartilleriebataillon 285 gehörte zum Eurokorps und hat im Rahmen von IFOR, KFOR, ISAF und SFOR ...«

Ich stöhnte leidenschaftlich.

»... hundert Soldaten zu Einsätzen ins ehemalige Jugoslawien und nach Afghanistan geschickt. Darunter auch Achim Haugk als Sprengmittelingenieur. Haugk bestätigte Schorstel auf erneute Nachfrage, dass auch verschiedentlich mit Landminen geübt worden sei. Schorstel war alarmiert. Eine einzige liegen gebliebene Landmine wäre nun allerdings eine schwere Hypothek für die Zukunft des Truppenübungsplatzes. Er schrieb umgehend ans Verteidigungsministerium und erhielt ein allgemein gehaltenes Antwortschreiben, dem allerdings ein kopiertes Blatt beilag, das nicht zur Herausgabe bestimmt gewesen sein konnte, sondern in den Umschlag mit hineingerutscht sein musste. Es war die Kopie einer internen Liste, ausgefertigt von der Münsinger Unter-GmbH der GEV, über die Entsorgung von zwanzigtausend demontierten Antifahrzeugminen im Jahr 2002. Und zwar als Schrott.«

»Wird ja auch Zeit, dass man Landminen endlich verschrottet.«

»Allerdings war in Münsingen gar keine Kampfmittelbeseitigungskompanie stationiert. Bestenfalls haben die Züge aus Stetten am Kalten Markt hier mal geübt.«

Ich versuchte angestrengt, das für skandalös zu halten,

aber es gelang mir nicht. »Und was hat Schorstel daraufhin gemacht?«

»Er hat mich eingeladen, mit ihm und Achim Haugk den Truppenübungsplatz zu besichtigen. Sonntag vor einer Woche war das.«

»Lass mich raten. Wer nicht kam, war Achim Haugk.«

Richard nickte. »Schorstel berichtete, er habe sich gar nicht persönlich mit Haugk verabredet, sondern den Termin mit seinem Büro in Münsingen vereinbart. Als er am Montag nachfragte, gestand die Sekretärin ein, dass sie vergessen habe, ihm abzusagen, nachdem Haugk sich entgegen aller Erwartung aus seinem zweiwöchigen Urlaub nicht zurückgemeldet habe. Schorstel und ich haben dann, als Haugk nicht kam, auf eigene Faust mehr schlecht als recht versucht, uns ein Bild von der Gefährdungslage zu machen.«

»Bist du wahnsinnig, Richard!«, fuhr ich auf.

Er lächelte geschmeichelt.

»Stapfst mit Schorstel durchs Biotop und hoffst, auf eine Mine zu treten!«

»Die Gefahr bestand nun wirklich nicht. Es sind, wie ich mit eigenen Augen sehen konnte, bereits etliche Mountainbiker unterwegs. Ein junger Kerl auf einem roten Rad hat mich sogar beinahe auf seine Hörner am Lenker genommen.«

Ich dachte an die martialischen Verbotsschilder an den Rändern des Trüpl. Also mir machte so was Angst. Vielleicht war ich wirklich ängstlicher geworden in letzter Zeit.

»Na ja«, vollendete Richard mit einem kurzen Blick zu mir, »irgendwo dort, zwischen Altem Lager und Gänsewag, muss ich an diesem Sonntag mein Handy verloren haben. Vielleicht, als der Radfahrer mich fast überfuhr.«

Das erklärte allerdings nicht, wie sein Telefon in die Mondscheinhöhle gekommen war.

»Und was nun?«, erkundigte ich mich und nahm die Patek-Philippe-Uhr vom Handgelenk, so wie man das früher getan hatte, wenn man eine Uhr aufziehen wollte. Die Bewegung zog Richards Blick auf sich, löste aber keinerlei besitzergreifendes Blitzen aus.

»Ich denke«, sagte er und schaute auf seine eigene Armbanduhr, ein Modell ganz ähnlicher gediegener Unscheinbarkeit, »ich sollte mich wohl mal mit dem Leiter der PD Reutlingen in Verbindung setzen. Hoffentlich ist nicht ausgerechnet Kommissar Abele mit diesem Fall befasst.«

»Abele?« Das war doch der Maigret-Darsteller von der Mondscheinhöhle gewesen. »Was ist mit dem?«

Richard griff nach dem Zündschlüssel. »Der spinnt!«

16

Die Bärenhöhle lag auf dem Weg nach Reutlingen hinab. Richards Bonzenschlitten war fehl am Platz zwischen Bäumen und Kindern. Aber er fuhr ja auch gleich wieder.

Das wendische Wetter hatte etliche Feriensklaven ihrer Kinder bewogen, sich für einen Höhlenausflug zu entscheiden. Da tropfte es ohnehin. Und wer arbeiten musste, hatte die Kinder den Großeltern übergeben, die auf ungewohnt unebenem Weg die Anhöhe hinauftaumelten.

Das Traumland auf der Kuppe oberhalb des Höhleneingangs war ein angejahrter Vergnügungspark mit Bähnchen, Ponyreiten, Riesenrad und Dornröschenschloss aus Pappmaschee. Der Geruch nach Pferd weckte in mir kindliche Erregung. Ich löhnte am Eingang acht Euro, was mich berechtigte, alle Attraktionen beliebig oft zu benutzen. Aber meine Erregung glomm auf Sparflamme zwischen Grillplatz und Zuckerwatte, bis ich an die Kletterwand kam.

Sieben Meter hoch, dann ein kleiner Überhang, zusammengebaut aus sechs Holzplatten mit aufgeschraubten Griffen, wie man sie bei diversen Outdoor-Firmen anmieten konnte. Zwei Kinder konnten gleichzeitig steigen, zwei Jungs im Studentenalter sicherten sie am Seil und gaben Tipps, bis die Kinder wie reife Pflaumen aus der Wand ins Seil plumpsten.

Von Janette noch keine Spur, und es pfupferte mich. Nur mal schauen, ob ich es noch konnte. Andererseits … ich beim Kinderturnen? Ich gab mich desinteressiert und schaute mich um. Ein Stück den Weg hinunter saß hinter dem Mülleimer einer Würstchenbude auf dem Betonsockel der Seitenwand ein schmächtiger Junge mit schwarzen, zu einem Krönchen gegelten Haaren. Seine dunklen Augen gierten reichlich uncool die Kletterwand hinauf.

»Hallo, Gerrit«, sagte ich.

Er blickte erschrocken zu mir hoch.

Ich knetete an einem blöden Tantenlächeln. »Na«, sagte ich, »gehen wir klettern?«

Der Junge zuckte kurz, fiel dann aber in sich zusammen. »Nein«, murmelte er. »Papa will das nicht.«

Ich suchte für meinen dicken Hintern einen Sitzplatz auf dem schmalen Betonsims neben Gerrit. Er trug einen Sweater mit Kapuze unter einer Windjacke. Seine Jeans saßen hüftig und seine Füße steckten in riesenhaften Sporttretern. Ein schicker und ausnehmend hübscher Junge, nur arg ernst.

»Und wo ist dein Papa?«, fragte ich.

»Er hat was zu besprechen wegen dem Bären.«

»Ich wusste gar nicht, dass es hier noch Bären gibt.«

Gerrit schnaubte verächtlich. »Der Bär ist aus dem Zoo, und er ist voll tot. Wir stopfen ihn aus, und dann wird er hier aufgestellt.«

»Ah so.«

»Hasen kann ich schon ganz allein ausstopfen.«

»Ah, interessant! Oder hätte ich ›toll!‹ rufen müssen?«

Gerrit gönnte mir das Versucherle eines Lächelns. »Eigentlich gruselt's Sie voll. Alle Frauen gruselt das. Schon das Abziehen.

Man hängt den Hasen an den Hinterläufen auf und schlitzt ihm den Bauch auf. Das Gedärm fällt heraus und stinkt. Man bricht ihm die Hinterläufe, schneidet die Haut auf und zieht ihm mit einem Ruck das Fell über die Ohren. Dann holt man mit einem Haken das Hirn aus dem Kopf …«

Ich lachte. »Stimmt. Es ist voll gruselig.«

Gerrit feixte.

»Übrigens hast du gestern noch Du zu mir gesagt. Wollen wir nicht dabei bleiben?«

Gerrit wurde schlagartig ernst. »Du hast mich angelogen gestern.«

»Wie?«

»Papa hat doch gekniffen. Steht in der Zeitung.«

»Dein Vater hat Probleme mit seinem Knie, weißt du.«

»Quatsch. Er hat voll Schiss!«

Kinder konnten so grausam sein. »Und wovor?«, erkundigte ich mich.

»Er muss immer an Mamas Unfall denken. Sie ist unter ungeklärten Umständen gestorben.«

»Ah so!«

»Das sagt die Zeitung so, wenn sie nicht sagen darf, dass es kein Unfall war, sondern Mord.«

»Du liest aber viel Zeitung.«

»Papa sagt, die Zeitung lügt.«

»Manchmal weiß die Zeitung eben auch nicht alles«, gab ich zu bedenken. »Wenn dein Vater zum Beispiel gewusst hätte, dass Julian wirklich in der Mondscheinhöhle steckte, dann wäre er selbst hinuntergestiegen. Er hat aber gedacht, es sei ein falscher Alarm. Und weil ich so lange gebettelt habe, hat er mich hinuntersteigen lassen.«

Gerrit blickte mich zweifelnd an. »Das heißt fahren. Man steigt nicht, man fährt in eine Höhle.«

»Aha.«

Er kratzte sich die Unterarme und wandte den Blick zu Boden.

»Das mit Julian wäre nicht passiert, wenn ich gewusst hätte, wie man einen Achterknoten macht.«

Ich gab ein weiteres stupides Wort von mir.

»Und wenn Papa jetzt mein kaputtes Fahrrad sieht, dann ist er wieder voll traurig, weil ich gar kein Vertrauen habe zu ihm.«

»Darf man fragen, was eigentlich passiert ist, Gerrit? Oder geht mich das als Erwachsene nichts an?«

Er deutete ein Lächeln an und rückte stockend damit heraus. Laura, Volker und Julian hatten sich gelangweilt. »Aber in die Höhle kann man nicht rein«, hatte Gerrit betont. Sie hatten ihn dennoch beschwatzt. »Bloß mal gucken!« Laura hatte Florian gesagt, sie wollten bei Volker auf dem Hof spielen, und dann waren sie zur Höhle geradelt. Volker hatte auf einmal ein Seil dabeigehabt und eine Taschenlampe. Gerrit hatte erklärt, mit einer Wäscheleine sei das zu gefährlich. Außerdem habe er nicht mehr so genau gewusst, wie ein Achterknoten ging. Da hatte Volker irgendeinen Knoten gemacht, und dann hatte Julian unbedingt in die Höhle fahren wollen.

Plötzlich war dann das Seil weg. Abgegangen vom Haken am Höhlenmund. Aber sie hatten Julian noch rufen gehört. Volker hatte vorgeschlagen, dass man die Hosen auszog und aneinander knüpfte, aber das hatte nicht gereicht. Außerdem hatten sie keine Taschenlampe mehr. Da hatte Gerrit vorgeschlagen, nach Hause zu fahren, ein Kletterseil und eine Lampe aus Papas Kletterkiste zu holen. Laura hatte gesagt, dass sie nach Hause müsse, und Volker hatte auch Schiss bekommen, weil sein Vater doch Polizist ist.

Über Stock und Stein war Gerrit nach Hause geprescht, dann war er über eine Wurzel gefahren und hingefallen. Das Fahrrad war kaputt, aber er hatte gehofft, dass er zu Fuß zur Höhle zurückkehren könne, bevor es dunkel wurde. Papa war in der Werkstatt. Gerrit schlich die Treppe hinauf, holte aus der Kletterkiste im Gästezimmer Seil und Steigklemmen und wollte die Treppe wieder hinunterschleichen. Aber da war Papa auf einmal in der Küche gewesen und hätte ihn gesehen. Eine Weile hatte Gerrit auf der Treppe gewartet, dann hatte er alles wieder in die Kiste zurückgelegt. Als Papa mal kurz wohinmusste, war es ihm wenigstens gelungen, die Höhlenrettung in Göppingen anzurufen – ein eigenes Handy hatte der Junge offenbar noch nicht –, deren Nummer er auswendig kannte. Als die Göppinger fragten, wer er sei, hatte er aufgelegt.

»Du hast sehr klug gehandelt, Gerrit. Dein Vater wäre bestimmt stolz auf dich.«

»Aber wenn er erfährt, dass ich kein Vertrauen zu ihm gehabt habe, dann ist er wieder traurig.«

»Der soll sich nicht so haben! Weißt du was, Gerrit? Wir gehen jetzt klettern!« Böse Tanten hatten immer gute Argumente. »Ich zeige dir auch, wie ein Achterknoten geht.«

Die Helfer legten uns die Sitzgurte an. Da ich narbig Miene machte, vom Fach zu sein, sparten sie sich die Erklärungen. Gerrit kletterte wie eine Eidechse. Ich besann mich auf Technik. Immer drei Punkte an der Wand, nicht mit den Armen ziehen, sondern mit den Beinen stemmen, was an künstlichen Kletterwänden schwierig war.

»Und nicht an den Sicherungsbolzen fürs Seil festhalten«, ermahnte ich Gerrit. »Die sind tabu.«

Konzentriert suchte er sich Knubbel und Griffe und zog sich Meter für Meter hinauf. Auf dem Platz, der bereits überraschend klein unter uns lag, hatten sich plötzlich Leute versammelt, die Köpfe in den Nacken gelegt. Ich machte auch Janette aus, die ihre Kamera aus der Handtasche holte und anlegte. Neben ihr Laura.

Über uns kragte der Überhang.

»Langsam, Gerrit! Erst schauen! Diesen Vorsprung könntest du nehmen, den rechten Fuß dorthin. Dann kommst du mit der Hand an den Griff. Bereit? Dann los! Linker Fuß … ja, klasse, du hast es geschafft!«

Über mir ging die Sonne auf. Gerrit strahlte und winkte. Von unten brandete Applaus herauf. Neben Janette stand mittlerweile auch Hark Fauth.

»Für den Abgang nehmen wir das Seil«, wandte ich mich an Gerrit. Ich erklärte ihm, wie das ging. Beim Abseilen in Höhlen ließ man sich selbst mit Hilfe des Abseilers an der Leine hinab. Doch in der Kletterwand bestimmte der Mann, der unten am Seil sicherte, das Tempo, indem er Seil nachgab. »Und du hopst wie ein Känguru die Wand runter, nur rückwärts. Klar?« Ich wandte mich nach unten und schrie: »Er kommt!«

Gerrit hopste voller Vertrauen in den Mann am Boden. Ich folgte ihm. »Du bist gut«, sagte ich. »Wir müssen mal richtig klettern gehen.«

»Morgen?«

»Wenn es dein Vater erlaubt.«

»Papa!«, rief Gerrit, sprang aus den Resten seiner Sicherung und rannte zu seinem Vater. »Ich war ganz oben, hast du das gesehen? Und morgen will Lisa mit mir richtig klettern gehen. Darf ich, Papa? Bitte, bitte, bitte!«

Harks Antwort hörte ich nicht. Vor mir stand Laura und bohrte ihren Finger durch die Nase ins Hirn.

»Und nun du, Laura?«, sagte ich. Aber sie schüttelte den Kopf, dass die Zöpfe flogen, und drehte sich um.

»Sie hat Schiss«, sagte Janette nicht gerade leise. »Florian hat's schon ein paarmal versucht.«

»Vielleicht hat sie Probleme mit dem Gleichgewichtsorgan«, sagte ich. »Das ist die häufigste Ursache von Höhenangst. Und dafür kann Laura nichts.«

»Ich kenne meine Tochter besser als du, glaub mir, Lisa. Sie ist ein Schisser!«

»Ich war ganz oben, Janette!«, platzte Gerrit zwischen uns. »Hast du das gesehen?«

»Ich habe es sogar fotografiert«, lächelte sie. »Und zur Belohnung gibt es jetzt ein Eis.«

»Ich will auch ein Eis!«, rief Laura.

»Wofür denn? Du hast doch nichts geleistet! Komm, Gerrit! Da vorn gibt es Eis.«

Lauras Augen füllten sich mit Wasser. Ich hatte schneller, als ich denken konnte, meine Geldbörse in der Hand und gab Laura ein Zweieurostück. »Für den Mut, Nein zu sagen.«

Eine halbe Sekunde lang sah Laura so aus, als hätte sie etwas verstanden. Dann rannte sie hinter Mutter und Gerrit her zur Zuckerbude, und ich konnte mich Hark zuwenden.

Er stand wie ein Baum in blauer Wetterjacke, Jeans und festem Schuhwerk, Sturmwolken in den Augen. »Wie andere ihre Kinder erziehen wollen, ist dir wohl völlig wurscht, was? Findest du nicht, du hättest mich vorher fragen sollen?«

»Wozu? Du hattest es Gerrit doch schon verboten.«

»Aus gutem Grund.«

»Du hast zu viel Angst um ihn.«

»Ich glaube, das kannst du nicht beurteilen!« Er blickte sich schroff um. Aber Janette stand inzwischen weiter weg bei einem Paar mit Kinderwagen.

»Übrigens«, holzte ich los, »ich habe dich vermisst, gestern beim Bergungseinsatz der Uracher Spinnen. Wolltest du nicht wissen, wessen Leiche in der Mondscheinhöhle steckte?«

Harks eben noch mäandernder Blick fluppte mich an. »Was für eine Leiche?«

»Liest du keine Zeitung?«

»Nein.«

Wie kam Gerrit dann eigentlich an seine Zeitung?, fragte ich mich in einem Nebenstübchen meines Hirns.

»Also, was für eine Leiche?«

Während ich im Zeitraffer erzählte, versammelten sich in seinem Rücken weitere Leute bei Janette und dem Paar mit dem Kinderwagen.

»Verschwunden?«, fragte Hark nach. »Unsinn! Der ist nur durch den Spalt durchgerutscht und liegt jetzt weiter unten. Man müsste halt eine Kamera hinunterlassen. Ich werde Heinz

Rehle gleich nachher mal anrufen. Wieso ist Winnie nicht auf die Idee gekommen? Er hat doch alles, was man dazu braucht, daheim.«

In diesem Moment trat Janette an uns heran, im Schlepptau das Paar mit Kinderwagen, zwei Halbwüchsige und Oma und Opa. »Darf ich vorstellen«, sagte sie strahlend, »das ist Hark Fauth.«

Die Menschen streckten Hände aus und schätzten sich glücklich, den berühmten Höhlenforscher kennen zu lernen. Das Paar mit dem Kinderwagen besaß einen Laden in Reutlingen, über den Janette mal geschrieben hatte, die beiden Alten waren Großonkel und Großtante aus Amerika und die beiden Halbwüchsigen Cousin und Cousine, ebenfalls aus Amerika. Man zeigte dem Besuch die Schwäbische Alb: Burg Lichtenstein, Nebelhöhle und Bärenhöhle.

»Marvelous!«, behauptete das Mädchen.

»Ob du denen nicht die Bärenhöhle …«, raunte Janette sich an Hark heran. »Eine kleine Führung, exklusiv?«

»Gute Idee!«, rief ich. »Eine private Führung!«

Wenn Hark wirklich klaustrophobisch war, würde er sich etwas einfallen lassen müssen.

»Gern«, sagte er und blickte auf seine Uhr. »Aber ich fürchte … Ich habe einen Termin. Ich sollte …« Sein Blick fuhr in meinen. »Na gut. Dann aber gleich.«

»Wunderbar!«, rief Janette und scheuchte die Kinder und den amerikanischen Besuch samt Kinderwagen auf den Weg zum Ausgang aus dem Alptraumland. Ich prallte im Umdrehen gegen Hark.

»Was ich dir noch sagen wollte, Lisa«, sagte er, seinen weichen Kern nach außen stülpend, »ich habe meinen Sohn schon lange nicht mehr so glücklich gesehen. Dafür möchte ich dir danken.«

»Oh! Keine Ursache.« Ich war unangemessen gerührt und deshalb geneigt, dem Helden meiner Jugend goldene Brücken zu bauen. »Komm, wir müssen den anderen nach. Oder sollen wir uns vor dem Höhlenbesuch drücken? Ich jedenfalls kenne die Bärenhöhle schon. Und du auch, nehme ich an. Wie wär's? Wir schlagen uns in die Büsche.«

»Und Gerrit?«

»Um den wird Janette sich schon kümmern.«

Auf Harks Gesicht erschien ein leises Lächeln. »Man merkt, dass du keine Kinder hast. Kinder lässt man nicht stehen wie einen Regenschirm bei Sonnenschein.«

Blöder Hund. Aber ich konnte auch anders. »Übrigens«, sagte ich, »Gerrit glaubt, du hättest Schiss vor Höhlen.«

»Tatsächlich?« Er setzte sich in Marsch.

»Und er leidet darunter, dass du das nicht offen zugibst. Er belügt dich, um dich zu schonen.«

»Falls es darum geht, dass er am Sonntag an der Mondscheinhöhle war, so weiß ich das bereits.«

»Aber nicht von ihm.«

»Nee, aber ich habe Augen im Kopf. Hinterm Nussbaum liegt sein kaputtes Fahrrad. Und da wir gestern bei den Großeltern in Laichingen waren, kann er es nur am Sonntag geschrottet haben.«

»Und warum traut er sich nicht zu dir«, fragte ich böse, »wenn ein Schulkamerad von ihm in eine Höhle gefallen ist?«

Hark blieb stehen. »Du hältst mir vor, dass mein Sohn kein Vertrauen zu mir hat?« Die rötlichen Barthaare wurden schwarz in den Gräben seines Gesichts. »Woher sollte er es haben? Vertrauen zu einem Vater, der seine Mutter nicht retten konnte.«

»Das ist es, was Gerrit Angst macht, diese Selbstzerfleischung. Und deshalb hat er dir nichts vom Unglück in der Höhle erzählt. Stattdessen hat er lieber die Höhlenrettung angerufen.«

Hark ächzte wie ein Baum, bevor er fällt.

»Was ist damals im Todsburger Schacht passiert?«, fragte ich schnell, bevor er wirklich der Länge nach hinschlug.

Er setzte wieder seine Füße voreinander, denn der Trupp mit Janette drohte uns aus den Augen zu geraten. »Wenn es danach geht, was die Leute sagen, dann habe ich meine Frau umgebracht.«

»Warum solltest du das getan haben?«

Er zuckte mit den Schultern. »Vielleicht wollte sie mich verlassen.«

»Bringst du darum normalerweise Menschen um?«

»Vielleicht hat sie mir Hörner aufgesetzt.«

»Und warum hast du dann nicht ihren Liebhaber umgebracht?«

»Ich weiß es nicht. Wirklich nicht. Ich erinnere mich weder an das, was im Todsburger Schacht passiert ist, noch an die Wochen und Monate davor.«

»Das kann nicht sein.«

»Hast du Seelenklempner studiert? Dann sage ich dir gleich –«

»Nein, ich habe nichts studiert. Aber als Journalistin liest man ja so allerlei. Demnach ist Amnesie viel seltener, als uns Film und Fernsehen glauben machen wollen. Dass du den Moment der Katastrophe nicht erinnerst, ist normal. Aber die Erinnerung an alles andere kommt gewöhnlich nach einiger Zeit wieder. Oder aber du vergisst vollständig, wer du vorher warst.«

Ein kleines Lächeln sträubte sich in seinem Bart. »Leider weiß ich noch, wer ich war. Aber der Sommer vor Sibylles Tod liegt wie im Nebel. Wenn ich versuche, mich zu erinnern, dann reagiert mein Körper mit … mit Paniksymptomen. Das hat Gerrit durchaus richtig beobachtet.«

»Und wovor schützt dich diese Panik?«, rätselte ich. »Wenn du die schlimmste Variante so klar denken kannst?«

»Welche schlimmste Variante?«

»Dass du deine Frau umgebracht hast.«

Er schnaubte. »Ach, findest du, dass das die schlimmste aller möglichen Varianten ist?«

»Gibt es eine noch schlimmere?«

Er zuckte mit den Schultern. Unverschämt souverän und gelassen. Gepanzert!

»Hast du Sibylle geliebt?«

»Keine Ahnung. Ich habe keine Gefühle mehr, seit ich im Krankenhaus aus dem Koma erwacht bin. Ich bin … nun, eigentlich bin ich tot.«

Also nicht souverän, sondern tot. Das konnte man leicht verwechseln.

»He!«, rief Janette. »Wo bleibt ihr denn?« Sie wartete an der Wegecke und blickte prüfend zwischen uns hin und her.

»Arme Janette«, bemerkte ich, als sie wieder enteilte und uns ihre wunderschönen Hinteräpfel in grob gewebten Jeans zeigte. »Sie hat ganz schön Stress, wenn sie eifersüchtig über den Witwer ihrer besten Freundin wachen muss, nicht?«

Hark lachte überraschend heiter.

17

»Ich glaube«, sagte die junge Mutter, an den Kinderwagen geklammert, in dem das Kind tief und fest schlief, »ich bleibe lieber draußen. Wegen Marie. Es ist doch sicher kalt und feucht da drin, und immer denke ich, hoffentlich fällt mir kein Stalagmit oder Stalaktit auf den Kopf.«

»Stalaktit«, sagte Hark.

»Mit t wie Titten, die hängen auch«, bemerkte ich. »Und die hängen da drin seit Jahrtausenden.«

»What did she say?«, erkundigte sich der junge Amerikaner mit dem sechsten Sinn der Männer für Schweinkram.

In diesem Moment griff sich Hark in die Jacke und zog sein Handy. Er lauschte einen Moment, dann sagte er: »Ich muss mich leider entschuldigen. Sie haben am Höhlenausgang einen Tropfsteindieb geschnappt. Ich muss dorthin. Es tut mir Leid.«

Janette zog die dunklen Brauen zusammen. »Können die das nicht ohne dich klären?«

»Der Dieb ist Franzose. Sie brauchen mich als Übersetzer. Aber ich komme nach, sobald ich kann.«

»Wir haben Zeit!«, erklärte ich. »Warten wir doch hier, bis sie mit dem Tropfsteindieb herumkommen. Eine solche Story will sich doch auch Janette sicherlich nicht entgehen lassen.«

Harks Blick senkte sich in meine Halsgrube. Ich musste husten. Janette zupfte ihn glücklicherweise sofort heraus mit der Frage, wie oft man Tropfsteindiebe stellte.

Minuten später schleppten zwei Männer mit Bierbäuchen ein achtzehnjähriges Bürschchen auf den Platz zwischen Andenkenkiosk, Parkplatz und Höhleneingang. Voran ging ein Mann in winterlicher Daunenjacke, den Hark als Herrn Winterle begrüßte, ohne Vereins-Du. Er wies ein paar daumendicke Tropfsteine und eine Drahtschere vor. »Zum Glück haben Höhlenbesucher es klopfen gehört und es nach vorn an die Kasse gemeldet. Wir konnten ihn dann hinten in Empfang nehmen.«

Janette übersetzte leise ins Amerikanische.

»Bon jour«, sprach Hark den Franzosen an und erklärte ihm die Rechtslage. Ich übersetzte es Janette – zu irgendwas musste meine Ausbildung zur Fremdsprachensekretärin auch mal gut sein –, die es wiederum den Amerikanern erläuterte.

Der Bursche, aus dem Schwitzkasten zwischen den Bierbäuchen entlassen, fasste Mut und verteidigte sich, er habe das Schild, das Beschädigung bei Strafe verbot, nicht gesehen. Außerdem stehe es da nur auf Deutsch, und überhaupt, in französischen Höhlen sei das alles gar kein Problem.

»Auch in Frankreich«, entgegnete Hark, »stehen Höhlen unter Naturschutz.«

Janette zückte die Kamera.

Der Franzose hob abwehrend die Hände. »Boche!«

»Wollen Sie gleich zahlen, oder müssen wir erst die Polizei rufen?«, fragte Hark emotionslos.

»Das Höhlenkrokodil, wie es leibt und lebt!«, wisperte Janette. »Immer wenn es kritisch wurde, pflegte er zu sagen: ›Entweder wir sterben, oder wir kommen um.‹ Erzählt Winnie immer wieder gern.«

Der Franzose schien seine Lage ähnlich zu sehen.

Alsbald konnte der Mann am Kassenschalter ihm die Quittung ausstellen. Der Franzose zog mit gehisstem Stinkefinger ab.

»Müssen wir eigentlich Eintritt zahlen?«, erkundigte sich Janette aufgeräumt und ließ das Zoom einfahren.

Das konnte Hark nicht entscheiden, und Winterle kam in Verlegenheit. Am Ende war es nur Janette, die mit ihrem Presseausweis freie Passage durch die Schleuse erzwang. Und natürlich erließ man dem Vorsitzenden des Naturforschenden Vereins Schwäbische Alb ebenfalls den Eintritt.

»Ich weiß, es ist irrational«, machte hinter der Schranke die junge Mutter am Kinderwagen einen letzten Versuch, »aber ich habe das Gefühl, der ganze Berg könnte über uns einstürzen.«

»Das wäre wie sechs Richtige im Lotto«, rief Janette. »Das trifft auch immer nur die anderen.«

»Ich weiß nicht!«, zögerte die Mutter.

»Was macht man gegen Klaustrophobie?«, fragte ich Hark. »Was macht ihr, wenn plötzlich einer unter euch in Panik gerät?«

»Wir versuchen die realen Gefahren von den eingebildeten zu trennen. Steinschlag ist eine reale Gefahr. Aber das Gefühl, die ganze Höhle könnte einstürzen, ist irreal.«

»Da hören Sie es!«, sagte Janette. »Jetzt probieren wir es einfach. Sehen Sie, es geht ebenerdig rein. Sie können einfach umdrehen und hinauslaufen, wenn es doch nicht geht.«

Das überzeugte.

»Nach dir«, sagte ich, als Hark auch mich an sich vorbeilassen wollte.

»Du irrst dich, Lisa«, raunte er mir ins Ohr.

In der Tat, so sah kein Mann aus, dem Höhlen Angst machten. Vermutlich war er im Restaurant in Engstingen nur deshalb nicht in den Toilettenkeller hinuntergestiegen, weil er seinem Knie nicht traute. Und Gerrit glaubte, sein Vater habe Angst vor

Höhlen, weil er selbst Angst hatte. Kinderängste in der Einsamkeit fehlender Erklärungen für die Tragödie, die sich Vater und Mutter bereitet hatten.

Die Bärenhöhle war ein Tropfsteingebiss mit Maulkorb, gezähmt bis in jeden Winkel. Ein betonierter Pfad führte in den mannshohen Höhlenmund. Unter den Lampen im Gang grünten Moose und Farne, und in der ersten großen Halle bot ein lichtes Loch rechts oben dem Auge ein Fenster in den Tag.

»Das ist die Karlshöhle«, sagte Hark auf Englisch in die erwartungsvollen Augen seiner Gruppe hinein. »Sie wurde 1834 entdeckt. Hier oben sieht man das so genannte Fauthsloch, benannt nach dem Schullehrer Fauth, dem einst beim Kräutersammeln die Tabaksdose durch dieses Loch entschwand.«

»Ach, bist du etwa verwandt mit dem?«, entfuhr es mir.

»Ja. Und das war auch der Grund, warum ich mit vierzehn angefangen habe, mich für Höhlen zu interessieren, vor allem für das, was man in ihnen findet. Schulmeister Fauth erweiterte damals das Loch und ließ sich an einem Seil hinab. Er fand unzählige Menschen- und Tierknochen aus dem Mittelalter. Vermutlich haben die Menschen damals kranke Tiere und Pesttote durch das Loch in die Höhle geworfen. Seine Tabaksdose hat Fauth allerdings nie wiedergefunden.«

»Fantastic!«, rief der junge Amerikaner. »And the bears?«

»Die eigentliche Bärenhöhle wurde erst rund hundert Jahre später entdeckt, weil einem gewissen Karl Bez zwei Fledermäuse zu denken gaben, die am Ende dieser Halle aus einem Spalt kamen. In der Halle dahinter fand man die berühmten, mehr als zwanzigtausend Jahre alten Bärenknochen. Ein Braunbärenskelett hat man wieder aufgestellt. Aber viel interessanter sind die Schädelknochen des ausgestorbenen Höhlenbären, die man links hinter dem Durchgang sieht. Sie waren größer als die Braunbären und fraßen, den Backenknochen nach zu schließen, fast ausschließlich Pflanzen. Besonders schön anzusehen: Die Schädelknochen sind übersintert, also mit dem Kalkstein überzogen, aus dem sich auch die Tropfsteine bilden, wenn der im Berg gelöste Kalk an der wärmeren Höhlenluft ausfällt und sich auf den Steinen ablagert.«

Er redete, als ob er gar nicht vorhätte, so weit zu kommen.

»Dann gehen wir mal weiter«, sagte Janette.

Der Betonpfad winkelte sich durch die Karlshöhle mit ihrem gerupften Tropfsteinwald. Oben filigrane Nadeln, die wie Sägezähne aus den Schründen sinterten. Gerrit trödelte weiter vorn hinter Laura her und ließ die Hand über die glänzend nasse Oberfläche einer erstarrten Kaskade gleiten, die unzüchtig aus einer Spalte in der Wand quoll. Als Gerrit plötzlich loslief, um zu den anderen aufzuschließen, die schon etliche Ecken weiter waren, drehte ich mich nach Hark um.

»Ich bin noch da«, sagte er. Aber etwas knotete in seiner Stimme. Plötzlich streckte er die Hand aus, griff mir in den Kragen und zog die eingeknickte Ecke glatt. »Aber, Lisa, ich bin tatsächlich drauf und dran, den Kopf zu verlieren.«

»Sollen wir umkehren?«

Er lachte leise. »Nein, das meine ich nicht, du besorgte kleine Fee.« Er zog mich mit der Hand an meinem Kragen ein Stück zu sich. Aber galt das wirklich mir? Ein Mann, der sich unterlegen fühlt, startet immer eine erotische Attacke, oder eine sexuelle, falls Ihnen das Wort Erotik in Bezug auf mich unangebracht erscheint. »Ich meine, ich kann endlich wieder ...«

Janettes »Kommt ihr?« hallte durch die Höhle. Sie kam den Betonweg zurück. »Oder gibt es Probleme?«

Hark ließ mich los.

»Nein, nein«, stotterte ich. »Mein ... mein Reißverschluss hatte sich nur... äh ... verhakt.«

»Ich frage ja nur, ehe wir den Kinderwagen die Treppe hochwuchten.«

»Braucht ihr Hilfe?«

Ich ließ den verflixten Hark stehen und knirschte Janette hinterher. Aber die Männer waren schon dabei, den Kinderwagen die Treppe hinaufzutragen. Als ich um den letzten Stalagmit bog, merkte ich, dass Hark nicht mehr hinter mir war. Sapperlot! Ich kehrte blitzartig um.

Er taumelte schon seitwärts in den Tropfsteinrasen. Ich konnte ihn gerade noch am Ärmel packen, ehe er in den Naturschutz fiel. Er krallte sich ohne Ansehen meiner Anatomie an mir fest. Ich musste einen kleinen Judogriff ansetzen, um seine Hand von meiner Brust zu lösen. Der Schmerz brachte ihn halbwegs zur Besinnung.

»Hier ist der Weg, Hark.«

Er keuchte.

»Rückwärts zählen!«, ordnete ich an. »Zähl rückwärts. Los, hundert, neunundneunzig ... Zähl mit! Achtundneunzig, siebenund...«

»...neunzig«, murmelte er.

»Und jetzt schau mich an, Hark!«

»Ich muss ... ich muss hier raus!«

Ich hielt ihn fest. Ein explosives Bündel steinharter Muskeln, die sämtlich zitterten. »Ganz ruhig, Hark! Steinschlag ist eine reale Gefahr, aber dass die ganze Höhle einstürzt, ist irreal. Und zurück kannst du jetzt nicht.«

Denn eben quoll eine Besuchergruppe in Busladungsstärke den Weg vom Eingang heran, Fußlahme und Kinder. Ohne Maschinengewehr war da kein Durchkommen.

»Wie weit ist es bis zum Ausgang?«, erkundigte ich mich. »Antworte mir, Hark! Wie weit?«

»Genauso ... genauso weit.«

»Dann komm!«

»Nein! Ich ... ich kann nicht. Ich dachte, es ginge, aber es geht nicht. Gratuliere, Lisa! Das war es doch, was du wissen wolltest. Ich muss raus! Lass mich los! Lass mich in Frieden!«

Ich ließ ihn los, aber nur gerade so lange, dass er das Gleichgewicht verlor. Der Schock, ohne mich verloren zu sein, machte ihn gefügiger.

»Mach die Augen zu«, sagte ich. »Es kann überhaupt nichts passieren.«

»Nichts passieren?«, krächzte er. »Sehr komisch!«

Ich nutzte das Aufflackern seiner Verstandeskräfte und schleppte ihn vorwärts zur Treppe.

»Aber du hast Recht. Es kann wirklich nichts passieren.« Dabei quetschte er meine Hand zu Mus. »Ich bin ja nicht allein mit … mit dir wie mit … mit … Sibylle.«

»Nein, wir sind nicht allein«, folgte ich seiner Spur.

Er atmete aus. »Man kann dir helfen.«

»Ja, es sind viele da, die mir helfen. Vorsicht Stufen!«

Er stolperte dagegen. »Wo? Sie … sie bewegen sich, Lisa! Sie gehen weg, wenn ich meinen Fuß …« Er lachte in Todesangst. »Siehst du das nicht. Sie schießen nach rechts und links weg.«

»Es wird gleich besser«, sagte ich. »Der Körper kann Angstsymptome nur über einen begrenzten Zeitraum aufrechterhalten. Dann ist der Zenit überschritten.«

Er krallte mit meinem Ärmel ein Stück Haut. Ich musste zum zweiten Mal seine Hand mit einem fiesen Druck ins Weichteil zwischen Daumen und Zeigefinger von mir lösen.

Als wir die niedrige, verwinkelte Röhre zur eigentlichen Bärenhöhle erreicht hatten, hatte Hark mit seinem Leben abgeschlossen und ließ sich führen wie ein Schlachtlamm. Vor uns tat sich eine herrliche Halle mit Bärenskeletten und stolzen Tropfsteinkerzen auf, die von Zäunen geschützt wurden. Aus den flackernden Sinterflammen löste sich Gerrit und kam auf uns zugerannt.

»Papa!«

Ich entließ ihn. Hark wankte gegen den Zaun.

»Was ist denn hier los?«, fragte Janette eisig.

»Du musst keine Angst haben, Papa«, sagte Gerrit. »Ich bin doch bei dir.«

Er erholte sich binnen Sekunden, kaum war die schwere Eisentür am Ende des Bergdurchgangs, den die Höhle bildete, zugefallen. Waldvögel und grauer Himmel mit Nieselregen stellten Harks Welt wieder auf die Beine.

Janette zupfte an ihrer Unterlippe, die junge Mutter drehte ihre Hände an den Knäufen des Kinderwagens, in dem die kleine Marie immer noch schlummerte, die jungen Amerikaner lächelten befremdet, deren Großeltern blickten neugierig, Laura bohrte sich den Finger in den Riechgang, und Herr Winterle versuchte so auszusehen, als hätte er nichts gesehen.

Hand in Hand standen Vater und Sohn vor der Eisentür und blickten uns an. Blond und athletisch der eine, rabendunkel und zierlich der andere. Ein trauriges Gespann einsamer Tapferkeit.

»Ja«, sagte Hark langsam, »es ist wahr: Ich leide an Klaustrophobie.«

Janette lachte auf und schlug sich die Hand auf den Mund.

»Es fing allmählich an nach meinem Unfall. Zuerst konnte ich nicht mehr Fahrstuhl fahren, dann wurden mir auch die Treppenhäuser zu eng, und inzwischen ertrage ich keine geschlossenen Räume mehr, wenn nicht ein Fenster offen steht.«

»Aber warum hast du denn nie etwas gesagt, Hark?«, rief Janette.

Winterle kratzte sich den Kopf. Die Amerikaner, die mehr Deutsch verstanden, als man ihnen zutraute, blickten ein wenig verwundert auf den Mann, den man ihnen als den größten Höhlenforscher der Schwäbischen Alb verkauft hatte.

»How funny, isn't it?«

»Wozu darüber reden?«, sagte Hark. »Damit sie Gerrit in der Schule verspotten, sein Vater sei ein Schisser?«

»Aber das macht mir doch nichts aus«, behauptete Gerrit. »Wer so was sagt, ist voll behindert.«

18

»Hast du das gewusst?«, brach Janette in Engstingen das Schweigen. »Hm? Sag, hast du das gewusst? Verdammt, wieso ist mir das nie aufgefallen? Warum sagt er denn auch kein Wort. Himmel, man hätte es doch verstanden! Nach seinem Unfall, die Frau tot, er knapp der Querschnittslähmung entronnen. Da muss man doch Panik entwickeln beim Gedanken, wieder in eine Höhle zu müssen! Wie heißt das? Ein posttraumatisches Syndrom oder so?«

»Und wenn er das schon vorher hatte?«, überlegte ich. »Wenn ein klaustrophobischer Anfall der wahre Grund für Sibylles tödlichen Unfall war?«

»Was?« Janette ging vom Gas. Hinter uns hupte es.

»Die schlimmste Variante«, murmelte ich.

»Wie?« Der Golf machte einen Satz nach vorn, denn Janette hatte das Gaspedal wiedergefunden.

»Seine Frau aus Eifersucht umgebracht zu haben«, erklärte ich, »ist für Hark keine ehrenrührige Vorstellung. Aber der Gedanke, die Kontrolle über die Situation verloren zu haben, damit kann er nicht leben. Seine Klaustrophobie schützt ihn davor, sich in eine Situation zu bringen, wo er erstens die Kontrolle verliert und sich zweitens erinnern müsste, so wie vorhin in der Bärenhöhle.«

»Warum ist er dann reingegangen?«

»Weil er wusste, dass ich es weiß, und weil ein Mann lieber stirbt als zuzugeben, dass er Angst hat. Ich nehme an, er hat geglaubt, er könnte es beherrschen.« Für ein paar Minuten mit dem Testosteron eines Flirts gepanzert. Aber das dachte ich nur. Oder er hatte mich verarscht. Womöglich war er gar nicht der verletzte Held, den er spielte, sondern ein besonders abgefeimter Mörder, der dringend ein Alibi brauchte und es sich von einer dummen Philippine Marlowe wie mir mithilfe eines grandiosen Schauspiels bestätigen ließ. Aber konnte man diese Angst spielen?

»Und woran hat er sich erinnert?«, fragte Janette.

»Daran, dass er mit Sibylle alleine war und keiner ihr zu Hilfe kommen konnte.«

Janette warf mir einen kurzen Blick zu. »Lisa, das ist banal. Das stand im Gutachten. Andererseits ...«, marplete sie, »könnte das alles auch ein bisschen Show gewesen sein. Ich meine, er würde doch mildernde Umstände kriegen, wenn ein klaustrophobischer Anfall zum Tod seiner Frau geführt hätte.«

»Er ist aber nicht angeklagt«, gab ich zu bedenken.

»Aber wenn er angeklagt würde! Beispielsweise, weil er doch etwas mit dem Toten in der Mondscheinhöhle zu tun hat.«

»Den es nicht gibt.«

»Willst du bestreiten, dass du ihn gesehen hast? Hast du dich etwa in Hark verknallt, Lisa? Ich denke, der Tote in der Höhle, das könnte durchaus Sibylles Geliebter gewesen sein.«

»Den sie nicht hatte, deiner Meinung nach.«

»Ach, was geht mich mein saudummes Geschwätz von gestern an! Weiß man's denn, was die Freundinnen für Geheimnisse haben? Und wenn Hark diesen Kerl in der Mondscheinhöhle umgebracht hat, dann muss er jetzt beweisen, dass er nicht da unten gewesen sein kann.«

»Er hätte nicht mit ihm hinuntermüssen«, sagte ich. »Man hätte nur oben das Seil abschneiden müssen.«

»Dann muss er beweisen, dass er ihn nicht herausgeholt hat. Es ist doch auffällig, dass Hark plötzlich unter Klaustrophobie leidet, jetzt, wo eine Leiche aufgetaucht ist.«

»Janette«, fragte ich. »Liebst du Hark eigentlich noch?«

Sie tötete erst mich, dann schoss ihr Blick angstvoll nach hinten. Aber Laura hatte den Kopf zwischen den Ohrstöpseln ihres MP3-Players. »Nein! Wie kommst du darauf?«

»Übrigens hat Hark vorgeschlagen, eine Kamera in die Mondscheinhöhle hinabzulassen. Vielleicht ist der Tote nämlich einfach nur durchgerutscht und liegt jetzt weiter unten.«

»Das hat Winnie gestern auch gesagt. Sie wollen es morgen probieren.«

Dann hatten Winnie und Heinz mich Dödel gestern wohl ein bisschen verarscht mit ihrem Zorn über die Abwesenheit des Toten, oder aber eigentlich Kommissar Abele, den Wichtigtuer aus Reutlingen.

19

Nebel engte unseren Weltkreis auf ein paar Meter ein. Der Fels troff. Am Rand unserer Welt standen drei rote Spinnentaschen. Ein Generator tuckerte, und ein Seil und zwei Kabel liefen ins Gedärm des Bergs. Winnie war unten, und Hark saß auf dem Boden vor einem kleinen Monitor und verfolgte die Darmspiegelung.

»Da!«, sagte Heinz Rehle. »Da war was.«

Das Bild auf dem Monitor schaukelte wüst hin und her.

»Langsam weiter hinunterlassen, Winnie«, sagte Hark ins verkabelte Höhlentelefon.

Heute früh hatte er Gerrit bei Florian und Laura abgeliefert. Es war Florians Haustag. Janette hatte also nicht begründen müssen, warum sie heute auf alle Fälle mit ihrer Kamera an der Mondscheinhöhle sein musste. Dennoch hatten beide meine Anwesenheit gestern Abend und heute Morgen ausgiebig genutzt, um einander längst fällige Wahrheiten mitzuteilen wie: »Florian lässt immer alle Schubladen offen stehen.« Oder: »Janette glaubt immer, ohne sie laufe der Laden in Reutlingen nicht.«

Als Janette schon in der Tür die Handtasche geschultert und Florian sein Radlertrikot mit der Bemerkung ins Gesicht geworfen hatte: »Nie tut er seine stinkenden Klamotten selber in den Wäschekorb!«, überraschte uns Gerrit mit der Frage: »Und was geschieht dann mit der Leiche?«

»Wenn man eine findet«, sagte ich, »dann kommt sie nach

Tübingen zur Polizei, und die versuchen herauszufinden, wie und wann er gestorben ist und wer er ist.«

»Und wenn man ihn nicht mehr erkennt, weil er ganz verfault ist?«

»Iiiii!«, rief Laura erfreut.

»Dann entnimmt man ihm genetisches Material«, antwortete Janette resolut. »Jetzt müssen wir aber los!«

»Ich will mit!«, nahm Laura den Kampf des ganzen Morgens wieder auf.

»Was ist genetisches Material?«, fragte Gerrit.

»Weißt du«, holte Florian aus, »wir Menschen bestehen aus Haut und Muskeln und Knochen und Adern, und in den Adern fließt Blut, und das besteht aus kleinen Teilchen …«

Als er bei den Zellkernen angelangt war, entschlossen, bis zur Doppelhelix vorzudringen, sagte Hark: »Das ist wie mit Fingerabdrücken. Die sind auch einmalig.«

»Aber wenn man dann weiß, wer er ist«, hakte Gerrit nach, »dann weiß man immer noch nicht, wer ihn umgebracht hat.«

»Es könnte auch ein Unfall gewesen sein«, bemerkte ich.

»So einer, wo das Seil gerissen ist oder der Knoten ist aufgegangen?« In Gerrits Mimik formierte Meisterdetektiv Kalle Blomquist. »Oder ein Petzl-Stop-Unfall.« Kalle Blomquist verflog, Gerrit blickte scheu zu seinem Vater hinüber.

»Oder er hat mit einem Messer gespielt«, steuerte Laura aus dem Schatz elterlicher Todesdrohungen bei. »Oder mit der Giftspritze.« Sie griff sich an den Hals und röchelte.

»Sie meint«, erklärte Florian hastig, »das Ameisengift. Letztes Jahr hatten wir eine Invasion von Ameisen hier. Das konnte man nicht so lassen.«

Mit zwei Wagen waren wir zum Lippertshorn gefahren, Hark in seinem Cherokee, Janette und ich im Golf. Oben warteten schon Winnie und Heinz Rehle. Ich hatte zugesehen, dass ich mich immer in Winnies Rücken aufhielt. Kein großes Kunststück, denn er installierte mit Hark zusammen die Höhlentechnik, und kein Mann konnte, wenn irgendwo ein Bildschirm zuckte, noch seine Umwelt wahrnehmen. Polizeihauptmeister Rehle war nur inoffiziell zugegen, sozusagen als Privatmann in Uniform. Sonst hätte er die PD Reutlingen informieren müssen, und dann hätte womöglich Kommissar Abele wieder sein Unwesen getrieben. Und nachher war's wieder nix.

Aber diesmal war da was.

»Da!«, schrie Janette. »Etwas Rotes, und da, ein weißer Helm!« Eine weiße Rundung schaukelte durchs Bild. »Du hattest Recht, Lisa! Da ist er!«

»Scheiße!«, fluchte Heinz.

»Weiter!«, rief Hark ins Telefon. »Wir sehen etwas.«

Unten ließ Winnie die Kamera am Kabel weiter hinunter in die Spalte des Toten Endes. Die weiße Kugel wurde riesig auf dem winzigen Bildschirm. Als Hark »Stopp!« sagte, pendelte sich das Bild allmählich über einem Kopf ein.

»Man kann ja kaum was erkennen«, beschwerte sich Janette.

»Das liegt am Monitor«, antwortete Hark. »Später auf dem Computer sieht man jede Pore.«

Ich war froh, dass man die jetzt nicht sah. Denn so sah der Tote, obgleich ihm das Auge schon weggetrocknet war, nicht schlimmer aus als der Tod in der *Tagesschau* oder als ein verschimmeltes und vertrocknetes Stück Speck im Kühlschrank. Er lag rücklings über der klaffenden Spalte in einer steinernen Wiege, die urzeitliche Wassermassen poliert hatten. Der Kopf war ihm nach hinten gesunken und seitwärts gekippt. Was wie Schimmel aussah, war wohl eher ein Schnauzbart.

»'s könnt der Achim Haugk sei«, grummelte PHM Rehle und strich sich über seinen Schnauzer. »'s könnt scho sei! Aber g'wiss kann ma das et sage.«

Hark blickte auf. »Achim Haugk?«

»Kennst du den etwa?«, fragte Janette.

»Kaum. Ich bin ihm nur ein paarmal begegnet. Winnie kennt ihn besser. Ein Kameradenschwein, zumindest als Höhlentaucher. Bundeswehroffizier, soviel ich weiß. Was um alle Welt könnte der da unten gesucht haben?«

Ich langte mir unwillkürlich an mein Fundstück am Handgelenk.

»Und vor allem«, sagte Rehle, »wie kriegen wir ihn da nuff?«

»Gar nicht«, sagte Hark. »Erst einmal dürfte es nicht viele Kletterer geben, die durch den Spalt passen. Und er muss nicht nur klettern können, sondern sich auch mit Bergungstechnik auskennen.«

»Alexander«, schlug Janette vor.

Hark blickte sie an. »Alexander ist gerade mal achtzehn. Willst du dem diese Leiche da zumuten?«

Vater Rehle nickte heftig. »Die Polizei hat Schpezialischte für so ebbes. Denk ich doch.«

»Zieh die Kamera ein Stück hoch, Winnie!«, orderte Hark ins Höhlentelefon. »Damit wir ihn ganz sehen.«

Der Tote schwankte von uns weg. Seine Beine waren wie Holzstücke unter ihn geknickt. Der orangerote Schlaz warf eine tiefe Falte, wo der Brustkorb sich hätte wölben müssen. Vielleicht hatte nur noch ein Luftzug gefehlt, um ihn aus dem Spalt in die Tiefe rutschen zu lassen. Ein Steinchen, das auf ihn fiel. Vielleicht war er abgesackt, als ich mich mit Julian den Schlund hinaufwandte.

»Da, ein schwarzes Seil«, bemerkte Hark. »Ein Bundeswehrseil.«

Rehle blickte mich an, mit Unterbiss an seinen Schnurrbartspitzen knabbernd. Der Schwanzvergleich, den ich vorgestern ausgerufen hatte, nur um die Farbe der Seile geklärt zu kriegen, entschlüsselte seine bedrängende Dramatik. Er wusste nun, dass ich ihm nicht alles gesagt hatte. Hatte Janette ihm eigentlich inzwischen gesteckt, dass sein Winnetou weiblich war?

»Es reicht, kannst raufkommen, Winnie!«, sagte Hark ins Telefon.

Winnie jedenfalls wusste es noch nicht. Er war schon halb aus seinem Schlaz heraus, was etwas länger dauerte, weil er gleichzeitig die Zigarette des Überlebenden rauchen musste, als sein blassgraues Auge auf mich fiel. »Der Winnetou!«, rief er. »Na, willst du runter? Ein Hemd wie du passt sicher durch den Spalt. Da kannst du mal zeigen, ob du Eier hast!« Dabei warf er die Zigarette in die gerußte Grillstelle und marschierte wie ein Stier auf mich zu.

»Lauf, Lisa, lauf!«, rief Janette vergnügt.

Winnie rammte es in den Boden wie einen Speer. »Lisa?«

»Hen mir doch scho so ebbes denkt«, blies Rehle unter seinem Schnauzer hervor.

»Was?« Mit einem Satz war Winnie über die Grillsteine gesprungen. »Du …« Er hämmerte mir den kurzen, aber dicken Zeigefinger ins Brustbein. »Du Grott, du hast gar keinen Rüssel.«

Ich stolperte rückwärts über Wurzelwerk.

»He!«, rief Hark. »Winnie! Lass das Mädle in Ruh!«

»Ha, Mädle! Guter Witz!« Winnie entriss Hark seinen Arm und stippte mich ins Unterholz. »Unter Mädle versteh ich aber was anderes. Nicht so einen Frankenstein!«

»Jetzt ist aber gut!« Hark packte derber zu. Auch sein beinharter Ton ließ ahnen, warum ganze Kerle wie Winnie ihn immer noch als Alphatier respektierten.

»Na ja, Titten hast du ja immerhin«, bemerkte Winnie und überprüfte blitzschnell das Gesehene mit der Hand, bevor Hark ihn zurück auf den Platz stieß. »Nix für ungut! Das warst du mir schuldig, Lisa!« Und plötzlich fing er an zu lachen. »Schwanzvergleich! Was hättest du denn gemacht, wenn ich meinen ausgepackt hätte?« Er lachte, dass der Felsen hallte, blähte den Brustkorb, ließ das Brustbein knacken – Hände in die Hüften gestemmt, von denen sich der Schlaz pellte, Schulterblätter zusammen – und trollte sich dann lachend zu seiner roten Spinnentasche.

Auch Hark kehrte zur Filmstation zurück. Er hatte, wenn ich es recht bedachte, den ganzen Vormittag kein Wort direkt an mich gerichtet. Während er und Winnie die Technik auseinander stöpselten, nahm Rehle sein Handy, sagte: »Rufsch zurück?«, wartete das Klingeln ab und begann seine amtlichen Telefonate. Offenbar hatte die Verwaltungsreform den Bullen keine Diensthandys beschert.

»Wo hat man eigentlich am Sonntag das Handy gefunden?«, erkundigte ich mich bei Janette, während wir herumstanden.

»Winnie hat es gefunden. Hier oben irgendwo, glaube ich. Wir haben gedacht, es sei deines, Lisa. Deshalb habe ich dich doch angerufen. Wir wollten testen, ob es klingelt, aber dann warst du selber dran. Wahrscheinlich hat es irgendein Wanderer bei der Rast liegen lassen. Du glaubst ja gar nicht, was nach einem Wochenende so an Handys in den Fundbüros abgeliefert wird. Ich habe mal einen Artikel darüber geschrieben.«

Hark stellte die Taschen mit der Kamera und dem Monitor zu Winnies Sachen und übergab Rehle die Speicherkarte aus der Kamera, die der Polizist in seine Brusttasche steckte.

Ansonsten standen wir herum. »Worauf warten wir eigentlich noch?«, fragte ich Janette.

»Du musst ja nicht warten«, antwortete sie, bereit, die großen Fragen der Freundschaft mit einer Banalität zu verknüpfen. »Aber ich muss leider hier bleiben, bis die Polizei kommt, Spurensicherung, Polizeiarzt, was weiß ich, was die PD Reutlingen heraufschickt. Immerhin haben wir jetzt eine Leiche.«

»Dann warten wir halt«, sagte ich friedlich.

Hark saß schon seit einer Weile auf dem Baumstamm und starrte ins Leere.

»Inner Schtund!«, schnaufte Heinz Rehle in sein Telefon. »Alles klar!«

»Noch eine Stunde«, seufzte Janette und blickte sich um. Schon seit einiger Zeit treppelte sie von einem Fuß auf den andern. »Dann könnte ich immerhin ja noch mal schnell in die Pilze verschwinden.«

Während sie engschenkelig den Hohlweg hinunterhoppelte, setzte ich mich neben Hark auf den Baumstamm und schwieg, wie Männer schweigen, wenn sie angeln. Nach einer Weile änderte sich sein Atem. Sein rechtes Knie neben mir wippte. Dann räusperte er sich. »Darf ich dich mal was fragen?«

»Hm.«

»Warum hast du das gemacht, gestern?«

»Was?«

Er schob den Blick in die Augenwinkel. »Hast du mich lächerlich machen wollen?«

»Vielleicht erinnerst du dich«, sagte ich, »dass ich dir angeboten habe, uns seitwärts in die Büsche zu schlagen. Aber das hast du unter Verweis auf Regenschirme und Kinder von dir gewiesen.«

Er schwieg.

»Warum bist du denn überhaupt mit rein, Hark? Irgendeine Ausrede hätte sich doch finden lassen. Ein Anruf der Höhlenrettung beispielsweise.«

Er warf meinem Knie einen kurzen Blick zu. »Dann hättest du mich vor Gerrit wieder einen Schisser geschimpft. Und dass ich kneife. Ich habe es dir angesehen!«

»Na, immerhin kneifst du nicht.«

Er lachte hart. »Reine Selbstüberschätzung. Normalerweise tödlich in Höhlen. Aber nachdem du Gerrit so glücklich gemacht hast mit der Kletterei, da dachte ich: jetzt oder nie. Und erst ging es ja auch. Eine närrische Idee, ich weiß.« Er blickte mir grübelnd in die Halsgrube. »Anscheinend habe ich die Kontrolle über mein Leben vor drei Jahren im Todsburger Schacht verspielt. Und wenn eine Grott wie du will, dann kann sie mich vor meinem eigenen Sohn lächerlich machen.«

»Ich habe deinen Sohn nicht lachen sehen.«

Harks wintergraue Augen stiegen bis zu meinen hoch. »Na gut, ich hätte es wohl eh nicht mehr lange verbergen können. Jetzt haben die Leute halt wieder was, worüber sie sich die Gosch zerreißen können. Dabei können sie dann auch all die alten Geschichten wieder aufwärmen.«

»Es tut mir Leid, Hark.«

»Du kannst ja nichts dafür.« Er fuhr sich über die Haare und ließ den Blick etwas angestrengt über die mittlerweile ziemlich zertrampelte Lichtung schweifen. Dann räusperte er sich wieder. »Was ist, willst du eigentlich auf die Bullen warten?«

Ich schüttelte den Kopf. »Was sollen die hier auch groß tun.«

»Dann würde ich gern auf dein gestriges Angebot zurückkommen.« Er deutete das Flirtlächeln an, das kein Mann verlernt, auch wenn er innerlich tot ist. »Schlagen wir uns in die Büsche?«

»Dann aber gleich, ehe Janette zurückkommt.«

20

Den Höhlen war nicht auszukommen. Hinter Westerheim wies ein Schild zur Schertelshöhle. Eng falteten sich Berge und Täler zusammen. Hark hatte mir Forellen versprochen. Und dazu mussten wir offenbar nach Mühlhausen im Täle. Das lag an der Autobahn Stuttgart-München.

»Übrigens«, sagte er, »mit Achim Haugk habe ich mal etwas ziemlich Seltsames erlebt.« Er lenkte den Cherokee auf die Hauptstraße von Mühlhausen. Dort stand, unübersehbar und mit Parkplatz ausgestattet, das *Wirtshaus zum Eseleck*. Im Windfang über den Stufen zum Gastraum verstaubte eine ausgestopfte Gans. Ein ebenfalls ausgestopfter Eselskopf wuchs links aus der Wand heraus. Die Wirtin begrüßte Hark mit Handschlag und führte uns, vorbei an Dammhirschgeweihen und einem Aquarium ohne Wasser mit Forellen aus Plastik zu einem Erker, in den ein Schild mit der Aufschrift »Zum Eseleck« deutete.

»Forellen!«, verlangte Hark, als die Wirtin die Kerze auf dem runden Tisch anzündete, und öffnete eines der Fenster, weshalb ich darauf verzichtete, mir die Jacke auszuziehen.

Nachdem die Getränke bestellt waren, konnte ich endlich fragen: »Und was war mit Achim Haugk?«

»Es war im Mordloch.«

Ich musste lachen.

»Höhlen, die Mordloch heißen, gibt es haufenweise«, raunzte er, halb bereit mitzulachen. »Die, um die es geht, liegt gar nicht weit von hier.« Er deutete vage Richtung Nordosten. »Dort, wo die Eisenbahnzüge den Albanstieg hochkriechen, an der Geislinger Steige in den Eibenwäldern bei Eybach. Sie ist übrigens die drittlängste Höhle auf der Schwäbischen Alb, über vier Kilometer lang, eine aktive Wasserhöhle, enge, verzweigte Gänge, mal mehr, mal weniger überflutet.«

Mir fiel ein, dass hier in der Gegend auch der Todsburger Schacht liegen musste. Nämlich genau gegenüber, jenseits der Autobahn in dem bewaldeten Berg, den ich durchs Erkerfenster hinter Hark aufsteigen sah. Meine Magenwände fröstelten. »Und was ist passiert im Mordloch?«

»Vier oder fünf Jahre dürfte das jetzt her sein. Eher fünf. Das genaue Datum müsste ich in meinen Höhlenprotokollbüchern nachschauen. Eines Tages rief er mich an und stellte sich als Achim Haugk vor. Er sei Sporttaucher, und ich sei doch der Spezialist fürs Mordloch. Ich fragte ihn, in welchen Höhlen er getaucht habe. Er nannte den Blautopf, was ich ihm aber nicht abgenommen habe, und die Falkensteiner Höhle bei Urach. Die konnte er immerhin etwas genauer beschreiben. Das hat mir genügt, denn die Falkensteiner Höhle ist deutlich schwieriger als das Mordloch. Das stellt für Taucher eigentlich keine große Herausforderung dar. Wenn man durch den ersten Siphon durch ist, geht es zu Fuß kilometerlang durch enge Gänge.«

»Nur damit wir uns richtig verstehen: Ein Siphon ist ...«

»... eine Stelle, wo der Gang unter den Wasserspiegel taucht. Im Mordloch kommt man nach hundert Metern zum ersten

Siphon. Er steht, je nachdem, ob es geregnet hat, zwischen fünfzehn und sechzig Meter unter Wasser. Ich besaß damals allerdings keine komplette Tauchausrüstung mehr. Und Zeit für die Planung hatte ich auch nicht.

Aber Achim wollte die Planung übernehmen und die Ausrüstung stellen. An einem Samstag Ende August holte er mich mit seinem Wagen in Laichingen ab. Nicht weit weg von der Höhle ist ein Grillplatz. Da zogen wir uns die Neoprenanzüge an. Zum Höhleneingang muss man dann noch ein bisschen hinaufkraxeln. Das Wasser stand niedrig. Achim hatte drei Sauerstoffflaschen dabei, eine für mich und zweie für sich, denn er wollte auch den so genannten Achtundsiebzig-Meter-Siphon durchtauchen. Eine Flasche ließen wir nach dem ersten Siphon in der Gammahalle zurück, dem einzigen größeren Raum in der Höhle, und mit den beiden anderen zwängten wir uns durch die südlichen Gänge am Wasserfall vorbei …«

»Oh, ein unterirdischer Wasserfall! Das würde ich auch gerne mal sehen. Leider habe ich gar keine Ahnung vom Tauchen.«

Hark lächelte. »Taucherfahrung allein hat keinen Wert. Höhlentauchen ist der gefährlichste Sport überhaupt. Der kleinste Fehler ist tödlich. Man muss absolut resistent gegen Panik und gegen Abenteuerlust sein. Es gibt alte Höhlentaucher, sagt man, und mutige, aber es gibt keine mutigen alten Höhlentaucher.«

Die Getränke kamen.

»Achim war der mutige Typ. Einer, der auf Biegen und Brechen tut, was er sich vorgenommen hat. Ohne Rücksicht auf Verluste. Beispielsweise verschwieg er mir, dass mit lokalen Gewitterschauern zu rechnen war. Er durfte zwar annehmen, dass auch ich den Wetterbericht kannte, aber lieber einmal zu viel etwas gesagt als einmal zu wenig.«

Eine ungewöhnliche Ansicht für einen Mann.

»Zwar sah es im Roggental nicht nach Gewitter aus. Aber das weiß man ja nie. Und gerade das Mordloch reagiert empfindlich auf Regen. Kann natürlich sein, dass Achim das nicht wusste.

Oder nicht wissen wollte. Das Samstagssyndrom, wie ich das nenne. Höhlentouren von Hobbyforschern müssen meistens samstags stattfinden. Man hat sich halt verabredet, man hat Fahrgemeinschaften gebildet, man hat alles gekauft, gepackt, die Ehefrauen haben es erlaubt, und da will man nicht alles verschieben. Wieder alle zusammentrommeln, wieder die Ehefrauen beruhigen, die auch mal planen wollen.«

Ich lachte. Hark hob sein Glas gleichzeitig mit mir, zwinkerte mir zu und zog ein paar durstige Schlucke unterm Bierschaum weg. Sein Adamsapfel sprang unter der hellen Haut mit den rotgoldenen Flöhen eines am Morgen nicht ganz ausrasierten Bartwuchses.

»Dass Achims Selbsteinschätzung nicht stimmte, merkte ich am Achtundsiebzig-Meter-Siphon. Er hatte für den Tauchgang eine halbe Stunde veranschlagt. Aber nach einer Dreiviertelstunde war er immer noch nicht zurück. Und als ich am Führungsseil zog, antwortete er nicht.«

Ich zog die Brauen hoch.

»Wer ein alter Höhlentaucher werden will«, erklärte Hark, »der taucht nie ohne den Ariadnefaden. Ohne Seil würde man den Rückweg nicht finden, wenn die Lampen versagen oder das Wasser plötzlich trüb wird. Außerdem kann man über das Führungsseil mit demjenigen kommunizieren, der am Siphoneingang wartet. Andererseits kann so ein Seil auch zur Falle werden, wenn es sich im Fels verhakt. Den Eindruck hatte ich, als ich an Achims Seil zog. Es straffte sich, aber es gab nicht nach. Also legte ich mir meine Sauerstoffflasche an und stieg in den Siphon. Am Ende, nach fast siebzig Metern, stieß ich auf Achim. Das Seil war leicht vom Felsvorsprung zu lösen. Doch als wir aus dem Siphon stiegen, konnte Achim kaum laufen. Er sagte, er sei mit dem Fuß in eine Felsspalte geraten und habe ihn sich verdreht. Und inzwischen war der Wasserspiegel im Siphon deutlich gestiegen.«

»Oh!«

»Kein Grund zur Beunruhigung! Wir waren gut ausgerüstet.

Allerdings brauchten wir für den Rückweg viel länger, weil Achim den Fuß kaum belasten konnte. Dabei hatte gerade er es ziemlich eilig. Er hatte nämlich die Rückkehrzeit, die er bei einer Freundin hinterlegt hatte, zu knapp bemessen. Ich versuchte ihn zu beruhigen und erklärte ihm, dass die Höhlenrettung sich selber ausrechnen kann, wann wir ungefähr wieder herauskommen müssen. Und wenn die hören, dass es sich um zwei erwachsene Männer mit Höhlenerfahrung handelt, dann kommen die ohnehin nicht voreilig mit dem großen Einsatzwagen angefahren. Aber so ganz konnte Achim seine Nervosität nicht ablegen.

In der Gammahalle nahmen wir unsere dritte Sauerstoffflasche wieder auf. Als wir endlich den steilen und lehmigen Schluf in die Betahalle hinabgerutscht waren, stand der Wasserspiegel im ersten Siphon schon einen halben Meter höher als knapp fünf Stunden zuvor.«

»Fünf Stunden!« Wo blieben eigentlich die Forellen?, fragte sich eine Nebenstelle in meinem Hirn. »Und da wusstest du noch, wie hoch das Wasser vorher stand? Strichle machen hilft ja nicht. Die sind überflutet.«

Hark lächelte. »Mit der Zeit kriegt man ein Gedächtnis für Steinformationen. Eine Felswand hat ein Gesicht. Und jetzt stand das Wasser eben nicht mehr bis zum Kinn, sondern bis zu den Augenbrauen.«

Ich senkte den Wasserspiegel in meinem Glas.

»Das war aber eigentlich gar nicht weiter besorgniserregend«, fuhr Hark fort. »Wir machten aus, dass Achim als Erster durch den Siphon tauchen sollte, denn selbstverständlich wollte ich keinen Verletzten in der Höhle zurücklassen.«

Ich nickte.

»Ich gab ihm die volle dritte Sauerstoffflasche. Seine, die er im Achtundsiebzig-Meter-Siphon benutzt hatte, war leer. Meine eigene war noch zu einem Viertel voll. Eigentlich wollte ich ihm mit den beiden Sauerstoffflaschen folgen. Aber Achim gehörte zu denen, die nicht zuhören und letztlich immer das machen, was sie sich in ihrem eigenen Kopf vorher zurechtgelegt haben. Und er schien sich seine Rückkehr mit zwei Flaschen vorgestellt zu haben. Jedenfalls griff er sich, kurz bevor er abtauchte, eine der beiden anderen Flaschen, die am Beckenrand lagen, und war verschwunden, ehe ich registriert hatte, dass er meine gegriffen hatte, die noch zu einem Viertel voll war.«

»Das gibt es doch nicht!«

»Wenn einer verletzt ist und unter Druck steht – Zeitdruck, Leistungsdruck, was weiß ich –, dann macht er Fehler. Als umsichtiger Höhlenkamerad hätte Achim gewartet, bis ich mir meine Sauerstoffflasche angelegt und ihre Funktion überprüft hatte, und erst dann wäre er abgetaucht. Allerdings konnte er seinen Fehler ja nun ganz leicht wieder gutmachen, indem er zurückkehrte, sobald er festgestellt hatte, dass ich ihm nicht folgte, weil er meine Flasche mitgenommen hatte. Sein Sauerstoff hätte dafür noch ausgereicht. Der Siphon ist ja nicht lang.

Ich setzte mich also hin und wartete. Aber er kam nicht. Vielleicht hatte er mit seinem verletzten Fuß den Tauchgang doch nicht geschafft, dachte ich. Allerdings hätte er mir übers Führungsseil dann ein Notsignal senden können. Es hing schlaff in meiner Hand. Ich zog daran. Es straffte sich aber nicht, und auf einmal sah ich, wie das Ende sich aus dem Wasser schlängelte.«

»Wie?«

»Wir hatten das Seil auf der Eingangsseite des Siphons festgemacht«, erklärte Hark. »Das heißt, ich hatte nun auch keinen Ariadnefaden mehr.«

»Wie kann das passieren?«

»Ich kann mir das nur so erklären, dass ein paar Väter und Kinder vom Grillplatz zur Höhle raufgestiegen und hineingegangen sind, so weit sie eben kamen. Und für manche Leute ist es halt eine große Versuchung, an einem Seil herumzuspielen, wenn sie keine Vorstellung haben, wozu es dient. Und schwupp, schon ist das Seilende im Wasser verschwunden.«

»Und jetzt?«

»Jetzt habe sogar ich ein bisschen angefangen zu schwitzen.« Er lachte. »Das Mordloch besteht aus engen Gängen, deshalb befährt man es ohne Gepäck, nur mit frischen Batterien für die LED-Lampe. Zu essen hatte ich nichts. Wann ich im Dunkeln sitzen würde, konnte ich mir ausrechnen. Aber im Neoprenanzug mit jeder Menge Wasser zu Füßen hätte ich es wochenlang aushalten können. Außerdem durfte ich davon ausgehen, dass Sibylle spätestens nach Einbruch der Dunkelheit die Höhlenrettung alarmieren würde.« Er schmunzelte versonnen. »Sogar Gerrit konnte die Nummer der Höhlenrettung schon auswendig runterrasseln, noch ehe er seine Adresse herzusagen wusste. Ich brauchte mir also um mich keine Sorgen zu machen. Aber ich machte mir Sorgen um Achim. Wenn er im Siphon verunglückt war oder die Orientierung verloren hatte, weil das Führungsseil sich gelöst hatte, dann durfte ich nicht zögern. Denn ihm würde der Sauerstoff in Kürze ausgehen.

Ich rechnete mir aus, dass inzwischen dreißig Meter des Siphons unter Wasser standen. Er hat bei niedrigem Wasserstand zwei Auftauchstellen, und eine würde vermutlich noch nicht ganz geflutet sein. Ich schaffte also die beiden Sauerstoffflaschen in die höher gelegene Gammahalle zurück, verankerte das Seil und …«

Da brachte die Wirtin die dampfenden Forellen. Dazu stellte sie Kartoffeln und ein Schälchen mit zerlassener Butter. Irgendwie erinnerten mich diese Viecher, wie sie sich bläulich glänzend auf dem Teller kringelten, an Blutegel.

»Du wolltest ohne Sauerstoff tauchen?«, lenkte ich mich ab. »Das klingt ein bisschen wagemutig.«

Hark ergriff Fischmesser und Gabel. »Ja, die Situation hatte aufgehört berechenbar zu sein. Nichts lief, wie es sollte.«

Er ritzte die Haut der Forelle am Rückgrat auf und schob das weiße Fleisch von der Gräte, während ich meinen Fisch in Buttersoße ertränkte.

»Ich war mir auf einmal nicht mehr sicher, ob Achim wirklich seiner Freundin unsere Rückkehrzeit genannt hatte. Ich zweifelte, ob Sibylle klar war, wo ich mich befand. Ich hatte es ihr zwar mitgeteilt, aber es hatte Streit gegeben, weil ich sie wieder mal samstags mit Gerrit alleine ließ. Meinen Eltern hatte ich nichts gesagt. Wenn es ganz dumm lief und Achim im Siphon ertrank, würde in Wochen niemand kommen und mich holen.«

Geschickt löste Hark das Forellenfilet erst auf der einen, dann auf der anderen Seite, ohne dass auch nur eine der langen, biegsamen Gräten im Fleisch haften blieb. Ich dagegen zupfte mir nur noch pieksende Fäden aus dem Mund.

»Kurzum, wenn ich aus eigener Kraft aus der Höhle hinauskommen wollte, dann musste ich es gleich tun, ehe der Siphon so voll lief, dass ich die Strecke ohne Flasche nicht mehr bewältigen konnte. Noch war das Risiko für mich kalkulierbar. Ich musste mich links an der Wand halten, denn rechts zweigt ein Gang ab, in den ich mich nicht verirren durfte. Das Wasser war halbwegs klar. Ich kam durch, aber keine Spur von Achim. Sein Auto stand auch nicht mehr auf dem Parkplatz. Die Leute auf dem Grillplatz verhalfen mir dann zu einem Taxi.«

»Na, auf die Erklärung bin ich aber mal gespannt.«

»Als ich nach Hause kam«, fuhr er gleichmütig fort, »stellte ich fest, dass Sibylle Gerrit bei meinen Eltern abgeliefert hatte und weggefahren war, ohne ihnen zu sagen, wo ich war. Achim erreichte ich dann spät in der Nacht auf seinem Handy. Seine Erklärung lautete, die Sauerstoffflaschen seien beide zu leer gewesen, um mich damit zu holen. Er selbst besaß keinen Kompressor. Er habe erst zu einem Kameraden nach Tübingen fahren müssen, um die Flaschen wieder zu füllen. Eine Fahrt je zwei Stunden hin und zurück. Nicht mitgerechnet das Befüllen. Zudem habe er kaum laufen können. Nach insgesamt sechs Stunden sei er in stockfinstrer Nacht wieder an der Höhle gewesen. Dennoch habe er den Siphon durchtaucht, aber in der Höhle keine Spur von mir entdeckt. Deshalb habe er angenommen, dass ich wohlbehalten herausgekommen sei.«

»Dann hat er gelogen. Er hätte die beiden Sauerstoffflaschen finden müssen.«

»Nicht unbedingt. Sie lagen in der Gammahalle, und der Aufstiegsschluf ist für jemanden mit einem kaputten Fuß praktisch nicht zu schaffen.«

Ich grub die Bäckchen aus dem Fischkopf.

»Und warum hätte er lügen sollen?«, gab Hark zu bedenken. »Wenn er sich selbst die Rückkehr nicht zutraute, hätte er die Höhlenrettung schicken können.«

Ich legte Gabel und Messer quer über den Grätenmüll auf meinem Teller. An diesen Viechern war ja auch nichts dran. »Vielleicht«, sagte ich und nahm die Armbanduhr ab, die mir nicht gehörte, »war das Achims Problem: Lieber hätte er dich verrecken lassen, als ein Desaster bei einer Höhlenfahrt einzuräumen, die er geplant und bei der er den entscheidenden Fehler gemacht hatte.«

Hark lachte. »Genau das habe ich ihm auch vorgeworfen.« Sein Blick waberte desinteressiert über die Uhr hin zu meinem Teller. »Schmeckt es dir nicht? Sie kochen die Forellen in einem Sud aus Sellerie, Lorbeerblättern und Gewürznelken.« Sein Fisch bestand offensichtlich auch aus wesentlich mehr essbaren Teilen als meiner.

»Doch, sehr gut«, behauptete ich und stocherte ein Krümel Fischfleisch hervor, aus dem nach allen Richtungen Gräten herausspießten. »Aber ich habe nicht Tierpräparator gelernt wie du. Und wo war Sibylle an diesem Wochenende?«

»Das weiß ich nicht mehr. Mit Janette in London, Paris oder Berlin, was weiß ich.«

»Du hast also auch nicht zugehört.«

Hark öffnete mir seine wolkengrauen Augen. »Nein. Ich habe ihr auch nicht zugehört.«

»Warum habt ihr euch nicht scheiden lassen?«

Hark legte das Besteck hin und griff nach dem Bierglas.

»Wer von euch beiden wollte nicht? Du oder Sibylle? Du hättest ja ihren reichen Vater verloren. Diese Höhlentouren kosteten doch sicher ein Heidengeld.«

»Stimmt. Aber ich hatte Sponsoren.«

»Wen zum Beispiel?«

»Laichinger Unternehmer. Räffle oder …«

»Alfons Schorstel mit seinem Naturtextilienhandel?«

Hark nickte. »Und ich habe durchaus an Scheidung gedacht.«

»Wann? Als du mit Janette zusammen warst?«

»Auch, aber nicht wegen Janette. Das … das war … Sag mal, du weißt aber ziemlich gut Bescheid.«

»Frauen reden miteinander, wenn sie die Küche aufräumen«, sagte ich.

»Dagegen bin ich wohl machtlos.« Er leerte sein Bierglas. Dabei suchten seine Augen nach der Bedienung. Unmissverständlicher konnte ein Mann kaum das Ende des Gesprächs erklären, sobald er aufhörte, der Held zu sein.

Während er zahlte, sichtete ich die auf meinem stumm gestellten Handy eingegangenen Anrufe. Dreimal Janettes Nummer und einmal ein Anruf, der sich hinter »Keine Nummer« versteckte. Vermutlich Richard. Ich hatte seinen Anruf eigentlich schon gestern Abend erwartet. Erstens hätte er mir Bericht erstatten müssen, wie das Gespräch in der PD Reutlingen verlaufen war, zweitens hätte er mir mitteilen müssen, wo er die Nacht verbrachte, wenn er schon keinen Versuch unternahm – der abschlägig hätte beschieden werden müssen, denn mein Gästebett bei Janette war jungfräulich schmal –, sie mit mir zu verbringen, und drittens hätte er sich heute früh ruhig mit mir verabreden können, nachdem ich mich gestern als betreuungs- und liebesbedürftig geoutet hatte. Ihn bei seiner alten Freundin in Hohenstein anzurufen, hatte er mich wiederum nicht autorisiert. Nicht, dass ich mich sonst von dem Stacheldraht behindern ließ, mit dem er seine unterschiedlichen Privatleben voneinander trennte. Aber jetzt durfte ich auch mal beleidigt sein.

Ich tippte einen Rückruf in Janettes Ziffern.

»Wo steckst du denn!«, rief sie.

»Was ist nun mit der …« Ich senkte die Stimme, damit die Wirtin nicht erschrak. »… mit der Leiche?«

Die Wirtin glubschte mich an.

»Was?«, schrie Janette. »Ich höre dich nur ganz leise!«

»Wie steht es bei euch?«, formulierte ich um.

»Er bleibt vorerst unten. Da müssen Spezialisten ran. Jetzt wird man die Bilder auswerten, und dann wird man schauen, ob dieser Achim Haugk Verwandte hat, die ihn eventuell aufgrund der Bilder identifizieren könnten. Vielleicht wird man mit entsprechendem Gerät noch den Versuch machen, gentechnisch verwertbares Material zu entnehmen. Wie lange der schon da unten liegt, kann momentan niemand so genau sagen. Aber ein paar Wochen sicherlich. Bei dem Kühlschrankklima da unten ist das schwer abzuschätzen. Und wieso bist du so plötzlich verschwunden?«

»Es war was wegen Richard. Er … äh …«

»Aber zum Abendessen kommst du doch! Bring ihn doch mit. Florian hat frische Forellen.«

»Hm, lecker!«, rülpste ich.

Aus Gewohnheit probierte ich es bei Richard im Amt, während Hark aufstand, um an der Bar ein paar Worte mit dem Wirt zu wechseln.

»Kallweit«, meldete sich Richards Vorzimmerträne.

»Dr. Weber, bitte«, sagte ich so knapp wie möglich, denn dann bestand die Chance, dass sie mich nicht an der Stimme erkannte. Sie erkannte mich aber doch.

»Dr. Weber ist in der Sitzung.«

»Quatsch, Frau Kallweit. Er ist nicht im Gericht, er hat Urlaub. Und wenn er trotzdem gerade nebenan im Büro sitzt und Sie stellen mich nicht augenblicklich durch, dann kriegen Sie wirklich Ärger mit ihm. Das kann ich Ihnen garantieren.«

Die Leitung knackte.

Richard meldete sich. »Ah, Lisa.«

»Was gibt es?«, fragte ich. »Du hast versucht, mich zu erreichen.«

»Ach so, ja.«

»Störe ich? Kannst du gerade nicht reden?«

»Stimmt.«

»Also gut. Dann ganz kurz: Janette hat dich und mich heute zum Abendessen eingeladen. Es gibt erntefrische Forellen.«

»Leider kann ich nicht.« Er klang unfroh und bedrängt. »Ich melde mich.«

Hark stand schon draußen auf dem Parkplatz und musterte den bewaldeten Berg, den die beiden Autobahnspuren in die Klammer nahmen. Von links nach rechts rauschte der Verkehr Richtung München den Albanstieg hinauf.

»Dort«, sagte ich, »ist doch der Todsburger Schacht.«

»Und hier im *Eseleck* liegt der Schlüssel.«

»Die Höhle ist abgeschlossen?« Ich musste lachen.

»Wir haben ein Gitter über den Eingang gelegt, nachdem einmal an einem Sonntag zwei Väter und vier Kinder sich in T-Shirts und Turnschuhen per Hand an einem Seil hinuntergelassen haben. Natürlich kamen sie aus eigener Kraft nicht wieder herauf. Es war ein riesiger Einsatz. Ein wahres Wunder, dass keinem was passiert ist.« Ich hörte ihn schnaufen neben mir. »Übrigens, es ist okay. Du kannst mit Gerrit klettern gehen.«

»Morgen?«

Er nickte.

»Gut, ich hole ihn morgen früh ab. Allerdings habe ich kein Kletterzeug mehr.«

»Das kannst du von mir haben.«

War es das, was er mir angesichts des Bergs seines vollständigen persönlichen Desasters hatte sagen wollen? Oder war seine große Frage an mich diejenige, die er stellte, als wir am Trüpl entlangbrausten?

»Darf ich dich mal etwas Privates fragen?«

»Hm.«

»Es ist aber ziemlich taktlos.«

Ich konnte mir denken, welche Figuren auf dem Gedankenkarussell hinter seiner Stirn vorbeibimmelten: Winnetou, Schwanzvergleich und Frankenstein.

»Ich würde nicht fragen«, sagte er, »wenn Janette nicht so etwas angedeutet hätte.«

Ich schwieg.

Er räusperte sich und blickte zu mir herüber. »Bist du wirklich lesbisch?«

Jetzt durfte ich lachen.

21

Kurz nach acht Uhr in der Frühe stand Richard geduscht und gebügelt in Janettes und Florians Doppelhaushälftenflur zwischen Schuhregalen und Garderobe, schüttelte Florian die knochenlose Hand und grüßte artig Janette und Laura. In seinem Gesicht stand in Großbuchstaben: »WIR MÜSSEN MITEINANDER REDEN, LISA!« Aber wie immer hatte er sich dafür den schlechtesten Zeitpunkt ausgesucht. Auch psychologisch, denn nachdem er sich über eine Woche lang in Schweigen gehüllt hatte, musste ich nicht morgens um acht auf der Alb zur Klärung seiner Probleme bereit sein. Außerdem befand ich mich im Aufbruch.

»Klettern, jetzt?«, fragte er pikiert. »Bei diesem Wetter?«

Der Nebel hatte ihm schon auf dem kurzen Weg vom Auto zur Haustür Feuchtigkeit ins teure Tuch seines braunen Dreiteilers gedämpft.

»Ich habe es Gerrit versprochen.«

Richard sah aus, als beobachte er ein Kind beim Murmelspiel, während die Welt abbrannte. Aber ich konnte ihm da leider nicht helfen.

Ja, wäre er gestern Abend gekommen, um Florian, Janette und mir beim Sezieren grätiger Forellen zu helfen, die ohne Lorbeerblatt und Nelken gedünstet worden waren, dann wäre ihm meine Dankbarkeit sicher gewesen. Es hatte damit begonnen, dass Janette zwischen etlichen Schlucken Weißwein Florian den Kindertag abtrotzte. Eigentlich wäre sie heute dran gewesen mit Laura-Hüten. Aber sie musste ins Büro, an der Höhlenleiche dranbleiben. Große Geschichte! Laura hatte den Streit zu entschärfen versucht, indem sie erklärte, sie sei sowieso lieber mit Papa zusammen, was der Ehekrise, nachdem das Kind im Bett lag, eine schrille Wendung gegeben hatte.

»Du hast damals Laura doch nur gekriegt, weil Sibylle ein Kind bekommen hat«, hatte Florian diagnostiziert. »Aus reinem Konkurrenzdenken!« Dabei hatte er mich mit seinen Forellenaugen angeblickt.

»Und du«, hatte Janette analysiert, »benutzt Laura, weil du es nicht ertragen kannst, dass ich mich auch noch für etwas anderes interessiere als für dich und deine dämlichen Höhlenseminare für Manager!« Es war bis nachts um drei gegangen.

Ich hatte mir zwar gestern Abend noch das Nötigste gekauft, um ein paar weitere Nächte und Tage auf der Alb nebst einer Steilwandkletterei zu überstehen. Aber noch so ein tiefer Griff in die Ehekiste schien mir nicht wünschenswert.

»Warum darf ich nicht mit klettern?«, erkundigte sich Laura.

»Du hast doch sowieso Schiss«, antwortete Janette.

»Außerdem wollten wir doch in den Europapark Rust fahren«, erinnerte Florian.

»Kommt doch alle mit!«, sagte ich verzweifelt.

»Gute Idee«, antwortete Richard prompt. »Diesen Hark Fauth wollte ich mir schon immer mal anschauen.«

»Aber ich gehe nicht mit ihm klettern, sondern mit seinem neunjährigen Sohn!«

Das beruhigte vor allem Janette sichtlich. Denn sie konnte mich heute nicht beaufsichtigen. Und ob die wohlmeinende

Warnung an Hark: »Ehe du dich lächerlich machst, wollte ich dir nur sagen, dass Lisa andersherum ist«, Platzhalter genug war, ihn vor den Irrtümern männlicher Reflexe und meinem groben Charme zu bewahren, dessen konnte sie sich nicht ganz sicher sein. Waren wir nicht alle Konkurrentinnen?

»Macht's gut«, verabschiedete ich mich von Laura und Florian. Und Janette drückte ich, ehe sie reagieren konnte, ein Küsschen auf die Wange. »Schreib was Schönes.«

Richard öffnete mir die Beifahrertür. Er hatte seine Limousine gleich hinter meiner Brontë geparkt, die, von den Zeitläuften arg gebeutelt, neben seinem Hanspeter doch sehr nach Kleinwagen aussah. »Ich hoffe«, sagte er, »dass mir Hark Fauth sagen kann, wer mein Handy am Pfingstmontag in der Mondscheinhöhle gefunden hat.«

»Winnie«, antwortete ich. »Und wo der wohnt, hätte dir auch Janette sagen können. Haben sie dir auf der PD Reutlingen denn gar nicht weitergeholfen?«

»Dieser Abele spinnt halt!«, sagte Richard mit ungewöhnlicher Emphase. »Der hat es so geheim, dass er die Akten sogar vor sich selbst geheim hält. Und immer behauptet er, der Soundso habe auch gesagt, dass dies oder das, und fragt man den Soundso, erfährt man, dass Abele dem gesagt hat, man selber habe auch gesagt, dass. Besonders gern hat Abele sich auf mich berufen. Er war drauf und dran, mich in Verruf zu bringen. Er war früher mal im Dezernat für Wirtschaftsstrafsachen in Stuttgart.«

»Ah, ein ganz spezieller Freund von dir!«

Richard schnaubte. »So kann man es auch sagen. Vor vier oder fünf Jahren hatten wir mal eine kleine Sache mit Ivan Räffle, eine Ungereimtheit bei der Umsatzsteuererklärung. Ein paar Rechnungen, für die sich der Leistungsersteller nicht ermitteln ließ. Abele ist damals wahnsinnig engagiert in den Fall eingestiegen, obgleich von vornherein klar war, dass mehr als ein Strafbefehl nicht herauskommen würde. Räffle spielte den einsichtigen Schlamper und gab sich kooperativ. Seitdem ist Abele von dem

Gedanken besessen, Räffle den ganz großen Betrug nachzuweisen. Eine Unmenge Überstunden hat er da reingesteckt. Eines Tages wollte er zwei Hundertschaften, um wegen ein paar Schwarzarbeitern eine winzige Baustelle von Räffle zu stürmen. Dabei berief er sich auf mich und behauptete seinen Vorgesetzten gegenüber, ich hätte bereits einen Haftbefehl beantragt, der morgen rausgehen werde. Es ging aber kein Haftbefehl raus, sondern nur eben dieser Strafbefehl.«

»Und warum macht Abele so etwas?«

»Weil er …« Es war Richard sichtlich peinlich. »Weil er mich irgendwie bewundert. Ich weiß zwar nicht, warum, denn ich habe ihn nie sonderlich beachtet …«

»Vielleicht darum.«

»Jedenfalls imitiert er mich sogar, zieht sich so an wie ich, raucht meine Marke …«

»Trägt solche Uhren wie du«, sagte ich, während meine Hand die Funduhr an meinem Gelenk betastete. Nein, Krokoarmbänder trug Richard nicht. »Aber sonst sieht er dir gar nicht ähnlich. Ich bin ihm nämlich schon begegnet.« Wobei ich verschwieg, dass ich Abele von hinten tatsächlich einen kurzen Moment lang für Richard gehalten hatte. »Am Pfingstmontag an der Höhle. Ich musste mich ausweisen, und danach ist er auffällig schnell verschwunden. Wie peinlich es für Männer doch immer wieder ist, wenn sie entdecken, dass sie mich für einen von ihresgleichen gehalten haben. Als ob sie sich dadurch entmannt hätten.« Ich kicherte gemütlich. »Oder glaubst du, er weiß, dass du und ich …?«

»Davon gehe ich aus. Da er mich inzwischen hasst, sammelt er alle Informationen, die mir schaden könnten.«

»Ah! Und ich schade dir.«

»Fang nicht wieder damit an, Lisa. Bitte.«

Ich schluckte angestrengt Friedfertigkeit in mein Herz. Wir rollten am Schul- und Rathaus von Steinhilben vorbei. »Übrigens, was hattest du gestern in Stuttgart zu tun?«, fragte ich.

»Ich hatte etwas zu klären.«

»Ich denke, du hast Urlaub.«

»Übrigens möchte ich dich doch sehr bitten, meine Sekretärin nicht damit zu bedrohen, dass ich ihr Ärger mache, wenn sie dich nicht durchstellt.«

Ich schluckte noch angestrengter.

Richards Limousine knirschte auf den Kieshof am Waldrand. Wir stiegen aus dem Auto in die Stille. Das junge Grün an den Bäumen fröstelte noch im Nebel, aber die Butterblumenwiese mit dem Bächlein machte es sich bereits in Erwartung von Sonne bequem.

Die Haustür besaß keine Klingel.

Ich klopfte, aber nichts rührte sich. Die Tür war nicht abgeschlossen. Aus der Küche am Ende des Gangs drang Radiomusik.

»Hallo!«, rief ich.

Gerrit erschien in der Küchentür, Begeisterung in den Augen, die auch von dem Fremden, der hinter mir eintrat, nicht verscheucht wurde. »Hallo! Wir sind gleich fertig.«

Wir?

In der Küche war Hark nicht, aber dafür saß der Rabe auf einer Stuhllehne und plusterte das Kehlgefieder. Mir gefroren die Härchen im Nacken.

»Oh, ein Kolkrabe!«, rief Richard. »Gehört der dir, Gerrit? Hast du ihn gezähmt?«

Gerrit nickte überrascht von so viel Hellsichtigkeit bei einem Erwachsenen. »Wir haben ihn vorletzten Winter halb tot in einer Ackerfurche gefunden und mitgenommen. Eigentlich wollten wir ihn ausstopfen. Aber er ist nicht gestorben, weil ich ihn mit Eigelb und Eichelmus gefüttert und ihm Wasser eingeträufelt habe, eine ganze Nacht und einen Tag und wieder eine Nacht lang. Fast ganz alleine! Er heißt Graf Huckebein!«

»Hier sieht man Gerrit, den muntern Knaben«, dichtete Richard im Schweinsgalopp, »nebst Huckebein, dem jungen

Raben. Und dieser Gerrit, wie alle Knaben, will einen Raben gerne haben.«

»Das ist aber von Wilhelm Busch«, meldete Gerrit.

»Ja, genau!« Richard lächelt seinerseits ungemein erfreut über so viel unerwartetes Verständnis bei dem Buben und streckte die Hand nach dem schwarzen Vieh aus. »Die Tante kommt aus ihrer Tür; ›Ei!‹, spricht sie, ›welch ein gutes Tier!‹«

»Vorsicht«, sagte Gerrit.

»Kaum ist das Wort dem Mund entflohen, Schnapp! – hat er ihren Finger schon. ›Ach!‹, ruft sie, ›er ist doch nicht gut! Weil er mir was zu Leide tut!‹«

»Blutet's?«, erkundigte sich Gerrit interessiert.

Richard besichtigte seinen Finger und schüttelte lächelnd den Kopf. »Bin ja auch selber schuld, nicht?«

»Onk!«, meinte der Rabe und sprang auf den Küchentisch.

So hatte Richard zwar nicht die Zuneigung des Raben, aber die des Knaben gewonnen, ohne auch nur einmal das Wort »Toll!« ausgerufen zu haben. Zuweilen nahm ich mir vor, von ihm zu lernen, und das war wieder einmal so ein Moment. Allerdings von kurzer Dauer, denn der Rabe duckte sich zum Anflug auf mich, und meine Gelenkknorpel verhärteten sich.

»He, Lisa!«, grinste Richard. »Du hast doch nicht etwa Angst?«

»Nein, natürlich nicht!«, krächzte ich. »Man kommt ja auch blind ganz gut durchs Leben.«

Die Erlösung kam in Gestalt von Hark rasch und leise in die Küche. Er griff in eine Dose mit Nüssen, ließ eine Haselnuss in eine kleine leere Kaffeesahneflasche fallen und stellte sie auf den Tisch. Huckebein klackerte mit seinen Krallen über die Tischplatte an das Fläschchen heran, nahm es mit seinem mächtigen Schnabel und kippte sich die Nuss hinter die Binde.

Wenn ich gekonnt hätte, hätte ich sicherlich ein anerkennendes »Oh!« hervorgestoßen, oder ein »Toll!«

»Das hat er von Gerrit gelernt«, erklärte Hark, während er das

Federvieh mit beiden Händen vom Tisch nahm. »Wir glauben immer, nur Kinder könnten uns nachahmen, und Raben haben schließlich keinen Mund, sondern einen Schnabel. Aber alle Wirbeltiere wissen von allen anderen Wirbeltieren, wo die Augen und der Mund sind. Als Graf Huckebein versuchte, aus einem Glas zu trinken, gab es allerdings eine ziemliche Schweinerei.« Damit trug er den Raben zum offenen Fenster, warf ihn mit Ruhe, aber Entschlossenheit in die Luft, schloss das Fenster und drehte sich zu uns um.

Die Vernunft kehrte in meinen Verstand zurück. »Übrigens, das ist Richard Weber«, stellte ich vor. »Und das ist Hark Fauth.«

Eine Sekunde musterten sich die beiden Rüden mit erhobenen Ruten und verhaltenem Knurren in den Kehlen. Hark war einen bärtigen Kopf größer als der glatte Richard und in Jeans und T-Shirt von ordinärer Männlichkeit. Aber ich bin sicher, dass Richard den Nachteil seines zivilisierten Anzugs durch einen Schraubstockhändedruck ausglich. Danach taten sie so, als würde es um nichts gehen.

»Ich hoffe«, wandte Hark sich an mich, »du hast nichts dagegen, dass ich mitkomme.«

»Äh … natürlich nicht!«

Jetzt hätte sich Richard erklären müssen. Aber er gab sich mimosig, wollte eingeladen werden. War Hark eigentlich bewusst, dass er das Fenster geschlossen hatte?, war die Frage, die mich viel mehr interessierte. Riskierte er Beklemmungen im eigenen Haus zur Milderung meiner Vogelphobie?

»Und wo fahren wir hin?«, sagte er munter. »Bei dem Nebel sollten wir es vielleicht gar nicht erst in Blaubeuren probieren, sondern gleich im Eselsburger Tal, auch wenn es ein bisschen Fahrerei ist.«

Richard sagte immer noch nichts.

»Dann los!«, sagte Hark. Gerrit schwang sich seinen Rucksack mit dem Vesper über die schmalen Schultern. Im Hausflur schulterte Hark eine pralle Sporttasche. Richards S-Klasse mit den getönten Scheiben sah vor dem alten Schuppen zwischen Wald und Wiese ziemlich humorlos aus.

»Krass!«, rief Gerrit. »Gehört der Ihnen? Wie viel PS?«

»Keine Ahnung«, antwortete Richard. Sein Elefantengedächtnis schloss – ganz unmännlich – die technischen Daten von Autos nicht mit ein.

»Hat er einen Navigator?«

»Das ja.«

»Fahren wir mit dem?« Gerrit warf erst seinem Vater einen zweifelnden und dann Richard einen hoffnungsvollen Blick zu und zog die Schultern hoch, noch bevor das Urteil fiel.

»Tut mir Leid, Gerrit«, antwortete Richard freundlich. »Aber ich komme nicht mit. Ich kann nicht klettern.«

»Das kann man lernen! Ich werde es auch lernen.«

»Und ich würde gerne zugucken, Gerrit, aber ich habe keine Zeit.« Damit wandte er sich an Hark. »Herr Fauth, ich hätte noch kurz eine Frage. Sie kennen doch sicherlich die Leute, die am Montag an der Mondscheinhöhle waren, um nach der Leiche zu suchen. Ich müsste mit dem Einsatzleiter sprechen.«

»Die Uracher Spinnen«, antwortete Hark und tat so, als wunderte er sich nicht, warum der Affe im Anzug das wissen wollte.

»Und gestern haben sie die Leiche gefunden«, teilte Gerrit mit.

»Wie gruselig«, antwortete Richard.

Gerrit lachte.

»Wenden Sie sich an Winnie Müller«, sagte Hark. »Spedition Müller in Bad Urach, gleich am Ortseingang links. Nicht zu übersehen.«

»Danke, Herr Fauth. Und … äh … viel Spaß.«

»Komm doch mit!«, entflutschte es mir. »Zu Winnie kannst du später immer noch.« Eine vage Angst kullerte mir plötzlich im Gedärm. Zum Teufel damit. »Oder komm nach!«

Hark runzelte die Stirn.

»Mal sehen«, sagte Richard.

22

Bei Ulm Ost entließ uns der Nebel in einen sonnigen Tag. Hark fragte meine gesellschaftliche Verankerung ab. »Für eine Journalistin ist es sicher nützlich, mit einem Staatsanwalt befreundet zu sein.«

»Wobei zwei Voraussetzungen nicht stimmen«, antwortete ich. »Ich bin keine Journalistin mehr und der Staatsanwalt erzählt mir nichts.«

Jurakalkfelsen, Wacholderheide und Trockenrasen. Das Eselsburger Tal lag in einer Schleife der Brenz und war Schwäbische Alb in Reinkultur. Wir parkten am Heimatmuseum. Hark schulterte die schwere Tasche. Von hier aus waren es noch zwei Kilometer zu Fuß.

Als am Hang über dem Fluss die Kalksäulen der Steinernen Jungfrauen – jedes Klettergebiet besitzt Jungfrauen – und die drei dicht beieinander stehenden Kletterfelsen auftauchten, die schlichte Jungfrauenwand, die zerklüftete Mittlere Wand und die glatte und schwierige Wand des Wilden Hundes, da kam mir die Erinnerung wieder. Hier war ich schon einmal geklettert, in Jugendzeiten, als man sich die Geographie noch nicht merkte.

Zwei sehnige junge Männer trainierten schon am Wilden Hund, und die leichteste Strecke, der Kamin, war von einem Paar besetzt, sie im Fels und er am Sicherungsseil, freigiebig mit Ratschlägen. Ich schlug Rückseite vor. »Vielleicht ist der Südriss noch frei.«

Dort war niemand.

Unter den Jeans trug Hark bereits Jogginghosen. Für mich hatte er ein Paar Kletterschuhe in meiner Größe dabei. Sibylles? Die Frage lag mir auf der Zunge, aber Gerrit hätte es womöglich weniger unemotional gesehen als sein Vater.

»Ich steige den Riss vor und führe das Seil oben durch den Umlenkhaken«, erklärte ich. »Dann kann Gerrit klettern, ohne sich um die Eigensicherung kümmern zu müssen. Und du?«, wandte ich mich an Hark. »Bist du bereit und imstande, mich zu sichern?«

»Ich bin bereit und imstande.«

Er hatte drei dynamische Seile dabei, zwei orangefarbene und ein blaues, zwei Sitzgurte für Erwachsene und einen für Gerrit. Beim ersten Griff in die Ausrüstung war alles wieder da, was mir einst ein unduldsamer Kletterlehrer eingedrillt hatte. Ich knüpfte ein Seil auf, zog es durch die Hand, suchte die markierte Mitte und ließ es in Rollen auf den Boden sinken. Dann schlang ich am Seilende einen Achterknoten, hakte die Schlaufe mit einem Schraubkarabiner vorn in meinen Sitzgurt und übergab Hark das Seil. Er legte es sich hinten um die Hüfte. Das Seilende, an dem ich hängen würde, lief ihm rechts aus der Hand heraus, während das Restseil durch die Linke hereinkam. Im Fall meines Absturzes bremste es sich so praktisch von allein, und selbst ein kleinerer und leichterer Mann als Hark konnte mich locker halten.

Der Südriss bot für Füße und Hände bequeme Haltepunkte. Etwas holzig erklomm ich Strecke für Strecke zwischen den in die Wand zementierten Sicherungsbolzen bis nach oben zum Umlenkhaken. Dort sicherte ich das Seil mit zwei Karabinern, eingedenk dessen, dass Hark ein Sicherheitsfanatiker war.

»Die Seilmitte?«, rief ich hinunter.

Hark hob die linke Hand. »Noch nicht durch.«

»Dann komme ich jetzt.«

»Okay!«

Ich hüpfte die Wand hinab, während er wohldosiert Seil gab.

Unten treppelte Gerrit schon. Wir schnallten ihn in den Sitzgurt. Als er auf die Wand zusprang, gab Hark mir das Seil. Seine Hand berührte nicht zufällig meine. Was wollte er denn immer noch?

Gerrit kletterte wie eine Eidechse.

Hark atmete, als kletterte er selbst.

»Erstaunlich«, bemerkte ich, »dass du dir die Ratschläge verkneifen kannst. Die meisten Väter werden zu pädagogischen Unholden, sobald ihre Söhne Sport treiben.«

»Ich bin leider nicht wie die meisten Väter. Aber manchmal ist das auch von Vorteil.«

Gerrit langte wohlbehalten oben an und jubelte. »Schau mal, Papa, ich bin ganz oben.«

»Toll!«, stieß Hark hervor.

Er kam auch heil wieder runter.

»Papa, jetzt du!«

Hark musterte skeptisch die Wand. Gerrit musterte besorgt seinen Vater. Dessen Kiefermuskeln zuckten. »Probieren kann ich es ja mal.«

»Deshalb bist du doch mitgekommen, oder?«, bemerkte ich.

Er versuchte, mich nicht anzublicken, und bückte sich zur Sporttasche nach den Kletterschuhen »Etwas ungewohnt, so ohne Abseiler.«

»Willst du deinen Vater sichern?«, fragte ich Gerrit.

»Kann ich das denn?«

Ich stellte Gerrit vor mich hin, schlang das Seil um meine eigene Hüfte, gab Gerrit aber die beiden Seilteile in die Hand.

Selten hatte ich einen Kletterer so sicher und furchtlos steigen sehen wie Hark. Nun gut, allzu viele hatte ich noch nicht gesehen. Es sah flüssig, leicht und kraftvoll aus. Er zögerte nie und kam auch nie aus dem Rhythmus. So sah das aus, wenn Athletik zur Ästhetik wird. Im Nu war er oben angekommen – was war ich dagegen vorhin herumgekraxelt! – und blickte unter sich.

»Seilmitte links!«, rief ich und griff vor Gerrit ins Seil.

Aber Hark zögerte. Unerwartet logisch, dass er sich nicht ins Seil fallen lassen konnte. Er war beim Abseilen abgestürzt.

»Komm, Papa!«, rief Gerrit. »Wir halten dich doch.«

Hark reagierte nicht.

Ein bisschen blöd war es schon, denn wie bekam ich ihn da nun wieder runter. Es gab Wände, da konnte man in den Berg aussteigen, aber die Mittlere Wand im Eselsburger Tal war ein frei stehender Block.

»Bleib, wo du bist«, rief ich und nahm Gerrit das Seil ab. »Jetzt kommt es auf dich an, Gerrit.« Ich band das Seil, an dem Hark hing, am untersten Sicherungsring fest. »Und wenn ich sage, dass du es öffnen sollst, dann ziehst du hier, klar?«

»Klar.«

Schuhe an, rein in den Sitzgurt. Kurz überlegen! Ich knüpfte das zweite orangefarbene Seil auf. Da Gerrit mich nicht von unten sichern konnte, musste ich selbst Schlaufen ins Seil knüpfen, mit Karabinern versehen und in die Sicherungsbolzen haken. Es war wie beim Vorsteigen in einer Seilschaft. Und ich war noch nie vorgestiegen.

»Ich komme mir vor wie ein Esel«, sagte Hark, als ich mein Seil durch die beiden Karabiner am Umlenkhaken führte, in dem auch sein Seil hing. »Höhenangst habe ich nun wirklich nie gehabt.«

»Womöglich hat dein Gleichgewichtssinn beim Sturz gelitten. Außerdem ist dein Hirn auf Angst programmiert. Nicht nach unten schauen!«

»Jaja!« Er drehte den Blick gen Himmel und versuchte zu lachen. »Was für ein Psychotrip. Wenn ich das gewusst hätte.«

»Du wolltest es doch wissen.«

»Scheiße, ja! Und was machen wir jetzt?«

Mein Bilderbuchheld, der Exkursionsleiter mit fast zwanzig Jahren Erfahrung, fragte mich am Felsen, was wir jetzt machen sollten. Das lief mir runter wie Sesamöl.

»Ganz einfach: Wir seilen uns nicht ab«, antwortete ich, »wir klettern hinunter.«

Um die grauen Augen herum wirkte er ziemlich angespannt.

»Oder möchtest du, dass ich die Bergwacht rufe? Oder die Burschen von der anderen Seite?«

»Bloß nicht!« Die Alternative so klar vor Augen, wagte er die erste Auseinandersetzung mit der Tiefe. »Eigentlich ist es nicht das Runterschauen, was mir Angst macht«, stellte er dann fest.

»Gut. Dann wirst du an meinem Seil hinunterklettern. Du hast zwei Schlaufen mit Karabinern, um dich von oben nach unten zu sichern. Und wenn du unten bist, dann sicherst du meine Abfahrt. Dazu müssen wir jetzt nur die Seile tauschen.«

»Nein! Nein, auf keinen Fall! Das geht nicht.«

»Was geht nicht?«

»Die Seile … tauschen, das geht … geht nicht.« Seine Hand wurde weiß am Fels.

»Ganz ruhig!« Ich überlegte hektisch. Wir wären jeder für einen kurzen Moment ungesichert, wenn wir die Seile tauschten. Wenn es das war, was er fürchtete …

»Gut, dann machen wir es anders. Du steigst an deinem eigenen Seil zum obersten Sicherungsbolzen runter. Ich werde versuchen, dich dabei zu sichern, aber es wäre besser, wenn du es nicht austestest. Meinst du, das geht?«

Er nickte. Nein, um sich selbst hatte er keine Angst. Eher vor sich selbst.

»Gerrit«, rief ich nach unten. »Mach das Seil los.«

Gerrit sprintete an den Felsen und löste den Knoten. Ich zog rasch ein paar Meter zu mir herauf und schlang es mir um die Hüften. Hark begann den Abstieg genauso furchtlos und flüssig, wie er aufgestiegen war. Ich gab ihm Seil, bis er am unter ihm liegenden Sicherungshaken angekommen war. Er knüpfte eine Schlaufe und hakte sie mit dem Karabiner in den Sicherungsbolzen. Jetzt konnte ich mich aus dem Umlenkhaken befreien und zum Sicherungsbolzen hinunterklettern. Wäre ich abgerutscht, ich wäre auf Hark gefallen. Aber ich rutschte nicht. Strecke für Strecke stiegen wir hinunter und langten bei Gerrit an, der nicht wusste, wie er seinen Vater anschauen sollte. Darum schlug ich ihm schnell die zweite Tour vor. Auf der Nordseite war der schattige Nordriss frei. Die jungen Sportsmänner turnten links über einer höhlenartigen Öffnung in der Wand, deren Grund von Lagerfeuern geschwärzt war. Das Pärchen hatte die Rollen getauscht. Jetzt sicherte sie, während er sich am Überhang versuchte.

Gerrit war unermüdlich. Nach der dritten Tour zwang Hark

ihn zu einem Vesper auf der Wiese über der Brenz. Das Brot verschlang der Junge in der Tat still und hungrig. Doch beim Apfel bettelte er, an die Wand zurück und den anderen Kletterern zuschauen zu dürfen.

»Dass ihn das dermaßen begeistert, hätte ich nicht gedacht«, bemerkte Hark zerknirscht. »Sibylle und ich, wir hatten ihn nur einige wenige Male mit dabei, und da war er sechs.«

Das hatte offenbar gereicht, um die ganze Sehnsucht des Knaben nach Familienglück mit Seilen und Karabinern zu verknüpfen. Die besten Voraussetzungen, aus ihm einen Weltmeister zu machen. Wenn er erwachsen war, würde er nicht mehr wissen, dass seine Kletterleidenschaft dem verzweifelten Wunsch entsprang, Vater und Mutter zu haben, die einander liebten und ihn auch. Welche unerfüllten Wünsche hatten wohl aus Hark das Höhlenkrokodil gemacht?

»Warum«, fragte ich, »habt ihr beide, Sibylle und du, im Todsburger Schacht das Seil gewechselt?«

»Wie kommst du darauf?«

»Dass wir die Seile tauschen könnten, hat dich vorhin am meisten erschreckt: ich ein paar Sekunden ungesichert. In der Bärenhöhle war es übrigens der Gedanke, mit mir allein zu sein. Niemand da, der mir hilft, der mich vor dir beschützt.«

Hark schlitzte die Augen. »Du meinst, ich könnte Sibylle einen Schubs gegeben haben, als sie einen Moment ungesichert war, weil wir aus irgendeinem Grund, den ich mir nicht denken kann, die Seile austauschten. Aber so kann es nicht gewesen sein. Sie hing im Seil, ich dagegen nicht.«

»Und woher weißt du das?«

»Das steht so in Winnies Untersuchungsbericht.«

»Ach, dein Höhlenzwilling Winnie hat den Bericht geschrieben?«

»Er war als Erster unten. Er hat uns gefunden.«

Soso, Winnie also. Ich blickte in den Himmel. Wolken faserten, Hummeln summten, Fliegen brummten. Südlich glitzerte sich der Fluss um eine Bergnase weg. Vom Fels drangen Rufe herüber. Winnie allein mit Hark und Sibylle …

»Hast du mal daran gedacht«, fragte ich, »in den Todsburger Schacht zurückzukehren?«

»Ja. Gestern, vorgestern, heute früh, vorhin, jetzt gerade. Aber das hat keinen Wert, Lisa. Ich wäre eine Gefahr für mich und die Kameraden. Außerdem hat mir eine Psychologin erklärt, dass es keine Garantie gibt, dass mir die Erinnerung dann wiederkommt.«

»Du bist in psychologischer Behandlung?«

»Ich war. Vor einem Jahr hatte ich ein paar Sitzungen bei einer Psychologin, die auf Phobien spezialisiert ist. Doch die wollte dann meine Leidenschaft für Höhlen auf ein Geburtstrauma zurückführen, und da bin ich ausgestiegen. Das hatte keinen Wert.«

Er ließ sich auf den Rücken in die Wiese fallen und schlug die Hände unter den Kopf. Die Sonne verfranste sich in seinem kurzen rötlichen Barthaar. Ich ließ mich seitlich neben ihn ins Gras nieder, den Kopf in die Hand gestützt.

Er lächelte. »Na, du Fee wider Willen!«

Ich lachte.

»Nein, im Ernst. Bei dir habe ich das verrückte Gefühl, dass sich bei mir wieder etwas bewegen könnte.«

»Was wohl?« Ich schnappte mir seine Lippen. Einmal meinen Höhlenbücherwurm küssen, das musste drin sein. Hark erwiderte mein Angebot mit freundlichem Interesse, hormonell prinzipiell bereit, aber vom Kopf her nicht unbedingt geneigt, sich die Exkursionsleitung streitig machen zu lassen. Von einer Fee erwartete ein Mann durchaus etwas, aber nicht unbedingt, was Sie jetzt denken. Feen sind eher für drei Wünsche zuständig, und die beiden anderen lauten Geld und Erfolg.

Eine Bewegung im Augenwinkel ließ mich hochschauen. Den Weg vom Parkplatz her kam ein Mann in braunem Anzug.

23

Was die Tatsache, dass Richard ein Mann war, so angenehm machte, war, dass er sich – also seine Ansprüche auf mich – nie ernstlich bedroht sah, wenn ich beispielsweise auf Janettes Hinterbacken linste. Aber dass er Hark nicht augenblicklich den Fehdehandschuh vor die Füße warf, war nur seiner kreuzbürgerlichen Erziehung zu verdanken. Oder dem Umstand, dass er zwar in Tübingen Jura studiert, aber keiner schlagenden Verbindung angehört hatte.

Oder der Gegenwart von Gerrit.

Während der Junge, vom Vater gesichert, kletterte, stellte Richard Fragen, die ihn nicht interessierten, und Hark spulte seine Standardsätze ab. »Das Risiko ist durchaus kalkulierbar, Herr Weber, wenn man alle Vorsichtsmaßnahmen beachtet. Warme Kleidung, Lampen, Wasser und Nahrung, alle lebenswichtigen Geräte doppelt ausgelegt …«

»Dennoch ist Ihre Frau verunglückt, nicht?«

»Ja.«

Eine Stunde später hatte Gerrit seine Grenzen ausgetestet und konnte sich kaum noch auf den Beinen halten. Hark zwinkerte mir zu und deutete mit dem Kinn zum Wilden Hund.

»Nein!«, wehrte ich ab.

»Deshalb bist du doch hier«, lockte er.

»Quatsch. Du hast beschlossen, dass wir hier klettern.«

»Aber es war Liebe auf den ersten Blick. Immer, wenn du dachtest, es sieht keiner, hast du dir die Routen auf dem Wilden Hund angeschaut.«

Der Block war nicht hoch, aber er buckelte senkrecht, teilweise überhängend und glatt wie ein Dinosaurier in den Himmel.

»Über die schräge Kante oberhalb der Höhlen könntest du hoch«, fantasierte Hark, »dann nach rechts hinüber und von dort schräg links hinauf.«

»Bitte, tu dir keinen Zwang an«, sagte ich. »Aber ich warne dich: Ich lasse dich verhungern da oben. Oder ich hole die Bergwacht.«

Richard runzelte die Stirn und spielte nachdenklich mit dem dritten Seilbündel, das wir noch nicht benutzt hatten.

»Also gut«, sagte Hark. »Zuerst ich, dann du. Versprochen?«

»Mal sehen.«

Hark legte sich die Ausrüstung an, und ich beeilte mich, sein Seil zu ordnen. Den zerklüfteten Einstieg bewältigte er zügig. Ich hatte nur wenige Minuten, Richard meine Frage zu stellen. »Was hat Winnie gewusst?«

Er zog ein Papier aus der Jackentasche und entfaltete es über dem Seilbündel, das er in der Hand hielt. Es zeigte ein mit ungelenker Hand gestricheltes Gewirr von Röhren. »Hier«, sagte er und deutete mitten hinein, »hier hat er das Handy gefunden, sagt er.«

Ich sah nichts, denn ich musste meine Aufmerksamkeit zwischen dem Zettel und dem Mann in der Wand teilen. Hark krebste gerade die Querleiste über der Höhle entlang. »Mehr nach links!«

Auch Richard blickte hinauf. »Da braucht man Kraft in den Händen.«

»Kletterer trainieren das. Einarmige Klimmzüge an zwei Fingern.«

»Und wie oft trainiert der?«, fragte Richard. »Dreimal die Woche?«

Ich stutzte. »Du bist ja nur neidisch.«

»Worauf, Lisa?« Sein Gesicht war ziemlich asymmetrisch.

Na gut, wenn er nicht darüber reden wollte. »Wo genau will Winnie dein Handy gefunden haben?«

Richards stumpfer Zeigefinger landete nicht im Gestrichel des Toten Endes.

»In der horizontalen Röhre?«

»Ja, so hat er das genannt.«

Hark war am Riss angelangt, von dem aus es über ein paar verzwickte Trittstellen zum Gipfel ging.

»Ich habe in die Röhre geschaut«, raunte ich Richard zu. »Da war kein Handy. Außerdem war Janette gestern der Meinung, das Handy könnte oben auf dem Grillplatz liegen geblieben sein.«

»Warum sollte Winnie mich belügen?«

Gute Frage. »Wahrscheinlich hat er dich nur verarscht.«

Mit ein paar kraftvollen Zügen hatte Hark den Gipfel erreicht. Er klinkte das Seil in den Umlenkhaken und ließ sich in den Sitzgurt sinken. Ich hielt gegen.

»Bereit?«, rief Hark von oben.

»Bereit!«

Er stieß sich ab, und ich gab ihm Seil.

Harks Augen leuchteten nicht weniger als die seines Sohnes nach seiner ersten vollendeten Tour. »Sie auch mal, Herr Weber?«

Richard steckte den Zettel weg. »Nein, danke.«

»Dann du, Lisa. Du hast es versprochen.« Zwischen Harks Brauen saß eine kleine senkrechte Falte. Plötzlich ahnte ich, was seine Qualität als Expeditionsleiter ausgemacht haben musste: niemals nachgeben. Er nahm Richard das blaue Seil weg und knüpfte es auf.

»Na gut. Probieren kann ich es ja.« Ich gab nämlich auch niemals nach, außer immer dann, wenn es mir taktisch klug erschien.

»Wollen Sie Ihre Freundin sichern, Herr Weber?«

»Danke für Ihr Vertrauen, Herr Fauth, aber es wäre mir arg, wenn ich Ihren Schatz fallen ließe!«

»Idioten!«, schimpfte ich.

In Harks Lächeln loderte der Triumph des Athleten über den Bürohengst. Mit zeremonieller Besorgtheit prüfte er den Knoten an meinem Sitzgurt und den Schraubverschluss des Karabiners, schlang sich das Seil um die schmale Hüfte und suchte breitbeinig festen Stand.

Einer Eidechse aus zwei Metern Entfernung zuschauen, wie sie eine Wand hochhuschte, und selbst diese Wand erklimmen, war ein Unterschied wie Himmel und Hölle. Direkt am Felsen sah man keinen Meter weit. Hark dirigierte meine Hände und Füße mit Augenmaß und mit bezwingender Geduld. So wie er einst Sibylle überredet haben musste, sich ihm und dem Stein anzuvertrauen.

Die Haut des Dinosauriers, auf dem ich herumkrabbelte, war rissig und spröde, Vorsprünge zum Festhalten gab es kaum. Da halfen die Kletterschuhe mit ihren radiergummiklebrigen Sohlen.

Schon im unteren Drittel war mir klar, dass ich es nicht schaffen würde. Das unterschied mich fundamental von einem Besessenen wie Hark. Ich konnte verzichten. Dachte ich. Aber beim Klettern sollte man nicht denken. Der entscheidende Unterschied zwischen Hark und mir war, dass ich aus Mutlosigkeit Fehler machte. Das konnte lebensgefährlich werden.

Wenn man abrutschte.

Und wenn dabei das Seil riss!

Es schoss aus den Karabinern heraus und über mich hinweg wie ein Strich und klatschte abwärts an den Felsen. Das blaue Seil, das Richard die ganze Zeit in der Hand gedreht hatte, das Hark nicht kontrolliert hatte. Das dritte Seil. Das alles blitzte mir durchs Hirn, während ich rutschte. Ich sah die Sanitäter mit der Trage herbeirennen, den Notarzt nachfordern, den Leichenwagen heranrollen. Nach meiner Beerdigung spürte ich auf einmal einen Stopp unter meinem Fuß und handelte mich auf Krankenhaus und Querschnittslähmung hoch. Dann kam mir ein Sicherungsbolzen in die Finger, und ich verband nur noch Schürfwunden.

Stillstand.

Hatte jemand was gesagt oder gerufen? Ich sah sie nur eulenäugig zu mir heraufstarren. Hark nah an der Wand, als hätte er mich auffangen wollen.

»Ich bin okay«, sagte ich. Im Grunde war meine Lage ganz komfortabel. Weit entfernt von Lebensgefahr. »Nix passiert.«

Ohne Vorwarnung sprang Richard Hark an den Kragen und schleuderte ihn ins Grün. Hark überkugelte sich und sprang dann vom Boden hoch wie ein Tiger.

»Papa!«, kreischte Gerrit.

»He!«, rief ich.

Aber mein Geschrei hätte nichts genützt. Im Gegenteil. Nur ein kleiner Junge konnte Richard noch daran erinnern, wie tief er Gewalt als Mittel der Auseinandersetzung ablehnte. Hark legte zwar noch einen Schlag nach, aber Richard wich der Faust mit einer knappen Bewegung aus, trat zurück und hob die Hände.

»Papa!«, schluchzte Gerrit und drängte sich an seinen Vater.

Auch Hark kam zur Besinnung. Alle blickten mal kurz zu mir hoch. Dann sagte Richard eisig: »Wenn Lisa etwas passiert wäre, wären Sie jetzt tot!«

»Aber Sie hatten doch das Seil die ganze Zeit!«, antwortete Hark genauso kalt.

»He!«, rief ich. »Könnte vielleicht mal jemand …«

24

»Es war glatt durchgeschnitten, bis auf ein Kardeel. Wir hätten doch die Polizei holen sollen«, sagte Richard.

Ich bewunderte immer wieder die Leichtigkeit, mit der er Fachbegriffe aus den Grüften seines Gedächtnisses beförderte. »Was bitte ist ein Kardeel?«

»Eines der Bündel von Fäden, aus denen ein Seil geschlagen wird.«

»Geschlagen?«

»Gedreht, Lisa.«

Delikaterweise hatte er Hark sichern müssen, damit er zu mir hochklettern und mich wieder mit einem Seil versorgen konnte.

»Er kann nicht vorgehabt haben, mich umzubringen«, sagte ich, während wir in Richards Limousine über die Autobahn rasten. »Wozu auch? Ich weiß doch gar nichts!«

»Vielleicht wollte er mich in Schwierigkeiten bringen«, antwortete Richard. »Oder wie du das nennst: mich verarschen?«

»Hör mal! Bis heute früh wusste Hark nicht einmal, dass du existierst. Wie hätte er da etwas planen können? Außerdem zielt nicht alles, was mir zustößt, auf dich, Richard. Da überschätzt du deine Bedeutung als Staatsanwalt doch ein bisschen, fürchte ich.«

Er warf mir trotz der Zweihundert einen raschen Blick zu.

»Übrigens, meinst du nicht, es sei an der Zeit, mir zu sagen, was du hier oben wirklich machst, Richard?«

»Urlaub, Lisa. Heute Abend gehe ich zum Beispiel ins Konzert.«

»Mit Hildegard?«

»Jawohl.«

25

Janette kicherte. »Und dein schicker Staatsanwalt hat sich wirklich mit Hark geprügelt?«

Ich saß auf dem Badewannenrand. Sie war dabei, den Erste-Hilfe-Kasten zu plündern und meine Schürfwunden an den Unterarmen, einen abgerissenen Fingernagel und eine Schramme an meinem Kinn zu verarzten, während ich mich an ihrem Duft aus Haarwaschmittel, Weichspüler und Bürostressschweiß berauschte.

»Florian würde sich nie meinetwegen mit jemandem prügeln. Er nennt das Deeskalationsstrategie.«

Ein ferner Donnerschlag ließ uns aufhorchen. Die Amseln, die den Abend einsangen, waren für einen Augenblick still. Janette schüttelte den Kopf. »Auf den Wetterbericht kann man sich wirklich nie verlassen.« Sie tupfte Jod. »Aber das glaube ich einfach nicht, dass Hark mit einem defekten Seil klettern geht. Wenn Gerrit daran gehangen hätte!«

»Wann hat Hark denn zum letzten Mal dynamische Seile verwendet?«, fragte ich.

Janette blickte auf.

»Doch wohl in jenem Sommer, als er mit Sibylle klettern übte. Der Schnitt im Seil könnte drei Jahre alt sein.«

Sie vertupfte sich.

»Und das bedeutet …«, begann ich.

»Das bedeutet, er wollte Sibylle damals wirklich umbringen!«, vollendete Janette mit halb gelähmter Stimme. »O Gott, Lisa! Dann wollte er das wirklich tun!« Sie sank neben mir auf den Wannenrand und drückte den Handrücken gegen die Stirn, in den Fingern den jodgelben Wattebausch. »Dann war es also doch Mord! Dann hat er sie umgebracht im Todsburger Schacht. Eiskalt, lange geplant.«

»Das war es doch, was du wissen wolltest, Janette. Ob er es nun war oder nicht. So ist das bei *Einer wird Detektiv*. Es ist immer C oder die längste Antwort. Ob es einem passt oder nicht. Und dann hat man keine Freunde mehr, und man kann auch nicht mehr hoffen, dass er zu einem zurückkommt.«

»Du bist zynisch! Du bist so verdammt widerwärtig, Lisa!« Tränen tropften. »Ich hasse dich!«

»Scht!«, sagte ich.

Sie schnippte die Tränen aus den Wimpern und blickte mich an, nah und wild. »Ich wollte nie glauben, dass Hark Sibylle getötet hat, aber … verdammt! Sibylle war meine beste Freundin. Ja gut, ich habe sie betrogen. Aber sie war doch trotzdem meine Freundin. Wir haben so viel zusammen erlebt. Warum musste sie sterben? Es macht mich manchmal fast verrückt, dass ich so gar nichts weiß. Ja, wenn Hark wenigstens hätte beschwören können, dass er es nicht war, dann hätte man immerhin sein Wort gehabt, dann hätte man etwas gehabt, was man hätte glauben können … oder auch nicht. Aber diese Ungewissheit! Nichts ist klar. Nichts!«

»Scht, Janette! Denk doch mal nach. Was wäre passiert, wenn Sibylle im Sommer vor drei Jahren wirklich in einem Kletterpark tödlich verunglückt wäre?«

Janette knietschte sich den Rest der Tränen aus den Augen. »Ja, was?«

»Dann hätte es eine polizeiliche Untersuchung gegeben. Und ein angeschnittenes Seil hätte Hark sofort hinter Gitter gebracht. Glaubst du, er wäre so blöd gewesen?«

»Verdammt! Warum machst du mich dann ganz kirre mit deinem Geschwätz, dass der Schnitt drei Jahre alt ist?«

Kirre, jawohl! Zahm wollte ich sie haben. Dankbar.

»Ich wollte nur wissen«, sagte ich sanft, »wie du heute zu Sibylle und Hark stehst. Wenn du Hark den Mord nicht zutraust, dann hat er ihn so lange nicht begangen, wie man ihn ihm nicht nachweisen kann. So einfach ist das!«

Janette seufzte. Nichts war einfach.

»Übrigens«, fiel mir ein. »Besitzt du eigentlich den Bericht, den Winnie damals vom Unglück im Todsburger Schacht angefertigt hat?«

»Ja, warum?« Sie stand auf, warf den Jodbausch weg und müllte das Verbandszeug in den Schuhkarton zurück.

»Vielleicht enthält er etwas, was uns … dir weiterhilft.«

Sie lächelte finster zu mir herüber. »Was willst du da entdecken, Lisa, was mir und Bodo und wer weiß, wem noch, nicht schon hätte auffallen müssen?«

»Ein blindes Huhn, das weißt du doch!«

Wir verließen das Badezimmer und begaben uns zwei Schritte hinüber in die Besenkammer, in der Janette beim Schreiben rauchen durfte, oder umgekehrt, beim Rauchen schrieb. Dort standen im Regal zwischen Bügeleisen und Staubsaugertüten Pappschachteln voller Papiere. »Ich hab's gleich«, murmelte Janette. Eine Schachtel öffnete sich und ergoss ihren Inhalt auf den Boden.

»Was bist'n so nervös?«, fragte ich. So hatte ich mir das mit dem kirre nicht gedacht. »Was ist denn eigentlich los heute?«

Janette seufzte. »Florian und Laura wollten schon vor einer Stunde wieder zurück sein.«

Ach du meine Güte! Muttersorgen. »Ruf sie doch an.«

»Damit Florian mich wieder ausschimpft, ich sei überbehütend.«

»Der macht es dir aber auch nicht leicht«, bemerkte ich.

»Ich bin halt eine schlechte Mutter.«

»Und ich bin ein schlechtes Wildschwein«, sagte ich und fuhr ihr mit den Fingerrücken über den Oberarm.

In Trochtelfingen unten setzte ein größeres Tatütata ein.

»Nein, im Ernst«, sagte Janette. »Wenn ich Laura-Tag habe, denke ich immer, was könnte ich jetzt alles machen, recherchieren, schreiben. Wenn Florian mit ihr wegfährt und ich sitze hier oder in der Redaktion und kriege nichts hin, dann denke ich, ich hätte mitgehen sollen. Was ist denn da eigentlich los? Die Feuerwehr rückt aus.«

Ich ließ meine Hand auf ihre Hüfte gleiten.

»Und auf einmal tauchst du auf, Lisa, vogelfrei ... und mir wird klar, dass ich vor zehn Jahren ein ganz anderes Leben habe führen wollen. Kinder, ja, aber nicht im Reihenhaus und nicht mit einem ... einem impotenten Biker!«

Ich schob meine Hand unter ihren Gürtel in den Hosenbund.

»Aber du wolltest ja das Gutachten ...« Janette drehte sich zum Tisch weg. Ich ließ sie meine Hand mitziehen und rückte hinterrücks an ihre Poböllchen heran.

»He, Lisa! Lass das!« In ihrem Bauch unter der Gürtelschnalle zuckte ein nicht ungefälliges Lachen. »Weißt du, schon meine Mutter hat mich vor dir gewarnt! Lesbisch ging ja vielleicht noch, aber auch noch katholisch? Katholiken, die lügen und sündigen, und dann gehen sie zur Beichte, und vergeben und vergessen!«

»Ich habe gelogen«, sagte ich. »Ich habe heilige Namen leichtsinnig ausgesprochen. Ich habe unschamhaft gehandelt, allein und mit anderen.« Der kurze Reißverschluss unter der Gürtelschnalle beschleunigte meinen Vorstoß unter den Slipsaum in den Wald der Scham. »Ich habe Unkeusches begehrt. Ich habe genascht.« Ich küsste den Flaum ihres Nackens. Sie gab einen kleinen Laut von sich. Ich küsste mich um sie herum zu ihren Lippen vor. Ihre Hinterbälle legten sich vertrauensvoll in meine Hände.

Jetzt oder nie! Es ging nur jetzt, bevor Mann und Tochter wieder einrückten. Und in der Besenkammer. Der Höhlenmund war feucht und schluckte.

Dann klingelte Janettes Telefon auf dem Tisch neben dem Laptop. Sie befreite sich aus der Ruhe in meinen Armen und tastete über sich. Winnies Gutachten segelte auf uns herab.

»Ja?«, meldete sie sich. »Hallo, Heinz! … Was? … Oh! …« Sie angelte hektisch nach dem hellblauen Slip und suchte mit dem nackten Fuß den Einstieg. »Danke, Heinz. Alles klar! Ich komme sofort.« Falscher Fuß im falschen Loch. Sie stand auf und stieg hastig, aber erfolgreicher in den Slip. »Das war Heinz Rehle. Da ist was explodiert bei Meidelstetten, wahrscheinlich ein Fahrzeug.«

»Der Donnerschlag vorhin«, fiel mir ein. Entweder lag Meidelstetten gleich hier um die Ecke, oder es war etwas wirklich Großes in die Luft gegangen.

Ich fuhr. Janette telefonierte mit der Redaktion und dirigierte mich über Steinhilben hinaus gen Norden. Die sinkende Sonne schuf violette Wolkenfetzen überm Wald ums Lippertshorn.

»Meidelstetten«, erinnerte ich mich. »Da kommen doch Florians Linsen her.«

»Handverlesen!« Janette lachte leise. Es verband doch ungemein, wenn zwei Mädchen sich nach einer guten Wildsauerei nicht hatten duschen können und die Erinnerung in ihren Höschen dabeihatten.

26

Die Feuerwehrzüge waren aus Norden und Süden angerückt und blockierten die Landstraße. Weiter vorn verschleierten Reste bösen schwarzen Rauchs die Dächer eines Orts, der sich hinter einem blühenden Rapsfeld duckte. Meidelstetten.

Brontë mussten wir stehen lassen. Uns verschaffte Janettes Presseausweis Durchlass. »Was issen passiert?«, fragte sie den Polizisten.

»An Transporter isch explodiert, mehr ka i et sage.«

Hätte er mehr gewusst, er hätte mehr gesagt, dessen bin ich sicher. Schon nach wenigen Schritten auf der Grasnarbe entlang des mit roten Autos bestückten Schwäbische-Alb-Wegs fiel mir am Rand des Rapsfelds eine Coladose ins Auge, die keine Coladose war, sondern ein grüner Topf auf einem Kranz von Metallfüßchen. Eine Art Tausendfüßlerdosenspinne.

Ich tippte Janette an. »Du, mach mal ein Foto!«

Sie drückte ab, bevor sie fragte: »Was ist das denn?«

Ein Feuerwehrmann stapfte am Feldrain entlang, hob den Kopf, erblickte uns und machte heftig scheuchende Armbewegungen. Noch zwei Schritte, und er würde die Topfspinne überrennen. Ich schrie und machte meinerseits wilde Armbewegungen. Dann übermannte mich die Panik. Ich riss Janette in den Schutz zweier Feuerwehrwagen auf die Straße. Einundzwanzig, zweiundzwanzig, dreiundzwanzig … Es knallte nicht. Ich atmete wieder aus.

»Was machen Sie hier!«, brüllte uns da auch schon ein anderer Feuerwehrmann an. »Wer hat Sie überhaupt durchgelassen?«

»Die Presse hat ein Recht auf Information!«

»Rufen Sie den Pressesprecher der PD Reutlingen an! Und jetzt weg hier! Es besteht Lebensgefahr!«

»Komm, Janette!«, zupfte ich. »Er hat Recht. Du hast dein Foto.« Ich bin ein Schisser, was Knallkörper betrifft, ich geb's ja zu.

»Was ist denn eigentlich los?«, keuchte Janette, während wir zu Brontë zurückhetzten.

»Weißt du wirklich nicht, was das eben war? Das war eine Mine, eine Landmine. Janette, da ist ein Transporter mit Landminen explodiert.«

»Landminen?« Sie lachte. »Wo sollen die denn herkommen?«

»Aus Münsingen.«

»In Münsingen ist nichts mehr. Und außerdem transportieren die ihre Minen doch nicht einfach so über Landstraßen. Das ist doch ein Gefahrguttransport.«

»Eben!«

Über Oberstetten, Hohenstein und Meidelstetten näherten wir uns, während die Dunkelheit einfiel, dem Aufgebot der Feuerwehr noch einmal von Norden. Dort stieß Janette auf den Feuerwehrhauptmann von Engstingen, über den sie mal einen Artikel geschrieben hatte. Der ließ uns zum Krater bringen. Von dem Kleintransporter war nicht viel mehr übrig als schwarzes zerfetztes Blech, verschnurzelte Reifen, verbogene Achsen und eine zerknautschte Fahrerkabine.

»Den kasch nauskratze, den Fahrer!«, erläuterte der Feuerwehrmann.

»Es war eine AT2«, stellte ich fest, nachdem Janette sich hinter ihrem Schreibtisch im Büro des *Reutlinger Tagblatts* verschanzt und ich mich am leeren Tisch gegenüber installiert und das weltweite Netz gestürmt hatte. »Eine so genannte Antifahrzeugmine der Firma Dynamit Nobel mit Aufhebsperre. Das heißt, sie geht nicht nur hoch, wenn ein Schulbus darüber fährt, sondern auch, wenn man sie wegtragen will. Sie firmiert nicht unter Antipersonenmine – die international geächtet sind –, sondern unter Antifahrzeugmine, obgleich die Aufhebsperre sie für jedes spielende Kind gefährlich macht. Die Bundeswehr besitzt schätzungsweise 1,2 Millionen AT2-Minen. Sie sehen genauso aus wie der Topf, den du fotografiert hast. Auf so eine Story hast du immer gewartet, Janette!«

Sie zupfte an ihren Schläfenhaaren und sah nicht sonderlich

glücklich aus. Der Redakteur vom Dienst hatte die Routine eines mit den Jahren angesoffenen Bierbauchs in die Waagschale geworfen und ihr eine Stunde gegeben. Dann lief der Druck an.

»Schreib irgendwas, Janette!«, drängte ich sie. »Hauptsache, das Foto mit der Landmine geht mit und es fällt dreimal das Wort Münsingen, zweimal das Wort Bundeswehr und einmal das Wort mysteriös!«

»Nicht auszudenken«, stöhnte sie, »wenn der Transporter mitten in Meidelstetten oder Hohenstein explodiert wäre.«

»Dann schreib: Knapp einer Katastrophe entgangen sind gestern Abend gegen neunzehn Uhr die Bewohner von Meidelstetten. Aber schreib!«

»Halt endlich die Klappe, Lisa!« Sie pfefferte einen Kugelschreiber über den Doppeltisch. »Ich weiß selber, was ich tun muss. Wo bleibt nur das Fax von der Polizei!«

»Warte nicht auf den Polizeibericht. Da sind auf dem beschaulichen Schwäbische-Alb-Weg Landminen in einem handelsüblichen Kleintransporter explodiert. Die Polizei wird den Teufel tun, das kundzutun, bevor sich die Bundeswehr dazu geäußert hat. Und die äußert sich heute Abend nicht mehr. Denn sollten die Minen aus Münsingen stammen, dann wird in ein oder zwei Wochen der Verteidigungsminister zurücktreten müssen.«

Janette blickte mich an mit einer Mischung aus Schreck und Gier. Auch mir pochte das Blut im Hals. So machte alles Sinn, was mir Richard vor zwei Tagen erzählt hatte: Das Verteidigungsministerium vergibt die Verwaltung der Liegenschaften und des Personals der Bundeswehr an eine private Gesellschaft, die sucht sich in Münsingen eine Untergesellschaft, die phänomenale Einsparungen erwirtschaftet. Erich Schorstel vermutet umdeklarierte Einnahmen. Eine fälschlich verschickte interne Liste führt für das Jahr 2002 zwanzigtausend Landminen auf, die zerlegt und als Schrott verkauft wurden. Und das, obgleich in Münsingen keine Kampfmittelbeseitigungsbrigade stationiert war. Und der Sprengmittelingenieur, der den Trüpl so gut kannte, dass er alles auffliegen lassen konnte, Achim Haugk, steckt tot in einer Höhle.

»Aber das alles ist doch höchst spekulativ«, widersprach Janette.

»Stimmt, und deshalb gibt es nur ein Alles oder Nichts. Entweder du schreibst das genauso nieder, oder wir gehen heim mit deinem Foto von der AT2, und du lässt den Polizeibericht vom Spätredakteur abschreiben. Verstehst du nicht, Janette? Wenn man so eine Story hat, dann sollte man sie nur einen Tag lang alleine besitzen. Du musst den Kollegen von der recherchierenden Zunft der großen Zeitungen heute so viel wie möglich an Informationen geben, damit du morgen aus der Schusslinie bist. Schließlich willst du doch nicht so enden wie Achim Haugk.«

Sie blickte nur noch erschrocken drein.

»Was auf keinen Fall passieren darf, ist, dass irgendwer den Eindruck hat, du wüsstest mehr, als du schreibst. Entweder du schweigst für immer oder du schreibst ohne Rücksicht auf die journalistische Regel, wonach jede Information mit Quellen belegt und hieb- und stichfest sein muss.«

»Und ich fliege raus, so wie du.«

»Ich bin nicht wegen eines Fehlers rausgeflogen, Janette. Außerdem, wenn diese Story stimmt, dann kriegst du woanders sofort wieder einen Job.«

»Und woher weißt du das mit den umdeklarierten Einnahmen? Von deinem Staatsanwalt?«

Ich hob die Hände. »Informantenschutz!«

Ihre Hoffnung stieg. »Könnte ich nicht ihn als Quelle angeben, natürlich ohne Namen zu nennen. Die berühmten gut unterrichteten Kreise, du verstehst? Allerdings sollte ich mit ihm reden.«

»Richard taugt nicht als Quelle, Janette. Sprengstoffdelikte sind nicht sein Ressort. Mord und Totschlag genauso wenig.«

Janette nagte an der Unterlippe.

»Glaub mir«, sagte ich. »Das ist deine Chance! Das ist die Geschichte, auf die jeder Kleintierzüchtervereinsreporter wartet! Und du kriegst sie von mir! Umsonst und schon geordnet.« Ich lächelte über die Tische hinüber. »Du müsstest mir halt nur vertrauen.«

Sie lachte auf. »Dummes Geschwätz! Mit Verlaub! Als ob es darum ginge! Entschuldige, Lisa, aber wer trägt denn die Konsequenzen, wenn sich deine Räuberpistole übermorgen in Luft auflöst? Du oder ich?«

Vielleicht hatte ich die Vertrauensfrage doch ein bisschen zu hoch angesetzt.

»Nimm es mir bitte nicht übel, Lisa, aber als Quelle nützt du mir rein gar nichts. Ich würde mich lächerlich machen. Das musst du doch verstehen. Außerdem steht noch nicht einmal fest, dass der Tote in der Mondscheinhöhle tatsächlich Achim Haugk ist.«

Ich gab schwer verletzt auf. »Kanntest du den eigentlich?«

»Nein. Nicht, dass ich wüsste.«

Ich tippte seinen Namen in die Suchmaschine und landete auf der Seite der Gesellschaft für Kampfmittelentsorgung mbH, kurz GKE. Schöne Geräte, sechs Mitarbeiter, alle mit Gesichtern. »So sieht er aus«, sagte ich.

Janette kam um die Tische herum und legte dabei die Hand auf meine Schulter, ohne zu merken, dass sie auf Eis fasste.

Das Foto zeigte einen Mann von Ende dreißig mit viereckigem Gesicht, grauen Augen, Schnauzbart und dunkelblondem Haupthaar.

Während Janette endlich mit der Tastatur klapperte, begab ich mich hinunter auf die Straße, um zu telefonieren. Aber Richard war weder bei sich zu Hause noch in seinem Büro erreichbar. Richtig, er war ja mit Hildegard Obermann im Konzert. Bei seinem Einkommen hätte er sich eigentlich durchaus ein neues Handy leisten können, fand ich. Dann hätte ich ihm wenigstens eine Nachricht simsen können. Über die Auskunft ließ ich mich pro forma noch mit Hildegard Obermann in Hohenstein verbinden, aber auch dort hob niemand ab. Wobei mir einfiel, dass wir vorhin durch Hohenstein gefahren waren, als wir uns Meidelstetten und dem Krater von Norden genähert hatten.

Als ich mit dem Nikotin einer Zigarette im Blut zurückkam, hatte Janette Peilung gewonnen. Florian hatte angerufen und sich mit Laura wohlbehalten zurückgemeldet. Und sie hatte mit Heinz Rehle telefoniert. »Sie haben das Kennzeichen des Transporters. Und stell dir vor, Winnie hat ihn heute Mittag als gestohlen gemeldet.«

»Winnie? Hast du ihn schon angerufen?«

Janette schüttelte den Kopf. »Wollte ich gerade.«

Fünf Minuten später saßen wir beide ziemlich blass da, und Janette schraubte eine Flasche Korn auf, die sie im Schreibtisch hatte. »Er hinterlässt eine Frau und drei Kinder!« Sie kippte den Schnaps. »Arme Eva! Und sie haben gerade erst gebaut.«

»Was ist das für eine Spedition, diese Spedition Müller?«

»Kleinumzüge, Transporte für Firmen. Der Einsatzwagen der Uracher Spinnen steht dort.«

»Bist du fertig mit deinem Artikel? Ab in den Satz damit. Wir müssen los.«

»Wohin denn?«

Bad Urach faltete sich unterm schwarzen Himmel fachwerkreich in den Albtrauf. Die Schilder zum Wasserfall weckten Wandertagserinnerungen an die Naturwunder der Schwäbischen Alb. Der säuerliche Geruch zu warm gewordener Vesperbrote, Calcit auf den Blättern, dort, wo ein gewisser Brühlbach sechsunddreißig Meter aus einer Tufftülle herunterstürzte und das Gebüsch verkalkte. Mir fiel die Wegbeschreibung wieder ein, die Hark heute Morgen Richard gegeben hatte: gleich am Ortseingang links. Ein kleines Schild: Spedition Müller. Auf dem dunklen Hof standen ein weißgrüner Streifenwagen und der silberne Dienstaudi der Kriminalpolizei. Ich stieß rückwärts wieder raus und parkte draußen am Straßenrand.

»Wir kommen als Freunde der Familie«, impfte ich Janette, als wir ausstiegen.

»Gott, was soll ich Eva denn sagen?« Als Journalistin hätte sie es gewusst, aber privat war man auf so etwas niemals vorbereitet.

Ein Uniformierter passte uns an der Tür ab.

»Eva!«, rief Janette laut und stürzte an dem Polizisten vorbei auf Winnies junge, ziemlich blonde Frau zu, die im Flur von zwei Zivilbeamten bedrängt wurde. In die Umarmung der beiden Frauen wagte keiner der Beamten sich einzumischen.

Ich drückte mich inzwischen hinterrücks ein Stück die Treppe hinauf. Auf der obersten Stufe saßen in Schlafanzügen die Orgelpfeifen, ein Mädchen und zwei Buben, das Mädchen vielleicht zwölf und die Jungs neun und fünf Jahre alt, und Eva war schon wieder schwanger.

»Was ist tot?«, fragte der Kleinste.

»Papa muss nicht mehr arbeiten«, antwortete der Mittlere. »Und Papa und Mama streiten sich nicht mehr, weil er nicht zum Abendessen heimkommt. Er kommt nämlich überhaupt nicht mehr.«

»Und jetzt schafft niemand mehr das Geld ran und wir müssen ausziehen und verhungern«, sagte das Mädchen. »Oma und Opa haben ja nichts.«

Ich schüttelte den Kopf. Die Augen der Kinder wandten sich mir zu. Leider entdeckte mich auch der Uniformierte. »Und in welcher Beziehung stehen Sie zur Familie?«

Die Zivilbeamten drehten sich um. Ich hatte Richards Schatten schon von hinten erkannt: Hauptkommissar Abele trug einen whiskyfarbenen Dreiteiler mit Schlips und beigefarbenem Hemd. Was den Schatten vom Original unterschied, war nicht nur die Brille im unausgewuchteten Gesicht, sondern auch der Bauchansatz unter der Weste und die gut fünfzehn Jahre weniger.

»Sie schon wieder«, sagte er.

»Ich bin eine Freundin der Freundin«, antwortete ich und zog schon mal meinen Personalausweis. Abeles linkes unteres Augenlid begann zu zucken. »Schaffen Sie die raus!«, sagte er leise zu dem Schutzpolizisten.

Ich zog mich freiwillig auf den Speditionshof zurück.

Ein Bewegungsmelder ließ an der geziegelten Fassade eines lang gestreckten Hallenbaus älterer Machart ein Licht aufflammen. Hinter dem verstaubten Riffelglas zweier Tore zeichneten sich die Konturen von Kleintransporterschnauzen ab. Der Rest der Halle sah nach Lager aus. Davor lagen Schrottteile, abgesägte T-Träger, Kanteisen, rostige Röhren. Die Tür zum Büro war abgeschlossen. Das Sicherheitsschloss wirkte neu und fest, aber das Riffelglas hatte einen Sprung. Am Zaun zu einem finsteren Nachbargrundstück lagen Drahtrollen und größere Eisenröhren. Am Zaun entlang führte ein schmaler Pfad hinter die Halle. Es roch nach Wasser. Ein Bach gurgelte. Vermutlich die Erms, jenes Gewässer, das durch den Schluchtwald der Uracher Spinne herabplätscherte.

Sehen konnte ich nichts, aber fühlen, ob die Fenster alle verschlossen waren. Gleich an der Ecke war eines gekippt. Es wirkte sogar ziemlich locker in den Angeln. Ich zögerte. Ein Einbruch würde nicht gut aussehen, wenn die Polizei entweder gleich oder morgen früh das Büro aufsuchte, um Einblick in die Fahrten- und Auftragsbücher der Spedition zu nehmen. Die Spurensicherung würde alles abpinseln. Und da ich schon erkennungsdienstlich behandelt worden war, waren meine Fingerabdrücke vermutlich im Polizeicomputer. Ich wienerte den Fensterrahmen an den Stellen, die ich berührt hatte, schnell mit meinem Jackenbündchen ab. Und schon erwiesen sich meine Überlegungen als überflüssig, denn im Büroteil flammte Licht auf. Ehe ich abtauchte, sah ich Kommissar Abele und seinen Begleiter zur Tür eintreten. Dann befand ich mich unterhalb der Fensterkante und rutschte mit dem Rücken an der Wand in die Hocke.

»Die Puppe würde ich nicht von der Bettkante stoßen«, bemerkte einer der beiden Kommissare noch ganz unter dem

Eindruck des Gesprächs mit Winnies schöner Witwe. »Ja, was isch denn hier los?!«

»Sieht aus, als wäre schon jemand vor uns hier gewesen und hätte nach etwas gesucht«, bemerkte der andere, den ich der markig in die Tiefe gepressten Stimme wegen für Abele zu halten geneigt war. »Und zwar nicht durch die Tür, sondern durchs Fenster! Tät mich nicht wundern, wenn der Einbruch nur fingiert wäre, so wie der gemeldete Diebstahl des Transporters. Das wird die Spurensicherung feststellen.«

Eigentlich hieß das KTU, Kriminaltechnische Untersuchung oder wenigstens Spusi. KHK Abele war einer, der sein Vokabular aus dem Fernsehen bezog. Einer, der vom Durchsuchungsbefehl sprach statt vom Beschluss. Ein Fernsehkommissar halt, den ein böses Schicksal in die Kleintransporterwirklichkeit einer PD Reutlingen verschlagen hatte.

Geduckt flüchtete ich bis zur Gebäudeecke. Auf dem Hof war niemand, als ich zwischen den Drahtrollen und Rohren hervortrat. Im Wohnzimmer saßen Eva und ihre drei Kinder in den Schlafanzügen auf dem Sofa aneinander gedrängt. Janette war damit beschäftigt, zwei Gläser aus einer Flasche Billigwhiskey zu füllen. Auf dem Couchtisch lag zwischen den Zeitungen, Fernsehmagazinen und Zeitschriften ein auffällig teures Benzinfeuerzeug, die bläulich schimmernde Titan-Version eines Zippos. 225 Euro hatte ich unlängst für so ein Geschenk an einen Herrn, der schon alles hatte, ausgegeben.

»Das hat der Besuch heute Vormittag liegen lassen«, sagte Eva, als ich das Zippo nahm.

Was war los mit Richard?, fragte ich mich. Verlor sein Handy, ließ sein Feuerzeug liegen.

»Das hätte ich wohl auch der Polizei übergeben sollen«, sagte Eva. »Da habe ich gar nicht mehr dran gedacht. Der Kommissar war sehr interessiert an dem Herrn und was der wohl gewollt hat. Leider kann ich mich an den Namen nicht mehr erinnern, Schneider oder Schmied, irgendein Handwerkerberuf, aber an das Auto, an das erinnere ich mich. Eine dunkle S-Klasse mit getönten Scheiben. Die Buben waren ganz hin und weg davon, nicht wahr?«

Der Kleine schlief, aber der Größere nickte mit dem Kopf in Evas Armbeuge.

»Fährt dein Richard nicht S-Klasse?«, bemerkte Janette, schob Eva das Whiskeyglas hin und nahm einen großen Schluck aus ihrem. »Was wollte der denn von euch?«

»Irgendetwas wegen eines Handys, das Winnie kürzlich bei dieser Bergung am Lippertshorn gefunden hat oder so. Winnie hat ziemlich geflucht. Ich habe nicht alles mitgekriegt, was sie besprochen haben. Nachdem er weg war, hat Winnie den Transporter mit den Kisten aus der Halle beladen. Sie standen da schon über ein Jahr. Das wollten die Bullen auch alles ganz genau wissen. Mir war ja auch nicht recht, dass Winnie den Schrott aus Münsingen hier zwischengelagert hat. Ich habe immer schon gedacht, wer weiß, ob nicht doch noch was explodiert. Obgleich Winnie immer gesagt hat, es sei nur Schrott. Und heute Abend ist er dann …« Eva schluckte. »Er sei inner Stunde wieder da, hat er gesagt. Und ich habe ihm noch Vorwürfe gemacht, weil er wieder nicht da ist, wenn die Kinder ins Bett gehen. Und er hat gesagt, es sei die letzte Fuhre.« Tränen quollen ihr aus den Lidern. Sie wischte sie weg, schüttelte sich und rüttelte an den Kindern und zwang Muttermunterkeit in die Stimme. »Na, solltet ihr nicht jetzt auch endlich in die Heia?«

»Wir müssen dann auch mal«, sagte Janette. »Ich ruf dich an, ja? Wenn du Hilfe brauchst, ich bin sofort bei dir, jederzeit. Du schaffst das!« Sie umarmte Eva noch einmal.

Ich steckte das Zippo ein.

27

»Ich könnte Laura und mich jederzeit alleine durchbringen!«, nuschelte Janette auf dem Weg zum Auto.

»Und die Raten für euer Haus?«, fragte ich beim Aufschließen der Beifahrertür.

»Ich brauche das Haus nicht! Florian wollte es unbedingt.«

Ich half Janette auf den Beifahrersitz, eilte um Brontë herum, setzte mich hinters Steuer und fuhr erst einmal weg von diesem Unglückshaus. »Kennst du eine gewisse Hildegard Obermann in Hohenstein?«

»Frau Obermann?« Janette kicherte. »Aber klar doch kenne ich die! Das ist nämlich die Rektorin der Grundschule, in die meine Tochter geht.«

»Meinst du, man kann sie nachts um halb zwölf noch stören?«

»Was willst du denn von der?« Janette gab sich einem ausgiebigen Gekicher hin.

Die Straße schlängelte sich in die dunklen Schluchten des Albtraufs hinein. Ich kramte die Adresse aus meinem Hirn, die Richard auf dem Polizeiposten Trochtelfingen als seinen momentanen Aufenthalt genannt hatte, und wünschte mir einen Navigator, denn in dieser Mischung aus Bauernhausmuseum und Gewerbegebiet war niemand zu finden, den man fragen konnte, und Janette war momentan nicht fähig, eine Straßenkarte richtig herum zu halten. Nach einiger Irrfahrt erwies es sich, dass die Rektorin im Dreifamilienhaus einer Neubausiedlung wohnte. Allerdings stand Richards Bonzenkarre nicht am Straßenrand. Fast hätte ich deshalb gar nicht geklingelt.

Nach einer Weile knackste die Gegensprechanlage und eine tiefe Frauenstimme sagte: »Ja?«

Ich schubste Janette vor.

»Janette Bayer«, sagte sie. »Tschulligen Sie die Störung, aber dürften wir mal kurz raufkommen?«

Glücklicherweise störte sich Hildegard Obermann nicht an Janettes undeutlicher Artikulation. Sie war trotz vorgerückter Stunde in elegantem Zustand. Brombeerfarben das Tweedkostüm mit kurzem Jäckchen, Gold und Perlen auf der violetten Bluse, gefärbtes dunkelblondes Haar, scharfe graublaue Augen, eine moderne Brille, Anfang oder Mitte fünfzig.

»Das ist meine Freundin Lisa Nerz«, stellte Janette mich vor. »Wir kommen gerade von Eva Müller, ich weiß nicht, ob Sie die kennen, deren Mann ist heute Abend bei einem tragischen Unfall ums Leben gekommen und –«

»Das tut mir Leid«, sagte Obermann mit lindem Stirnrunzeln. »Kommen Sie erst einmal herein, Frau Bayer und Frau Nerz ...« Sie streckte mir die Hand hin. »Freut mich, dass wir uns endlich kennen lernen. Sie wollen wahrscheinlich mit Richard sprechen. Wir sind auch gerade erst heimgekommen. Wir waren in Stuttgart in einem Konzert und dann noch in Meidelstetten etwas trinken.«

»Freut mich auch«, sagte ich, »eine langjährige und offensichtlich gute Freundin von Richard kennen zu lernen.«

»Wie?«, fuhr Janette auf. »Ihr kennt euch?«

»Nein«, sagte ich. »Wir lernen uns gerade kennen.«

Obermann führte uns ins Wohnzimmer der Drei- oder womöglich nur Zweizimmerwohnung. Bücher an allen Wänden, ein Klavier, eine meterlange Sammlung von CDs klassischen Zuschnitts.

Richard hatte sich bereits aus seinem Sessel erhoben und überprüfte den Sitz seiner graublausilbern gestreiften Krawatte. Er steckte in einem blauschwarzen Abendanzug mit farblich darauf abgestimmtem graublauem Seidenhemd. »Guten Abend«, sagte er und deutete eine Verbeugung an. »Janette, Lisa.«

»Bitte setzen Sie sich doch!«, sagte Hildegard Obermann herzlicher. »Was darf ich Ihnen zu trinken anbieten?« Auf dem Couchtisch stand eine Flasche Rotwein zwischen einem halb vollen Weinkelch und einem schlanken Glas reinen Wassers.

»Hm, ja, ein Gläschen vielleicht«, antwortete Janette.

Richard zog die Brauen zusammen.

»Mir nicht, danke, ich muss noch fahren«, erklärte ich. »Vielleicht ein …« Ich ließ mich von Richards Getränk inspirieren. »Ein Glas Wasser.«

»Schön haben Sie es hier!«, sagte Janette, ließ sich in die Couch fallen und folgte mit durstigen Augen Hildegard, die aus einem Schrank ein Weinglas nahm und dann in der Küche eine Flasche Mineralwasser aufschraubte.

Richard stand immer noch, ganz Kavalier. Er pflegte umso formeller zu sein, je weniger formell die Situation gewesen sein mochte, in der wir ihn überrascht hatten.

»Bitte setzen Sie sich doch, Frau Nerz.« Hildegard Obermanns Augen zuckten beim Irrweg ihres Blicks über mein Gesicht. »Sie werden lachen, wie oft ich in den letzten Tagen Ihren Namen gehört habe. Und nicht nur von Richard.«

Er sprach mit ihr über mich? Das gefiel mir nicht.

»Unseren Bodo Schreckle haben Sie jedenfalls mit fliegenden Fahnen erobert, scheint mir.« Sie lachte kellertief.

Ich setzte mich, damit endlich auch Richard wieder Platz nehmen konnte. Obermann ließ sich auf dem Sofa nieder, ein Sitzkissen zwischen sich und Janette.

»Fast könnte ich eifersüchtig auf Sie werden«, fuhr sie fort. »Seit Jahren bemühe ich mich, Bodo Schreckle aus der Reserve zu locken, und Sie haben – heißt es – sogar Kaffee bei ihm getrunken. Ja, so etwas spricht sich schnell herum. Er soll ja eine beeindruckende Sammlung an Ammoniten besitzen, erzählt man sich.«

»Das stimmt, die hat er.«

»Aber mir nimmt er es übel, dass nicht er vor acht Jahren Rektor geworden ist, sondern dass sie mich hierher schickten. Aber ich schätze mich glücklich, dass wir ihn haben. Die Kinder mögen ihn, auch wenn sie ihn immer noch Bodo den Schrecklichen nennen. Er geht viel raus mit ihnen. Das ist ja so wichtig heutzutage, wo selbst die Kinder auf dem Land eine Buche nicht mehr von einer Kastanie unterscheiden können.«

»Er hat sehr um seine Frau Renate getrauert«, sagte ich. »Aber inzwischen …« Ich zog meine Zigarettenschachtel und das Titanzippo aus der Innentasche meiner Lederjacke und lächelte Obermann an. »… inzwischen scheint er mir durchaus wieder offen für neue Begegnungen. So wie er mit mir flirtet.«

Sie senkte den Blick und ordnete die Armkettchen.

Janette ergab sich inzwischen dem Trunk.

»Wie dem auch sei, Frau Nerz«, sagte Hildegard und warf Richard einen kurzen Blick zu, der auf das Zippo in meiner Hand starrte. »Sie sind sicher nicht zu dieser Stunde aufgekreuzt, um sich mit mir über Bodo Schreckle zu unterhalten.«

»Bei Meidelstetten ist ein Kleintransporter mit Landminen explodiert. Eigentlich müssten Sie die Detonation gehört haben. Ach nein, Sie waren ja im Konzert in Stuttgart.«

Obermann blickte wieder zu Richard hinüber.

»Am Steuer«, fuhr ich fort, »saß Winnie Müller aus Bad Urach. Außerdem wurde in sein Büro eingebrochen. Abele meint allerdings, es sei ein fingierter Einbruch. Winnie hatte auch den Transporter gestohlen gemeldet, saß aber selber drin.«

Richard zog die Zigarettenschachtel aus seinem Jackett.

»Und nun wollen Sie«, sagte Obermann mit einem kleinen Lächeln, »ein paar Worte unter vier Augen mit dem Herrn Staatsanwalt sprechen. Und Sie haben auch schon verstanden, dass Sie beide Ihrer Sucht auf dem Balkon frönen müssen.« Sie lachte.

Richard stand auf. Das riss allerdings auch Janette aus ihrer Melange aus Alkohol und existenzieller Erschütterung hoch. Zwischen Couch und Tisch hervor stolperte sie zur Balkontür, die Richard ihr aufhielt.

Obermann schmunzelte. »Damit hat sich Ihr Manöver wohl vorerst erübrigt, nicht, Frau Nerz?«

Ich ließ mich wieder in den Sessel sinken, die kalte Zigarette in der Hand, während hinter mir die Balkontür einrastete und Richard und Janette ausschloss.

»Erlauben Sie, dass ich die Gunst des Moments für ein paar Worte nutze?« Sie hatte Sinn fürs Wesentliche. »Ich könnte mir vorstellen, dass Sie sich fragen, was Richard seit anderthalb Wochen bei mir macht.«

»Nicht mehr«, antwortete ich. Sie hatte wirklich alles, was Richard brauchte, Intelligenz, Klugheit, Kultur und Eleganz.

»Wissen Sie, Richard und ich, wir kennen uns seit der Schulzeit. Wir haben zusammen in Balingen Abitur gemacht. Danach haben sich unsere Wege zwar getrennt – ich bin nach Stuttgart gegangen an die PH und er hat in Tübingen Jura studiert –, aber wir haben uns eigentlich nie aus den Augen verloren.«

Sie wählte ihre Worte gut. Als ob sie sich nicht sicher sein könnte, wie viel Richard mir über sich anvertraut hatte, über das Drama seiner Jugend, das in einer Trunkenheitsfahrt gegipfelt hatte, die fast seine Karriere im Ansatz abgewürgt hätte.

»Inzwischen«, signalisierte ich ihr, »hat er ja seinen Weg gefunden, nicht?«

Sie deutete ein Lächeln an. »Und jetzt denken Sie vermutlich, alte Freundschaft rostet nicht. Tut sie auch nicht, Frau Nerz. Richard ist im Kern nämlich immer derselbe geblieben. Heute versteckt er seine Unsicherheiten und Zweifel nur besser.«

»Woran zweifelt er denn?« Ich tappte in die Falle.

»Wenn Sie das nicht wissen, Frau Nerz, dann sollten Sie vielleicht einmal ernsthaft über sich nachdenken.«

Die Zigarette knackte in meiner Hand. Hildegard Obermann deutete auf einen Papierkorb neben dem Klavier. Ich stand auf und böselte den Tabak hinein.

»Ich möchte Ihnen nicht zu nahe treten, Frau Nerz, aber Sie haben wohl unlängst etwas Schlimmes erlebt ... Keine Sorge, Richard hat mir nicht erzählt, was es ist. Das zu erzählen, so meinte er, hätten nur Sie das Recht. Aber er macht sich Vorwürfe, weil er nicht nur zu spät kam, sondern wohl auch noch schuld daran war, dass es überhaupt so weit kommen konnte.«

Das Zimmer schwankte mal kurz. »Ich kann Sie beruhigen, Frau Obermann. Er ist gerade rechtzeitig gekommen, um mir das Leben zu retten. Auch Selbstzerfleischung kann Luxus sein. Den ich mir allerdings nicht leisten kann. Ich finde, es gibt im Leben Wichtigeres zu tun, als grammweise seine und meine Schuld abzuwiegen.«

»Was denn?«

»Och!« Ich fegte die letzten Krümel aus meiner Schweißhand. »Dass er die Zahnpastatube wieder zumacht. Das wäre wirklich wichtig, finden Sie nicht?«

Hildegard lachte kurz und stand auf. »Sie sind ziemlich cool, Frau Nerz ...« Da führte die Rektorin ein Gespräch, das sie schon hundertmal mit ihren Rabauken geführt hatte. »Sie sollten nur aufpassen, dass Sie damit nicht auch die Menschen verprellen, die Ihnen wirklich gewogen sind. Und nun wollen wir Janette mal hereinholen, damit Sie zu Ihrem Vieraugengespräch kommen.«

Sie raschelte an mir vorbei und öffnete die Balkontür, an der Janette von außen bereits vergeblich herumdrückte. Sie stolperte herein, ich huschte hinaus, und hinter mir rastete die Balkontür ein.

Richard stand, die Unterarme auf das Geländer zwischen Blumenkästen mit Stiefmütterchen gelegt. Die Glut der bis zum Filter niedergerauchten Zigarette zitterte.

Es war tatsächlich recht kalt für einen im Abendanzug.

»Darf ich eine bei dir schnorren?«, fragte ich. »Jetzt habe ich meine doch drinnen liegen lassen.«

Er schnippte seine Kippe weg – sie verglühte wie eine Sternschnuppe im Dunkel –, richtete sich auf, holte sein gelbes Knitterpäckchen aus der Innentasche und schüttelte es, bis ein Filter die anderen überragte. Ich zog die Zigarette heraus und stippte den Deckel vom Zippo. Er schnappte es mir aus der Hand und gab mir Feuer und steckte es dann ein. Der erste Zug war pures Benzin.

Richard wandte sich wieder dem Geländer zu. Er schwieg gern, wenn es dringend zu reden galt. Vermutlich brauchte die männliche Psyche diese Form von demonstrierter Souveränität in einer Situation, die nicht mehr beherrschbar war.

Unterhalb des Balkons dunkelte ein Rasenstück, das nach zwei Metern am Zaun zum Nachbarhaus endete. Es war spiegelverkehrt zu diesem gebaut, auch mit Balkon. Links von ihm und spiegelbildlich rechts von unserem lief das Fallrohr der Regenrinne vorbei. Wenn ich mich vorbeugte, konnte ich hinter der Hausecke auf der Straße im Dunkeln Brontës schimmelweißes Dach leuchten sehen.

»Wo ist eigentlich dein Wagen, Richard?«

»Er steht am *Gasthof Adler* in Meidelstetten. Wir haben dort noch was getrunken und uns dann zu einem Spaziergang entschlossen. Es ... es war eine schöne Nacht.«

»Bis ich gekommen bin?«

»Lisa, könntest du einmal deine Spiegelfechtereien lassen?«

»Aber du trinkst nicht, Richard, und deiner Freundin Hildegard musstest du doch nicht vormachen, dein bierfarbenes Getränk hätte Alkohol enthalten. Wenn Männer trotzdem ihre Autos zurücklassen, dann sind sie heillos verknallt. Liebt Hildegard romantische Spaziergänge unter Mond und Sternen?«

Richard schmunzelte.

»Außerdem wirfst du bereits meine Geschenke weg.«

»Wenn du das Feuerzeug meinst ... das ist mir –«

»Du hast es bei Winnie liegen lassen! Und viel hätte nicht gefehlt, und die Witwe hätte es deinem Schatten überreicht.«

Er zog die Brauen hoch.

»Kommissar Abele. Er ist dir dicht auf den Fersen. Laut Aussage der Witwe hat er ausführlich danach gefragt, was du heute von Winnie wolltest. Danach soll Winnie den Transporter beladen haben. Und zwar mit Landminen, was Eva hoffentlich nicht wusste, die Polizei aber annehmen muss. Der Transporter ist dann auf der Fahrt mit noch unbekanntem Ziel kurz vor Meidelstetten in die Luft geflogen und hat Eva zur Witwe und drei Kinder und ein künftiges zu Halbwaisen gemacht.«

»O Gott! Dass ich ihn so … so erschreckt habe! Das war wirklich nicht meine Absicht. Keineswegs! Oje!« Er stöhnte. »Wenn ich gewusst hätte …!«

»Richard, hast du ihn wirklich nur nach deinem Handy gefragt?«

Ein Streifenwagen rollte langsam durch den Straßenabschnitt, den man von unserem Balkon aus einsehen konnte. Ich beugte mich vor und sah ihn genau hinter Brontë halten.

»Oder auch nach AT2-Minen aus Münsingen, die, intern als Schrott und in den Rechenschaftsberichten der Verwaltungs-GmbH als Personaleinsparungen deklariert, voll funktionstüchtig verscherbelt werden?«

Richard schüttelte kaum merklich den Kopf.

Die Türen des Streifenwagens knallten. Ich beugte mich noch einmal vor. Die Uniformierten setzten sich die Mützen auf. Die Beamtin vom Beifahrersitz hielt ein Blatt Papier in der Hand, das zu grau war, um bei Tageslicht weiß zu sein. Ich fuhr zurück und senkte unwillkürlich die Stimme. »Richard, die haben einen Haftbefehl! Verdammt, was läuft hier?«

»Halt du dich da raus!«

»Und wo soll ich mich raushalten? Sag es mir, nur damit ich nicht versehentlich hineingerate.«

»Du weißt, wie ich das meine. Halt die Klappe!« Er streckte die Hand nach der Terrassentür aus. »Red vor allem nicht mit Janette und Florian über diese Geschichten. Sei so gut!«

»He, stopp, jetzt warte mal! Die wollen doch nicht wirklich dich verhaften, oder?«

»Abele hat halt einen Knall, das sagte ich doch schon!«

»Aber für einen Haftbefehl braucht er Staatsanwalt und Richter, und die haben vermutlich noch ihre Tassen im Schrank. Was ist hier los, Richard? Wie ist dein Handy vom Truppenübungsplatz in die Höhle gekommen? Mensch, rede mit mir! Sonst kann ich dir nicht helfen!«

In der Wohnung machte eine Klingel dingdong. Ich sah Hildegard aufstehen und im Flur verschwinden.

»Es ist auch viel besser«, sagte Richard leise, »wenn du nicht versuchst mir zu helfen.«

»Und wenn du abhaust? Nimm das Fallrohr. Auch wenn es deinem Anzug nicht gut tun wird. Dein Auto steht nicht vor der Tür. Also bist du nie hier gewesen. Hier hast du mein Handy. Ich rufe dich dann an, wenn die Bullen wieder weg sind.«

»Das würde mir nur den Vorwurf eintragen, mich der Verhaftung durch Flucht zu entziehen.«

»Richard, spring einmal über deinen Schatten! Morgen kannst du dich dann meinetwegen stellen. Aber vorher muss ich wissen, worum es hier geht!«

»Lisa, das Leben ist kein Räuber- und Gendarmspiel! Wann begreifst du das endlich?«

»Das nächste Mal.« Ich drückte ihm kurzerhand mein Handy in die Hand, huschte durch die Balkontür hinein, rammte die Tür hinter mir zu und legte den Sperrhebel um. Über die Rückenlehne sprang ich in meinen Sessel, leerte Richards Wasserglas, schob es neben Janettes Weinkelch und nahm meines in die Hand, um daran zu süffeln, als handelte es sich um einen Caipirinha.

Sekunden später trat Hildegard ein, gefolgt von der Staatsmacht in Gestalt einer Polizistin mit zwei grünen Sternen und einem Polizisten mit vieren. Im Zimmerlicht erwies sich das Blatt Papier in der Tat als rot.

28

Es hätte klappen müssen. Richards Abwesenheit schien glaubwürdig. Die Anordnung der Getränke auf dem Tisch sah nicht nach vier Personen aus, und sein Wagen stand nicht vor der Tür. Sie machten nicht einmal Anstalten, auf dem Balkon zu schauen. Doch dann hatte Janette ihren Auftritt. Sie sei von der Presse, und wenn es gegen einen Staatsanwalt gehe, müsse sie das wissen. Die Öffentlichkeit habe ein Recht auf Information.

Der Polizeihauptmeister schnüffelte dem Promillegrad hinterher und fragte: »Isch der weiße Porsche drauße Ihrer? Mit dem könnet Sie aber nemme fahre.«

»Nee, das ist meiner«, sagte ich. »Und ich bin noch fahrtüchtig.«

»Ja!«, rief Janette. »Da hast du Recht, Lisa. Ich bin nicht mehr fahrtüchtig. Da hast du so was von Recht. Eine Freundin von mir ist heute Witwe geworden, mit drei Kindern und nichts wie Schulden auf dem Haus! Da darf man doch wohl mal ein bisschen mehr trinken! Warum schleppst du mich auch hierher? Ich sollte längst zu Hause sein bei Mann und Kind. Stattdessen sitze ich hier herum, während du auf dem Balkon mit deinem Staatsanwalt herumknutschst.« Sie stockte. »Ach, das hätte ich jetzt wohl nicht sagen sollen.«

Mit einem Satz war der Polizist mit den vier grünen Sternen an der Balkontür und entriegelte sie. Richard lehnte am Geländer, eine Zigarette in der Hand. »Ah, Polizeihauptmeister Seidel, guten Abend.«

Dem war es sichtlich peinlich. »Ja, Herr Doktor, guten Abend au. Leider müsset mir Sie auffordere, mit uns zu komme. Mir hen hier einen … ähem … Haftbefehl, ausgeschtellt vom Ermittlungsrichter am Amtsgericht Reutlinge.«

»Und was wirft man mir vor?«, erkundigte sich Richard.

»Des wird Ihne der Ermittlungsrichter erläutern. Des wisset Sie doch. Da hat's wohl 'ne Leich inner Höhle gebbe, wo ein

Gegenstand von Ihne g'funde worre isch, und dann die Explosion eines Transporters bei Meidelstette, glei hier oms Eck, und Sie hen wohl Kontakt mit dere Person g'hett. Mehr ka i Ihne wirklich et sage.«

»Na«, sagte Richard und wandte sich zum Blumenkasten, um die Zigarette auszudrücken, was die junge Polizistin zum Griff an den Colt veranlasste. »Das wird sich sicherlich alles schnell aufklären.«

Seidel sah aus, als dächte er: Das sagen sie alle, die Großkopfeten. Er zog hinten aus dem Gürtel die Handschellen. »Aber jetzt muss ich Sie leider erscht mal mitnehme. Herr Dr. Weber, wenn Sie mir bitte Ihre Papiere und Ihren Autoschlüssel aushändigen würden.«

Richard widerstand der Versuchung, theatralisch die Fäuste auszustrecken. Seidel musste selber zupacken: erst die Linke, um die Schelle darüber zu schlagen, wobei die bewegliche Klammer durchschwang und sich von unten ums Handgelenk legte, dann die Rechte, um den Oberstaatsanwalt nicht etwa pro forma vorne, sondern auf dem Rücken zu schließen wie einen Schwerverbrecher.

»Es tut mir Leid, Hildegard«, wandte er sich an seine Gastgeberin. »Das hätte ich dir gern erspart.«

»Keine Ursache, Richard. Es war ein … ein schöner Abend.«

Janette riss ihren Fotoapparat hoch. Ich schlug ihn runter, und das Bild verblitzte sich irgendwo auf dem Teppich.

»He!«, schrie Janette. »Er hat Winnie umgebracht!«

»Quatsch!«

Da hatten sie Richard schon hinausgebracht. Vom Balkon aus konnte ich sehen, wie sie ihn zum Streifenwagen führten, eine Hand auf der Schulter, die andere auf seinem Kopf, damit er sich beim Einsteigen nicht am Autorahmen stieß.

Neben mir klirrten die Gold- und Perlenketten und Armbänder von Hildegard Obermann. Ihr Atem wölkte in die Nacht. »Aber das hat er doch nicht getan! Das ist alles ein Irrtum, oder? Das wird sich alles schnell aufklären, nicht wahr, Frau Nerz?«

»Richard hat bestimmt niemanden ermordet. Da kann ich Sie beruhigen. Aber dass die Polizei immer den Falschen verhaftet, gehört eher in den Bereich der Kriminalliteratur. Wenn man einen Staatsanwalt abholt, muss sich schon ein gewaltiger Indiziendruck aufgebaut haben.«

»O Gott!«

»Ich meine, ein paar Tage wird es schon dauern, bis Sie ihn wiederhaben. Ich hoffe nur, er nimmt sich einen Anwalt. Hat er Ihnen gegenüber eigentlich erwähnt, dass er vor mehr als einer Woche sein Handy verloren hat?«

»Nein.« Sie fröstelte in ihrem violetten Jäckchen über der Bluse. »Aber er hat keins benutzt.«

»Tja, wenn Richard nicht so verschwiegen wäre …« Und hätte ich meine paar Minuten mit ihm auf dem Balkon nicht mit Spiegelfechtereien verplempert …

»Apropos Handy, ist das Ihres?«, fragte Obermann und griff aufs Fensterbrett neben der Terrassentür.

»Oh! Ja, danke.«

Netterweise hatte Richard mein Handy nicht mit in Haft genommen.

Ich schleppte Janette zum Auto. In Meidelstetten vor dem *Gasthof Adler* stand keine schwarze S-Klasse mit getönten Scheiben mehr herum. Die Polizei war wirklich schnell. Da die Straße nach Steinhilben gesperrt war – wegen des Explosionskraters –, musste ich zurück und über Hohenstein und Oberstetten nach Süden fahren.

29

Winnies Gutachten über das Unglück im Todsburger Schacht umfasste dreißig Seiten. Die Höhlenrettung war von der Wirtin des *Wirtshauses zum Eseleck* in Mühlhausen zwei Stunden nach der dort hinterlegten Rückkehrzeit alarmiert worden. Eine halbe Stunde später hatte sich der Vorstoßtrupp der Höhlenrettung Uracher Spinne mit dem Einsatzwagen und vier Mann auf den Weg zum Drackensteiner Hang gemacht. Winnie war in die Schachthöhle eingestiegen und hatte nach eigener Darstellung den Schwerverletzten bewusstlos am Höhlengrund und die Tote mit Pendelverletzungen im Seil gefunden.

Der Bergungseinsatz war aufwändig gewesen. Flaschenzug, Bergungsschale, komplizierte Seilführung über diverse Schächte, durch Röhren und Engstellen bis in die Untere Halle. Man hatte zuerst den Verletzten geborgen, dann die Tote.

»Zum möglichen Unglückshergang ist zu bemerken«, leitete Winnie den letzten Abschnitt ein und fuhr fort, dass die Ausrüstung vollständig und in gutem Zustand gewesen sei und allen Sicherheitsansprüchen genügt habe. Die beiden verwendeten Seile seien neuwertig und unbeschädigt und die Karabiner, Steigklemmen, Schlaufen und Abseiler in tadellosem Zustand gewesen. Am Seil der tödlich verunglückten Frau – Winnie nannte keine Namen – habe es zwar eine leichte Verunreinigung durch eine fettige Substanz gegeben, jedoch rund zehn Meter oberhalb des Petzl-Stops, weshalb sie nicht relevant für den Pendelsturz in die Untere Halle gewesen sei.

Der Petzl-Stop des Schwerverletzten sei ebenfalls funktionstüchtig gewesen. Er habe unter dem Körper des Verunglückten gelegen und sei von Schlamm verunreinigt gewesen. Das Seil sei jedoch ordnungsgemäß durch ihn hindurchgeführt gewesen. Die Lage und die Verletzungen des Verunglückten ließen darauf schließen, dass er nicht rückwärts am Seil hinab, sondern aus der Engstelle vorwärts oder seitlich hinuntergefallen sei, sodass er seitlich aufkam. Dies spreche gegen einen klassischen Petzl-Stop-Unfall, wenngleich das durch den Abseiler geführte Seil andererseits darauf schließen lasse.

»Aufgrund der Vorfindungssituation«, resümierte Winnie, »ist davon auszugehen, dass der männliche Verunglückte aufgrund einer Unachtsamkeit oder eines Kletterfehlers aus der Engstelle in die Halle gestürzt ist. Die tödlich verunglückte Frau könnte beim Versuch, zu ihrem verunglückten Mann zu gelangen, gegen die Wand gependelt und in hilfloser Lage am durch den Sitzgurt verursachten Stopp des Blutflusses verstorben sein.«

Eine vollständige Bankrotterklärung für seinen Höhlenkameraden Hark. Winnie bescheinigte seinem Kletterpartner und Exkursionsleiter Kardinalfehler. War das der Preis gewesen, den Hark dafür hatte zahlen müssen, dass Winnie ihn nicht des Totschlags an seiner Frau bezichtigte?

Ein so genanntes Tötungsdelikt ist meist ganz einfach strukturiert. Hark hatte Sibylle den Durchschlupf hinuntergestoßen, sie hatte den Petzl-Stop geistesgegenwärtig losgelassen und war gegen die Wand gekracht. Er war hinterhergepetzelt, um zu schauen, wie es stand. Vielleicht hatte es ein Handgemenge gegeben, dabei hatte sie seinen Abseiler außer Gefecht gesetzt, und er war abgestürzt. Leider hatte sie damit ihre eigene Chance auf Rettung vertan.

Heute früh hatte ich dann Richard in Harks Küche eingeschleppt, einen offiziell aussehenden Herrn im Anzug, der nach Winnie in seiner Eigenschaft als Höhlenspezialist fragte. Mörder hatten Angst, und Angst machte egozentrisch. Womöglich hatte Hark plötzlich befürchtet, dass Winnie vor diesem Herrn mit der aggressiven Intelligenz in den asymmetrischen Augen einknickte und sein Gutachten widerrief, und ihn in die Luft gejagt.

Wobei zwei Fragen die stille Einfalt der Konstruktion störten: Erstens, wie war Hark an Richards Handy gelangt? Und was hätte ihn veranlassen sollen, ausgerechnet dieses Handy eines Unbekannten an der Mondscheinhöhle zu deponieren, nachdem oder bevor er die Leiche ein Stockwerk tiefer getreten hatte? Auf jeden Fall aber hatte ihn dieses Handy darüber informiert, dass die Leiche in der Mondscheinhöhle entdeckt war. Und zweitens: Wie und wann hatte Hark eine Landmine in Winnies Transporter scharf gemacht? Hätte Eva es Janette oder mir gegenüber erwähnenswert gefunden, wenn Hark Fauth heute Nachmittag einen Besuch bei Winnie in Bad Urach gemacht hatte? Nun ja, Gerrit würde mir wohl sagen, ob sie beide oder sein Vater alleine am Spätnachmittag noch bei Winnie gewesen waren.

Ich machte das Licht aus und zog die Decke in Janettes Gästezimmer bis zum Kinn. Im Polizeigewahrsam auf der Plastikmatte einer Betonpritsche lag Richard jetzt unter einer rauen Decke, ohne Schnürsenkel – hatte er überhaupt Schnürschuhe angehabt? –, ohne Krawatte, seiner Uhr beraubt, ohne Feuerzeug oder Kugelschreiber. Hatte man ihm Zigaretten und ein paar Streichhölzer gelassen? Ich hatte keine Ahnung, wie die Zellen in Reutlingen aussahen, aber sicher stank es aus dem Abort.

Oder war Kommissar Abele verrückt genug, Richard noch in dieser Nacht zu verhören? Oder zu vernehmen, wie Richard das auszudrücken pflegte, denn seit der Nazizeit gab es keine Verhöre mehr. Natürlich auch keine Folter. Weder Schlafentzug noch Drohungen. Nicht einmal einen Kaffee zur Belohnung durfte man einem Beschuldigten versprechen, wenn er gestand.

Das Blut pochte mir durch die Adern, mein Herz raste, die Nieren pumpten. Unwillkürlich spürte ich wieder die Nadelstiche von Kälte und Angst, die ich vor gar nicht langer Zeit bei einem Verhör hatte ausstehen müssen. Es hatte mit einer Schlinge um meinen Hals geendet. Erst im letzten Moment hatte Richard mich gerettet.

Ich machte wieder Licht, denn meine volle Blase verlangte Entleerung, und zog mir den neuen Bademantel übers neue Nachthemd, beides im Stil von Mode-Hipp an der Ecke. Ich strullte und tappte, einem spontanen Impuls folgend, hinüber in Florians Männernest.

Tür zu, Licht an, Computer an. Während das Ding hochfuhr, durchkramte ich Regale, Papierkorb und Schreibtisch: Bücher, Prospekte, Werbung, Versandhausrechnungen für Jeans, Kinderkleider, Tee und Mikrofasertücher, Telefonnummern auf Briefumschlägen, Visitenkarten.

Florians Computer war durch ein Passwort geschützt. Ich probierte es mit den Worten »Laura«, »Janette«, »Flori«, »Scheiße«, »Sommer«, »Speläologie« und so weiter, aber wer seinen heimischen Computer mit einem Passwort schützte, besaß so viel Sicherheitsbewusstsein, dass er Buchstaben mit Zahlen mischte. Übrigens handelte es sich um ein nagelneues kabelloses Gerät, auf Neudeutsch einen Wireless Computer, der per Funk seine Daten an das Sinus 154 DSL mit T-DSL übertrug. So konnte Janette aus ihrer Besenkammer ebenfalls Artikel an die Redaktion mailen. Mit zwei Kabeln wäre das allerdings auch gegangen. Aber gut. Für die Funknetzwerktechnik fand ich die stattliche Rechnung im Ordner für die Steuererklärungen. Und jede Menge Rechnungen an die IPE für geleistete Arbeit.

Ich musste auch noch meine Steuererklärung machen, dringend!

In Florians Finanzordner steckten auch Tan-Listen fürs Online-Banking und Kontoauszüge der LBBW. Immer dicht über dem Nullpunkt. Manchmal darunter. Bei den Fixkosten der Häuslesbesitzer konnte eine Versandhausrechnung für Kinderschuhe, Kinderjacken, Jeans, Radlertrikots, Herrenanzüge, Abendkleider und Kosmetika schnell zu einer Existenzkrise führen. Auch die Arztkosten waren nicht gering. Laura hatte man, wie ich Florians Ordnern für die Abrechnung mit der privaten Krankenkasse entnahm, eine Hypersensibilisierung gegen Pollen und Tierhaare angedeihen lassen. Etwas früh bei einem ohnehin unreifen Immunsystem. Janette hatte offenbar Rückenprobleme und Migräne. Florian hingegen ging überhaupt nicht zum Arzt.

In den Schreibtischschubladen müllte alles vom Kinderkompass bis zu ausgedienten Pulsuhren, von Klebestreifen bis Reißzwecken, Anstecknadeln eines Rottweiler Narrensprungs, einer Kinderolympiade von Gammertingen, Schleifchen und Nadeln für gewonnene Straßenradrennen. Eine Schublade Fotos gab es auch. Aber kein Foto, auf dem Laura älter als fünf Jahre war. Seitdem bearbeitete Florian das Familienalbum auf dem Computer und speicherte es auf CD-ROMs. In eine Regalkommode waren Klettersachen gestopft, viele Seile, Karabiner, Klemmen, Schlaufen, eine Stirnlampe, ein Petzl-Stop, Kletterschuhe, Handschuhe …

»Und was suchst du hier?«, nölte eine Stimme von hinten. Florian stand in schief sitzenden Boxershorts und Unterhemd in der halb offenen Tür und kratzte sich verträntden Sack.

Ich schob die Schublade mit den Klettersachen zu. »Ich wollte was im Internet nachschauen.«

Er hörte auf, sich den Sack zu kratzen, und kam herein. »In meinen Klettersachen?«

»Ich war neugierig.«

»Das scheint mir auch so.«

»Dein Passwort habe ich leider nicht geknackt gekriegt«, sagte ich, seinem Blick auf den Bildschirm folgend.

Er war vorhin, als Janette und ich gegen halb eins ins Haus polterten, mit viereckigen Augen aus seiner Computerklause herabgekommen. Janette hatte sein Fahrrad mit etwas Festem wie der Garderobe verwechselt und sich daran festgehalten. Das hatte einen ziemlichen Lärm gemacht. Dann hatte sie ihm nicht mehr ganz folgerichtig die Ereignisse ab dem Moment geschildert, da wir die Besenkammer verlassen hatten. Nach einem Absacker hatte Janette darauf bestanden, sich von mir zu Bett bringen zu lassen – »Du bist immer so grob, Flori!« –, und mit biegsamer Hüfte ein oder zwei Zärtlichkeiten von mir eingefordert.

»Weißt du, wie spät es ist?«, grummelte Florian jetzt.

»Nein, du?«

Er blickte auf den nackten Arm – »Keine Uhr.« – und lachte plötzlich. Auf einmal schien er wach, setzte sich auf den Drehstuhl und tippte schneller, als ich gucken konnte, sein Passwort in die Maske und klickte den Internetexplorer an.

»Was suchst'n? Oder ist das geheim?«

»Nee, gar nicht. Ich suche die Ausschreibung der Natra GmbH für den Truppenübungsplatz.«

»Die ist schon rum. Da hättest du nur mich fragen müssen.«

»Ich wollte dich nicht wecken.«

Er lachte wieder, schleppend, aber weniger unfroh als am Küchentisch bei der Rückkehr zu den Grundlagen des Lebens. Glücklich ist ein Mann doch nur, wenn die Elektronik knistert. »Und was hat das mit Winnies Unfall heute zu tun?«

»Nichts. Wie lange braucht man denn von hier bis nach Meidelstetten mit dem Fahrrad?«, fragte ich.

»Ich brauche genau einundzwanzig Minuten.« Er blickte mich an, aus graublassblauen Augen. Mit der unbewachten Hand dribbelte er auf seinem Sack herum. »Wird das ein Verhör?«

Ich lachte. »Gäbe es denn einen Grund?«

Florian zuckte mit den Achseln. »Ich weiß ja gar nicht, worum es eigentlich geht, was ihr beiden Mädels da ermittelt.« Er schnaubte eine Art Lachen gegen den Bildschirm. »Mir erzählt Janette ja nichts. Ich erfahre alles nur aus der Zeitung.«

»Und wann hast du aufgehört, deiner Frau zuzuhören?«

Er blickte mich wieder an. »Und was ist das jetzt? Frauensolidarität. Männer sind alle Schweine. Männer haben immer Unrecht. Männer lügen. Ihr macht es euch verdammt leicht, weißt du das?«

»Wer ›ihr‹?«, fragte ich. »Wie nennt man eigentlich diesen Plural? Der Pluralis majestatis ist es nicht, der Plural der Erhabenheit. Vielleicht der Pluralis demutigensis generalis? Der Plural der geringschätzigen Verallgemeinerung? Leider habe ich nie Latein in der Schule gehabt.«

»Entschuldige, Lisa. Ich bin etwas –«

»Gib doch mal bitte Patek Philippe ein«, unterbrach ich ihn.

Dazu musste er wenigstens beide Hände benutzen. »Habe ich

Janette vorhin richtig verstanden?«, fragte er dabei. »Sie haben heute Abend deinen Freund verhaftet, diesen Staatsanwalt?«

»Na ja, Freund ...«

»Dir hat wohl ein Vater gefehlt, hm?«

»Und eine Schwester und ein Bruder.«

Florian lachte. »Mit dir hätte es ein Psychotherapeut ziemlich schwer.«

Etwas Ähnliches hatte mir heute auch schon eine Schulrektorin zu verstehen gegeben. Das sollte mir zu denken geben.

»Mit dir aber auch«, antwortete ich.

»Ich habe eine Lehranalyse hinter mir. Ich bin austherapiert. Ich bin faul, aber ehrgeizig, suche immer den bequemsten Weg, bin sportsüchtig, träume davon, dass es mir eine Nutte umsonst besorgt, weil sie mich so toll findet, aber ...« Er blickte zu mir hoch. »Aber ich bin kein Krimineller. Dafür habe ich zu viel Schiss.«

Hatte Richard mir dieses Gespräch mit ihm verboten oder ein anderes? Das über Winnie, über die Leiche oder über den Truppenübungsplatz, oder alle?

»Okay«, sagte ich. »Aber du hast von der IPE eine Provision gekriegt im Deal der Natra mit Ivan Räffle?«

»Wie kommst du darauf?«

»Janette hat dir doch an meinem ersten Abend bei euch in diesem Zusammenhang etwas vorgeworfen, das mit Geld zu tun hat.«

»Ach ja!« Florian faltete beide Hände zwischen seinen nackten Schenkeln und drehte sich mit dem Stuhl mir zu. »Janette wirft mir vor, dass ich unsere Ideale verrate, oder vielmehr meine. Die von der Presse haben immer gut reden. Aber reiner Naturschutz ist eben nicht zu machen. Immerhin hatte ich die Idee, wie man verhindern kann, dass die Litauer zum Zuge kommen, und unsere regionalen Firmen die Aufträge kriegen. Man akzeptiert einfach, dass die Kampfmittelbeseitigung Sache der Natra ist und nicht des Finanz- oder Verteidigungsministeriums. Und dann stellt man entsprechende Bedingungen an die Bewerber. Dass Räffle das für eine Bewerbung nutzt, die alles abdeckt, konnte ich nicht ahnen.«

»Und blöd für Räffle, dass sein Sprengmittelingenieur jetzt tot ist. Aber vielleicht haben ja die Litauer einen guten Tipp bekommen und ihn beseitigen lassen.«

Florian senkte den Blick auf seine Hände. Als er mich wieder anschaute, waren seine Pupillen ziemlich groß. »Wir leben doch nicht im Wilden Westen. Außerdem braucht Räffle sich nur einen neuen Sprengmittelingenieur zu suchen. Sechs gut ausgebildete Mitarbeiter hat er schon.«

Damit fing er an, die Seiten mit den Uhren anzuklicken, die schon seit einer Weile auf Öffnung warteten.

»Stopp!«, sagte ich.

Den Bildschirm füllte eine rotgoldene Uhr mit weißem Zifferblatt, Sekundenfeld und Krokoarmband. »Patek Philippe, Calatrava 5196, 10.500 Euro« stand darunter.

»Gott! So viel kostet die!«, entfuhr es mir.

Florians Blick flatterte müde und desinteressiert. »Wer's nötig hat!«, bemerkte er. »War's das, was du morgens um drei unbedingt im Internet nachschauen musstest? Ich würde dann jetzt nämlich gern wieder ins Bett.« Der Mauszeiger sauste zum Kreuz rechts oben, und der Internetexplorer fiel in sich zusammen. »Und wenn du wieder einmal etwas von mir wissen willst, Lisa, dann frag mich gleich, statt in meinen Sachen herumzuwühlen, okay?«

Wir trennten uns im Flur und zogen uns in unsere jeweiligen warmen Betten zurück. Ich aktivierte mein Handy. Auch ich hatte meine Kontakte zu Leuten, über die ich mal einen Artikel geschrieben hatte. Deshalb kannte ich einen Hacker mit Tarnnamen Wagner. Für einen Anruf war es zu früh. Ich simste ihm die Frage, ob er in Florians Computerfunknetz einbrechen könne. Anschließend löschte ich die SMS aus meiner Ablage.

Dann lag ich flach unter der Decke, lauschte der ersten Amsel und dachte über das Rätsel des Einschlafens nach. Da meldete sich eine Unstimmigkeit in meinem Hirn. Ich langte erneut nach dem Handy auf dem Nachttisch neben dem Kleinwagen in Form einer Uhr. Das Display knallte seine Lichtorgel in die Dunkelheit. Noch einmal tippte ich W in die Suchmaschine ein und sah Wagner, Weber und Zecke leuchten. Welcher Weber? Ich kannte keinen Weber, außer Richard Weber, und der stand bei mir unter Richard.

Die Nummer lautete: 3xr21.4xl60.2xr79. Wie bitte?

Nach dreißig Sekunden verlosch die Displaybeleuchtung. Auch zwei weitere Lichtphasen verhalfen mir nicht zur Erleuchtung. Leider erleichterte das neue Rätsel nicht gerade den Übergang vom Wachen zum Schlafen. Ich starrte an die Dachschräge über mir.

Als Kind hatte ich unter so einer Schräge gelegen, und auf der Kommode neben der Tür hatte eine geschnitzte Muttergottes mit prallen Brüsten und einem segnenden Jesuskindlein gestanden. Sie verhalf mir zu ersten Erfahrungen mit den Rätseln der Weiblichkeit, denen ich unter der Bettdecke auf die Spur zu kommen versuchte. Zwischen dem sichtbaren Lustfaktor praller Brüste, welche die Madonna besaß, ich aber nicht, und dem Feuchtgebiet meiner eigenen Lust, über das die Madonna offensichtlich nicht verfügte, bestand eine gewisse Diskrepanz. Und da sollte Weiblichkeit nicht zum Rätsel werden?

Janettes Brüstchen waren mit denen meiner Madonna nicht zu vergleichen gewesen, aber ihr Hintern war gewissermaßen unvergleichlich. Mein Verstand suchte über die Erinnerung an Schambewaldung und Sinterwasser Eingang in den Schlaf. Ich taumelte schon im Serotonin der Synapsen, da riss es mich erneut hoch.

Richtig: Richard hatte mein Handy in der Hand gehabt und vor seiner Verhaftung den letzten Moment auf dem Balkon seiner alten Jugendfreundin genutzt, um mir eine Nachricht zu hinterlassen. Leider nur für intelligente Menschen.

30

Um Janettes dunkle Augen herum knitterte es kopfweherisch. »Du, Lisa?«, sagte sie beim Müslikauen. »Könntest du heute ausnahmsweise mal für zwei oder drei Stunden auf Laura aufpassen? Du tätest mir einen Riesengefallen damit. Ich müsste halt unbedingt ins Büro. Wenn ich jetzt nicht dranbleibe an der Geschichte …«

An welcher Geschichte eigentlich?, fragte ich mich. »Aber klar doch«, sagte ich.

In der Haustür lächelte sie dann noch schnell und strich mir verstohlen über den Hintern.

Laura schien zunächst Bedenken zu haben, ob ich mit ihr nicht doch Rechnen und Rechtschreibung üben oder ihr mit der Zange die lackierten Fingernägel von den Fingern zippen würde. Ich schlug ihr vor, Gerrit und seinen Raben zu besuchen.

»Au ja! Da darf ich nämlich nicht alleine hin!«

Hark war dabei, Gerrits Fahrrad zu reparieren. Um ihn herum Werkzeug und drei Jungs: Gerrit kannte ich, Julian hatte ich aus der Höhle gehievt, und der dritte, ein Rotschopf, war Volker, Heinz Rehles Sprössling aus zweiter Ehe. Julian hatte man nicht gesagt, dass er sich bei mir zu bedanken gehabt hätte. Womöglich erkannte er mich nicht einmal mehr. Was interessierte auch das Gestern, wenn es heute und morgen gab und ein Fahrrad, bei dem gerade zwei Speichen ausgetauscht wurden. Laura fand das allerdings weniger spannend. »Wo ist denn jetzt der Rabe?«, fragte sie.

»Da fliegt er.« Gerrit zeigte in den blauen Himmel. Volker und Julian verdrehten nicht mal die Hälse.

»Und wo sind die Drachen?«, fragte Laura.

»In der Werkstatt«, antwortete Gerrit. »Willst du sie sehen? Aber das ist voll unheimlich. Papa, darf ich der Laura und Volker die Werkstatt zeigen?«

»Aber fasst nichts an!«

Die Kinder liefen fort. Hark spannte die Speiche. »Tut's noch weh?«, fragte er und deutete auf meine Pflaster an den Handgelenken.

Ich winkte ab. Zu einer Antwort war ohnehin keine Zeit, denn Huckebein landete auf dem Boden und hüpfte schräg heran. Hark sammelte rasch die Schräubchen ein, die auf dem Boden glitzerten. »Er klaut alles, was nicht niet- und nagelfest ist.«

»Dass er keine Angst vor uns hat!«, überlegte ich. »Wenn ich ihm jetzt einfach auf den Schwanz treten würde.«

»Onk!«, warnte Huckebein.

Hark blickte auf. »Versuch's. Dann siehst du, dass er schneller ist. Die Reaktionszeit von Tieren ist immer kürzer als unsere. Außerdem spürt er deine böse Absicht.«

Ich radierte alle bösen Absichten aus meinem Kopf.

»Er war übrigens von Anfang an zahm.« Hark zog die zweite Speiche fest. »Vermutlich ist er einer Voliere entflogen. Ich denke, auch uns wird er davonfliegen, wenn er nächstes Jahr geschlechtsreif wird.«

Huckebein zog ihm den Schnürsenkel auf.

»Ksch!«, scheuchte Hark. Huckebein schnappte zärtlich zurück. Ich musste lachen.

»Manchmal denke ich«, bemerkte Hark, »Huckebein hat sich uns als seine Studienobjekte ausgesucht.«

Der Rabe hatte inzwischen die beiden alten Speichen entdeckt, pickte eine hoch, stellte sich mit beiden Krallenfüßen darauf und bog mir nichts, dir nichts ein Ende zu einem Haken. Dann hüpfte er damit zur Ecke des Wohnhauses.

Hark ließ den Speichenschlüssel fallen und folgte ihm. Ich auch. An der Hausecke lag eine vergessene Weißglasflasche. Mittendrin hockte ein Käfer. Um dorthin zu gelangen, war Graf Huckebeins Schnabel zu kurz und zu dick. Deshalb stieß er die Speiche in den Flaschenhals und stocherte so lange, bis er den Käfer am Haken hatte. Dann zog er ihn heraus, pickte ihn auf und warf ihn sich mit einem Ruck in den Schlund.

»Und ich dachte, so etwas können nur Menschenaffen!«, sagte ich.

»Raben können sogar zählen. Ohne Witz. Das musst du dir von Gerrit zeigen lassen. Wenn man das nicht gesehen hat, glaubt man es nicht.«

Ich glaubte es nicht.

»Übrigens«, sagte Hark, als wir zum Fahrrad zurückgingen, »ich muss mich bei dir entschuldigen für die Szene gestern. Ich war so erschrocken, als das Seil riss. Und erklären kann ich es mir immer noch nicht. Es ist glatt durchgeschnitten. Aber natürlich hat dein Freund das nicht getan.«

»Schon gut.«

»Es war mein Fehler, dass ich die Seile nicht genauestens kontrolliert habe, ehe wir losfuhren.«

»Wann hast du sie zuletzt benutzt?«

Hark kniete bereits wieder beim Rad und blickte kurz auf. »Vermutlich vor drei Jahren beim Klettern mit Sibylle.«

»Könnte der Schnitt von damals stammen?«

»Das habe ich mich auch schon gefragt. Aber wer sollte ihn angebracht haben?«

Mir lag ein Name auf der Zunge, aber er nannte plötzlich einen anderen: »Mir fällt da höchstens Gerrit ein. Er hatte zum sechsten Geburtstag von mir ein Schweizer Messer bekommen. Tagelang hat er alles Mögliche damit durchgeschnitten und angeritzt, Stühle, Tisch, Henkel von Taschen, Stricke. Sibylle ist schier ausgerastet. Sie wollte, dass ich ihm das Messer wieder wegnehme. Ich habe versucht, ihm das zu erklären. Vielleicht hat er das Seil einfach deshalb nicht ganz durchgeschnitten, weil ich es dann gleich bemerkt und ihm das Messer weggenommen hätte. Kinder machen so was. Sie können die Folgen ihres Handelns nicht abschätzen.«

Eine gute Erklärung.

»Und Gerrit?«, fragte ich. »Hat der die Szene von gestern gut überstanden?«

Hark pumpte den Schlauch etwas auf. »Ich denke, schon. Ich habe lange mit ihm geredet. Eigentlich dachte ich immer, Gerrits Innenwelt sei einigermaßen in Ordnung, weil er nie Fragen stellt. Aber ich habe mich geirrt. Der hatte Angst … vor mir und um mich. Angst ist ziemlich ansteckend. Das ist gewissermaßen ein Naturgesetz. Es hilft der Sippe, sich zu retten, verstehst du? Die anderen müssen spüren, wenn einer Angst hat, damit sie nicht selbst in die Gefahr hineinlaufen.«

»Übrigens habe ich Winnies Gutachten gelesen.«

Hark stockte kurz beim Griff nach dem Rad, um den Schlauch draufzuziehen. »Und?«

Ich stockte auch. Wusste er nicht, dass sein Höhlenzwilling tot war? Hatte ihn niemand angerufen? War er so isoliert? Obgleich er der Vereinsvorsitzende war.

»Glaubst du denn, dass du wirklich am Petzl-Stop einen Fehler gemacht hast?«, fragte ich.

Hark wuchtete den Reifen über den Schlauch auf die Felge. Ihm gelang auf Anhieb, was mir überhaupt noch nie im Leben gelungen war.

»Nein«, sagte er dann und richtete sich auf. »Mag sein, dass Winnie die Lage nicht objektiv beurteilen konnte. Sicherlich fand er es akzeptabler, mir einen falschen Reflex zu unterstellen als Tötungsabsicht. Ich habe nie mit ihm darüber gesprochen. Und jetzt, Lisa, jetzt ist es zu spät. Denn Winnie ist gestern bei einem Verkehrsunfall ums Leben gekommen.«

»Oh!«

Hark missverstand mein Erstaunen. »Und wenn ich Eva richtig verstanden habe, dann ist er mit seinem verdammten Bundeswehrschrott in die Luft geflogen. Ich habe ihm immer gesagt, dass er die Finger davon lassen soll. Die haben ihm zu viel für die Fahrten gezahlt. Und schwarz. Das musste gefährlich sein. Aber er hat halt gerade gebaut.«

»Wer, die?«

»Irgendeine Firma in Münsingen. Winnie meinte, es sei besser, wenn ich es nicht wüsste. Aber eigentlich dachte ich, damit sei Schluss seit gut einem Jahr. Auf dem Truppenübungsplatz fällt ja kein Schrott mehr an.«

»Und wo hat er das Zeug hingefahren?«

Hark zuckte mit den Schultern. »Arme Eva!«

»Wann hast du Winnie zuletzt gesehen?«, fragte ich.

»He! Das klingt wie eine Frage aus dem *Tatort*. Du glaubst doch nicht wirklich, ich hätte irgendetwas …« Er lachte hart auf. »Ich? Wo ich schon mit dem Tod meiner Frau nicht klarkomme, an dem ich ziemlich sicher schuld bin. Ich habe jemanden getötet, Lisa. Das ist ein Alptraum, der nie endet. Du hast ein Leben ausgelöscht. Du hast den Menschen, die ihm nahe standen, Leid gebracht. Das tut man sich kein zweites Mal an, verstehst du? Winnie war mein Freund, ein echter Kumpel. Wahrscheinlich verdanke ich ihm ein Dutzend Mal mein Leben. Er hinterlässt Frau und drei Kinder. Und Eva ist mit dem vierten schwanger. Wie hätte ich ihr das antun können? Wo ich doch täglich Gerrits stumme Trauer vor Augen habe und … und meine eigene kaum aushalte.«

Er hängte das Rad in die Gabel und gab ihm Schwung. Es eierte.

Von der Scheune her bummelten die Kinder herbei, und Hark lächelte die Bitterkeit aus seinem Gesicht.

»Die haben«, rief Laura, »einen echten Aschähoppelix. Der ist sooooo groß!« Sie breitete die Arme aus.

»Toll!«, sagte ich.

»Und die wollen ihn fliegen lassen. Ganz bald. Da darf ich zugucken.«

»Das wird aber noch ein bisschen dauern, Laura«, antwortete Hark.

»Darf ich eine Limo haben?«, rief Laura.

Hark erklärte, dass es keine Limo gebe, aber sie könne ein Glas Wasser haben. Daraufhin hatte Laura keinen Durst mehr.

»Gerrit«, schlug Hark daraufhin, das Fahrrad auf die Beine

stellend, vor, »hättest du nicht Lust zu zeigen, wie gut Graf Huckebein rechnen kann?«

Gerrit rannte folgsam in die Küche und kam mit der Dose Haselnüsse und einem kleinen gläsernen Nachtischschälchen wieder.

Wer allerdings jetzt fehlte, war der vermaledeite Rabe.

Hark steckte zwei Finger in den Mund und stieß einen markerschütternden Pfiff aus. Nach ein paar Sekunden stürzte Huckebein aus dem Himmel. Ich duckte mich und prallte gegen Hark. Und ehrlich: Ich wäre am liebsten unter seine Fittiche gekrochen. Gegen seine Rippen klopfte ein leises Lachen. Er beeilte sich so wenig, mich loszulassen, dass es schon wieder langweilig war.

Gerrit hockte sich zu dem Raben auf den Boden, entnahm der Blechdose drei Haselnüsse und steckte sie unter das umgedrehte Glasschälchen. Daneben legte er fünf rote Spielwürfel aus. Drei davon nahm er wieder weg. Der Rabe äugte. Gerrit legte zwei wieder hin. Der Rabe begutachtete die Situation mit dem anderen Auge. Nun nahm Gerrit einen wieder weg. Blieben drei Würfel liegen, und Graf Huckebein pickte frenetisch gegen die Glasschüssel.

Gerrit deckte sie auf und der Rabe verschluckte die Nüsse.

Ein Zauber begann zu wirken.

»Ich will auch mal!«, schrie Laura.

Gerrit überließ ihr generös Nüsse und Glas.

»Und wenn ich jetzt nur zwei Nüsse nehme?«, fragte sie.

»Geht auch«, antwortete Gerrit. »Nur bei mehr als vier irrt er sich manchmal.«

Laura schlug die Hand in die Dose Nüsse und steckte so viele Nüsse unter die Glasschüssel, dass auch ich erst einmal gliedern musste: vier und drei, also sieben. Hätte Laura sich nicht selbst verzählt beim Würfel-Hinlegen und -Wegnehmen, wäre das Ergebnis trotzdem kaum weniger eindrücklich gewesen. Huckebein wurde bei acht Würfeln frenetisch und auch Laura war sehr zufrieden.

Gerrit schaute seinen Vater an, verkniff es sich aber, Laura zu schulmeistern.

»Ihr solltet auftreten damit«, flüsterte ich Hark zu. »Erstaunlich, wie eifrig der Rabe bei der Sache ist.«

»Huckebein erweist uns die unbegreifliche Gnade, uns und unsere kleinen menschlichen Bedürfnisse ernst zu nehmen«, antwortete er.

In diesem Augenblick flog das Tier auf, tat zwei mächtige Flügelschläge auf mich zu und landete … auf Harks Schulter. Er pflückte die Krallen des Raben aus seinem Pullover.

Ich erlag der Magie und hielt im nächsten Moment ein pralles Bündel zuckender Lebendigkeit in meinen Händen. Die Vogelaugen blitzten mich an, der enorme Schnabel knispelte an meinem Handgelenk. Mir verschnürte es die Kehle. Wo nahm das Tier so viel unverschämtes Vertrauen her? Feuer in meinen Händen. Ich warf den Raben in die Luft, bevor mich die Gewissheit fällte, dass mein Leben nicht mehr so war wie vorher.

Huckebein stieg in den Himmel, zog krächzend einen Kreis über Haus und Hof und verschwand.

31

Janette war schon wieder daheim, als Laura und ich zurückkamen, nachdem die Kinder unter dem Nussbaum auf der Wiese noch ausgiebig Ermorden gespielt hatten. Sie hatten sich gegenseitig abgeschossen, erschlagen oder vergiftet, waren unter unsäglichen Verrenkungen zusammengesunken und hatten zuckend und kullernd ihr Leben ausgeröchelt.

»Also«, informierte mich Janette. »Dein Staatsanwalt steckt mittendrin! Viel wollte mir der Pressesprecher der PD Reutlingen nicht verraten, um die Ermittlungen nicht zu gefährden. Aber so viel doch: Dein Richard hatte zu beiden Kontakt, zu Haugk und Winnie. Es ist sein Handy, das aus der Mondscheinhöhle. Und sie sind da offenbar einer ganz großen Sache auf der Spur: Bestechung, Betrug.«

Janettes Hinterbacken gefielen mir auf einmal gar nicht mehr. Im Suff hatte sie Richard gestern an die Polizei verraten. Plötzlich hatte ich den Eindruck, dass es ihr nicht herausgerutscht war.

»Wenn das so ist, muss ich nach Stuttgart«, erklärte ich.

»Wieso?« Janette kniff Missmut in ihre spitzen Mundwinkel. »Ich dachte, wir –«

»Ich muss Richard helfen.«

»Und wie, bitte schön?«

Ich hatte keine Peilung. Ich wusste ja nicht einmal, was die Nachricht bedeutete, die er mir auf meinem Handy hinterlassen hatte. »Janette, versteh doch. Er sitzt im Gefängnis!«

»Aus gutem Grund, wie es scheint.«

»Kann sein, dass er gevierteilt gehört, weil er ein Mann und darum ein Idiot ist, Janette. Aber er hat keinen Menschen umgebracht.«

»Wie kannst du da so sicher sein?«

»Nur weil du nicht an deinen Hark glauben konntest, muss ich meinem Staatsanwalt nicht auch misstrauen.«

»Wirfst du mir etwa vor, dass ich meinen Job gemacht habe? Als Journalistin musste ich objektiv berichten.« Janettes Stimme begann zu trillern. »Man darf niemanden vorverurteilen, weißt du, aber man darf ihn auch nicht voreilig freisprechen.«

Zum ersten Mal ging mir auf, dass Janette damals eine Pressekampagne gegen Hark losgetreten haben könnte.

Glücklicherweise platzte Laura in unser Küchengespräch und rief: »Bei Frau Kerner ist ein Einbrecher, glaube ich. Und jetzt wird sie ermordet!«

»Was?« Janette sprang auf.

»Ja, die Balkontür steht offen, und man hört spitze Schreie.«

Den Schlüssel greifen und aus dem Haus stürzen war eins. Janette rannte um die nächste Straßenecke. Ich hinterher. Lauras

Klassenlehrerin wohnte fünfzig Meter eine Stichstraße zum Wald hinauf, die soeben, locker in den Knien, Bodo Schreckle herabkam, das Gesicht unter dem Greisenschopf gerötet von Wind und Sonne.

»Nicht so hastig, die Damen.«

»Bei Mirjam soll eingebrochen worden sein!«, stieß Janette keuchend hervor.

»Ach?« Bodo wandte sich zum nächsten Haus um und blickte die dreistöckige Fassade hinauf. »Die Balkontür steht offen. Das ist wahr. Aber ihr Auto steht doch vor der Tür. Sie ist also wahrscheinlich zu Hause.«

Also wohnte Mirjam im ersten Stock.

»Laura will spitze Schreie gehört haben«, sagte ich.

»Laura!« Janette blickte sich um. »Wo bist du? Warte, wenn ich dich erwische!«

Ich suchte mir in der Latte der drei Schilder am Torpfosten den Namen Kerner aus und klingelte. Nach einer Weile knisterte die Gegensprechanlage. »Ja?«, meldete sich eine dünne Stimme.

»Hallo, Mirjam. Ich bin's, Janette. Alles okay?«

»Ja, äh … Was ist? Ich bin gerade in der … äh … der Badewanne. Ich zieh mir nur kurz was über. Fünf Minuten, ja?«

Ich schob den Ärmelbund von der Funduhr. Drei nach halb zwölf.

Bodos Blick flackerte nicht. »Wem das Fahrrad wohl gehört?«, überlegte er laut und deutete auf einen Reifen, der hinter der Hausecke hervorlugte.

Florian war heute früh mit seinem Rad ins Geschäft gefahren. Aber es war ohnehin nicht Florians Rad. Es war knallrot und besaß noch weniger straßenverkehrsordentliche Ausstattung als Florians, weder Schutzbleche, Klingel noch Lampen, nur die blanken Hörner der Bergräder am Lenker und jede Menge hellen Kalkschlamms am Rahmen.

»Kommt mir irgendwie bekannt vor«, bemerkte Bodo. Mir kam es auch bekannte vor, aber ich kam nicht drauf.

Wir kehrten vors Haus zurück. Fünf Minuten waren lang, wenn man auf der Straße wartete. Und der Balkon war in der Tat verhältnismäßig einladend für Einbrecher, denn die Leute, die unten wohnten, hatten einen stabilen hölzernen Sichtschutz mit kreuzweise genagelten Latten an ihre Terrasse gebaut.

»Darf ich um eine Räuberleiter bitten, Herr Schreckle?«

»Sie werden doch nicht!«, sagte Bodo, faltete aber sofort seine Hände als Tritt für meinen Fuß. »Nachher holen die Nachbarn noch die Polizei!«

»Umso besser. Gefahr im Verzug!«

Schreckle wackelte ein bisschen, als ich mich abstieß, um die obere Kante des Sichtschutzes zu packen. Den anderen Turnschuh hakte ich mit dem Profil in den Flansch am Fallrohr und stieß mich erneut hoch. Dann das Eisengeländer fassen und den Balkonrand erklimmen. Ich schwang mich übers Geländer und trat in ein kleines Wohn- und Arbeitszimmer: Sofa, Fernseher, ein Tisch mit Schulheften, ein Bücherregal. Durchgangsblick in eine kleine Küche. Ein Flur. Stimmen hinter einer angelehnten Tür.

»Über den Balkon kannst du nicht!, sagte eine Frau. »Am besten, du versteckst dich so lange im Klo.«

Ich stippte gegen die Tür.

Ein junger Mann stand mit dem Rücken zu mir und knöpfte sich gerade die Cargohosen zu. Ein sehr junger Mann mit springenden Muskeln unter glatter Haut. Mirjam war dabei, sich etwas Gestreiftes über ihren Kopf und die stattliche Büste zu ziehen. Ihr Kopf kam aus dem Halsloch. Sie stieß einen Schrei aus. Einen sehr spitzen Schrei!

Der junge Mann fuhr herum und schubste mich sofort aus dem Zimmer gegen die Flurwand. »Schickt Mirjams Freund uns jetzt schon Detektive auf den Hals?« Er packte mich am Kragen meiner Lederjacke und stieß mich ins Wohnzimmer.

Da war endlich Platz.

Seinen dritten Stoß wandelte ich in einen Hüftwurf um. Bei

durchtrainierten jungen Bikern war das Verletzungsrisiko bei einem artgerechten Judowurf nicht allzu hoch. Außerdem hielt ich ihn am Handgelenk fest, was den Sturz auf den Rücken milderte. Allerdings krachte seine Ferse auf den Couchtisch. Ein Teelichtglas schoss zu Boden. Ich riss ihn, bevor er die Orientierung wiedergewann, auf den Waschbrettbauch und drehte ihm den Arm auf den Rücken.

»Aix!«

»Ganz ruhig, oder ich kugle dir die Schulter aus!«

»Tun Sie ihm nicht weh, bitte!« In der Tür stand die junge Lehrerin mit vor den Mund geschlagenen Händen. »Aber Sie sind doch, der ... der Winnetou, der Julian geholt hat! Was wollen Sie denn von uns?«

»Ich heiße Lisa Nerz.« Ich glaube nicht, dass sie es verstand.

»Wie kommen Sie überhaupt hier rein?« Ihr Blick wanderte zur offenen Balkontür. »Hat mein Freund ... äh ... Ex-Freund Sie beauftragt?«

»Ich bin keine Detektivin. Aber Laura hat spitze Schreie vernommen ...«

Flammende Röte schoss ihr vom Hals in die Wangen.

»... und Sie klangen über die Gegensprechanlage so ... nun, irgendwie bedrängt, nicht? Und es ist so viel passiert in letzter Zeit. Wenn Sie Janette rauflassen, dann wird sie Ihnen alles erklären.« Ich lockerte den Polizeigriff. »Und wer sind Sie, junger Mann?«

»Das geht dich überhaupt nichts an!«, keuchte er.

Ich schraubte ihn wieder zu. »Dann lassen Sie doch bitte Janette rauf, Frau Kerner. Bodo Schreckle ist auch unten. Wir haben uns wirklich Sorgen gemacht. Und vielleicht nicht zu Unrecht, was?«

»Aix!«

Mirjam nagte an der Unterlippe.

»Ich bin wirklich kein Detektiv. Was Sie hier treiben, interessiert mich nicht.«

»Was dann?«, ächzte der junge Mann.

Ich ließ ihn los und ging auf Abstand, soweit dies das Gemöbel im Salon zuließ. Mit reichlich Trotz im Pennälergesicht stand er auf.

Er war dann doch nicht so testosteronstark, mich gleich wieder anzuspringen. Eine schmerzende Schulter war eine gute Bremse.

»Tut mir Leid«, sagte ich.

Auf seinem Oberarm prangte die Tätowierung einer hübschen kleinen Spinne. »Lass die Geier rein, Mirjam«, sagte er mit Resten von Stimmbruch in der Stimmbändern. »Irgendwann müssen sie es ja doch erfahren.«

Mirjam sackte nickend in sich zusammen, drehte sich um und ging zur Tür.

»Übrigens«, wandte ich mich an den Jungen. »Dein Vereinskamerad Winnie ist tot.«

»Was? Fuck!« Er rang um Coolness. »Wieso?«

»Heute noch keine Zeitung gelesen? Der Transporter gestern bei Meidelstetten. Da saß Winnie drin.«

Der Junge sah nicht aus, als hätte er verstanden.

»Er ist explodiert. Winnie hatte Landminen geladen.«

»Landminen?« Der Junge wischte sich endlich die Haare aus den Augen. »Winnie? Der?« Er besann sich. »Und was habe ich damit zu tun? Oder Mirjam?«

In diesem Moment kam sie wieder, gefolgt von Janette und Bodo Schreckle.

»Alexander!«, rief Janette. »Was machst du denn …?« Sein nackter Oberkörper beschleunigte ihr Begreifen. Sie lachte.

Bodo Schreckle blinzelte peinlich berührt.

»Du bist Alexander Rehle?«, erkundigte ich mich. »Der Sohn von Polizeihauptmeister Rehle?«

»Na und!«, keifte der Junge. »Ist das verboten?«

32

Folglich könnte Alexander am Sonntagabend durch Mirjam von der Leiche in der Mondscheinhöhle erfahren haben, während die Maschine des Stuttgarter Freundes vor dem Haus seiner Geliebten knisternd abkühlte. »Plötzlich stand er vor der Tür, glaub mir, Alexander. Was sollte ich denn machen? Aber ich sage dir doch, es ist Schluss! Er hat mich halt um ein Gespräch gebeten. Nein, ich glaube nicht, dass es gut ist, wenn du jetzt kommst.« Liebesgeflüster am Handy in der Küche, während die Beziehungskrise auf dem Sofa im Salon saß und gleich »Warum?« fragen würde und »Hast du einen anderen?«

Alexander könnte sich dennoch aufs Rad geschwungen haben. Dreißig Kilometer waren keine große Sache für einen mit Eifersucht gedopten Biker. Er hatte die Fassade hochgeschaut, Licht im Salon, aber nicht im Schlafzimmer, und nicht geklingelt.

Doch wenn er schon in der Gegend war, hätte er einen kleinen Abstecher zum Lippertshorn machen können. Auf der dunklen kleinen Lichtung am Fels deutete nichts auf den Fund hin. Keine flatternden Bänder, keine Wache. Als ob es den Toten nicht gäbe. Allerdings hätte Alexander schon ein Seil dabeigehabt haben müssen, wenn er die Leiche einen Stock tiefer hätte treten wollen, damit Winnie und seine Spinnenmänner sie anderntags nicht fanden, zumindest aber nicht gleich bergen konnten.

»Aber«, wandte Bodo ein, als wir die Straße hinuntergingen, »was hätte Alexander gegen Achim Haugk haben sollen?«

»Von diesem Kerl hing ab, ob Räffle den Auftrag zur Erschließung des Trüpl bekommt«, antwortete ich. »Einer, der Alexander heißt, will bestimmt, dass ein Naturschutzgebiet daraus wird, so wie ihr alle im Verein. Oder täusche ich mich da?«

Auf Bodos Adlernase schimmerte keine Spur mehr von Sherlock Holmes. Die Nachricht von Winnies Tod hatte ihm die Flausen vertrieben. »Sie unterstellen einem unbescholtenen jungen Mann einen Mord, und zwar einen äußerst kaltblütigen, im Grunde einen rein strategischen. Kein Bombenanschlag auf Räffle, den Feind von Steinschmätzer und Kreuzkröte, nein, er tötet eine Nebenfigur, allein weil sie Räffle nützen könnte.«

»Alexander ist Pazifist!«, ergänzte Janette. »Du solltest dir wirklich besser überlegen, was du sagst, Lisa! Du kannst ziemlichen Schaden damit anrichten.«

So wie sie einst mit ihren Artikeln über Hark und den Tod seiner Frau? Was hatte Hark zu einem Aussätzigen hier heroben gemacht, sodass Janette und Bodo bedenkenlos gegen ihn marpleten und holmesten, während sie sich sofort schützend vor Alexander stellten, wenn ich auch bloß mal ein bisschen marlowete?

Janette drehte den Hausschlüssel im Schloss herum.

Laura kam mit Unschuldsmiene herangeradelt und wollte Geld für ein Eis.

»Es gibt gleich Essen, Laura!«, schnauzte Janette. »Und überhaupt, was hast du uns da für ein Märchen erzählt? Was schämen solltest du dich! Mit so was treibt man keine Scherze!«

Laura verbiss sich ein Feixen.

»Willst du mit uns essen, Bodo?«, wandte sich Janette an den Lehrer, um ihn loszuwerden. »Allerdings gibt es nur Reste.«

Bodo öffnete den Mund, um folgsam abzulehnen, aber ich nickte ihm wohl so flehentlich zu, dass er im ersten Wort die Kehrtwende vollzog und »Doch, ja, gern« sagte.

Denn ich kämpfte mit der inneren Auflösung.

Mirjam und Alexander hatte ich nicht mehr sagen können, wer ich war, nur, was ich nicht war: nämlich kein Detektiv. So ganz ohne gesellschaftliche Logistik, wie sollte ich Richard da helfen? Für jedes Gespräch mit einem Pressesprecher brauchte ich Janette. Das hatte sie gestern schon begriffen. Ich war nicht mehr die große Schwester von der großen Zeitung. Heute schon hatte sie mich als Lauras Kindermädchen eingesetzt. Morgen stand ich in ihrem Laufställchen, dazu verpflichtet, sie nicht nur zu vögeln, sondern zu lieben oder in Einsamkeit zu verderben.

Hark hatte sie des Mordes bezichtigt und aus meiner Reichweite geschubst, sogar Richard hatte sie bereits aus dem Feld geschlagen. Und schon fiel sie mir in der Küche mit gespielter Vertraulichkeit ins Handwerk und erklärte mir die Welt. »Nein, nicht so, Lisa. Du musst die Haut von der Wurst abziehen. Schau mal, so! Wenn du Kinder hättest, dann hättest du längst kochen lernen müssen.«

»Ah, nennt man das kochen?«

Janette mischte die Fleischwurst, die ich gewürfelt hatte, unter gestrige Nudeln, die in der Pfanne schnurzelten, und goss eine Bolognese darüber.

Bodo Schreckle stürzte sich währenddessen in eine Charakterisierung Alexander Rehles als intelligentem und idealistischem Burschen voller Groll auf den Grafen, den zweiten Mann seiner Mutter. »Söhne verstehen das nicht, wenn ihre Mütter sich in einen anderen Mann verlieben. Für sie sind die Mütter Madonnen, da bricht eine Welt zusammen.«

»Und alle Frauen sind Huren«, resümierte ich.

Bodo quittierte es mit einem Blinzeln. »Alexander agiert seine Enttäuschungen im Umweltschutz aus. Janette, du erinnerst dich doch an diese Farbsprüherei auf den Steinen im Springbrunnen in der Hüle von Laichingen? Graffiti, wie man heute sagt.«

Janette drehte sich am Herd um. »Was war das, was da stand? Irgendwas mit Tod.«

»Der Tod ist ein Meister aus Deutschland«, antwortete Bodo.

Ich fuhr auf. »Was?«

»Das ist ein Zitat aus der *Todesfuge* von Paul Celan.«

»Dein goldenes Haar Margarete«, sagte ich.

Janette zwinkerte mir zu und schob den Auflauf in den Ofen.

»Dein aschenes Haar Sulamith«, fuhr ich fort. »Ein bisschen heavy nicht? Ich meine, nur weil die Gebrüder Schorstel und Räffle und halb Laichingen den Trüpl wirtschaftlich nutzen wollen.«

Bodo zuckte mit seinen knochigen Schultern. »Dass die Jugend sich in der Wortwahl vergreift, liegt meist am eklatanten Mangel an literarischer Bildung. Unseren Politikern passiert das ja leider auch ständig, nicht?«

»Schon«, sagte ich, »aber zufällig habe ich mir gestern Internetseiten über die deutsche Waffenindustrie angeschaut. Und wissen Sie, wie oft ich diesen Satz auf den Seiten der Friedensaktivisten gefunden habe?«

Bodo blinzelte.

»Wer auch immer Celan an den Brunnen der Hüle gesprüht hat, er wusste oder vermutete, dass jemand von hier mit Landminen handelte. Und Alexander war vorhin ziemlich platt, als ich ihm sagte, wie Winnie gestorben ist.«

Janette gab einen skeptischen Ton von sich.

Ich konnte die Klappe nicht halten. »So kommst du nie als Korrespondentin nach London, Janette, wenn dir in solchen Momenten nicht mehr einfällt als ein missmutiges Grunzen.«

Sie fuhr herum. »Sag du mir nicht, wie ich meinen Job zu machen habe. Ich habe nämlich noch einen, du aber nicht.«

»Kinder!«, rief Bodo Schreckle.

»Vielleicht hat Alexander ursprünglich geglaubt«, sagte ich, »dass Achim Haugk der Minenhändler war. Ein ehemaliger Bundeswehrsoldat, ein Sprengmittelingenieur. Das liegt doch nahe! Dann wäre ein Mord an Haugk keineswegs kaltblütig geschehen, sondern in heißblütigem Zorn auf den Meister des Todes aus Deutschland. Alexander wäre nicht der erste Lebensschützer, der ein Leben auslöscht.«

»Das ist doch alles reine Spekulation!«

»Ich muss es ja auch nicht beweisen, Janette«, sagte ich. »Ich brauche nie wieder Beweise für das, was ich behaupte!«

»Essen ist fertig«, sagte sie. »Laura!!!!«, brüllte sie. »Kannst du mal Teller … Lisa. Wo das Kind nur wieder steckt.«

Sie rannte aus der Küche.

»Was ist los mit Ihnen, Lisa?«, fragte Bodo der Schreckliche, während er mir die Teller abnahm und verteilte. »Ich darf Sie doch Lisa nennen? Sie machen sich Sorgen. Darf man erfahren, worüber?«

Ich schluckte und verfluchte meinen ehemaligen Chefredakteur und Janette. Mir war die Panzerung abhanden gekommen. »Die Polizei hat gestern einen … einen guten Freund von mir verhaftet. Er soll etwas mit Haugks und Winnies Tod zu tun haben.«

»Oh, ah! Aber Sie gehen von seiner Unschuld aus, nehme ich an.«

Ich nickte. »Allerdings …«

»Ja?«

»Ich weiß nicht, was wirklich los ist. Er ist mit einer Frau …«

»Also doch Liebeskummer, hm?«

Ich musste lachen. »Sie kennen die Dame, Bodo. Es ist Hildegard Obermann, Ihre Chefin.«

Bodo wurde blass unter seiner frühlingsroten Haut.

»Sie schätzt Sie übrigens sehr! Sie findet nur, dass Sie etwas lakonisch sind.«

Schreckle fuhr sich übers weiße Haupt. »Sie denkt, dass ich unbedingt Schulleiter hätte werden wollen. Aber das wollte ich nie.«

»Dann sagen Sie es ihr. Sie sind doch sonst nicht aufs Maul gefallen.«

Er war unendlich verlegen.

»Bodo! Sie sind doch nicht etwa in diese Dame …« Ich lachte. »Sie ist eine sehr attraktive Frau, das muss ich zugeben. Und klug.«

»Und ich bin ein dürrer alter Mann mit einem Haus voller Ammoniten und Fotos seiner früheren Frau.«

Da saß er in einem unerträglich gemusterten Pullover, einem fürchterlich karierten Hemd, einer grauenvollen Kordhose und unmöglichen Wanderstiefeln, den Pfadfinderrucksack neben den Füßen und den grauen Filzhut mit unechtem Gamsbart auf dem Küchentisch. Den Vergleich mit Richard würde er in der Tat nicht bestehen.

Janette kam mit Laura in die Küche zurück. Es gab Essen, und ich versuchte, auf den Stein in meinem Magen verdaulichere Nahrung zu häufen.

»Übrigens, Lisa«, sagte Janette, »ich müsste heute Nachmittag doch noch mal in die Redaktion. Und Florian kann nicht weg. Ich habe ihn schon angerufen. Könntest du nicht so lange auf Laura aufpassen?«

»Ich muss wirklich nach Stuttgart, Janette.«

In ihrem Gesicht brach mehr als nur ein Zeitplan zusammen. »Mach dir doch nichts vor, Lisa! Die Polizei sperrt einen Staatsanwalt nicht grundlos ein. Die haben Beweise, glaub mir! Wie willst du dem denn helfen?«

»Ich könnte doch…«, mischte sich Bodo ein, »falls Laura will.« Er schnappte sich Lauras Blick. »Hm, Laura? Was wollen wir denn unternehmen heute Nachmittag?«

»Das kann ich nicht von dir verlangen, Bodo!«, schritt Janette ein. »Dann muss die Redaktion eben ohne mich auskommen. Irgendwie werden wir das schon hinkriegen, gell, Laura?«

»Aber ich würde mich freuen«, sagte Bodo, »wenn Laura heute mit mir zur Baustelle im Gewerbegebiet ginge. Vielleicht finden wir Ammoniten.«

»Au ja!«, sagte Laura. »Darf ich, Mama?«

»Ich habe doch ohnehin nichts Vernünftiges zu tun, Janette, und ich freue mich, wenn ich es zwei jungen Damen ermöglichen kann, ihren Geschäften nachzugehen. Wozu sind alte Leute denn sonst da?«

Janette raffte Nudeln mit der Gabel. »Das ist wirklich ganz reizend von dir, Bodo. Das werde ich dir nie vergessen. Du hilfst mir wirklich sehr damit.« Sie blitzte mich an. »Sehr!«

33

Blöde Kuh!, dachte ich auf der Schnellstraße hinter Reutlingen. Als sich die Nadel des Stuttgarter Fernsehturms im Dunst abzeichnete, verlinkte sich mein Hirn wieder mit der mir bekannten Homepage. Auch wenn nach einem Besuch meiner Mutter der Albtrauf hinter mir blau wurde, taktete sich mein Ich dieserart wieder in die städtische Betriebsamkeit ein, die meine Identität schuf. Nur Illusion? Aber was war nicht Illusion, außer dem Tod? Und sogar der war nur Fake, wenn tatsächlich Himmel und Hölle warteten. Alles nur Plüsch! Als getaufte Katholikin hatte ich gute Chancen, das eines Tages zu beweisen.

Nahe meiner Wohnung in der Neckarstraße gegenüber dem Bunker der Staatsanwaltschaft zwischen Drogeriemarkt, Bioladen und Handyhandel hatte man jüngst Anwohnerparkplätze geschaffen. Nur hin und wieder musste man die Autos starrköpfiger Einkaufsparker wegsprengen.

Oma Scheible fing mich im Parterre ab, wo das Treppenhaus noch aus Stein gefügt war. »Sie hen Poscht vom Finanzamt! Hen Sie noch net die Steuererklärung gmacht?«

»Ein bisschen Zeit ist ja noch«, sagte ich.

Ich brauchte ihr weder für meinen Briefkasten noch für meine Wohnung Schlüssel zu geben, sie war bestens ausgerüstet. Vor allem achtete sie darauf, dass mein Briefkasten nicht überquoll. »Sonscht sieht ma glei, dass Sie net da sen. Und des lockt die polnischen Kindereinbrecherbanden an.« Die Post hatte sie mir auf meinen alten Kneipentisch gelegt.

Meine Wohnung musste sich vor den Kinderbanden nicht fürchten. Mein Computer war alt und staubig, der ausgediente Stammtisch mit den dazugehörigen Stühlen zerkratzt und fleckig und die Bücher, die ich unlängst nach sieben Jahren Irrglaube, ich würde hier eh nicht lange wohnen, aus den Kisten geräumt und in ein Regal aus Ziegeln und Brettern geordnet hatte, waren zerfleddert und politisch veraltet. Heinrich Böll, Christa Wolf.

Frauenbriefe der Romantik. Um Radio, CD-Player und Fernseher wäre es nur insofern schade gewesen, als ich mir die Mühe hätte machen müssen, mich im Mediamarkt für das Teuerste oder Billigste zu entscheiden. Solche Entscheidungen trifft niemand gern.

Ich stopfte die in Trochtelfingen erworbenen Mode-Hipp-Klamotten in die Waschmaschine, die im schönsten Raum der Wohnung stand, im Badezimmer. Als Ende der Neunziger die Badesalze in unseren Kulturkreis zurückkehrten, hatte der Hausbesitzer in allen Stockwerken die Wand zwischen Klo mit Duschkabine und einem fensterlosen Wirtschaftsraum herausschlagen, die Böden kacheln und ein Doppelwaschbecken und eine Wanne installieren lassen. Danach hatte er die Miete erhöht. In dem Tanzbad hatten nun gut eine Waschmaschine, ein Sofa und ein Wäscheschrank Platz. Ich hatte außerdem einen Orientteppich hingelegt, ein Sonderangebot aus Kunststoff aus einem der türkischen Importläden unter mir. Seitdem weckten mich morgens elektrische Schläge, sobald ich an den Wasserhahn fasste.

Ich füllte die Kaffeemaschine, öffnete den Kühlschrank und warf ein Schälchen angeschwärzter Erdbeeren und ein Stück weißgrün überwachsenen Specks weg. Salami hingegen überdauerte alles.

Ich rief Wagner an.

»Du willst also«, plapperte er sofort los, »dass ich mit meinem Bus mit Antenne nach Trochtelfingen fahre und mich in ein 802.11-Netz einhacke?«

»Ich weiß, es ist verboten.«

»Ganz und gar nicht. Unser Strafgesetz verbietet den Einbruch in einen Computer nicht, es sei denn, der Besitzer hat ihn durch Passwörter geschützt. Gefunkte Daten sind jedoch vogelfrei. Selbst dann, wenn sie verschlüsselt sind. Treffen wir uns heute Abend im *Tauben Spitz?* Sieben Uhr?«

»Und bring deine Kamera mit.«

Ich süffelte den Kaffee und schaute aus dem Fenster. Der Hochbahnsteig der Stadtbahn teilte die Neckarstraße. Auf der Seite vor der Staatsanwaltschaft wurde gebaut. Richards Büro befand sich genau auf meiner Augenhöhe im dritten Stock.

Ich tippte seine Nummer ins Telefon.

»Kallweit?« Immer wieder staunte ich, wie wenig sich die Vorzimmerschnepfe an die Formalitäten eines Betriebs mit Außenkontakt hielt. Ich legte wieder auf. Leider hatte Richard mir verboten, sie zu bedrohen. Noch eine Stunde bis drei Uhr. Dann ging freitags da drüben der Laden runter. Man kam zwar hinten über den Parkplatzhof noch rein, aber Frau Kallweit würde Richards Büro abgeschlossen haben.

Vor dem Spiegel in meinem Schlafzimmer stattete ich mich mit kurzem Schottenrock, schwarzen Strümpfen, kniehohen Schnallenstiefeln, Nietengürtel, Zweilagenshirt und einer kurzen schwarzen Plastikjacke aus. Dazu Lippenstift, blauer Lidschatten und Wimperntusche. Pförtner waren meist schlichten Gemüts. Mit der Umhängetasche aus Stoff mischte ich mich auf der Straße unter die Türken, Verkäuferinnen und Säuferinnen. Die Fußgängerampel schleuste frühe Arbeitsflüchtlinge und späte Schülerinnen auf die Bahnsteige. Viel nackte Hüfte quoll über die Bünde knapper Jeans. Den Fußweg an der Staatsanwaltschaft entlang hielt ein geheimes Humanizid menschenleer.

»Ach, Fräulein Nerz! Grüß Gottle«, grüßte mich der Pförtner. »Aber der Herr Dr. Weber ischt net im Haus.«

»Ich müsste halt schnell was raufbringen zu Frau Kallweit. Ich habe gerade mit ihr telefoniert.«

»Ja, wenn Sie mit ihr telefoniert haben …« Er lächelte und stellte mir den Passierschein aus. »Dann springen Sie halt.«

Stock um Stock wandelte ich durch die Gänge. Erst das Geschäftszimmer im zweiten Stock war leer. Von schräg gegenüber klangen Gläser und ein knickriges »Happy birthday to you«. Ich huschte in das Abteilungssekretariat und wählte noch einmal Richards Büro an.

»Kallweit?« Sie kaute irgendetwas.

»Ja, äh«, wisperte ich praktikantinnenblöde, »spreche ich mit Roswita Kallweit? Sie sollten bitte mal schnell zum Chef raufkommen. Da ist eine persönliche Mitteilung für Sie gekommen.«

Vermutlich dachte Kallweit jetzt in Verkennung ihrer Fähigkeiten, es warte ein Brief von der Personalabteilung mit einer Gehaltserhöhung oder Gratifikation auf sie.

»Jetzt gleich?«, fragte sie.

»Ich weiß nicht, aber es wäre vielleicht nicht schlecht. Der Chef hätte halt jetzt gerade Zeit.«

»Na gut.«

Ich legte auf. Immerhin hatten sie hier schon Telefone mit Tasten anstelle von Wählscheiben. Aber bis zum Display hatte der Etat noch nicht gereicht. Ich nahm noch einen Kugelschreiber mit und stieg übers Treppenhaus einen Stock höher. Kallweit fuhr garantiert Fahrstuhl, auch in den vierten Stock, wo der Amtsleiter untergebracht war. Da außerdem dort der Staatsschutz saß, waren die Türen mit Zahlencodes gesichert. Es würde Zeit kosten, bis Kallweit drin und das Missverständnis geklärt war.

Ich linste um die Ecke in den Gang. Das perückenschwarze Haar auf den Rücken schwingend, zog Kallweit die Bürotür zu und folgte dann auf Stöckelschuhen ihrem wogenden Busen zum Fahrstuhl. Der Fahrstuhl surrte ab, und ich eilte an den Aktenwagen vorbei, trat in Richards Vorzimmer und ging durch in sein Büro.

An den Wänden reihten sich in Purpur und Blau die juristischen Werke. Mit dem Rücken zum Fenster stand ein Schreibtisch aus Kafkas Zeiten. Auch den Computer hätten die polnischen Sperrmüllgeier nicht mehr mitgenommen. Richards Tisch war leer. Im Haus galt der Grundsatz der Tabula rasa. Staatsanwälte sollten immer nur den Fall auf dem Tisch haben, an dem sie gerade arbeiteten. Alle anderen Akten lagerten im Archiv.

Richards Büro hatte allerdings eine Besonderheit, die ihn der

Mühe enthob, anderweitig für Spott unter den Kollegen zu sorgen. In der Ecke hinter der Tür stand ein tonnenschwerer Tresor, von dem die Mär ging, der Vorgänger habe ihn aufstellen lassen, um darin eine Schusswaffe aufzubewahren, weil er sich bedroht fühlte. Er war dann an einem Herzinfarkt gestorben. Und ehe sich jemand verhob, hatte man den Safe stehen lassen.

Ich setzte mich im Schneidersitz aufs Linoleum, holte mein Handy aus der Umhängetasche und rief den Eintrag Weber auf. Die Nummer schob sich aufs Display: 3xr21.4xl60.2xr79. Sahen so wirklich Kombinationen für Zahlenschlösser aus? Mitten auf der Tresortür saß der Zahlenkranz, wie man ihn aus Film, Funk und Fernsehen kannte. Die Zahlen reichten bis 80. Meine Hoffnung stieg. In Richards Code war keine Zahl höher als 79.

3xr21.4xl60.2xr79

Allerdings, Buchstaben sah ich keine. Der Zahlenkranz glitt wie geölt, nach links und rechts. Und wenn die Buchstaben l und r nun links und rechts bedeuteten? Ich drehte die 3 nach oben. Und nun? Nach rechts bis 21? Danach nach links bis 60, dann wieder nach rechts bis 79. Der Türgriff saß wie gegipst.

»Drei X rechts? … Drei MAL rechts bis einundzwanzig«, generierte mein Sprachzentrum. Ich drehte drei Mal und stoppte bei 21 an der Zwölfuhrscharte über dem Kranz. Nun vier Mal andersherum durchdrehen und bei 60 anhalten. Und zum Schluss zwei Mal links und bei 79 stoppen.

Der Türhebel gab nach, die Stahltür schwang auf.

In dunkler Leere kümmerte eine blaue Blechdose mit einem Aufkleber, auf dem »Freud und Leidkasse« stand. Nachträglich hatte jemand den Bindestrich hinter »Freud« geklemmt. Die Kasse enthielt einige Hundert Euro in Scheinen und Münzen. Ich frohlockte. Offenbar misstraute Richard seiner Frau Kallweit in puncto Geld.

Im unteren Fach, nach hinten gestoßen, fand ich eine Aktenmappe ohne Aufschrift. Ich zog sie mir auf den Schoß. Richard, du Aas! Es war sein Dossier über mein Leben am Rand der

Kriminalität. Sollte ich jemals vergessen, wer ich war, würde ich mich damit rekonstruieren können. Als mir die Akte zuletzt in die Finger gekommen war, hatte sie in seinem Schreibtisch gesteckt, und ich hatte sie ihm nicht entwenden können. Später hatte er sie mir mit großer Geste übergeben, jedoch offensichtlich eine Kopie davon behalten. Wenn er mir jetzt Gelegenheit gab, das zu entdecken, musste er sich von meinem Griff in seinen Safe sehr viel versprechen.

Allerdings hätte dann auch noch etwas drin sein sollen! Ich hielt meine Denkmaschine an und startete sie neu.

Falls Beschluss erging, Richards private und dienstliche Räume zu durchsuchen, so würde man auch den Safe öffnen. Meine Akte darin würde mir zweifellos mehr Aufmerksamkeit bescheren, als wenn sie offen auf Richards Schreibtisch gelegen hätte. Also mitnehmen. Ich klappte meine Umhängetasche auf und steckte die Akte hinein. Im schattigen Loch meiner Schneidersitzbeine schimmerte weiß auf grauem Linoleum ein Zettel, der offenbar unter der Mappe gelegen und den ich mit herausgezogen hatte. Es war ein aus einem Ringhefter herausgerissenes kariertes Blatt mit Schatzkarte: Zahlen, Kringel um Buchstaben, Pfeile. Ich faltete das Papier zusammen und steckte es in den Schaft meines Stiefels. Dann stellte ich die Freud- und Leidkasse zurück in den Tresor. Tür zu, Zahlenkranz einmal gedreht, aufstehen und nichts wie weg.

Ich spickte durch den Türspalt ins Vorzimmer. Kallweits Schreibtisch döste. Neben dem Telefon miaute stumm ein Porzellankätzchen. Ich huschte an der kalten Kaffeemaschine und dem eingetopften Grünzeug vorbei zur Tür und rannte direkt in Roswita Kallweits Bug hinein.

»Das hätte ich mir ja denken können!«, sagte sie.

»Ich hab ihm nur was auf den Tisch gelegt«, antwortete ich und schrammte an ihrem Busen vorbei in den Gang. »Schönen Tag noch!«

»Jetzt Moment, warten Sie! He! Stehen bleiben!«

Auf Stöckelschuhen konnte sie mir nicht folgen. Ich treppelte in den nächsten Stock hinunter und entsorgte meine Akte auf dem nächstbesten Aktenwagen. Im Archiv würde sie niemand mehr entdecken, es sei denn, jemand fragte danach. Und wer sollte fragen? Obgleich ich mich in den Wochenend-Exodus einreihte, pickte man mich an der Pforte heraus. »Fräulein Nerz«, sagte der Pförtner. »Ich müsste dann mal in Ihre Tasche schauen.«

Ich zog die Umhängetasche nach vorn und klappte sie auf.

Er warf einen Blick auf mein Handy in all der Leere und schmunzelte. »Was die Kallweit nur immer mit Ihnen hat!«

34

Für mich haben die großen Politmagazine ganz umsonst auf Tabellen umgestellt, und die Bildzeitung ist mir zu hoch. Grafiken und Zahlen erschlossen sich mir nicht. Richard hingegen liebte Schatzkarten.

Ich rief Christoph Weininger an, seines Zeichens Oberkommissar im Dezernat 1.1 für Tötungsdelikte und Todesermittlungen im Stuttgarter Polizeipräsidium in der Hahnemannstraße auf dem Pragsattel, und fragte ihn, ob er wisse, was eigentlich in der PD Reutlingen los sei.

»Ah, Lisa«, seufzte er. »Ich kann dir nicht sagen, warum sie Weber verhaftet haben. Das ist nicht unsere Sache. Aber da steckt sicher Abele dahinter. Weber hat ihn vor einigen Jahren heiß gemacht, damit er gegen einen Unternehmer auf der Alb ermittelt, Räffle heißt der Mann, und dann hat er ihn zurückgepfiffen. Aus politischen Gründen, wie Abele seitdem behauptet. Räffles Firma steckt ja im Bau der neuen Messe am Flughafen mit drin. Du kannst dir vorstellen, wie Weber darauf reagiert hat. Das Ende vom Lied war, dass der Stuttgarter Dezernatsleiter Abele eine hohe Verwendungsbreite bescheinigte, was so viel heißt wie: Der kann alles und nichts, tut den bloß weg! Abele wurde auf eine Fortbildung zur Leichensachbearbeitung auf der Polizeischule in Villingen-Schwenningen geschickt und dann – auf eigenen Wunsch, wie es heißt – nach Reutlingen versetzt, als 11er Kriminalhauptkommissar.«

Was so viel hieß wie Hauptkommissar der unteren Gehaltsgruppe. Noch einer, der Richard die Pest an den Hals wünschte, genauso wie Christoph Weininger.

Um sechs steckte ich im Anzug mit Weste und saß im *Tauben Spitz* im Bohnenviertel, wo sich die Versicherungsangestellten, Gerichtsdiener und Büroangestellten den Übergang vom Büromobbing zum Familienterror mit Getränken zum halben Preis versüßten. Die Kulturelite besuchte das Weinlokal in Stuttgarts Altstadt im Winkel der Ein- und Ausfallstraßen zwischen Gerichtsviertel, Sexshop und Junkiestrich erst später am Abend.

Sally versorgte mich mit Pils und Maultaschen in der Brüh. Um sieben kam Wagner. Er sah nicht aus wie handelsübliche Hacker, die sich von Nikotin und Pizza ernährten. Er tarnte sich mit dem Bauch eines Gourmets, dem gepflegten Vollbart eines Theaterkritikers und dem hellbeigefarbenen Leinensakko eines Italienreisenden. Offiziell führte er eine Firma, die große Unternehmen in Sicherheitstechnik für Computer beriet.

Nachdem er einen Trollinger bestellt hatte, wollte er wissen, wie ich seine Schuhe fände, italienisch, handgenäht. »Und rat mal, was die mich gekostet haben? Zehn Euro! Hab ich beim Online-Versand bestellt. Es ist nämlich ganz leicht, den Preis zu ändern, wenn das Programm die Ware in den Warenkorb legt.«

Ich nestelte die Patek-Philippe-Uhr von meinem Handgelenk und legte sie auf den blanken Holztisch.

Wagner ergriff sie mit Kennerhänden. »Eine Calatrava. Wunderschön! Gebraucht gekauft?«

»Nein, gefunden. Und ich suche den Besitzer. Da habe ich mir gedacht, du fotografierst sie und stellst sie ins Internet.«

Wagner lachte. »Und warum sollte der Besitzer im Internet nach seiner Uhr suchen?«

»Warum nicht? Vielleicht glaubt er, dass sie ihm gestohlen wurde und jetzt bei ebay verscherbelt wird.«

»Aber du willst sie nicht versteigern, nein? Also gut. Ich lasse mir was einfallen. Weil du es bist.« Er machte mit seiner Digitalkamera ein Foto und notierte sich die Stichworte zum Fundort, damit er den wahren Besitzer identifizieren konnte.

Beim zweiten Viertele dämpfte er auch meine Hoffnungen, dass ein Einbruch in Florians Funknetz mir zu wesentlichen Erkenntnissen verhelfen werde. »Ich kann dir sagen, auf welchen Pornoseiten er gerade surft oder welche E-Mails er abholt. Aber auf seine Festplatte komme ich so nicht. Wonach suchst du denn?«

Ich strich Richards Schatzkarte auf dem Holztisch glatt.

»Ah!«, sagte Wagner, plötzlich ernst. »Verstehe!«

Ich hielt die Klappe.

»Du wirst erpresst.«

»Was? Nein!«

»Aber diese Daten und Zahlen deuten darauf hin, dass jemand seit zwei Jahren relativ hohe Summen zahlt. Er könnte sie natürlich auch empfangen haben. Dann wäre es Bestechung. Schau, es ist doch ganz einfach. Das da ist der Empfänger, und da unten, das ist der Absender, ein gewisser R. Das Geld geht über einen gewissen F in T auf ein Konto auf den Bahamas. Von dort kommt es zurück über die Schweiz und Liechtenstein und landet hier in der Mitte. Die Zahlen daneben sind die Kontonummern und Bankleitzahlen, und das hier sind die Summen, die geflossen sind. Fast 400.000 Euro in genau einundzwanzig Monaten. Zuletzt im Februar. Ein solches Geldkarussell rückwärts nachzuvollziehen, ist praktisch unmöglich. Deshalb ist es sehr wahrscheinlich, dass der Autor dieser Skizze der Absender des Geldes ist. Er zahlt.«

Das Blut sauste mir in den Ohren. Diesen Beweis seiner Erpressbarkeit also hatte ich aus Richards Safe retten sollen, bevor Abele einen Durchsuchungsbeschluss erwirkte.

»Hat dieser Typ mit dem Funk-PC in Trochtelfingen irgendetwas damit zu tun?«, erkundigte sich Wagner.

»F in T ... Florian in Trochtelfingen!«, stammelte ich. »Und deshalb brauche ich mehr als die Pornoseiten, die er heute Nacht aufsucht.«

Wagner seufzte. »Das hatte ich mir schon gedacht. Aber dann wird es illegal.«

Ich bot ihm eine überzeugende Summe an. Ob ich die nächstes Jahr wohl als freischaffende Detektivin von der Steuer absetzen konnte? Nach dem Nemo-tenetur-Grundsatz. Meine Steuererklärung musste ich auch noch machen.

Nachdem Wagner gegangen war, zog ich an die Bar um, hinter der Sally Gläser wusch und Trollinger mit Lemberger pantschte.

»Wo hast du Richard heute gelassen?«, fragte sie.

»Im Gefängnis.«

Sally lachte. Sie kannte mich immer noch nicht, obgleich sie sich das Anrecht auf umfassende Kenntnis meiner Abgründe erworben hatte, als sie nach meinem Unfall im Krankenhaus neben mir gelegen und gemerkt hatte, dass ich an einem Medikamentenschock abzunippeln drohte. Sally verdiente ihren Lebensunterhalt nicht nur im *Tauben Spitz*, sondern auch als Sprechstundenhilfe bei einem Kinderarzt, dessen Haupteinnahmequelle darin bestand, dass er zum Quartalsende seine Patienten kränker machte, als sie gewesen waren.

Gegen elf rückten drei Herren in grauen Anzügen mit Sonnenbrillen in den *Tauben Spitz* ein. Ihnen folgte unser schicker neuer Ministerpräsident in Begleitung eines schwergewichtigen Mittsechzigers in rotem Smokingjackett und einer blondierten Dame, die geschminkt war wie achtzig, aussah wie siebzig und vermutlich höchstens Mitte fünfzig war, denn schwergewichtige

Herren in roten Smokingjacken umgaben sich nicht mit Frauen, die älter waren als sie.

Ha, endlich wieder daheim im Rhythmus der Stadt mit seinem Gleichklang von Intuition und Zufall! In der älplerischen Zeitlupe hatte zu viel Kalk gerieselt, und ich hatte mir meinen Kurs mühsam erkämpfen müssen. Jetzt spülte es mich wieder durch.

»Ist das nicht …?«, flüsterte Sally und füllte aus zwei Flaschen das Viertelesglas.

»Der Königsmörder höchstpersönlich.«

Denn er hatte im vergangenen Herbst den Sturz des Alten mit dem Schlachtruf Generationenwechsel eingeleitet. Daraufhin hatte die Kultusministerin – katholisch, kinderlos und unverheiratet, die Äbtissin genannt – ihre Schmetterlingsbrille in den Ring geworfen und eine Parteimitgliederbefragung gefordert. Frau *for President!* Mich hatte der *Stuttgarter Anzeiger* ausgeguckt, die Äbtissin zu den Regionalkonferenzen zu begleiten. Es wäre meine Chance gewesen, von den Polizeiberichten wegzukommen.

Aber ich hatte es vermasselt. Als die Schlacht der Intriganten begann, die in der Ohrfeige gipfelte, die der Staatsminister des Alten einem Parteifreund verabreichte, steckte ich den Claqueuren des Königsmörders aus Ludwigsburg, dass die Äbtissin lesbisch sei. Ich hatte damit die Sache der Schwulen und Lesben unterstützen wollen. Flugs tauchten vor den Kongresshallen Flugblätter auf, die unter den Rock zielten. Bei der sechsten und letzten Regionalkonferenz antwortete die Äbtissin endlich barsch auf die einem Ortsvorsitzenden von mir in den Mund diktierte Frage nach ihrer Orientierung: »Das ist schäbig, absurd, das ist Rufmord. Mir fehlt die Eignung, Lust und Neigung dazu.« Was sie wiederum die unmaßgebliche Unterstützung von uns Lesben gekostet hatte und mir die Rückstufung in die Niederungen des Polizeireports bescherte, denn ich hatte es angeblich an Distanz vermissen lassen.

»Und der andere?«, fragte Sally. »Der mit der roten Smokingjacke, wer ist das? Den habe ich doch erst kürzlich in den Nachrichten gesehen.«

Es erwies sich als Fehler, dass ich nach meinem Rauswurf aus der Zeitung meinen Fernsehkonsum von Nachrichtensendungen auf Rateshows umgestellt hatte.

Sally nahm das Pils unter dem Zapfhahn weg und stellte es auf das Tablett zu den beiden Vierteles. »Und wo ist Karola? Hat sich wohl wieder mal ihre halbe Stunde auf dem Klo genommen.« Sie zwinkerte mir zu und zog mit dem Tablett ab, machte einen Schlenker durchs Separee, in dem die Prominenz Platz genommen hatte, und kam zurück. »Der andere heißt Ivan.«

»Ivan?«

»Sie duzen sich, Schätzle, es sind keine Nachnamen gefallen. Aber Ivan isch von der Alb ra und will a Woize!« Sie nahm ein Weizenglas, schwenkte es unter dem Wasserhahn aus und setzte die Flasche am Glasrand an, damit das Bier unter den Schaum schleichen konnte. Zum Schluss schwenkte sie die Neige in der Flasche und ließ den Restschaum auf die Krone kacken.

»Doch nicht etwa Ivan Räffle?«, überlegte ich. »Und auch noch privat!«

»Darf er das nicht, Lisa?«

Als sich einer der Bodyguards aufs Klo begab, bestellte ich bei Sally ein Kännchen Milch. »Kannst mir meinetwegen auch einen Kaffee dazu hinstellen.«

»Keine großen Auftritte hier im *Tauben Spitz!*«, warnte sie mich. »Das würde dem Chef gar nicht gefallen.«

Da erhob sich auch schon der Königsmörder und durchquerte das Lokal, begleitet von ersterbenden Gesprächen und knackenden Wendehälsen. Hinter ihm schäumte Geflüster auf, obgleich die Stuttgarter doch so gern wie andere Großstädter auf Prominenz gar nicht reagiert hätten.

Sally stellte mir den Kaffee auf den Tresen und das Kännchen Milch. »Bitte sehr, der Herr!«

Der MP verschwand um die Ecke, an der sich der Bodyguard postiert hatte und mit seiner Sonnenbrille seelenlos die Strippen der Kupferlampen musterte, die tief über den Tischen hingen.

Ich goss mir die Milch über die Hose. »Verdammt!« Und sprang vom Barhocker.

»Das gibt einen Fettfleck«, sekundierte mir Sally. »Das musst du auswaschen, mit Seife.«

Auf dem Klo!

Ich eilte in die Arme des Bodyguards.

»Schauen Sie sich das an! Ich bin auch ein Trottel! Das ganze Milchkännchen. Immer passiert mir so was, wenn ich gerade mal gute Karten habe …« Ich schmierte ein Lächeln in Richtung meiner blond gelockten Bardame und durfte passieren.

Der Königsmörder wusch sich bereits die Hände.

Ich trat ans Waschbecken, raffte Papier aus dem Spender und drückte Seife darauf. »'n Abend«, sagte ich, ohne den Herrn anzublicken. »Ein Tipp, Herr Ministerpräsident, der Unternehmer, mit dem Sie da sitzen, wird über kurz oder lang wegen Bestechung, illegalen Waffenhandels und möglicherweise sogar Mordes in Schwierigkeiten kommen. Ein gewisser Kommissar Abele von der Polizeidirektion Reutlingen hat bereits den Stuttgarter Oberstaatsanwalt Weber verhaftet.«

Der Königsmörder war klug und sagte nichts.

Aber als ich mit nassem Hosenbein die Toilette verließ, waren die Bodyguards und ihr Schützling schon zur Tür hinaus, und Ivan Räffle und seine Frau blickten etwas verdutzt drein.

35

Während ich gegen ein Uhr morgens die Spams aus meinem E-Mailkasten räumte, traf Wagners Sendung ein. Sie enthielt Florians E-Mail-Dateien, sein Adressbuch, seine Favoriten und den Verlauf seiner Internetaktivitäten seit dreiundzwanzig Tagen. Ich schaute hier und da und dort. Die Mustererkennung funktionierte besser, wenn sich das Bewusstsein nicht allzu angestrengt einmischte. Zu seinen Favoriten gehörten die Unwetterzentrale, Outdoor-Shops, Fahrradhändler, Buchversand und Börsenkurse. In seinem Adressbuch steckten hunderte von Namen und Nummern von Personalchefs und Angestellten mittlerer und großer Firmen über ganz Deutschland verteilt. Im Internet hatte er am häufigsten Sexseiten mit Schwarzen und Musik- und Filmseiten besucht. Nach zwanzig Minuten fiel mir auf, dass im Verlauf der angesteuerten Seiten einige Banken auftauchten. In Florians Finanzamtsordner hatte ich jedoch nur Kontoauszüge der LBBW gesehen. Entweder hatte Florian noch nichts vom Nemo-tenetur-Grundsatz gehört und seine illegalen Einnahmen nicht angegeben, oder Richard hatte auf seiner Schatzkarte doch den Weg von Geld zurückverfolgt, das an ihn gegangen war. Ein Meister der Finanzrecherche. Dann war er nicht erpresst, sondern bestochen worden, und zwar von Florian.

Absurd!

Und doch! Warum sonst hätte Richard mir verboten, mit Janette und Florian über das zu reden, was er mir erzählt hatte, und zwar über den Trüpl, über Gutachten und Gutachter, Privatisierungsgesellschaften und als Personaleinsparungen umdeklarierte Einnahmen. Nur, dass ich genau darüber zuvor schon mit Janette geredet hatte.

Und nun hatte Abele ihn am Wickel. Der Schatten hatte seinen zum Todfeind mutierten Helden verhaften lassen, um ihn zu vernichten, so wie Richard ihn vernichtet hatte. Und wenn die Beweise nicht reichten? Denn den seiner Bestechlichkeit hatte

Richard mich aus seinem Safe holen lassen. Was also nun, Herr Abele? Selbstmord in U-Haft? Und hinterher die offizielle Mitteilung, der angesehene Staatsanwalt habe die Schmach einer drohenden Anklage wegen Bestechlichkeit nicht ertragen können.

Mein Puls sprengte mir das Hirn. Ich wankte in die Küche und goss einen halben Liter Wasser in mich hinein. Es kühlte, aber half nicht. Ich konnte nicht mehr denken.

Nachts um halb zwei erlebte ich bibbernd meine eigene Auslieferung an die Mordbuben im Polizeigewahrsam wieder. Du sitzt einer Analogiebildung auf, warnte ich mich. In der Tat, du hast dein Trauma nicht verarbeitet. Du fühlst dich ausgeliefert und kotzt vor Angst, dass sie dasselbe mit Richard machen. Auch das half nichts. Denn der Umkehrschluss, dass ihm nicht widerfahren konnte, was mir passiert war, entsprach auch nicht aristotelischer Logik.

»Sally, i…i…ich gl…glaube, Richard is…st tot«, häckselte ich ins Telefon.

»Ich komme«, antwortete sie.

Zum Glück musste sie nur die alte Schäferhündin Senta anleinen und von der Friedenskirche die Werrastraße herablaufen. Zwei Minuten später, und ich wäre unterwegs gewesen, um mir eine Waffe zu besorgen und mir in Reutlingen den Weg zu Richard freizuschießen.

»Ganz ruhig, Lisa!«, sagte Sally. »Überlegen wir doch mal!«

»Vermutlich«, fiel mir ein, »ist er gar nicht mehr im Polizeigewahrsam in Reutlingen, sondern in einem Untersuchungsgefängnis.« Die Angst schoss mir erneut in den Anus. »Aber sein Anwalt hätte sich dann längst bei mir melden müssen. Ich habe doch die Schatzkarte. Nein, Sally. Er ist tot.«

»Aber, Lisa, wir leben doch nicht in einer Bananenrepublik!«

Steinschlag war eine reale Gefahr; dass die ganze Höhle einstürzte, war irreal. Der Weg aus der Angst führt durch die Angst. Hark hatte die Höhle nach ein paar Minuten verlassen können. Aber vor mir lag ein ganzes Wochenende.

»Und vielleicht hat er sich gar keinen Anwalt genommen«, redete Sally auf mich ein. »Und jetzt zieh dir was an. Du schläfst bei mir.«

»Er muss sich einen Anwalt nehmen. Wegen der Akteneinsicht. Und der muss mich anrufen, sonst weiß Richard doch gar nicht, ob ich seinen Safe geknackt habe.«

»Der ruft sicher morgen an.«

Sie stopfte meine spastischen Glieder in Pullover und Jacke. Nach dem Marsch die Werrastraße hinauf und nach den achtzig Stufen in ihre Wohnung war mir wenigstens warm.

36

Am Samstag gingen wir trocken-shoppen. Sally hatte mir aus ihrem Giftschrank Betäubungsmittel für Elefanten ins Getränk gemischt, und ich waberte neben ihr die Königstraße entlang. Bei Breuninger brachten wir Stunden in den Markenabteilungen für die gehobene Dame mit Untergewicht zu. Bei Fischer probierte sie Vierhundert-Euro-Pullover, bei Bally Sneakers und Sandaletten mit passenden Handtaschen. Upperclass an den Füßen und über der Schulter – dazwischen Jeans und dicke Waden – stöckelte sie übers Parkett des Ladens und fühlte sich für zwei Minuten wie Après-Ski in Sankt Moritz. »Und bei Bogner gehen wir nachher auch noch schnell rein, ja?« Sally liebte Anprobetouren ohne Geld im Säckel. Zur Not bezahlte ich mit Karte, etwa, wenn sie an einer Handtasche doch nicht vorbeikam.

An den Sonntag erinnere ich mich nicht. Am Montag erwachte ich aus der Betäubung und besorgte mir das *Reutlinger Tagblatt*. Janette hatte nicht mit dem Wörtchen »mutmaßlich« gespart und Richard mit Titel und Foto als Hauptverdächtigen in einem blutigen Fall von Korruption und Betrug platziert, zusammen mit Haugk und Winnie als Opfer eines Skandals, der seine Kreise bis in die Stuttgarter Staatsanwaltschaft ziehe. Von einem Handel mit Landminen wagte sie nicht zu reden, aber von einem Sprengmittelingenieur, der tief im kalten Grab einer Höhle ruhe und nicht mehr als Zeuge aussagen könne, nachdem er zunächst Kontakt zu dem nunmehr in Haft sitzenden Oberstaatsanwalt Richard Weber aufgenommen habe. Selbiger Staatsanwalt habe, ersten Ermittlungen zufolge, über mehrere Jahre hinweg Schmiergelder erhalten, hinter denen möglicherweise ein renommierter Bauunternehmer von der Münsinger Alb stecke.

Ich rief die Justizvollzugsanstalten durch und wurde in Rottenburg fündig. Die Angst, die mich Freitagnacht erwürgt und mir das Wochenende über die Eingeweide zersetzt hatte, löste sich auf wie Aspirin in Wasser. Richard lebte! Aber bei den Vorwürfen saß er vermutlich noch länger. Ein Besuch musste vom Staatsanwalt genehmigt und im Gefängnis drei Tage vorher angemeldet werden. Den für Untersuchungsgefangene erlaubten monatlichen Betrag von 153 Euro 39 Cent konnte ich allerdings gleich auf das Konto der Zahlstelle der JVA Rottenburg überweisen. Damit Richard sich Äpfel kaufen konnte. Aber vermutlich bevorzugte er Zigaretten. Zehn Paar Socken standen einem Untersuchungshäftling zu, zehn Garnituren Unterwäsche, zwei Schlafanzüge, zwei Paar Straßenschuhe, ein paar Hausschuhe, zwei Hosen, zwei Freizeithosen, zwei Freizeitoberteile, zwei kurze Sporthosen, ein Paar Sportschuhe, ein Paar Badeschuhe, ein Bademantel, eine Wollmütze, ein Wollschal, ein Paar Handschuhe, eine Jacke, ein Mantel. Interessanterweise aber weder Oberhemd noch Pullover.

Um Richard Socken zu bringen, hätte ich entweder en gros einkaufen gehen oder bei ihm in der Kauzenhecke auf der Halbhöhe der Professoren, Chefärzte, Architekten und Anwälte einbrechen müssen. Die Jugendstiltüren mit Tiffanyglasoberlichtern hätten mir genauso wenig entgegenzusetzen gehabt wie den polnischen Kindereinbrecherbanden, die Oma Scheible in der Neckarstraße grundlos fürchtete. Doch zunächst brauchte ich die schriftliche Besuchsgenehmigung von der Staatsanwaltschaft in Tübingen. Ein Anrufbeantworter informierte mich über die Öffnungs- und Sprechzeiten: »… und nachmittags von Montag bis Donnerstag von vierzehn Uhr bis fünfzehn Uhr dreißig.«

Meine Patek Philippe tickte zwölf Uhr zweiundfünfzig. Am besten, ich sprach persönlich vor. Auf der Treppe stoppte mich Oma Scheible. »Was hat das Finanzamt von Ihne welle?« Ihre Augen schillerten wie Aalsuppe.

»Machen Sie den Brief doch auf!«, schlug ich vor und sprang die Steintreppen aus grauem Granit zu der wackligen Haustür hinunter, hinter deren Wellglaselementen sich die Konturen eines Herrn abzeichneten, der mit dem Finger die Klingelschilder abrasterte. Ich riss schwungvoll die Tür auf und verschluckte mich. »Richard!«

Er lächelte.

»Scheiße, und ich habe dir gerade das Geld überwiesen! Wie kriege ich das jetzt wieder.«

»Bitte?«

»Einem Untersuchungsgefangenen stehen 153 Euro und ein paar Zerquetschte monatlich zu. Wusstest du das nicht? Ich dachte, damit du dir Zigaretten kaufen kannst.«

Er lachte. »Lisa, du –«

»Ich überrasche dich eben immer wieder.«

»Nein, ja … Ich meine, du scheinst ja kein großes Vertrauen in meine Unschuld gehabt zu haben.« Er nahm mich am Ellbogen und führte mich, freundlich grüßend, an Oma Scheible vorbei nach oben. »Ich sag dir«, seufzte er wie einer Wüstentour ohne Wasser entronnen, »wer da nicht durchdreht, hat Nerven wie Drahtseile.«

Ich machte die Wohnungstür hinter mir zu und versuchte mir vorzustellen, wie Richard durchdrehte.

»Dass man sich da so … so ausgeliefert fühlt, bis auf die Knochen ausgezogen, das hätte ich nicht gedacht. Juristisch giltst du als unschuldig, de facto bist du ein Schwerverbrecher. Nur, dass deine Lage ungewisser ist. Du weißt nicht, wie lange es dauert. Du kannst niemanden fragen. Du hast kein Telefon. Niemand hört dich. Du kannst nichts tun, um deine Lage zu ändern. Und du weißt nicht, was draußen geschieht.«

Ich schwieg taktvoll.

»Geholfen hat mir nur der Gedanke an dich und deine ohne Zweifel hektischen Bemühungen, mir zu helfen.«

Er hatte ja keine Ahnung, wie hektisch meine Bemühungen gewesen waren. »Aber deine Botschaft war schon sehr hermetisch.«

»Dann hast du sie also geknackt?« Die Besoffenheit des knapp dem Untergang Entgangenen blitzte in seinen Augen.

»Keine gute Botschaft, Richard. Du wirst bestochen.«

»Nein, ich werde geschmiert. Aber der General ist informiert. Das Geld liegt auf einem Treuhandkonto der Staatsanwaltschaft.«

»Und wofür schmiert man dich?«

»Vermutlich für den Tag X, da die Person, die mich schmiert, vor Gericht gestellt wird. Dann wird sie mich und meine Abteilung als bestechlich disqualifizieren. Es sei denn, wir mildern unsere Anklage oder lassen sie fallen.«

Mein Festnetztelefon klingelte. Es war Sally, die sich nach meinem Befinden erkundigte. »Ich bin okay. Richard ist wieder frei«, teilte ich ihr mit. »Er demoliert gerade meine Kaffeemaschine.«

Richard war in die Küche geschlendert und hielt die Klappe des Wasserbehälters in der Hand. »Sie war schon kaputt«, bemerkte er, nachdem ich aufgelegt hatte.

»Und wer steckt dahinter?«, erkundigte ich mich, knackte den Deckel wieder in die Halterung, versorgte das Gerät mit den notwendigen Zutaten und knipste es an.

»Auf meinen Kontoauszügen erscheinen die Zahlungen als Honorar für die juristische Beratung einer Beratergesellschaft in

Liechtenstein. Die Gesellschaft besitzt allerdings nur einen Briefkasten. Aber ich konnte das Geld zurückverfolgen bis –«

»Bis zu Florian Bayer.«

Richard nickte. »Aber der ist natürlich nur der Mittelsmann.«

»Übrigens dürfte er noch andere bestechen«, fiel mir ein. »Oder schmieren. Er hat im Mai ziemlich viele Bankgeschäfte über Banken getätigt, die in seiner Steuererklärung keine Rolle spielen. Und deine letzte Zahlung hast du laut deiner Schatzkarte im Februar erhalten.«

Richard warf mir einen kurzen, aber interessierten Blick zu. »Dann würde sich eine Hausdurchsuchung langsam lohnen.«

Ich holte Kaffeebecher aus meinem Geschirrschrank. »Und wieso hat man dich heute wieder laufen lassen?«

»Tja, das ist in der Tat ulkig. Da hat anscheinend am Freitag im *Tauben Spitz* ein Unbekannter, vermutlich ein Journalist, ein hochrangiges Mitglied der Landesregierung, dessen Name nichts zur Sache tut, auf der Toilette nicht nur vor Ivan Räffle, sondern auch vor den unklugen und voreiligen Ermittlungen, die in Reutlingen gegen ihn und einen namhaften Stuttgarter Staatsanwalt betrieben werden, gewarnt.«

»Tatsächlich?« Ich wusch intensiv ein paar Ameisen aus den Kaffeebechern. Immer Ende Mai, Anfang Juni schwärmten sie die Hauswände hoch, um in den Blumentöpfen meiner Nachbarn Hausstände zu gründen. Dabei schauten sie auch gern in meiner Zuckerdose vorbei und verhungerten in meinen Kaffeebechern.

»Das hat«, fuhr Richard fort, »zu einer hektischen Nachfragetätigkeit auf allen möglichen Ebenen geführt und dazu, dass mein Anwalt mit seinem Antrag auf Haftprüfung schneller Erfolg hatte, als er ihn stellen konnte. Der Ermittlungsrichter schenkte dann unserer Einlassung sofort Glauben, dass ich mein Handy auf dem Truppenübungsplatz verloren habe. Zumal Abele sich in Widersprüche verstrickte, ob mein Handy nun in der Höhle oder auf dem Grillplatz gefunden worden war. Damit ließ sich der dringende Tatverdacht so nicht mehr aufrechterhalten. Abele behauptete daraufhin, Räffle würde mich bestechen, und der unter ungeklärten Umständen zu Tode gekommene Sprengmittelingenieur habe als Zeuge gegen mich aussagen wollen, blieb aber trotz einer noch am Samstag durchgeführten Durchsuchung meiner Privaträume und meines Büros den Beweis schuldig.«

Ich schenkte Kaffee in die beiden Becher.

»Abele ritt derartig fanatisch auf meiner Bekanntschaft mit Ivan Räffle herum, dass der Richter sich schließlich zu der Bemerkung hinreißen ließ, wenn das ein Haftgrund sei, dann müsse man auch den Ministerpräsidenten in U-Haft stecken.«

»Du kennst Räffle?« Ich stellte den Zucker hin, denn Richard pflegte seinen Kaffee mit unwürdigen Mengen zu süßen. »Klar, du kennst ja jeden im Ländle, der über eine Million schwer ist.«

»Zum Beispiel dich«, schmunzelte er, Zucker schaufelnd. Er war mir erst letztes Jahr draufgekommen, dass ich aus meiner in einem Auto an einem Birnbaum zerplatzten Ehe mit dem Sohn des Saftfabrikanten Gallion ziemlich reich hervorgegangen war. »Aber ich habe dir doch von dieser Umsatzsteuerbetrugsgeschichte erzählt, die mit einem Strafbefehl gegen Räffle endete.«

»Es ist Räffle, der dich schmiert, nicht wahr, R wie Räffle?«

Richard blies über den Kaffee. »Den Beweis dafür könnte ich vielleicht mithilfe von Florians Konten führen und mithilfe einer Durchsuchung bei Räffle. Aber das ist nicht ohne Risiko. Vor allem, wenn Räffle gewarnt wurde und seine Spuren verwischt.«

Offensichtlich kannte er Janettes Artikel noch nicht. Dem zufolge war Räffle gewarnt.

»Wie konnte es Abele überhaupt gelingen, dich zu verhaften?«

»Ach, das war nicht schwierig. Er hat den Haftbefehl Donnerstagabend von der Bereitschaftsstaatsanwältin in Tübingen beantragen lassen, die sonst nur mit Jugendstrafrecht befasst ist. Der hat er, wie in solchen Fällen üblich, Formulierungs- und Entscheidungshilfe gegeben. Die Sache schien dann auch dem Richter dringlich, weil nach Haugk nun auch Winnie, den ich am Vormittag besucht hatte, unter höchst verdächtigen Umständen ums Leben gekommen war.«

»Hätte dein Anwalt sich nicht mal bei mir melden können?«

Richard lächelte verlegen. »Ich habe ihm deine Festnetznummer gegeben, aber die von deinem Handy habe ich leider nur auf meinem Handy, nicht in meinem Kopf gespeichert.« Endlich gelang ihm der erste Schluck Kaffee. »Und«, fragte er mit einem kurzen Blick aus dem Fenster zum Bunker der Staatsanwaltschaft hinüber, »gab es Probleme?«

»Deine Frau Kallweit hat mich gestellt, und es fehlte nicht viel, und es wäre an der Pforte zu einer Leibesvisitation gekommen. Deine Schatzkarte hatte ich im Stiefel versteckt.«

Er lachte.

»Aber was ich nicht ganz verstehe, Richard. Wozu? Abele hätte aus den Zahlen niemals eine Anklage konstruieren können, wenn der General Bescheid weiß und alles auf einem Treuhandkonto liegt.«

Er blickte mich über den Becherrand hinweg an. »Nun ja, der General weiß es erst seit Mittwoch. Ich saß gerade bei ihm, als du anriefst. Dabei hatte Kallweit absolutes Verbot, irgendwelche Anrufe durchzustellen, schon gar keine für mich auf den Apparat des Generals. Ich hatte nur eine halbe Stunde, ihm die ganze Räuberpistole mit Leiche zu erzählen, und hielt es darum nicht für angeraten, ihn schon zwei Tage später damit zu belasten, dass er mir öffentlich das Vertrauen aussprechen muss.«

»Du bist doch der geborene Schlawiner!«

Er schmunzelte.

»Übrigens habe ich in deinem Tresor auch meine Akte wiedergesehen.«

Richard zeigte nicht den Hauch von Gewissen. »Und was hast du damit gemacht?«

Ich hob die Hände und feixte. »Und noch eine Kopie wirst du davon ja nicht haben.«

Er senkte den Blick in seinen Becher. Unten bremste eine Stadtbahn. An der Ampel startende Motoren hallten im Häuserschacht wider. Richard war, bevor er sich bei mir zurückmeldete, offensichtlich bei sich zu Hause gewesen und hatte den Abendanzug, in dem er verhaftet worden war, gegen ein für seine Verhältnisse legeres grünliches Sakko, ein lindgrünes Hemd mit offenem Kragen und dunkelbraune Hosen getauscht.

Dabei fiel mir auf, dass ich tatsächlich im Begriff gewesen war, so aus dem Haus zu gehen, wie ich mich nach dem Aufstehen unter den Nachwirkungen von Sallys Betäubungsmitteln angezogen hatte, in Jogginghosen und fleckigem Sweatshirt. So ganz war ich immer noch nicht wieder bei mir. Ich zog mich kurz mal zurück. Richard stöberte mich auf, als ich sauber und adrett vor dem Badezimmerspiegel mit Mascarabürstchen und Lidschatten klapperte.

Da auf der Ablage unterm Spiegel meine Make-up-Stress-Kippe qualmte, zündete auch er sich eine an und griff nach der Funduhr auf der Ablage vor dem Spiegel. »Patek Philippe? Was trägst du neuerdings für teure Uhren. Zeigen sie eine qualitativ hochwertigere Zeit an?«

»Zu deiner Beruhigung, sie gehört mir nicht. Ich habe sie in der Mondscheinhöhle gefunden, noch bevor ich wusste, dass ich auf eine Leiche stoßen würde. Weder Hark noch Florian oder Bodo haben erkennen lassen, dass sie ihnen gehört.«

»Winnie auch nicht?«

»Winnie war Höhlenkletterer. Er hätte sie sich wiederholen können.«

»Aber hätte er das auch getan, wenn er sie beispielsweise im Kampf mit Haugk am Höhlenmund oder in der Höhle verloren hätte?«

»Sie ist so viel wert wie ein Kleinwagen. Er hätte!«

»Oder er hat beim ersten Bergungsversuch eigentlich diese Uhr gesucht. Dabei könnte Winnie übrigens auch Haugk durch den Spalt etwas tiefer befördert haben, um behaupten zu können, da sei keine Leiche. Leider hat Hark Fauth ihm mit seinem Vorschlag einen Strich durch die Rechnung gemacht, eine Kamera hinunterzulassen. Ein Vorschlag, den Winnie auch selbst hätte machen können, denn er war doch der Exkursionstechniker, oder nicht?«

»Und weil er die Uhr nicht fand, hat er dein Handy als Fundstück deklariert, um von sich abzulenken, was ihm ja auch gelungen ist. Wie auch immer er allerdings auf dem Trüpl an dein Handy gelangt sein mag.«

Richard schwieg.

»Allerdings«, sagte ich, »hätte ich an seiner Stelle eine Uhr, die ich bei einem Mordanschlag verloren hätte, gleich geholt.«

»Das glaube ich nicht«, sagte Richard langsam. »Denn wie sicher hättest du sein können, dass der Unglückliche im Schacht nicht noch lebte. Wenn er Wasser vom Sinter geleckt hat, hätte er drei Wochen überleben können, auch mit gebrochenem Bein. Winnie hat ihn ja nicht totschlagen müssen, um ihn als möglichen Zeugen seines Landminenhandels zum Schweigen zu bringen. Übrigens in völliger Verkennung der geringen Strafe, die ihn erwartete, verglichen mit der für Mord. Aber nach Mord fühlte es sich ja auch nicht an. Winnie musste nur das Seil oben am Haken durchschneiden. Aus eigener Kraft kam Haugk nicht mehr hoch, aber gleich zu Tode gestürzt haben muss er sich ja nicht. Wärst du da runtergestiegen, auf die Gefahr hin, in zwar tödlich erschöpfte und verzweifelte, aber nicht gebrochene Augen zu blicken?«

Ich schnallte mir die Uhr um. »Nee.«

»Für wen hübschst du dich eigentlich so an?«

»Für Winnies Witwe.«

Richard warf in der Küche der Front der Staatsanwaltschaft mit ihren spiegelnden Fenstern, der beschrankten Einfahrt, den Scheinwerfern an der Dachkante und den Sendemasten einen letzten sehnsüchtigen Blick zu. »Na gut. Da kann ich dann ja auch gleich bei Hildegard meine Sachen abholen.«

Bei Neckartenzlingen klingelte mein Handy.

»Hallo, Lisa?«, knarzte es. »Bodo Schreckle hier. Janette hat mir Ihre Nummer gegeben. Ich hoffe, ich störe nicht.«

»Nein, was gibt's?«

Er hüstelte. »Ich weiß es nicht so genau.«

»Raus damit!«

»Wahrscheinlich ist gar nichts. Ich war nur gerade im Rabenhaus und Gerrit wirkt etwas ... wie soll ich sagen ... ernst ist er ja immer. Aber diesmal wirkt er ... zu tapfer. Er ist allein und sagt nicht, wo sein Vater ist. Irgendetwas stimmt da nicht.«

Bodos Erregung war auch nicht ganz stimmig. »Bodo«, sagte ich, »wenn Sie nicht der Lehrer wären, würde ich Ihnen auf den Kopf zusagen, dass Sie ein schlechtes Gewissen haben.«

Stille.

»Sind Sie noch dran?«

»Sie haben Recht, fürchte ich, ich habe da etwas zu Hark gesagt, was ich nicht hätte sagen sollen. Beim Bäcker heute früh. Im *Reutlinger Tagblatt* war doch dieses Foto von Achim Haugk. Ich weiß nicht, ob Sie –«

»Ich habe es gesehen.«

»Das isser, Lisa.«

»Wer?«

»Der Mann, mit dem ich Sibylle in Ulm gesehen habe und dann noch mal im Wald bei der Laichinger Tiefenhöhle in ... eindeutiger Position.«

»Ach was! Achim war tatsächlich Sibylles Geliebter?«

Bodo hüstelte. »Und das wirft doch nun ein ganz neues Licht auf ... auf alles.«

»Was alles?« Wir streiften Metzingen, ein einziger Schilderwald zu den Factory-Outlets namhafter schwäbischer Textilindustrie.

»Na«, sagte Bodo, »wenn dieser Kerl Sibylles Geliebter war, dann hätte Hark doch ein Motiv gehabt. Nicht wahr?«

»Stimmt, Mr Holmes«, antwortete ich.

»Jedenfalls, ich habe unter dem Eindruck des Artikels und

der Fotos zu Hark gesagt, es werde Zeit, dass er den Vorsitz des Naturforschenden Vereins Schwäbische Alb abgebe. Und zwar, bevor die Polizei den Fall wieder aufrollt und womöglich Anklage gegen ihn erhebt.«

»Was habt ihr nur gegen Hark Fauth, Janette und Sie«, seufzte ich. »Was er Janette getan hat, weiß ich. Aber was hat er Ihnen getan, Bodo?«

»Nichts.«

»Ja?«

»Ach, wissen Sie, wenn Sie mal so viele Jahre auf dem Buckel haben wie ich, dann werden Sie das vielleicht verstehen. Als junger Bursche wollte ich den Mount Everest und den Nanga Parbat besteigen, doch dann habe ich Renate kennen gelernt. Ich habe geheiratet und bin Volksschullehrer geworden. Und ich habe es nie bereut.«

Ich musste lachen. »Dennoch grollen Sie dem Höhlenkrokodil irgendwie, weil es nicht dieselben feinen Rücksichten auf seine Frau genommen hat, die Renates Patenkind war.«

»Ich weiß, es ist kindisch. Es war schließlich damals meine Entscheidung, und er hat eine andere getroffen. Es hat mir dann auch Leid getan, und deshalb bin ich heute Mittag zum Rabenhaus gegangen, um mich bei Hark zu entschuldigen und meine Rücktrittsforderung zurückzunehmen. Schließlich war ich ja auch in keiner Weise dazu autorisiert. Und da finde ich Gerrit allein im Haus. Aber wahrscheinlich ist gar nichts los, und ich mache mir völlig unnötig Gedanken.«

»Vermutlich, Bodo. Hark ist ein sehr gewissenhafter Vater. Und Gerrit ist alt genug, mal zwei Stunden alleine zu Hause zu sein.«

»Wahrscheinlich haben Sie Recht. Entschuldigen Sie die Störung.«

»Keine Ursache, Bodo!«

Doch er hatte es geschafft: Das vage Gefühl der Bedrohung war wieder da. Aber vermutlich flirrten meine Nerven einfach noch.

37

»Nein«, wiederholte Eva, »die Uhr hat meinem Mann nicht gehört. Nein, bestimmt nicht.« Ihr Blick aus trocken geweinten Augen lagerte sich wie Kalkstaub auf Richard ab. »Aber Sie sind doch der, der am Donnerstag schon einmal hier war. Und dann hat man Sie verhaftet. Steht in der Zeitung. Ich habe Sie gleich erkannt auf dem Foto.«

Richard runzelte die Stirn.

»Ein Versehen!«, beeilte ich mich zu erklären. »Und die Presse ist manchmal etwas vorschnell, das wissen Sie doch.«

»Erlauben Sie mir, mein tief empfundenes Beileid auszudrücken«, sagte Richard. »Und verzeihen Sie. Wir wollten wirklich nicht aufdringlich sein. Es ist sicherlich alles sehr schwer für Sie.«

»Na gut, kommen Sie rein. Aber viel kann ich Ihnen nicht sagen.«

Sie winkte uns durch den Flur. Die drei Orgelpfeifen betäubten sich vor dem Fernseher im Nebenzimmer, dessen Schiebetür offen stand. Eva schob sie zu. »Was darf ich Ihnen anbieten?« Sie nahm den Aschenbecher und leerte ihn in einen Papierkorb. »Eigentlich sollte ich ja nicht rauchen«, sagte sie mit einem Griff auf ihren Sechsmonatsbauch. Auf dem Couchtisch standen halb leere und leere Flaschen und etliche von Beileidsbesuchen zeugende Gläser. »Sie müssen entschuldigen. Es ist nicht aufgeräumt. Bitte, nehmen Sie Platz. Und Sie wollen wirklich nichts?« Ihre jurakalkblonden Haare kringelten sich schlaff auf den Schultern. »Das Leben geht weiter, sagen jetzt alle. Und die Kinder brauchen mich ja.«

Vom Couchtisch war die heutige Ausgabe des *Reutlinger Tagblatts* gewelkt. Richard verteidigte den Sessel, der dort stand, und setzte sich, nachdem Eva und ich Platz genommen hatten.

»Wenn die Beerdigung erst einmal rum ist, dann wird es vielleicht besser«, sagte Eva. »Dann ist das eine abgeschlossen und man kann neu anfangen. Aber sie haben ja noch nicht einmal seine Leiche freigegeben. Und sie sagen auch nicht, wann. Wie soll ich das den Kindern erklären? Was wollen die denn noch finden an einer zur Unkenntlichkeit verkohlten Leiche? Ob er Alkohol im Blut hatte? Als ob das jetzt noch jemanden interessieren müsste!«

»Wissen Sie, Frau Müller«, sagte Richard ruhig, »für die nächsten Angehörigen ist es letztlich besser, sie wissen ganz genau, wie und warum der geliebte Mensch gestorben ist. Auch wenn die Antworten manchmal nicht angenehm sind, so sind es in jedem Fall Antworten, die es Ihnen ersparen zu grübeln und sich zu fragen, ob nicht doch Fehler gemacht wurden, ob nicht doch etwas übersehen wurde und ob nicht doch alles ganz anders war. Nach meiner Erfahrung ist es für die Angehörigen beispielsweise entscheidend zu wissen, ob Fremdverschulden vorlag oder nicht.«

Sie starrte ihn gläubigen Auges an. Vermutlich hatte sie den Eindruck, jeder Staatsanwalt dürfe mit ihr reden, wie es ihm gefiel. Dass Richard diesen Eindruck nicht berichtigte, zeigte, dass auch er noch nicht ganz mit sich im Reinen war.

»Denken Sie nur an Hark«, ergänzte ich. »Da wurde nie abschließend geklärt, unter welchen Umständen seine Frau ums Leben gekommen ist.«

Evas Gesichtszüge verfielen um einen weiteren Schatten. Hastig fischte sie eine Zigarette aus der Schachtel.

»Gerrit«, fuhr ich fort, »leidet darunter, Hark ist darüber klaustrophobisch geworden, und seine Freunde trauen ihm nicht mehr. Ein halbes Dutzend Leben sind zerstört, zumindest aber haben sie eine andere Wendung genommen. Und nur, weil man nicht genau weiß, was wirklich passiert ist.«

Eva zündete sich zeremoniell die Zigarette an, blies leicht pfeifend den Rauch gegen die Lampe über dem Couchtisch und blickte prüfend zu dem Staatsanwalt hinüber. »Man hätte es wissen können. Das meine ich jedenfalls.«

Richard schwieg, mildes Desinteresse auf dem Gesicht. Mit dem Fuß schob er heimlich unterm Couchtisch die Blätter des *Reutlinger Tagblatts* auseinander.

»Hark selbst hat damals Winnie angefleht, nichts zu sagen.«

»Was denn?«, traute ich mich kaum zu fragen.

»Hark lag ja ein paar Wochen im Koma. Danach ist Winnie zu ihm ins Krankenhaus, weil er doch den Bericht schreiben sollte. ›Nichts über Sibylle! Sie hat keine Schuld!‹, hat Hark ihn damals angefleht. ›Denk an Gerrit! Sie ist doch seine Mutter!‹ Also hat er doch etwas gewusst, Hark, meine ich, aber danach hat er immer gesagt, er erinnere sich an nichts.«

»Dann war es kein Petzl-Stop-Unfall?«, erkundigte ich mich.

Eva schüttelte den Kopf. »Ich weiß natürlich nur, was mir Winnie erzählt hat. Ich weiß noch, wie er damals heimkam und sagte: ›Sibylle ist tot und Hark wird es vermutlich auch nicht schaffen.‹ Und dann hat er gesagt: ›Weißt du, wonach das aussieht? Sie hat ihm einen Schubs gegeben am Durchschlupf. So wie er gefallen ist.‹ Wir wussten ja alle, dass Sibylle einen andern hatte. Alle wussten das, nur Hark nicht. Es hat ihn auch nicht interessiert, denke ich. Männer sind manchmal so feige, nicht? Und Winnie hat sich auch nicht getraut, es ihm zu sagen.« Eva lachte traurig dem Rauch hinterher, den sie ausstieß. »Ja, Sie haben Recht …« Sie schaute zu meinem Begleiter hinüber, der seine Augen auf die Zeitung zwischen seinen Füßen stielte, aber sofort aufblickte. »Es hat mehr als nur Sibylles Leben zerstört, was damals passiert ist und dass man es niemals aufgeklärt hat.«

Das hatte zwar ich gesagt, aber wenn Richard anwesend war, gestand man mir meist keine vernünftigen Äußerungen mehr zu, vor allem, wenn ich modische Knitterjeans und ein Oberteil mit hellblauen, hellgrünen und rosafarbenen Punkten trug wie jede x-beliebige Kaufhausschnuppe.

»Auch Winnies Leben hat es zerstört«, ließ ich Eva fortfahren. »Nicht nur, weil Schluss war mit den Exkursionen. Und vielleicht sogar meines. Na, zerstört vielleicht nicht. Aber man hatte plötzlich Geheimnisse vor anderen. Winnie wollte nicht, dass ich erzähle, was er gesehen hat. Vor allem Janette nicht. Obgleich die ja einen regelrechten Feldzug gegen Hark gestartet hat. Die arme. Sie war so verliebt in ihn. Dabei ist er vermutlich ganz unschuldig. Aber er hat es ja auch herausgefordert! Dass nur ja nichts auf Gerrits Mutter kommt! Das hat auch Winnie belastet. Er hat ja immer zu Hark gehalten, aber richtig verteidigen durfte er ihn nicht. Nur im Verein predigen konnte er, dass jeder so lange als unschuldig zu gelten hat, bis er von einem ordentlichen Gericht verurteilt worden ist. Deshalb haben sie Hark als Vorsitzenden des Vereins nicht abgewählt. Aber mancher hat auch Winnie schief angeschaut deswegen.«

»Sagen Sie mal«, meldete sich Richard, der die Lektüre der Zeitung inzwischen offenbar abgeschlossen hatte, plötzlich zu Wort, »diesen Geliebten von Sibylle Fauth, den kannten Sie?«

»Achim Haugk, ja. Aber den Namen habe ich jetzt erst aus der Zeitung erfahren. Ich habe nur seinen Vornamen gekannt. Ich habe ihn auch nur drei- oder viermal mit Sibylle zusammen gesehen, in Reutlingen. Nach Sibylles Tod hat man hier heroben zwei Jahre lang nichts mehr von ihm gehört. Aber kürzlich, vor einem halben Jahr oder vielleicht etwas mehr, ist er wieder aufgetaucht.«

»Wie aufgetaucht?«, fragte ich.

»Er soll in Münsingen eine Firma aufgemacht haben, die wo Blindgänger entschärft. Gut laufen tat sie scheint's nicht.«

»Kann ich mir auch schwer vorstellen«, bemerkte Richard. »Wo es etwas zu entschärfen gibt, nämlich in Ostdeutschland, da sind die Reviere verteilt. Und wer wendet sich schon an eine kleine Firma in Münsingen.«

Eva stieß die halb gerauchte Zigarette in den Aschenbecher. »Winnie hat ihn dann mal in Münsingen besucht, im Sommer letztes Jahr. Ich habe ihm gesagt, er soll das lassen. Hark hätte bestimmt nicht gewollt, dass er, also mein Winnie, sich einmischt.

Viel hat mir Winnie nicht erzählt. ›Dieser Granadefurzer!‹, hat er geflucht. Scheint's wollte Achim die Vaterschaft an Gerrit für sich beanspruchen. ›Dafür habe ich mein Gutachten nicht geschönt‹, hat Winnie gesagt, ›dass dieses Arschloch jetzt Gerrit auch noch den Vater wegnimmt.‹ Ja, denn mein Winnie hat immer an die Kinder gedacht. Immer zuerst an die Kinder.«

Eva brach unversehens in Tränen aus.

Ich rückte zu ihr aufs Sofa und legte den Arm um sie.

»Und ich dachte immer«, schluchzte sie, »Winnie und ich hätten keine Geheimnisse voreinander. Ich dachte, ich wüsste, was er tut und denkt. In die Höhlenrettung, was hat er da an Zeit und Geld investiert. Er hat immer nur an andere gedacht. Das war sein Lebensinhalt. Und dann fliegt er mit einem Transporter voller Landminen in die Luft. In Afrika sterben Kinder deswegen. Oder sie reißen ihnen die Beine weg. Ich habe mal einen Bericht im Fernsehen darüber gesehen. Wie diese Kinder lächeln, obwohl ihnen ein Bein fehlt.«

»Winnie muss ja nicht gewusst haben, was er transportierte«, sagte ich wider besseres Wissen. »Es könnte geglaubt haben, dass er Schrott fährt.«

Das tröstete auch nicht mehr. »Nichts habe ich über Winnie gewusst. Gar nichts! Vielleicht hat er diesen verdammten Achim umgebracht. Aus Freundschaft für Hark. Und verdient hätte es dieses Arschloch wohl. Aber mein Winnie ein Mörder?« Sie weinte fürchterlich. »Woher soll ich das wissen? Woher weiß ich, wozu mein Mann fähig war? Kann man das überhaupt wissen?«

Wie leichtfertig Richard und ich Winnie doch vorhin zu Haugks Mörder erklärt hatten! Einfach nur, um einen zu haben. Eine Antwort auf eine offene Frage.

38

Richard sah ziemlich gemangelt aus, als wir eine Stunde später zum Auto wankten. Ich vermutlich auch, aber mich musste ich ja nicht anschauen.

»Mir reicht's«, erklärte ich mit Verve, als Richard den Wagen in die grünen Falten des Albtraufs hineinsteuerte. »Holen wir deine Sachen bei Hildegard und dann zurück in den sauberen Großstadtdschungel.«

»Und Gerrit?«, fragte Richard. »Was ist mit dem?«

»Ach ja, richtig. Gerrit allein zu Haus. Soll Janette sich darum kümmern.«

»Na, wenn sie Hark so verurteilt hat wie mich in ihrem Artikel, dann sollte man ihr dieses Kind nicht überlassen.«

»Aber ich will gar nicht wissen, wie Harks Frau zu Tode kam, Richard. Und dieser Achim Haugk war offensichtlich ein Arschloch. Wo er liegt, liegt er gut. Außerdem muss ich mich nicht mehr um herrenlose Leichen kümmern, nur damit sie mich beim *Stuttgarter Anzeiger* durchfüttern. Das ist vorbei, Richard. Dir hat das ja ohnehin nie gefallen.«

Er langte über die Konsole nach meiner Hand. »Lisa!« Sein Schiff schlingerte kurz. »Nun tritt nicht gleich alles in die Tonne, nur weil du mal eine Ohrfeige einstecken musstest. Das macht nicht alles schlecht, was du tust. Und ob es mir gefällt, hat doch für dich nie eine Rolle gespielt.«

»Weißt du eigentlich«, sagte ich, »dass deine Freundin Hildegard mir dringend empfohlen hat, ernsthaft über mich nachzudenken?«

Richard schmunzelte und legte wegen einer Kurve wieder beide Hände ans Steuer. »Das ist natürlich eine schwerwiegende Beleidigung. Wobei noch zu klären bleibt, ob sie deine intellektuellen Fähigkeiten dabei unterschätzt oder überschätzt hat.«

»Blödmann! Warum kannst du mir eigentlich nicht sagen, was dich für zehn Tage in ihre Arme getrieben hat?«

»Ich musste nachdenken, Lisa.«

»Und worüber?«

Wir rollten über die Hochebene mit ihren Karstkuppen und Waldkronen. Meine verschnurzelte Seele weitete sich. Auf widersinnige Weise war ich froh, aus der Stadt heraus zu sein.

»Das ist nicht so einfach zu erklären«, sagte Richard. »Ich will mal so sagen …«

Da klingelte erneut mein Handy. Es war Janette.

»Lisa, wo bist du?«

»Was gibt's?«

»Hat Bodo dich erreicht? Ich habe eben noch mal bei ihm angerufen. Er sagt, Hark sei verschwunden. Und ich sitze hier in der Redaktion fest. Die haben deinen Staatsanwalt heute wieder freigelassen. Offenbar ein Justizirrtum. Das war ja ein ziemlicher Scheiß, den du mir da erzählt hast, Lisa. Schwunghafter Handel mit Landminen aus Münsingen und so. Jetzt sieht es so aus, als habe Winnie alleine gehandelt. Er hat scheint's eine Sicherheitslücke genutzt und ein paar Kisten Landminen mitgehen lassen, wenn er in Münsingen Schrott abholte. Die hat er dann an ein paar Somalier verscherbelt.«

»Janette, worum geht's?«

»Ich glaube, Lisa, wir sollten miteinander reden. Hättest du heute Abend Zeit? Florian hat seinen Kinoabend, und Laura übernachtet bei einer Freundin.«

»Hm. Mal sehen. Ich bin gerade auf dem Weg zu Gerrit. Ich melde mich, ja?«

Richard kurvte schon durchs vertraute Steinhilben in das von Butterblumen gelbe Tal, an dessen Ende die Fenster des Rabenhauses glitzerten. Der Hof lag still und verlassen.

»Du kommst doch mit rein, Richard?«, vergewisserte ich mich. »Diese Kinder sind mir fremd. Sie spielen eine Stunde lang Ermorden und wälzen sich röchelnd in der Wiese.«

»Das ist ihre Art, die Ereignisse zu verarbeiten.«

Ich klopfte an die Haustür, erhielt keine Antwort und klinkte die Tür auf. »Gerrit?«

Der Junge kam die Treppe herab. Schmal und dunkel.

»Hallo, Gerrit«, sagte Richard. »Wo ist denn Graf Huckebein?«

»Bei mir oben.«

»Und dein Vater?«, fragte ich.

»Der kommt nicht wieder.« Damit drehte er sich um und stieg die Stufen wieder hinauf.

Ich wäre ihm sofort gefolgt, aber Richard hielt mich zurück. »Dürfen wir auch hochkommen?«, fragte er.

Gerrit drehte sich oben wieder um. »Meinetwegen.«

Der Rabe döste in einem unaufgeräumten Bubenzimmer auf dem Schrank. »Onk!«, gluckste er. Es war ein Dachzimmer mit einer Dachgaube, deren Fenster offen stand. Ein Bett, Plakate von *Jurassic Park*, im Regal Plastikdinosaurier. Halb unter die Dachgaube geschoben stand ein Kinderschreibtisch, auf dem sich Holzstücke, Hefte, Klebstoff, Schere, ein Eichelhäherflügel und ein Modellflugzeug aus Holz den Platz streitig machten. Außerdem lag dort das *Reutlinger Tagblatt* von heute. Schere und Leimflasche obenauf. Janettes Artikel war halb herausgeschnitten.

»Da steht was über Sie drin!«, sagte Gerrit an Richard gewandt.

»Ich weiß. Aber es ist falsch.«

»Was die Zeitung über Papa schreibt, ist auch immer falsch. Aber jetzt schreibt sie nicht mehr so viel über ihn. Laura und Volker haben sie mir immer in die Schule mitgebracht, wenn was über ihn drinstand.« Er spielte mit der Schere. »Papa kauft keine Zeitung. Aber die hat er heute mitgebracht, als er beim Bäcker war. Dabei steht gar nichts über ihn drin. Trotzdem war er wieder ganz traurig. Und dann hat er all seine Klettersachen aus der Truhe genommen und ins Auto getan. Er hat gesagt, er bringt sie nach Göppingen zur Höhlenrettung. Die können immer so Sachen brauchen für Übungen. Aber das war gelogen.«

Richard setzte sich aufs Bett. »Wie kommst du darauf?«

»Die Nummer der Höhlenrettung«, unterbrach ich, »die weißt du doch auswendig, Gerrit.«

Der Junge rasselte sie herunter, ich tippte sie ins Handy und ging hinaus auf die Treppe. Ein Diensthabender beschied mir, dass Hark weder bei ihnen gewesen sei, noch gerade dort sei oder erwartet werde. Als ich zurückkam, sagte Richard gerade: »Deine Mutter war bestimmt eine sehr schöne Frau.«

Der Junge schob die Zeitung beiseite. Darunter lag ein Poesiealbum mit grünem Einband. Er schlug es bedächtig auf. Es enthielt keine handschriftlichen Sprüche und Gedichte von Klassenkameradinnen wie meines einst. Vielmehr klebte auf der ersten Seite ein Zeitungsausschnitt über Sibylles Tod mit dem Foto einer schönen jungen Frau mit großen dunklen Augen und schwarzem Kurzhaarschnitt. Vor allem um die Augen herum ähnelte Gerrit seiner Mutter sehr. Auf der gegenüberliegenden Seite klebte ein weiterer Artikel mit der Überschrift »Tragödie im Todsburger Schacht«.

»Oma und Opa haben immer die Zeitung gelesen. Und dann habe ich sie mir genommen. Das war, als Papa im Krankenhaus lag. Und dann mussten wir hierher umziehen.«

Auch einen Artikel über die vor gut einem Jahr erfolgte Wiederwahl Harks zum Vorsitzenden des Naturforschenden Vereins Schwäbische Alb gab es, aus dem mir der Begriff »unter ungeklärten Umständen zu Tode gekommen« entgegensprang.

Dann folgten Seiten mit richtigen, wenn auch welligen Fotos von Sibylle als Schulmädchen mit Zuckertüte und langen Zöpfen, auf dem Fahrrad, im Kostüm einer Faschingsprinzessin, jetzt schon mit kurzen Haaren. Dann ein Taufbild mit Gerrit, ein Bild mit dem vielleicht vierjährigen Gerrit zwischen Vater und Mutter. Gerrit blickte ernst drein. Sibylle steckte in einem schwarzweißen Sommerkleid und lächelte, während Hark fest auf seinen beiden Beinen stand.

»Papa weiß nicht, dass ich die Fotos habe«, erklärte Gerrit. »Er hat sie nämlich weggeschmissen.«

»Sie sind nass geworden«, bemerkte Richard.

»Das war, weil wir den Wasserschaden hatten. Da musste man dann alles rausschmeißen, was im Keller war.«

»Deine Mutter ist wirklich eine sehr schöne Frau«, sagte Richard warm.

»Aber sie wollte mich nicht haben.«

»Was?«, entfuhr es mir.

Gerrit kniff die Lippen ein und schlug sein Album in der Mitte auf, wo es sich schon die ganze Zeit öffnen wollte. Dort klebte ein zusammengefaltetes Blatt Briefpapier. Gerrit faltete es auseinander.

»Liebste Sib«, überflog ich die per Hand geschriebenen Zeilen, »am Samstag ist es so weit. Das Wetter spielt mit, und das Schicksal wird entscheiden. Sei ruhig, für mich ist keine Gefahr dabei. Aber er wird nicht zurückkommen, wenn Gott will. Und dann sind wir endlich frei. Du machst es wie besprochen. Du bringst Gerrit zu den Schwiegereltern. Dann fährst du mit Janette weg. Wir sehen uns dann am Sonntag im Hotel. Ich liebe dich. A.«

»Da steht es«, sagte Gerrit. »Sie wollte mich loshaben. Volker sagt, es gibt Menschenhändlerringe, die kaufen Kinder, und dann wird man von Ölscheichs oder reichen Amerikanern adoptiert.«

Selten hatte ich Richard so verblüfft gesehen.

Gerrit auf das Missverständnis hinzuweisen, hätte bedeutet, ihm zu erklären, dass seine Mutter einen Geliebten gehabt hatte, der hier überdies seinen Anschlag im Mordloch auf Gerrits Vater ankündigte. Aber sollte man den Jungen in dem abenteuerlichen Glauben lassen, seine Mutter hätte ihn verkaufen wollen?

»Wo hast du denn diesen Brief her?«, fragte Richard ganz ruhig, beinahe nebenbei. »Auch gefunden?«

Gerrit nickte. »Im Müll. Mama hatte den Frühjahrsputz gemacht und aufgeräumt und Sachen rausgeschmissen. In der

Schule haben wir gerade die Schreibschrift durchgenommen, und ich hatte ganz schön Schwierigkeiten, ihn zu lesen, aber ich habe es geschafft. Ganz alleine!«

»Du bist ein ausgesprochen kluger Junge, Gerrit.«

Offenbar hatte er schon Schriftliches gesammelt, bevor die Zeitungen zur einzigen Quelle von missverständlichen Informationen aus der Erwachsenenwelt wurden, in der niemand sich veranlasst sah, dem genügsam schweigenden Jungen irgendetwas zu erklären. Wenn er älter war, würde er verstehen, dass Sibylle in jenem Frühling, da sie beim Großreinemachen Achims Liebes- und Mordkomplottbriefe aus dem Haus und ihrer Seele warf, eine langjährige Liebesaffäre beendet hatte, um in den Kletterparks der Schwäbischen Alb mit Hark einen Neuanfang zu unternehmen. Alles hätte gut werden können.

Wenn aber stimmte, was Eva erzählt hatte, dann glaubte Hark insgeheim, dass Sibylle im Todsburger Schacht gewaltsam die Ehe mit ihm hatte beenden wollen. Mit der Tatsache, dass Gerrit ihn, den Vater, für einen Versager hielt, der die Mutter nicht hatte retten können, konnte er leben, aber nicht damit, dass Gerrit seine Mutter für eine Mörderin hielt. Doch tatsächlich lebte Gerrit seit gut drei Jahren in der heimlichen Überzeugung, dass Sibylle ihn an diesen A hatte verkaufen wollen, damit er von Ölscheichs adoptiert wurde.

»Aber du bist fast ein bisschen zu klug für diese Welt, Gerrit«, philosophierte Richard.

Auf Gerrits Lippen erschien ein halbes Lächeln.

»Kann natürlich sein, dass du klüger bist als ich, Gerrit, aber ich lese diesen Brief anders als du. Ich glaube, da hat jemand deiner Mutter geschrieben, dass er sie lieb hat und mit ihr leben will, ohne deinen Vater, und vielleicht sogar ohne dich. Er hat ihr vorgeschlagen, dass du bei deinem Vater und Oma und Opa bleibst. Doch deine Mutter war damit nicht einverstanden. Sonst hätte sie ja diesen Brief nicht weggeworfen. Was meinst du? Könnte es nicht auch so gewesen sein?«

Gerrit lutschte an seiner Oberlippe. »Aber dann ...« Der Junge schüttelte den Kopf.

Richard sah plötzlich ziemlich ernst aus. »Was dann, Gerrit?«

»Dann ... dann ... Warum ist Papa dann weggegangen, wenn er doch mein Papa ist?«

Gefiederrascheln schreckte uns alle auf. Graf Huckebein landete auf dem Tisch. Gerrits Hefte und Papier schossen unter seinen Krallenfüßen in alle Richtungen weg. Der Rabe purzelte auf seinen Schnabel und flatterte verlegen.

»Du lernst es auch nie!«, sagte Gerrit.

Der Graf wollte es gar nicht lernen. Die oberste Zeitschrift auf einem Stapel von Kosmosheften war ein ideales Surfbrett, um über den Tisch zu schlittern und das hölzerne Modellflugzeug, Tannenzapfen, den Eichelhäherflügel und die Leimflasche auf den Boden zu fegen.

Gerrit haschte nach den Gegenständen.

Währenddessen schnappte sich der Rabe den sperrig aufgefalteten Brief, riss ihn von der Klebestelle, breitete die Schwingen aus, flog auf und segelte durchs offene Fenster hinaus. Im Nu wurde er zu einem schwarzen Punkt im weiten Tal.

Gerrit war ans Fenster gesprungen. »Huckebein, komm zurück. Das gehört mir!«

Ich war spontan geneigt, den Raben für einen verzauberten tibetanischen Mönch zu halten, der zu Lebzeiten unreine Gedanken gehegt hatte – Neid auf das, was anderen gehörte, zum Beispiel – und darum auf der Leiter der Reinkarnation zurückgestuft und an diesen Platz gesetzt worden war, um kraft seiner Schwäche und zur Reinigung einer jugendlichen Seele zu rauben, was Gerrit ein Leben lang belasten musste, je nachdem, wie er im Laufe der Jahre diesen Brief deuten lernte.

Und vor einem fliegenden tibetanischen Mönch brauchte ich keine Angst zu haben, wie ich außerdem feststellte. Kein einziges Härchen hatte sich mir bei der Flatterorgie gestellt. Vermutlich hatte sich in mir inzwischen die Erkenntnis gesetzt, dass Janette mich immer nur für eine kleine Qualle mit unkeuschen Gedanken gehalten hatte, auf die ihr Wellensittich scheißen durfte.

Gerrit kam zum Tisch zurück, klappte das schreckliche Poesiealbum zu und steckte es in eine Schreibtischschublade.

Wenn Hark sich jemals für die Gedankenwelt seines schweigsamen Sohnes interessiert und in dessen Schreibtisch geblickt hatte, dann kannte er dieses Album und den Brief. Dann hatte er spätestens nach Sibylles Tod gewusst, dass sie einen Geliebten gehabt hatte, der mit A unterschrieb. Dennoch hatte er mir Achims Mordversuch als Anekdote über einen wagemutigen Draufgänger erzählt, der kein alter Höhlentaucher werden würde ... und in der Tat ja auch nicht geworden war.

Konnte Hark so naiv sein? Oder war er so ausgebufft, dass er die Entschuldigung schon vorstreckte für die spätere Erklärung, er habe Achim an der Mondscheinhöhle im Kampf getötet, und zwar als postumen Nebenbuhler, der ihm per Gentest den Sohn streitig machen wollte, beispielsweise. Die Polizei würde, wenn sie im privaten Umfeld Achims ermittelte, bald auf Zeugen stoßen, die etwas über dessen Affäre mit Sibylle erzählten. Bodo hatte Recht. Der Fall Sibylle konnte neu aufgerollt werden, und diesmal mit Zeugen, die redeten. Eva zum Beispiel.

»Gerrit«, fragte ich, »wo ist dein Vater?«

Richard blickte mich missbilligend an. Er hatte bislang alles vermieden, was nach Ausfragerei hätte aussehen können.

»Weiß ich nicht«, schnurzelte Gerrit und schnappte mit der Schere in die Luft.

»Denk nach! Wo könnte er sein?«

»Er hat seine ganze Ausrüstung mitgenommen, nicht?«, erkundigte sich Richard.

»Das habe ich doch schon gesagt. Er will in den Himmel zu Mama.«

»Ich widerspreche dir ja ungern, Gerrit. Aber das glaube ich eher nicht.«

»Aber da ist doch heute das Foto in der Zeitung gewesen. Von

Achim«, sage Kalle Blomquist. »Und jetzt denken wieder alle, Papa hätte ihn getötet, so wie sie alle denken, er hätte Sibylle getötet. Dabei hat er sie nur nicht festhalten können. Und seitdem möchte er auch tot sein, damit er sie im Himmel wiedersehen kann.«

Richard schaute mich bittend an. So viel Unglückslogik war auch er nicht gewachsen.

»Dann weiß ich, wo dein Vater ist«, fiel mir plötzlich ein. »Er ist zum Todsburger Schacht gefahren. Er möchte herausfinden, was wirklich passiert ist. Und damit du keine Angst hast, hat er dir das nicht gesagt.«

39

Eine halbe Stunde später hatte ich den Truppenübungsplatz hinter mir gelassen und befand mich auf dem Weg nach Wiesensteig und Mühlhausen.

Richards Navigator legte mir nahe, dem Schild Richtung Eselshöfe zu folgen. Das Sträßchen führte über die Autobahnfahrspur Richtung München hinweg auf den Berg hinauf. Wenn ich gehofft hatte, in dem Fünfhäuserdorf auf der Bergkuppe ein Hinweisschild zum Todsburger Schacht zu finden, sah ich mich getäuscht. Ich musste Richards Bonzenschlitten anhalten und aussteigen, um einen Bauern zu fragen.

»Da nonder«, winkte er mir zu. »Dann rechts in den Wald. Aber die Höhle isch zu.«

Ich fuhr wie geheißen und parkte an einem Waldweg mit Reifenspuren. Harks Cherokee stand zwanzig Meter weiter unter den Buchen an einem Holzstapel.

Nach wenigen Metern kragte links im Hang ein Felsen aus dem Wald. Dort wahrscheinlich. Höhleneingänge lagen gern an Felsfüßen. Der Geröllweg hinab über Wurzeln ähnelte eher einer

Rutsche. Ein gemauerter Pfad führte unten um den Felsen herum an ein Loch, das mit einem Eisengitter verschlossen war. Daneben war ein Messingschild angebracht. Um es zu lesen, musste ich in die Hocke.

> Lieber Besucher. Das Naturdenkmal »Todsburger Höhlen« bleibt zum Schutz vor Beschädigungen ganzjährig geschlossen. Begehungen sind im Einzelfall vom 16. April bis 14. November möglich. Der Schlüssel für das Tor kann beim Bürgermeisteramt Mühlhausen, Gosbacher Straße 16, oder beim Wirtshaus »Zum Eseleck«, Gosbacher Straße 15, oder beim Staatlichen Forstamt Weilheim/Teck, Forststraße 9, entliehen werden.

Amtsdeutsch in Messing verewigt. Der Plural »Todsburger Höhlen« machte Hoffnung auf eine zweite Höhle. Zum Beispiel den Todsburger Schacht. Ich krabbelte auf allen vieren die Rutsche wieder hinauf. Der Pfad, den ich gekommen war, winkelte sich nach der anderen Seite zwischen Bäumen über Wurzeln den Berggrat entlang. Links unten das Getose der Autobahn. Hin und wieder sah man zwischen den Stämmen und jungem Grün die Dächer von Lastwagen den Anstieg hinaufkriechen. Ich wollte schon aufgeben, da sah ich etwas Rotblaues.

Ein Mann in Wetterjacke kniete über einem viereckig einbetonierten Loch im Boden und streckte eben die Hand aus. Ich sprintete los, packte ihn am Arm und riss ihn zurück. »Stopp, Hark!«

»Lisa!«

»Verdammt, was hast du vor?«

»Ich wollte den Deckel schließen.« Es war ein massives Eisengitter, das man in einen Rahmen über dem Höhlenmund zurückschieben musste. »Und du? Übrigens kannst du mich ruhig loslassen.«

Ich ließ ihn los. »Ist dir eigentlich bewusst, was für eine Angst du Gerrit eingejagt hast? Er sitzt alleine zu Hause und glaubt, dass du nicht mehr wiederkommst.«

Hark zog die Brauen zusammen.

»Mensch, Hark! Dein Sohn denkt, du seiest auf dem Weg in den Himmel zu seiner Mutter. Ein gnädiger Ausdruck für Selbstmord.«

»Und da dachtest du, den könnte ich nur im Todsburger Schacht begehen?«

»Es ist nicht meine Art, irgendetwas zu denken, Hark. Es hat mich nie interessiert, wie Sibylle gestorben ist. Dumme Dinge passieren. Falls du sie umgebracht hast, dann hast du dich ganz umsonst bemüht, mich einzunebeln mit deinen anrührenden Panikattacken und deiner Heldenzärtlichkeit für eine unansehnliche Fee. Denn ich will dir gar nicht darauf kommen, auch wenn Janette es gerne hätte, dass ihr jemand Klarheit verschafft. Es ist mir auch egal, wie und warum Achim Haugk zu Tode gekommen ist. Einen Mordversuch an mir kannst du dir also sparen.«

Hark wich einen Schritt zurück und schüttelte den Kopf in gespieltem oder echtem Erstaunen.

»Aber du musst zu Hause anrufen! Und zwar sofort. Richard ist momentan bei Gerrit.«

»Sitzt der nicht im Gefängnis?«

»Der Irrtum eines voreiligen Beamten. Und jetzt ruf bitte Gerrit an.«

»Mein Handy ist mir … ist mir in die Höhle gefallen, als ich vorhin das Gitter geöffnet habe. Es … es war wie ein Sog.«

Ich angelte meines aus der Innentasche meiner Lederjacke und gab es ihm. Es klingelte eine ganze Weile. Dann tat sich etwas. »Hallo, Gerrit!« In den rauen Zügen des Krokodils installierte sich der schöne Schwachsinn der Väter beim Gespräch mit ihren Söhnen. Er murmelte kindgerechte Entschuldigungen und Beruhigungen.

Ich wandte mich ab, klappte meine Ohren zu und studierte das Schild, das am Höhlenviereck in den abschüssigen Boden gepflanzt war und auch das T zu viel im Namen verewigte.

Todtsburger Schacht
Betreten vom 15.11. – 15.4. verboten!
(Fledermausschutz)
In der übrigen Zeit
Begehung auf eigene Gefahr
Fundierte Höhlenkenntnisse
dringend erforderlich.
Schlüssel im Rathaus bzw.
im Gasthaus ›Eseleck‹ in Mühlhausen i.T. erhältlich.
Staatliches Ordnungsamt Geislingen

Mein Hirn spulte. An der Todsburger Höhle hatten die Daten 16.4. und 14.11. gestanden, die Verschlusszeit hier, die Öffnungszeiten dort, das war mit dem Lineal gerechnet. Wenn auch gänzlich unwichtig.

Hark gab mir mein Handy mit Dank zurück. »Gerrit geht es gut.« Ein bisschen Vaterschaftsschwachsinn glänzte noch auf seinem Gesicht. »Endlich hat er mal jemand, der mit ihm Mensch-ärgere-dich-nicht, Mau-Mau, Schwarzer Peter und dieses ganze Zeug spielt.« Dann rieb er sich Ernst in den drahtigen Bart. »Ich habe wirklich die Zeit vergessen. Das … das ist mir noch nie passiert. Heute Morgen beim Bäcker hat Bodo mir Janettes Artikel unter die Nase gehalten und mich aufgefordert, meine Ehrenämter niederzulegen. Seiner Ansicht nach wird man die Ermittlungen gegen mich wieder aufnehmen, denn, so behauptet er, Achim sei der Geliebte von Sibylle gewesen. Damals habe es keine Zeugen gegeben, die seinen Namen hätten nennen können oder wollen, aber er könne und werde jetzt aussagen, denn er habe den Mann in der Zeitung wiedererkannt. Und wenn ich ein Ehrenmann sei, dann würde ich mich jetzt nicht länger hinter meinen angeblichen Gedächtnislücken und klaustrophobischen Mätzchen verstecken.«

So drastisch hatte Bodo mir das allerdings nicht geschildert.

»Ich habe allen Ernstes beschlossen, Schluss zu machen, Lisa. Aber nicht so wie du denkst. Bodo hat Recht. Ich bin für den Verein nicht mehr tragbar. Ich werde meine Ämter niederlegen. Und mit der Kletterei ist auch Schluss. Ich habe meinen ganzen Krempel gepackt, um ihn bei der Höhlenrettung abzuliefern.

Doch dann bin ich doch noch mal hier heraufgefahren. Seit dem Unfall war ich nicht mehr hier. Ich habe nachgedacht. Jetzt weiß ich, ich kann da nicht runter, und ich darf nicht. Gerrit braucht einen Vater. Wenn ich im Gefängnis sitze, hat das keinen Wert. Solange ich nicht weiß, was da unten wirklich passiert ist, kann ich mich verteidigen, falls es zur Anklage kommt. Wenn ich aber sicher wüsste, dass ich Schuld habe, müsste ich mich auch schuldig bekennen.«

»Glaubst du das denn?«

»Wenn stimmt, was ich in der Zeitung lese, dann hat mein Freund Winnie illegal mit Landminen gehandelt. Wenn so etwas möglich war, dann ist es auch möglich, dass ich in einem Anfall geistiger Umnachtung die Hand gegen meine ungetreue Ehefrau erhoben habe. Dann kennen wir selbst uns niemals wirklich.

Gerrit besitzt ein Album mit Zeitungsausschnitten. Er hat es mal auf seinem Tisch liegen lassen. Darin ist auch ein Brief an Sibylle, der mit A unterschrieben ist. Ich habe ihn nicht gelesen. Ich habe es nicht mehr wissen wollen. Es hat mich nicht interessiert. Ich war zu … zu müde, innerlich zu tot, um mich ernsthaft damit zu befassen. Ich hatte genug zu tun mit meiner Reha und damit, Gerrit ein akzeptabler Vater zu sein, für regelmäßige Mahlzeiten zu sorgen, die Wäsche zu waschen, ihn zur Schule zu schicken und mit ihm die Hausaufgaben und Schulsorgen zu besprechen.«

»Aber der Gedanke muss dir doch gekommen sein, dass Achim

Sibylles Liebhaber war. A wie Achim. Wie derjenige, der dich im Mordloch ohne Tauchflasche zurückgelassen hat.«

Hark lächelte verquer. »Ich habe die Verbindung nicht gezogen. Als ob es in meinem Schädel beim Sturz alles in kleine Stückchen zerdeppert hätte, und ich habe den Leim nicht gehabt, um es zu kitten.«

»Aber Achim ist doch unlängst bei dir aufgetaucht und hat behauptet, er sei Gerrits wahrer Vater!«

»Woher weißt du das?«

»Eva hat es mir erzählt. Winnie wusste es. Sie wussten es alle, Hark. Womöglich hat Winnie diesen Achim sogar umgebracht, damit er dich in Ruhe lässt.«

Hark stöhnte. »Was für eine unsinnige Tat, wenn es so wäre! Ich habe längst einen Vaterschaftstest machen lassen. Ich bin Gerrits Vater. Ich denke, Achim wollte mir nur unter die Nase reiben, dass er und Sibylle schon vor Gerrits Geburt etwas miteinander hatten. All die Jahre. Und ich habe nichts gemerkt.«

»Warum hat sich Sibylle nicht einfach von dir scheiden lassen, Hark?«

Er zuckte mit den Achseln. »Sibylle war zwar unzufrieden mit ihrem Leben. Das schon. Aber im Grunde fehlte ihr der Mut zur Veränderung. Sie war ... wie soll ich sagen? ... ein ängstlicher Mensch. Ja, ängstlich. Die meisten Leute haben sie für extrovertiert und lebenslustig gehalten. Aber in Wahrheit war sie unsicher und hat sich nichts zugetraut. Immer Angst, sich zu blamieren, das Falsche zu sagen. Als ob alle Leute ihr was Böses hätten tun wollen. Deshalb ging sie nie alleine aus. Eine Freundin war immer mit dabei, meistens Janette.«

»Mit anderen Worten, Achim meinte, er müsste dich umbringen, damit Sibylle dich verlässt.«

»Schon möglich.«

Ein kalter Wind rauschte durch die Baumkronen. Da stand er wieder vor mir, der entmannte Beschäler unzähliger Bergmösen, wies mir seine Narben und appellierte an meine archaische

Hemmung, einen schon am Boden Liegenden zu beißen. War ich zivilisiert genug, meine Hemmungen zu missachten?

»Übrigens hatte Sibylle mit Achim im Frühjahr vor ihrem Tod Schluss gemacht«, sagte ich. »Viel spricht dafür, dass sie einen ehrlichen Neuanfang mit dir suchte.«

Hark senkte den Blick auf den Höhlenschlüssel in seiner Hand. »Darf ich ... darf ich sie jetzt zumachen?« Ohne meine Antwort abzuwarten, kniete er sich auf den Betonsockel und langte nach dem Schiebegitter.

Im Betonviereck wulstete Fels. Der Einstieg war eng. Ein modriger Hauch wimmerte herauf.

»Stopp!«, sagte ich.

Hark blickte mich an.

»Hast du das nicht gehört?«

Er schüttelte den Kopf.

Ich kniete mich neben ihn und schrie ins Loch: »Hallo, ist da jemand?« Das Echo geisterte kurz durch den Schlund.

»Da kann niemand sein«, sagte Hark heiser.

»Aber da! Ein ... ein leiser, kurzer Ruf. Hörst du das nicht?«

Hark war blass geworden. »Wochenlang holt keiner den Schlüssel, und dann zwei Tage hintereinander, hat die *Eseleck*-Wirtin vorhin gesagt. Aber das kann nicht sein, dass die gestern jemanden da unten vergessen haben. Außerdem habe ich hier zwei Stunden gesessen und nichts gehört.«

»Vielleicht hat, wer auch immer da unten ist, unsere Stimmen gehört und Hoffnung geschöpft.«

Hark schluckte.

»Und jetzt?«, fragte ich. »Die Höhlenrettung?«

»Nein, ich steige runter.«

»Dann kannst du es also doch!«

»Ich habe keine Ahnung, Lisa. Aber ich muss es versuchen. Wer weiß, wie lange der da unten noch durchhält. Außerdem habe ich meine gesamte Bergungsausrüstung dabei.«

»Aber ...«

»Komm, Lisa.« Er sprang auf. »Wir müssen zum Auto. Du kannst mir helfen.«

Wir eilten über Stock und Stein. Rauf und runter, am Felsen vorbei, der sich über der Todsburger Höhle türmte.

»Sollten wir nicht doch lieber die Höhlenrettung alarmieren?«

»Bevor die hier sind, ist es dunkel. Außerdem wird es saupeinlich, wenn es nur ein Fehlalarm ist. Denn da unten kann niemand sein, Lisa.«

»Und warum rennen wir so, wenn wir nur einem Höhlengeist aufgesessen sind?«

»Weil wir eine Erklärung für das brauchen, was wir gehört haben.«

Er öffnete die Heckklappe seines Geländewagens, nahm, ohne lange nachzudenken, alle fünf Schleifsäcke heraus und gab mir zwei. Dann ging es mit den baumelnden Säcken den ganzen langen Weg den Bergrücken entlang zurück. Die Sonne blitzte schon ziemlich schräg durch die Stämme des Westhangs. Während ich erst wieder zu Atem kommen musste, baute Hark ein Eisendreieck mit Flaschenzug über das Loch. Dann zog er Seile und Ausrüstung aus den Schleifsäcken.

»Ich komme mit«, verkündete ich, als er in einen rotblauen Schlaz stieg.

»Auf gar keinen Fall!«

»Seile und Sitzgurte sind genügend vorhanden, und mit Steigklemmen kann ich inzwischen umgehen.«

»Nein.«

Ich riss einen zweiten Schlaz aus dem Schleifsack.

»Nein, Lisa. Ich brauche jemanden hier am Flaschenzug mit dem Handy im Anschlag.«

»Und wenn ich dir nachsteigen muss, Hark? Dann täte ich es in einem mir völlig unbekannten Schacht. Oder kannst du mir garantieren, dass du keinen klaustrophobischen Anfall bekommst?«

»Nein. Und genau deshalb bleibst du oben. Ich kann nicht für deine Sicherheit garantieren. Wer weiß, wozu ich imstande bin, wenn ich mit dir alleine da unten bin, wo Sibylle ums Leben kam.«

»Und ich kann nicht für deine Sicherheit garantieren«, sagte ich. »So ist das nun mal unter erwachsenen Menschen.«

»Nein!«, sagte er. »Nur über meine Leiche.«

Ich trat auf ihn zu, packte ihn an dem unzerreißbaren Kragen seines Schlazes und fegte ihm, ehe er sich versah, mit dem Fuß das Bein weg. Und schon lag er rücklings unter mir. Einem solchen Angriff hätte auch ein Judoka mit Schwarzgurt nichts entgegenzusetzen gehabt.

»Glaubst du mir jetzt, dass ich für mich selbst Verantwortung übernehmen kann?«

»Herrgottsack!« Er schlug meine ausgestreckte Hand aus und stand hastig auf. »Vor dir muss man sich ja höllisch in Acht nehmen!«

Ich beendete die Demonstration mit einer japanischen Kampfsportverbeugung.

Er lachte. »Was kann ich da noch sagen? Aber du bleibst immer über mir. Verstanden. Nie zwischen mich und den Abgrund! Was auch immer passiert!«

Ich nickte.

Daraufhin erbat er sich noch einmal mein Handy und rief bei der *Eseleck*-Wirtin an, um eine Rückkehrzeit durchzugeben.

Während ich in Schlaz und Bergstiefel meiner Größe stieg, fragte ich mich erneut, ob ich nicht am Ende doch in eine von ihm unvorstellbar raffiniert ausgelegte Falle tappte. Vielleicht hatte nur sein Handy geklingelt, das unten im Schacht lag. Und schon stieg ich mit ihm hinunter, wo er der Herr der Lage war. Und Haugk hatte er in die Mondscheinhöhle bekommen, weil er ihm etwas von einer teuren Uhr erzählt hatte, die er gegen Finderlohn für ihn hochholen solle, da er selbst wegen seiner Klaustrophobie keine Höhle mehr befahren konnte. Und Haugk hatte dem gebrochenen und gehörnten Witwer ein glitschiges Grinsen geschenkt und nicht gemerkt, dass ihn seine Geldgier blendete.

Hark ließ den Erste-Hilfe-Sack über den Flaschenzug in die Tiefe, bis er irgendwo auflag. Dann überprüfte er meine Ausrüstung und fädelte mir den Petzl-Stop ins Seil. Loslassen! Ich schaute zu, wie er sich ins enge Loch hinunterließ, und versuchte es genauso zu machen. Immerhin ging es nicht im freien Fall hinunter. Ich gelangte über den ersten Absatz in die so genannte Eingangshalle, in der Hark auf mich wartete. Schartiger Fels und trockener Sinter schwankten im Schein der Stirnlampen auf unseren Helmen. Auf abschüssigem Grund lag der Schleifsack. Hark fixierte ihn, indem er das Seil um einen kleinen Stalaktitenknubbel schlang. Sein Atem ging schneller, als es zu seiner Kondition passte, sein Gesicht war unbewegt. »Ich steige voran«, ordnete er an. Ich sah ihn im Loch verschwinden, hörte das leise Klirren der Karabiner, das Schleifen des Anzugs am Fels.

Da, auf einmal echote wieder dieses kurze Wimmern von allen Wänden, fast ein Jaulen, deutlich hörbar, aber aus tiefer Gruft. Ein Schauer rieselte mir zusammen mit Schweißfäden unter dem Schlaz über den Rücken.

»Du kannst kommen!«, hörte ich Hark heraufhallen.

Ein Hymen verengte die Scheide. Den Blick auf Harks schlaffes Seil gerichtet und auf den Abseiler konzentriert – Loslassen! – rutschte ich durch. Hark wartete auf einem Absatz in einer Erweiterung und leuchtete mit der Handlampe in bodenlose Tiefe. Aus einem Spalt quoll Tropfstein. Der Sinter nässte.

»Eigentlich«, sagte Hark, »müsste er hier sein. He! Hallo! Wo sind Sie?«

Nichts.

»Dann die Seeigelhalle. Wenn ich eine Nacht hier unten ausharren müsste, würde ich es dort tun.«

Im Streiflicht der Handlampen änderten Steine, Spalten und

Löcher ständig ihre Form, tanzten hin und her und klappten auf und zu.

»O Gott!«, entfuhr es mir.

Hark fasste mich am Arm. »Alles okay?« Seine Helmlampe blendete.

»Hark, es atmet. Und ich frage mich, wann es uns herunterschluckt.«

»Willkommen im Club!« Da er Kopf und Lampe abwandte, sah ich ihn grimmig lächeln. »Jedes Mal fordern wir den Drachen heraus. Und wenn wir ihn beleidigen, dann entlässt er uns nicht mehr.«

Er nahm sein Seil und hängte es mit einem Karabiner in einen Sicherungshaken, der zum Einstieg in die Seeigelhalle leitete, stieg hinüber und verschwand in der zuckenden Spalte. Ich folgte ihm zügig. Seine breiten Schultern verwehrten mir den Überblick. Links und rechts flackerten Steine, Streben und Schründe. Vierzig Meter waren wir inzwischen tief, und ich hatte gänzlich die Orientierung verloren.

Das nächste Wort, das Hark ausstieß, lautete: »Kameradenschacht.« Er wandte sich um und guckte in den Massen springender Steine erneut ein Loch aus, das nach einiger Kraxelei über Schmodder an eine Röhre führte, die sich lotrecht nach unten bohrte.

Hark warf sein Seilende hinab. Es dauerte, bis man es unten aufschlagen hörte. Eine Endlosigkeit von zehn Metern. Während er sich fertig machte und hinunterließ, war ich zu eigenen Entscheidungen nicht mehr fähig, nur noch dazu, mich darauf zu konzentrieren, dass meine Fahrt mit dem Abseiler nicht zu rasant wurde. Dabei vermied ich es, die Spalten der tektonischen Verschiebungen in die Idee vom ungeheuren Gewicht aus Stein umzuwandeln, das mich sogleich zermalmt hätte.

Als ich im Schachtfuß landete und mich zu Hark umdrehte, lehnte er erstarrt an der Wand. Hinter seinen Fersen das aufgerissene Maul einer Röhre.

»Was ist?«

»Bleib, wo du bist. Komm nicht näher! Beweg dich nicht!« Ganz langsam streckte er den Arm aus und deutete in den abschüssigen Tunnel vor uns. »Dort … der Einstieg zur Unteren Halle.«

Ich nahm meine Handlampe und umfasste den Abseiler und tat, was er mir ausdrücklich verboten hatte, ich rückte langsam zum Durchschlupf und damit zwischen ihn und den Abgrund vor. Der Trichter im Boden eierte.

»Nein«, schrie Hark heiser, packte mich am Arm und riss mich zurück. Wir knallten gegen die Wand im Schachtfuß. Meinen eigenen Aufprall konnte ich mit der Hand am glitschigen Felsen halbwegs abfangen. An meinem Ellbogen schraubstockte Harks Hand. Er keuchte.

»He, du tust mir weh!« Diesmal musste ich den Griff immerhin nicht aufbrechen. »Es kann nichts passieren, Hark. Wir sind beide angeseilt.«

Er atmete angestrengt aus. »Sibylle hat mich nicht dort hinuntergestoßen! Auch wenn ihr das alle glaubt!«

»Ist das die schlimmste Variante, Hark? Dass auch sie dich töten wollte?« Eine schwärzliche Verfärbung an meinem linken Handschuh querte währenddessen mein Bewusstsein. Ich blickte vom Handschuh die Schlotwand hoch, an der ich mich eben abgestützt hatte. »Was ist das?«

Im Schein meiner Stirnlampe tauchte am ockerfarbenen Fels ein ebenfalls schwarzer Fleck auf.

Harks mehlige Augen wurden plötzlich klar. Er zog den Handschuh aus und fuhr über den Fleck an der Wand. »Wagenschmiere! Da haben ein paar Idioten wieder mal einen Greifzug oder die Rollen eines Flaschenzugs geschmiert. Genau deshalb soll man das nicht tun!«

»Die Schmiere an Sibylles Seil, Hark! In Winnies Gutachten stand etwas davon, dass ihr Seil an einer Stelle eine Verunreinigung aufwies, aber zu weit oben, um den Sturz beeinflusst zu haben.«

Hark ächzte und sank mit dem Rücken an der Wand in die Hocke. »Ja, so war das!« Seine Augen wirkten fast weiß im Licht meiner Lampe.

»Was ist passiert, Hark?«

»Wir haben die Abseiler getauscht. Ja! Sibylles war verschmiert. Davon, vom Wagenfett. Sie sollte zur Sicherheit meinen nehmen.«

»Und dazu musstet ihr euch ausseilen.«

Er nickte. In seinen Augen lief der Film ab, dessen Untertitel er mir hastig vorlas.

»Ich habe ihr meinen Petzl-Stop gegeben und ihren genommen. Hier stand sie. Ich stand da drüben, zwischen ihr und dem Durchschlupf. Für sie bestand keine Gefahr, wenn wir unsere Abseiler ausbauten und tauschten. Ich habe meinen zuerst ausgebaut und ihn ihr am Gurt festgemacht. Das Seil hat sie selber eingebaut. Allerdings hing es durch. Aber das hätte ich gemerkt, bevor sie sich dem Durchschlupf näherte. Ich musste noch den Abseiler reinigen, den ich von ihr bekommen hatte. Dazu habe ich das untere Ende meines Seils genommen.«

»Was heißt das?«

»Auch mein Seil hing durch, total. Ich habe den Schluss genommen und ein paarmal durch die Scheiben gezogen, um sie zu reinigen. Ich wollte nicht die Seilstrecke verschmutzen, die ich bis auf den Grund der Unteren Halle brauchen würde.«

So viel vorausschauende Umsicht, und genau die war Sibylle und ihm zum Verhängnis geworden.

»In einer Höhle sieht man Pferde kotzen, Lisa. Da fallen die Masken. Immer hat Sibylle ihre Ängste überspielt. Ich hatte ja keine Ahnung!«

»Sie hatte doch schon Höhenangst beim Klettern.«

»Was?«

»Das hat sie Janette erzählt.«

»Sie hat es gut überspielt. Und ich habe zu wenig darüber nachgedacht, warum sie so ungern allein aus dem Haus ging, warum sie unbedingt wollte, dass ich mehr mit ihr unternehme. Sie hatte Angst vor der Welt da draußen. Angst, allein dazustehen.«

»Und was geschah dann?«

»Mir tat wieder das Knie weh. Seit meiner Meniskusoperation vor sechs Jahren habe ich immer wieder Probleme. Während ich den Abseiler reinigte, dachte ich an den langen Aufstieg. Da wollte ich mir den Aufstieg aus der Unteren Halle sparen. ›Weißt du was?‹, sagte ich zu Sibylle. ›Geh doch alleine. Ich warte hier. Du kannst das. Es braucht nur ein bisschen Mut!‹ Es war …« Er schüttelte den Kopf und blickte mich beinahe verwundert an. »Es war, als hätte ich Spiritus in einen Grill gegossen, der nicht brennen will. Das hat sie mir immer vorgeworfen, dass ich sie alleine lasse. Zu Hause reden wir gesittet, wir schreien uns sogar gesittet an. Aber hier unten sind wir Krokodile. Die Kiefer klappen, das Wasser schäumt, und einer ist stärker und zieht den anderen unter Wasser.«

»Und was genau ist geschehen, Hark?«

»Plötzlich hat sich Sibylle an mich geklammert. ›Lass mich nicht alleine!‹, schrie sie. ›Verlass mich nicht!‹ Ich habe es erst gar nicht verstanden. Sie war in Panik. Und ich stand dort neben dem Trichter und war praktisch nicht angeseilt.« Er stöhnte. »Es war nicht das erste Mal, dass ich erlebte, dass jemand in Panik geriet. Da gilt, was für die Rettungsschwimmer gilt, wenn sich jemand an einen klammert. Zuerst den Griff lösen, notfalls mit Gewalt, sonst ersaufen beide. Aber Sibylle … Sibylle war meine Frau. Und sie suchte Schutz bei mir. Wie hätte ich sie von mir stoßen können? Womöglich in den Trichter! Dabei bestand für sie keine unmittelbare Lebensgefahr. Sie war ja angeseilt. Nur ich nicht. Oder so gut wie nicht, denn ich hatte das Seilende im Abseiler, mein Seil würde sich nicht straffen, bevor ich unten lag.«

Er bedeckte das Gesicht mit den behandschuhten Händen und atmete schwer. Ich ließ ihn atmen. Nach einer Weile tauchte er wieder auf.

»Sie wäre schlimmstenfalls ein paar Meter ins Seil gehagelt. Gefährlich, aber nicht tödlich. Doch ich musste, wenn ich in den Trichter rutschte, die ganzen zwanzig Meter hinunter auf den Hallengrund stürzen.«

Ich sah es vor mir.

»Sie klammerte sich an mich. Ich sah nicht, wo ich hintrat. Ich verlor den Grund unter einem Fuß und riss sie mit. Wir fielen. Wir krachten gegen die Wand. Sibylles Abseiler blockierte. Mich riss es von ihr weg, nach unten. Ich hatte keine Chance, mein Seil auch nur zu erfassen.«

In der Stille knirschte sein Schlaz. Ein Karabiner klirrte gegen den anderen. Ein Steinchen knisterte unter einem kaum bewegten Fuß.

»Ich war nicht gleich bewusstlos«, fuhr er fort, stockend jetzt. »Aber ich konnte nichts mehr sagen, ihr nichts zurufen. Ich dachte nicht, dass sie so schwer verletzt sei, dass sie nicht mehr selbst am Seil aufsteigen konnte. Es waren doch nur ein paar Meter. Ich weiß noch, dass ich dachte: Sie wird's überleben, aber ich nicht.«

»Es ist nicht deine Schuld, Hark.«

»Doch. Hätte ich Sibylle behandelt wie jeden anderen Paniker, hätte ich mich aus ihrem Griff befreit, wäre sie vielleicht ein Stück abgestürzt, aber ich hätte sie hinterher aus dem Seil retten können.«

Die schlimmste Variante, das war sie: die Panik des Beschützers. Sie hatte das wechselwarme Höhlenkrokodil zum heißblütigen Ehemann Hark Fauth herabgewürdigt. Und seitdem überdeckte er seine Scham mit einer heroischen Angst.

Gelächter flatterte in meinem Zwerchfell, aber es ließ sich mit fest zusammengepressten Backenzähnen zur Raison bringen. »Kehren wir um«, sagte ich. »Hier unten befindet sich außer uns garantiert kein lebendiges Wesen.«

Hark blickte auf seine Uhr. »Es wird auch Zeit«

Unsere Seile baumelten aus der Finsternis des immensen

Schlots herab. Meine Knie quietschen jetzt schon. Der Aufstieg mit Seilklemmen ähnelte dem Aufstieg an einer Leiter, nur dass dabei alles wackelte und pendelte. Als wir am Schrägschacht ankamen, der zum Ausstiegsschacht führte, hatte ich mich mit meiner Existenz als Grottenolm abgefunden. Sonnenlicht, Schatten, Halbschatten, Blattgrün und Tannengrün machten das Leben nur unnötig kompliziert. Nie wieder auftauchen war durchaus eine Lebensperspektive. Hier unten war alles einfach: Seile, Kameradschaft, Leben oder Tod.

Ich wechselte zum Absatz auf der anderen Seite des Schrägschachts, während Hark hinter mir aus dem Loch kroch. Dabei fiel mein Blick in die Tiefe des Schachtfußes, der wie das Tote Ende aus der Mondscheinhöhle wirkte, nur größer.

Zwei rote Punkte glühten mich an.

In einer Höhle fallen die Masken. Ich kreischte wie eine hysterische Nonne. »Da unten, Hark! Der Satan!«

Er leuchtete mit seiner Handlampe hinab.

Der Satan hatte Schlappohren, kurze Beine und ein dünnes Schwänzchen, das hoffnungsvoll wedelte.

Hark lachte laut heraus.

Das Schwanzwedeln verzitterte in fragender Verwunderung. Einen Moment stand die Rute still. Dann wedelte sie erneut, und das Teufelchen sagte: »Wuff!«

»Dackel sind blöder, als die Polizei erlaubt!«, knurrte Hark. »Im Jagdfieber stürzen sie sich in jedes Loch, und klein genug ist der hier ja, um durchs Gitter oben zu passen, und dann ging es halt nur noch abwärts. Und jetzt haben wir den Salat.«

Während Hark in die Eingangshalle hochkletterte, um den Schleifsack für die erste Hilfe zu holen, ließ ich mich zu dem Hündchen hinunter, das in den Trümmern von Harks Handy stand und vor lauter Wedeln fast von seinem Schwanz abflog. Es leckte mir heiß meine rasch von den Handschuhen befreiten Hände und sprang mir in den Schoß. Ein Prachtexemplar von Rauhaardackel, wenn auch noch nicht ganz im Drahthaarpelz des erwachsenen Rüden, vielleicht ein bis anderthalb Jahre alt. Ein Halsband trug er nicht.

Zehn Minuten später fielen Hark und der Schleifsack auf uns herab. Er sammelte die Reste seines Handys ein – nichts kaputtmachen, nichts zurücklassen, nichts totschlagen – und verpackte den zitternden Hund in eine knisternde Warmhaltefolie, versah das Paket, aus dem nur der Kopf ragte, mit Karabinern und hängte es ins Seil, das am Flaschenzug überm Höhlenmund hing.

Er hantierte rasch. Jeder Handgriff saß. Doch der Achterknoten für die Schlaufe im Seil zerfiel ihm zwei Mal, so erschöpft war er. Dann endlich hing der Dackel im Rettungsdreieck. Ich stieg voran und zog ihn über den Flaschenzug Strecke für Strecke zu mir hoch, während Hark nachstieg und aufpasste, dass der kleine Satan nicht gegen die Wand pendelte.

Der Sinter schillerte in Ockertönen. Wasser rieselte aus Spalten, Schründe lockten ins Abenteuer. Die Schönheit der Unterwelt war ohne Anstrengungen nicht zu haben, aber die Hirnchemie signalisierte Glück. Meine Reise durch die Angst näherte sich dem Ende, meine Wiedergeburt stand unmittelbar bevor. Man sagte ja auch, dass der Geburtsstress den Säugling fürs Leben wappnete. Ich konnte es brauchen, denn ich war ein Kaiserschnittkind.

40

Droben dämmerte es. Zwei Paar Hände packten mich, als ich mich aus dem Betonviereck stemmte. Ich griff Bodo Schreckle in den Anorak und Richard ins Jackett.

»Na bitte!«, sagte Bodo. »Es ist doch alles in Ordnung.«

Richard quälte die ausgestandene Sorge durch ein Lächeln aus seinem Gesicht. »Das machst du nie wieder, Lisa, hörst du! Nie wieder!«

Janettes Gesicht zeigte ebenfalls Verwüstungen. Aber anderer Art. Am Flaschenzug stand Gerrit und zog das Hundepaket auf den Waldboden. »Ein Dackel! Ein kleiner Dackel!«

»Hark!«, rief Janette. Bodo streckte erneut seine Hände aus, aber Hark stemmte sich alleine aus dem Loch, wenn auch mit sichtlich letzter Kraft.

»Papa!«

Hark, noch auf Knien, zog den Jungen an sich. »Alles ist gut!«

Gerrit lächelte bis in die Augen hinein.

Janette blickte auf das Paar hinab, skeptisch und besitzergreifend zugleich, großzügig und mitfühlend, aber auch verletzt und verklemmt.

»Hallo, Janette!«, sagte Hark leise, aber mit einem Keim von Wärme, und erhob sich. »Hallo, Herr Weber, hallo, Bodo. Wo kommt ihr auf einmal alle her?«

»Ich muss mich entschuldigen, Hark«, purzelte es aus Bodo heraus. »Es tut mir Leid, was ich heute früh zu dir gesagt habe. Ich hatte kein Recht dazu. Es war ungehörig und ungerecht.«

»Nein, du hattest Recht. Ich hätte schon längst Konsequenzen ziehen müssen.«

»Nein!«

»Doch, Bodo.«

»Sollten wir nicht im *Eseleck* anrufen?«, unterbrach ich den Ehrenhandel. »Damit die wissen, dass wir wieder da sind.«

Diesmal war es Janette, die Hark ihr Handy reichte. Er meldete uns zurück, während Gerrit und ich den Dackel aus seiner Verpackung befreiten. Er nahm sogleich die zurückgewonnene Welt in Besitz und schnüffelte sich durchs Laub, zog aber seine Pfoten immer wieder respektvoll vom Betonrand des Höhlendeckels weg, sobald ihn seine Nase über das Viereck geführt hatte.

»Der hat gelernt«, bemerkte Hark. »Los, lauf nach Hause!«

»Können wir ihn nicht behalten?«, fragte Gerrit.

»Der gehört sicher hier irgendwo her.«

»Ksch!«, machte ich. »Los, lauf. Fresschen!«

Der Prachtkerl blickte mich mit haselnussbraunen Augen an. Das Verständnis der Kreatur für unsere menschlichen Anwandlungen wird doch enorm überschätzt.

»Hau ab. Du bist frei!«

Er sprang an mir hoch und wedelte.

»Falsch!«, sagte ich und drehte ihn mit der Schnauze zum Waldweg. »Da geht's lang.«

Begeistert drehte er sich zu mir zurück und leckte mir die Hände.

»Der geht schon«, sagte Bodo. »Kümmern Sie sich einfach nicht mehr um ihn. Dann läuft er schon nach Hause.«

Also kümmerte ich mich zusammen mit den anderen um den Abbau des Flaschenzugs, das Bündeln der Seile und Einpacken der Ausrüstung. Nur Gerrit war seinem Vater wirklich eine Hilfe. Janette machte immer die falschen Schleifsäcke auf und reichte Hark die Dinge, die er vorerst beiseite legte. Sie hatte viel Terrain wieder aufzuholen. Bodo betrachtete die Dinge mehr vom philosophischen Standpunkt. »So ist das doch immer. Da denkt man sich sonst etwas aus, und dann ist es bloß ein Dackel.«

Der Dackel dachte gar nicht daran, nach Hause zu laufen. Unangenehmerweise war ich es, die er aufmerksam beobachtete. Sobald ich ihm einen Blick zuwarf, wedelte er erfreut mit der Rute. Schaute ich nicht gleich wieder weg, zuckte sein ganzer Körper, im Begriff aufzuspringen und mich anzubaggern.

»Warum seid ihr denn gekommen?«, erkundigte ich mich, die Seile in den Schleifsack stopfend, den Richard aufhielt.

»Weil du schon eine Viertelstunde, nachdem Hark Gerrit angerufen hatte, nicht mehr an dein Handy gegangen bist.« In seiner Stimme knöterte etwas, das mich warnte, jetzt keine flockige Bemerkung zu machen.

»Und warum hast du anzurufen versucht?«

»Weil dieser Herr Schreckle und Janette gekommen sind. Als ich ihnen erzählte, dass du zum Todsburger Schacht gefahren bist, hat Janette Zustände bekommen. Sie hat mich beiseite genommen und behauptet, in diesem Schacht hätte Hark seine Frau umgebracht. Und wer weiß, was er heute tut!«

»Die spinnt doch!«, knirschte ich zwischen den Zähnen hervor. Da drüben scharwenzelte sie mit ihren knackigen Hinterbacken um Hark herum, ein Lächeln, das hormonellen Stress verriet, auf den Lippen, Unterwürfigkeit in den Augen, Eilfertigkeit in den Händen.

»Und nach dem Unfall mit Harks Seil am Wilden Hund«, fuhr Richard fort, »musste ich den Eindruck haben, du befändest dich in Lebensgefahr.« Seine Stimme wackelte.

Armer Richard! Schon einmal hatte er mich in Lebensgefahr gewusst und war beinahe zu spät gekommen. Was für ein grauenvolles Déjà-vu für ihn. Zum zweiten Mal derselbe Fehler. Und diesmal kam er tatsächlich zu spät. In dieser Gewissheit musste er im Fond von Janettes Golf neben Gerrit stumm verzweifelt sein, während sie kurzsichtig um die Kurven schusselte.

»Tja«, bemerkte ich. »Mit mir macht man halt was mit.«

Er ließ den Sack los und wandte sich ab.

Heftiges Mitleid überfiel mich, jenes Mitgefühl, das einem in den Gelenken wehtut, weil man auf einmal die Gefühle eines anderen Menschen, den man in letzter Zeit nicht sehr gut behandelt hat, in sich selbst knirschen hört, unendliche Scham darüber, wie man vergessen konnte, dass der andere kein Müllplatz ist, sondern ein blutendes Wesen.

»Richard, es tut mir Leid.« Ich ließ den Sack umkippen und stolperte ihm hinterher. Leider wuselte mir der Dackel zwischen die Füße, und ich prasselte, weil ich ihn nicht treten wollte, seitwärts in eine junge Buche, die hoffnungsvoll die ersten Blätter in den Frühling streckte und unter meinem Gewicht brach.

Richard drehte um und zog mich auf die Füße. Der Dackel verstand das falsch und verbiss sich knurrend in seinem Hosenbein. Aber Kinder und kleine Hunde zuckerten den Milchkaffee in Richards Augen. Er bückte sich und kraulte den Satansbraten hinter den Schlappohren, woraufhin er verlegen abließ.

»Und du, Lisa? Was willst du eigentlich?«

Ich überlegte. »Und du?«

41

Er fuhr. Auf meinen Schenkeln kringelte sich eine atmende Wurst mit Haaren. Ich hatte sie einfach nicht loswerden können.

Auf dem Weg durch den sich eindunkelnden Wald hatte Hark mich noch beruhigt. Wir würden ihn im Wirtshaus in den Eselshöfen abliefern. Die wüssten bestimmt, wo er hingehöre. Auch mir war vorhin beim Durchkreuzen des Fünfhäuserorts das Haus mit dem toten Menükasten neben der Tür aufgefallen.

Und so waren wir im Konvoi nach oben gefahren. Ich hatte mir den Dackel unter den Arm geklemmt und war mir vorgekommen wie die Ausländerbehörde mit einem Abschiebebefehl. In der Gaststube saßen ein Jäger, der schon einen Dackel hatte, und ein junger Bursche. Der Wirt lehnte, auf beide Ellbogen gestützt, über dem Tresen. Schweigend hörten die Männer zu, wie ich erklärte, dass Hark Fauth und ich das Tier eben aus dem Todsburger Schacht geholt hätten. »Der k'hört net da na«, sagte der Jäger abschließend.

»Aber Wasser könnt man ihm geben?«, fragte ich.

»Das könnt ma«, antwortete der Wirt und rief nach seiner Frau, die mit einem Schälchen Wasser kam.

Während der Dackel mit hängender Rute schlappte, drängte ich Wirt und Jäger meine Handynummer auf. »Falls sich doch noch jemand meldet.«

Davonstehlen war auch nicht gegangen. Kaum holte ich Luft, um mich zu verabschieden, ließ das Tierchen vom Napf ab und verrenkte den Hals zu mir herauf.

»Nimm du ihn«, sagte ich und hielt ihn draußen Janette hin. »Laura freut sich bestimmt.«

»Laura hat eine Tierhaarallergie.«

»Dann Bodo, wollen Sie den Hund? So viel wie Sie unterwegs sind.«

Er hob die Hände. »Die Schule fängt bald wieder an. Dann ist er ständig alleine.«

»Also du, Gerrit! Falls Huckebein ihm nicht die Augen aushackt.«

»Ich glaube nicht«, dämpfte Hark bedächtig, »dass du dem Hund damit einen Gefallen tust, Lisa. Er hat sich dich ausgesucht. Da kannst du nichts gegen machen.« Er hatte mir die Hand gedrückt beim Abschied und einen Kuss auf die Wange gekitzelt. Richard hatte den Blick niedergeschlagen und mit dem Autoschlüssel gespielt und Janette schon mal Gerrit in den Cherokee verfrachtet und nach Bodo gerufen. Sie fuhr mit dem Lehrer, Hark mit Gerrit und ich mit Richard, den Hund auf den Knien. Als wir am Trüpl entlangrollten, gähnte er quietschend wie eine ungeölte Radnabe.

»Ich glaube, der muss mal.«

»Wir sind gerade an einem Parkplatz vorbei, Lisa.«

»Das Schild muss ihn auf die Idee gebracht haben«, bemerkte ich. »Er sollte dann jetzt wohl auch einen Namen kriegen.«

»Berganza amigo, dejemos esta noche el hospital en guarda de la confianza …«

»Bitte?«

Richard zog die Brauen hoch. »Kennst du Berganza nicht, den sprechenden Hund von Cervantes?«

»Ach so, den.«

»Auf ihn trifft der ebenfalls sprechende Hund Cipión und sagt zu ihm, etwa sinngemäß ...« Richard übersetzte ad hoc: »Berganza, mein Freund, lass uns heute Nacht das Hospital Gottes Obhut überlassen, und wir ziehen uns an dieses einsame Fleckchen zurück, zwischen diese Matten dort, wo wir, ohne aufgespürt zu werden, die unerhörte Gnade genießen können, die der Himmel uns beiden auf einmal hat zuteil werden lassen.«

»Berganza?«, fragte ich das Höhlenhündchen auf meinem Schoß, das den Kopf hob. »Oder Cipión?«

Über der Nasenwurzel entstand eine tiefe Falte, als er angestrengt verständig seine Ohren aufstellte.

Richard bog in einen Weg ein, der mitten ins Sperrgebiet führte, und hielt an einer Schranke. Cipión sprang los und pinkelte sich durchs Unterholz. Richard blickte um sich, ging in sich, entschied sich und trat dann ebenfalls an einen Busch.

Draußen auf der Straße flutschten die Scheinwerfer vorbei. Über dem dunklen Militärgelände stand ein lichter Nachthimmel. Fledermäuse flatterten. Da kam das Klingeln meines Handys ziemlich unschön. Es war Wagner. »Ich habe ihn«, sagte er. »Den Mann, dem die Uhr gehört. Kannst du reden?«

Ich blickte mich nach Richard um. »Schwer zu sagen!«

»Dann hör zu. Ich habe das Foto der Uhr, wie befohlen, ins Netz gestellt, aber da hat sich niemand drauf gemeldet, der zum Fundort gepasst hätte. Mein Assistent hat sich ein bisschen unter die Kletterer und Speläologen gechattet. Da hat Anfang April einer mit dem Nickname Kojak herumgefragt, ob ihm jemand aus einer Höhle auf der Schwäbischen Alb einen Wertgegenstand heraufholen könne. Dem hat ein gewisser Grottenolm geantwortet, dass er das machen könne, weil er in

Münsingen zu Hause sei und alle Höhlen kenne. Er hat eine Telefonnummer angegeben. Hinter der verbirgt sich ein gewisser Achim Haugk, der eine Kampfmittelbeseitigungsfirma in Münsingen hat.«

»Und der andere?« Ich wagte kaum zu atmen. »Der Kojak?«

»Ich weiß natürlich nicht, ob er sich mit Haugk tatsächlich telefonisch in Verbindung gesetzt hat. Aber eines ist sicher, er ahnt nicht, wie viele Spuren ein User im Netz hinterlässt.«

»Bitte! Mach's nicht so spannend!«

»Kojaks Klarname lautet Eckart Abele, wohnhaft im Raum Reutlingen.«

»Oh!!!!«

Wagner lachte. »Stets zu Diensten, Signorina!«

Ich bedankte mich kurz, aber überschwänglich. Inzwischen hatten Herr und Hund sich erleichtert und kamen den Weg entlang. Ich bückte mich nach Cipión, während Richard seinen Schlüssel auf die Zentralverriegelung seines Wagens abfeuerte. Die Türheber pfitschten. Aber noch etwas surrte. Hinter Richard schrägte sich, in einer Notbremsung begriffen, ein Fahrrad heran. Der Hinterreifen schlurrte über den Weg. Richard fuhr herum. Aber der Radfahrer fing sich und sein Rad wieder, schlingerte um uns herum und warf sich, über die Hörner am Lenker gebeugt, an der Schranke und Richards Wagen vorbei auf die dunkle Landstraße, wo er verschwand.

Cipión schickte ihm ein erzürntes »Wuff!« hinterher.

»Ein wahres Eldorado für Mountainbiker, scheint mir«, bemerkte Richard. »Wenn das so weitergeht, braucht sich Schorstel nicht mehr zu überlegen, wofür man das Gelände verwendet.«

Plötzlich hatte ich mein Déjà-vu. Ich sah Alexanders rotes Hornfahrrad vor mir, wie es an Mirjams Hauswand lehnte. Mein launisches Gedächtnis tat dazu Richards Satz: »Ein junger Kerl auf einem roten Rad hat mich sogar beinahe auf seine Hörner am Lenker genommen.« Das war am Sonntag vor zwei Wochen geschehen, womöglich auf diesem Weg, nur etwas weiter hinten in den Hügeln des Panzerwellenbiotops. Auf der Rückfahrt vielleicht hatte der Biker dann das verlorene Handy entdeckt und aufgehoben, vielleicht, um es zurückzugeben oder bei Gelegenheit in einem Fundbüro abzuliefern oder um damit gratis zu telefonieren. Richards Monatsabrechnung würde es offenbaren. Natürlich konnte das jeder gewesen sein, auch der, der uns gerade fast über den Haufen gefahren hätte. Aber nur einer, der auch die unbekannten Höhlen auf der Alb kannte, hatte mit meiner SMS – »Leiche in Mondscheinhöhle gefunden. Melde dich. L« – etwas anfangen und den Grillplatz vor dem Felsen am Lippertshorn aufsuchen können. Man würde noch mal mit Alexander reden müssen, falls es jetzt noch irgendwen interessierte.

»Übrigens«, sagte ich mit vor unterdrücktem Triumph blubbernder Stimme, als wir wieder weich saßen und Richard das Schiff in die Fahrrinne lenkte, »ich weiß jetzt, wem die Uhr gehört.«

»Hm?«

»Hauptkommissar Abele.«

Richards Kopf verriss es zu mir. »Woher weißt du das?«

»Ich hatte eine Internetsuche laufen. Abele hat Anfang April jemanden gesucht, der ihm die Uhr aus der Höhle holt. Und Achim Haugk hat sich angeboten.«

Etwa einen Kilometer lang gab Richard keinen Ton von sich. Dann stieß er ein leises »Coño!« aus, ein spanisches Schimpfwort, auf Deutsch: Möse! Denn in den Momenten, da in Richards pietistisch gedämpfter Büßerseele die Leidenschaften des Jägers mit der Keule erwachten, erinnerte er sich unwillkürlich der für ihn umwälzendsten und bewegendsten Jahre, die er in Argentinien verbracht hatte.

Außerdem hatte er unmerklich zu rasen begonnen. Cipión stemmte seine Stummelbeine gegen die Fliehkraft einer Rechtskurve in meine Schenkel und rutschte dann in der Linkskurve mit dem Hinterteil von mir gegen die Tür.

»Darum«, sagte ich, »hat Abele sich von Anfang an für diese Höhlenleiche interessiert, auch als es noch keine gab. Darum hat er sich, als die Leiche gefunden wurde, deines Handys bemächtigt und ignoriert, dass Rehle glaubte, es stamme vom Grillplatz. Darum hat er es zum Indiz erklärt und dich als Täter verhaften lassen. Er muss einen Mordsschreck bekommen haben, als er meinen Ausweis las und feststellte, dass der Minenhund des Staatsanwalts bereits am Tatort herumschnüffelte.«

Richard knurrte nur und raste.

Ich knüpfte die Kojak-Uhr von meinem Handgelenk und ließ sie vor Cipións nasser Nase baumeln. Er sträubte die Schnurr- und Schnauzenhaare, schnappte mit blitzweißen Zähnchen nach dem Armband und begann sofort, das Krokoleder gemütlich durchzukauen.

»He!«, rief Richard. »Spinnst du?« Er langte herüber, nahm dem Hund und mir die Uhr weg und steckte sie sich in die Jackentasche.

Als wir unter der angestrahlten Märchenburg Lichtenstein die Serpentinen nach Reutlingen hinabrollten, rief Janette wieder an.

»Ich muss mit dir reden, Lisa!«

»Jetzt?« Ich redete nicht gern mit Leuten, die mit mir reden mussten. Die sagten dann meist so Dinge wie, dass ich egoistisch und unreif sei und auf ihren Gefühlen herumtrample und deshalb dringend mein gesamtes seelisches Design überdenken solle. Andernfalls würde ich in Alterseinsamkeit enden.

»Wir hatten vorhin keine richtige Gelegenheit, miteinander zu sprechen«, fing sie harmlos an. »Und du musst mir doch noch erzählen, was vorhin in der Höhle passiert ist. Hat Hark sich tatsächlich erinnert? Er wirkte wie … wie befreit. Und Gerrit auch. Was ist geschehen? Du musst es mir alles erzählen, haarklein!«

»Ach, redet Hark immer noch nicht wieder mit dir?«

Der Verstärker orgelte zwei Sekunden Stille ins Rauschen. »Was hat das denn damit zu tun, Lisa? Ich bin gerade erst heimgekommen. Und ich musste ja noch Bodo abliefern, und er war vielleicht wieder was umständlich, bis er mich endlich gehen ließ. Ich hatte also noch gar keine Gelegenheit, mit Hark zu sprechen. Natürlich redet er mit mir.«

»Dann lass es dir von ihm erzählen, Janette. Ich fühle mich dazu nicht autorisiert.«

»Was sind denn das wieder für Sprüche, Lisa? Mir kannst du es doch erzählen, nach allem, was ich dir erzählt habe über Hark und mich. Habe ich da nicht sogar ein Recht darauf, auch als deine Freundin?«

»Du hättest mich damals ja ruhig auch einmal besuchen können, Janette. Aber ich war halt nur deine Behelfsfreundin, solange du in meinem Dorf festsaßest. Und in Reutlingen hattest du dann etwas Schickeres. Deine reiche Holzbauerstocher mit eigenem Auto. Weißt du, ihr hättet mich mitnehmen können auf eure Diskotouren.«

»Ich verstehe zwar nicht, was das jetzt soll, aber, Lisa, du weißt doch auch, wie so was ist. Ich war vierzehn, als wir weggezogen.«

»Aber von mir hast du erwartet, dass ich dir die Treue halte.«

»Hör mal, für mich war das damals auch nicht so ohne. So naiv kannst du doch nicht sein! Weißt du, was die Klassenkameraden mir hinterhergerufen haben, weil ich mit dir herumzog? Mösenschlecker und solches Zeug. Das war nicht immer einfach, glaub mir!«

»Klar!«

»Lisa, du bist doch nicht beleidigt deshalb. Letztlich hast du doch bekommen, was du wolltest, oder etwa nicht?«

»Und du nicht?«

Die Funkverbindung knisterte. Wir brausten aus den letzten Falten des Traufs auf die Schnellstraße.

»Okay, ich verstehe«, ließ sich Janette wieder vernehmen.

»Das war's dann wohl. Ich habe mich offenbar gründlich in dir getäuscht.«

Jetzt kam gleich das mit dem Egoismus.

»Belogen hast du mich, benutzt, betrogen! Du hattest doch nie vor, diesen eitlen Fatzke von Staatsanwalt aufzugeben! Und ich überlege mir schon, was Florian dazu sagt und Laura, wenn ich mit dir ... Gott, wie peinlich! Ich blöde Kuh! Dabei hätte ich es wissen können. So warst du schon immer: große Sprüche, nichts dahinter. Wenn du so weitermachst, Lisa, dann hast du es dir bald mit allen Menschen verdorben. Man kann nicht immer nur auf Spaß aus sein und keine Verpflichtungen eingehen wollen. Aber das hast du noch nie kapiert. Kein Wunder, dass sie dich bei der Zeitung rausgeworfen haben!«

»Na siehst du, Janette, du hast gewonnen«, sagte ich. »Genieß es. Für dein Käsblatt sind Kleingeister wie du eben unverzichtbar!«

»Das muss ich mir nicht anhören. Von dir nicht!«

»Nee«, sagte ich und tippte sie weg.

»Probleme?«, erkundigte sich Richard mit der sprachlichen Treffunsicherheit, die Männern eigen ist, wenn es um die Dramen unter Weibern geht.

»Probleme? Nicht mehr!«, erwiderte ich. »Es ist leicht, einem Feind zu verzeihen, und schwer, sich selbst zu verzeihen, aber es ist unmöglich, dass eine Freundin einer Freundin verzeiht. Chinesisches Sprichwort.«

»Das kenne ich gar nicht.«

Ich lachte. »Übrigens findet Janette, dass du ein eitler Fatzke bist.«

42

Die PD Reutlingen war in einem denkmalschutzverdächtigen Klinkerbau untergebracht, der keinerlei Ähnlichkeit mit dem grauen Gefängnisbau des Präsidiums in Stuttgart hatte. Kein sanfter Gurkengeruch im Entree, so stand es zu vermuten, keine abwaschbar ausgepinselten Fahrstühle in die geschlossene Abteilung. Dennoch verzwirbelten sich meine Nerven, als Richard auf die Tür zuhielt. Ich blieb stehen unterm Nachthimmel in der Stadt, die nicht ganz so entvölkert war wie die Dörfer oben zu dieser Stunde, aber fast.

Richard blickte sich um, blieb stehen, kam zurück.

»Ich glaube«, sagte ich, »ich warte lieber im Auto. Nicht, dass Cipión dir die Polster zerbeißt.«

Richards forschendem Blick wich ich in eine Suche nach meiner Bewaffnung aus und fischte Zigarettenschachtel und Feuerzeug aus meiner Jacke.

»Was ist los, Lisa? Hör mal, da drin tut dir keiner was. Dir tut überhaupt niemand etwas, Lisa!«

»Natürlich nicht, ich kann ja Judo.«

»Das …« Er zögerte, dann ging er es mit gesenktem Kinn an. »Das hat dir schon einmal nichts genützt. Und ich bin schuld daran, dass es dazu kam. Und seitdem machst du mir das Leben zur Hölle.«

»Was?«

»Du traust mir nicht mehr, Lisa.«

»Doch, ich traue dir alles zu, Richard.«

»Bitte, lass doch einmal diese Kindereien! Mag ja sein, dass du mir nicht mehr das Recht zubilligst, an deinen Gefühlen teilzuhaben, aber ich würde mir wünschen, dass du allmählich anfangen könntest, darüber zu reden. Wirf mir endlich vor, was du mir vorwerfen willst.«

»Was soll ich dir denn vorwerfen? Genau wie ich hast du erst zu spät gemerkt, worauf es bei dem Verhör hinauslaufen würde.«

»So wie heute! Wieder habe ich zu spät gemerkt, dass dir ein Treffen mit Hark gefährlich werden könnte.«

»Richard, es war nicht gefährlich, und du bist nicht mein Wachhund.«

»Stimmt, aber ich bin auch nicht dein Hanswurst, den du nach Belieben anpflaumst und je nach Laune mal reizend und dann wieder schroff behandelst. Und du kannst mir auch nicht ständig bei der geringsten Meinungsverschiedenheit nahe legen, ich solle doch gehen, wenn du mir peinlich seiest. Das macht mein Herz nicht mit, Lisa.«

Ich versuchte, mich zu erinnern, was genau passiert war, bevor er sich auf die Alb zurückgezogen hatte. Wir hatten uns gestritten. Aber wir stritten ständig. Offenbar machte ihm das mehr aus, als ich in meinem grenzenlosen Vertrauen in seine Duldsamkeit vermutet hatte. Da hatte ich mich wohl getäuscht in ihm. Alles Plüsch! Jetzt verlor ich auch ihn und strauchelte unaufhaltsam in die Alterseinsamkeit.

»Dann ist es wohl doch besser, wenn ich im Auto warte.« Ich drehte mich um.

»He!«, sagte er leise. »Lisa! Du kneifst!«

Ich stoppte. Dasselbe hatte ich doch einst zu Hark gesagt. Offenbar entwickelte ich eine veritable Polizeipräsidiumsphobie. »Richard, du glaubst doch auch, dass ich mich aus Angst vor dem Leben verkleide.«

»Ja, sicher. Aber na und? Das tun wir alle. Ein bisschen Angst hat jeder, wie er wohl aufgenommen wird. Aber das meine ich nicht, Lisa. Ich glaube, du willst nicht anerkennen, dass du dir einmal nicht selbst helfen konntest. Und damit das nicht noch einmal passiert, hast du aufgerüstet. Jetzt verschanzt du dich hinter den Zinnen deiner Burg und schießt mit Kanonen auf Spatzen wie mich.«

»So schlimm?«

»Schlimmer! Und sag jetzt bitte nicht, ich könne ja gehen, wenn ich damit nicht klarkomme. Wie du siehst, bin ich immer noch da, obgleich ich damit nicht klarkomme.«

Ich war gerührt. Er blickte taktvoll einem Auto nach, das die Straße entlangröhrte, während ich meine Gefühle kämmte.

»Okay«, sagte ich. »Der Weg aus der Angst führt immer durch die Angst. Dann gehen wir jetzt da rein und stellen Abele.«

»Falls er noch im Amt ist«, sagte Richard mit einem Blick die historische Fassade hinauf in die abendliche Dunkelheit über dem Dach. Dabei fasste er mich mit leichten Fingern am Arm, ganz Kavalier, der eine Dame durch die Fährnisse unebener Wege leitete, aber er zog dabei den Atem ganz tief bis ins Becken hinab und verwandelte ihn auf dem Rückweg in einen leisen erleichterten Seufzer.

Abele war nicht mehr im Amt.

»Haben wir eine Privatadresse?«, erkundigte ich mich auf dem Weg zum Wagen, in dem der Dackel ratzte.

»Ich nicht«, antwortete Richard.

Ich konsultierte die Telefonauskunft, und Richard programmierte seinen Navigator, der uns durchs Spalier unzähliger Factory-Outlets ins Ländliche unterhalb des Albtraufs leitete. Links eine Tankstelle, rechts Baumarkt und Möbelcenter. Dahinter, nach einer dunklen Einöde, an einen schattigen Waldrand gerückt, frische Straßen und Häuser. Es war halb neun, als Richard am Rinnstein vor einem noch feuchten Neubau hielt und übers Lenkrad gebeugt den Bungalow musterte. Fensterfront, Sonnenschirm auf einer Terrasse, Holzstühle, Steingarten, Kinderschaukel und Sandkasten. Die Garage war verschlossen. Davor stand der Zweitwagen, ein Mercedes der A-Klasse.

»Im Amt hat er erzählt, dass er geerbt hat«, bemerkte Richard.

»Was machen wir mit Cipión?«

»Nimm ihn mit. Das entkrampft.«

Ich klemmte mir den Dackel untern Arm. Sein Brustkorb füllte kaum meine Hand, seine Bauchdecke atmete gegen meinen Handballen, und zwischen Daumen und Zeigefinger einerseits und meinem Ring- und kleinen Finger andererseits baumelten die Stummelbeine herunter.

Ein niedriges Zauntor hemmte unseren Schritt. Dann wandelten wir auf Platten auf eine überdachte Tür zu, wo ein Bewegungsmelder das Licht anspringen ließ. Richard drückte auf das großformatige Klingelschild mit dem Schriftzug Abele.

Seine Frau öffnete, im Blick ein Wer-kann-das-sein?, im Gesicht einen lauten Tag mit den Kindern und die Küche noch vor sich. Sie wischte sich die Hände an den Jeans ab und strich sich eine braune Strähne aus den Augen.

»Guten Abend«, sagte Richard. »Das ist Lisa Nerz, und ich bin Richard Weber von der Staatsanwaltschaft Stuttgart. Bitte verzeihen Sie die späte Störung, aber wir müssten dringend mit Ihrem Mann sprechen.«

»Äh, ja!« Ihr Kaninchenblick schoss durch den Flur auf der Suche nach Staubmäusen und quer stehenden Kinderschuhen, aber es war alles tadellos aufgeräumt, gewischt und gewienert. »Eckart, kommst du mal? Besuch für dich.«

Richards Schatten fiel förmlich hinter dem Garderobenschrank hervor. Abele trug im häuslichen Milieu Anzughose und Weste, aber keine Krawatte. »Oh, Herr Dr. Weber«, lispelte er und wurde rot. »Welche Ehre, Sie in meiner bescheidenen Hütte begrüßen zu dürfen.«

»Die Ehre ist ganz auf meiner Seite«, erwiderte Richard eisig. »Herr Hauptkommissar, hätten Sie wohl ein paar Minuten Zeit für uns? Wir sollten in einer bestimmten Angelegenheit mit Ihnen sprechen. Aber wenn es Ihnen lieber ist, können wir das auch im Amt tun.«

»Ja, äh, ich muss dann in die Küche«, bot Abeles Frau verständig an. »Äh, was darf man Ihnen anbieten?«

»Nichts, danke«, antwortete Richard.

»Ein bisschen Wasser für den Hund?«, fragte sie. »Der ist ja süß! Noch jung, nicht wahr?« Sie streckte die Hand aus und fuhr Cipión über den Kopf. Er versuchte, den Zugriff mit seiner kalten Nase abzublocken, hatte aber letztlich keine Wahl, als die Streicheleinheit hinzunehmen.

»Danke«, sagte ich. »Aber sonst pinkelt er Ihnen noch gegen die Sessel.«

Eine Minute später befanden wir uns im Salon mit seiner Fensterfront zur Terrasse, schweren Ledersesseln und Sofas, Glastisch, Schrankwand, Flachbildfernseher und DVD- und Videoanlage.

Ich setzte Cipión auf den Perserteppich. Er nieste und radierte, während es ihm die Schnauze zwischen seine kurzen Vorderbeine unters Brustbein verriss, mit der Nase über den Flor. Eine Fehlkonstruktion.

Ohne Umschweife zog Richard die Patek Philippe mit dem von Cipión durchgekauten Krokoarmband aus der Jackentasche und legte sie auf den Glastisch zwischen Abele und uns. Abele rückte seine Brille zurecht und beugte sich vor.

»Bevor Sie zugreifen, Herr Abele«, sagte Richard, entweder zu stolz oder zu berufserfahren, um mit Tricks zu arbeiten, »und sich zum Besitzer dieser Uhr erklären, muss ich Sie darauf hinweisen, dass sie in der Mondscheinhöhle gefunden wurde.«

Abeles eigenartig glänzende und zusätzlich verspiegelte Augen waren auf Richard gepflanzt mit einer Intensität und Hingabe, die mehr war als die Bewunderung eines immer wieder zurückgewiesenen und – im Guten wie im Bösen – um Anerkennung werbenden Getreuen. Abele war verliebt. Nein, nicht verliebt, denn mit diesem Haus, der Hausfrau und einer unbekannten Zahl von Kindern im sozialen Gepäck gehörte er nicht zu den bekennenden Schwulen auf Partnersuche. Seine Liebe war Schicksal. Sie war seine persönliche Katastrophe. Und er nahm sie an.

»Genau dort«, sagte er mit seiner in die Tiefe gepressten Stimme, »habe ich die Uhr im vergangenen Herbst verloren, als wir mit den Kindern und einigen Kollegen am Lippertshorn ein kleines Grillfest veranstalteten. Dafür gibt es Zeugen. Und verloren ist nicht ganz korrekt. Ich hatte sie beim Grillen abgelegt, damit sie keinen Schaden nimmt, und unser Adrian, unser Jüngster, er ist fünf Jahre alt, hat sie unbemerkt an sich genommen und sie in die Höhle geworfen, um zu hören, wie tief unten sie aufschlägt.« In seiner Stimme schmauchte ein Vaterstolz, der selbst Dummheiten noch in frühkindlichen physikalischen Forschergeist umdeutete. »Aber wie ...« Jetzt blickte Abele mich kurz an. »Wie sind Sie darauf gekommen, dass die Uhr mir gehört?«

Ich holte Luft.

Aber Richard unterbrach mich: »Herr Hauptkommissar, es wäre für Sie und mich von Vorteil, wenn Sie von sich aus erzählen würden, was Sie möglicherweise unternommen haben, um sich diese Uhr, die ja einen beträchtlichen materiellen Wert darstellt, wiederzubeschaffen. Ich brauche Sie nicht darauf hinzuweisen, dass ich jetzt hier nicht als Staatsanwalt vor Ihnen sitze, sondern als Privatmann. Frau Nerz und ich könnten gegebenenfalls bezeugen, dass Sie uns aus freien Stücken erzählt haben, was auch immer Sie uns erzählen möchten. Doch bevor Sie etwas sagen, sollten Sie sich vielleicht erst einmal die Uhr anschauen und für sich selbst entscheiden, ob das wirklich Ihre ist.«

»Immer korrekt, der Herr Oberstaatsanwalt!«, bemerkte Abele mit einem Anflug von Ironie, die allerdings schnell von einem schmeichelnden Unterton verschluckt wurde. Er beugte sich erneut vor und nahm die Uhr, um sie von allen Seiten zu besichtigen. Sein Daumen verhielt bedauernd in den Eindrücken von Cipións Zähnen im Armband. »Es ist meine.« Abele machte jedoch keine Anstalten, sie sich ums Handgelenk zu schnallen. Denn dort trug er bereits Ersatz. »Ich hatte sie schon verloren gegeben. Wo haben Sie sie denn jetzt auf einmal herbekommen? In der Höhle war sie ja nicht mehr.«

Richard faltete Sturheit in die Mundwinkel.

»Ach so, ja. Ich soll es ja von mir aus erzählen. Ja, das war so. Den Winter über konnte ich nichts unternehmen. Bis zum

15. April stehen die Höhlen unter Naturschutz, der Fledermäuse wegen, wie mir die Fachleute versicherten. Die Höhlenrettung wollte ich zunächst nicht bemühen für so eine … eine Lappalie.«

Alle Achtung!, dachte ich. Zehntausend Euro waren für Kojak eine Lappalie.

»Aber ein Kollege von der Internetermittlung des LKA hat mir den Tipp gegeben, mich in den entsprechenden Chatrooms umzuhören. Anfang April hat denn ein gewisser Achim Haugk mit mir Kontakt aufgenommen. Er betrieb, wie Sie ja wissen, eine Kampfmittelbeseitigungsfirma in Münsingen. Er sagte, er habe reichlich Klettererfahrung und sei bereit, den Abstieg zu unternehmen, gegen Finderlohn natürlich.«

Abeles sehnsüchtiger Blick musste mit mir Vorlieb nehmen, weil ich, im Gegensatz zu Richard, immerhin nickte, allerdings mit geteilter Aufmerksamkeit. Denn zwischen meinen Füßen bemühte ich mich, Cipión davon abzuhalten, dass er loszog, um die Küche zu finden.

»Es kam ein Treffen zustande in einem Café in Laichingen, bei dem wir die Modalitäten ausmachten. Haugk wollte zehn Prozent des Wertes der Uhr. Ich willigte ein. Einen schriftlichen Vertrag haben wir nicht geschlossen, was natürlich ein Fehler war. Wir Ermittler schütteln immer die Köpfe darüber, wie vertrauensselig die Leute sind. Die wenigsten Verträge werden schriftlich gefasst, angefangen bei den Eheverträgen bis zum Gebrauchtwagenkauf. Und auf einmal ist man selber genauso dumm und vertraut einem wildfremden Menschen, nur weil er einen ehrlichen Eindruck macht.«

Die Anbiederung funktionierte nicht. In Abeles Gesicht spiegelte sich die Verweigerung jeglicher Kumpanei, die Richard in seine Miene grub.

»Jedenfalls, am Freitag, den 22. April sollte es so weit sein. Haugk rief mich im Amt an. Das Wetter sei gut, er habe ohnehin in der Gegend zu tun und er wolle die Angelegenheit vor seinem

Urlaub aus dem Kopf haben. Tja, und das war dann das letzte Mal, dass ich etwas von ihm gehört habe.« Abele blickte mich an. »Bis er tot aufgefunden wurde.«

»Sie sind also«, bemerkte ich, da Richard sich nicht rührte, »gar nicht mit Haugk zusammen zur Höhle gegangen, um die Uhr sogleich in Empfang zu nehmen?«

Abele verneinte. »Ich war leider im Amt unabkömmlich. Ein wichtiger Fall, eine unmittelbar bevorstehende Verhaftung, Berichte, Papierkram, Sie kennen das ja.«

Das sagte er um Zustimmung heischend zu mir, denn mit Richards Beifall konnte er nicht rechnen.

»Bis sechzehn Uhr dreißig hing ich fest. Als ich gegen siebzehn Uhr fünfzehn am Grillplatz am Lippertshorn ankam, fand ich dort niemanden vor. Ich ging davon aus, dass Haugk seine Aktion bereits durchgeführt hatte, und rief in seinem Büro an, aber dort hatte man schon Feierabend gemacht. Seine Handynummer hatte mir Haugk nicht gegeben.«

»Sie haben ein gutes Gedächtnis«, bemerkte ich. »Ich weiß schon nach drei Tagen nicht mehr, zu welchen Uhrzeiten ich wo war.«

Abele schwankte zwischen Stolz und Misstrauen. Sein Blick zuckte zu Richard hinüber und bat um gut Wetter, um Liebe und Anerkennung, um Trost und Beistand, um Vergebung, Versöhnung und Freundschaft. Richard verweigerte ihm alles.

»Nachdem es hieß, in der Mondscheinhöhle sei eine Leiche gefunden worden«, erklärte Abele, »habe ich mir den Tag natürlich noch einmal vergegenwärtigt. Es hat wirklich nichts darauf hingedeutet, dass Haugk noch in der Höhle steckte, als ich am Abend dort war. Es gab keine augenfälligen Spuren. Allerdings, im Nachhinein hätte mir zu denken geben müssen, dass auf dem Parkplatz an der Forsthütte ein Auto mit der Aufschrift der Kampfmittelbeseitigung Münsingen stand. Aber ich dachte halt, die seien vielleicht mit zwei Wagen gekommen und einer sei liegen geblieben. Oder einer von beiden habe sich verletzt und habe nicht mehr selber fahren können. Wer denkt denn gleich an … an Mord! Denn bei einem Unfall hätten ja noch Haugks Sachen irgendwo liegen müssen. Eine Tasche, Schuhe, was weiß ich.«

»Nicht unbedingt«, unterbrach ich, »wenn Haugk sich am Wagen umgezogen und alles dort gelassen hatte.«

»Nun, jedenfalls für mich sah das so aus, als sei die Aktion abgeschlossen. Ich dachte, Haugk werde sich noch am Abend bei mir melden. Am Samstag wollte er ja für vierzehn Tage nach Mallorca fliegen. Als er nicht anrief, dachte ich, er werde mir die Uhr vielleicht per Post zuschicken. Als am Dienstag auch nichts in meinem Briefkasten war, rief ich erneut in seiner Firma an. Dort teilte man mir erwartungsgemäß mit, der Chef sei in Urlaub. Von der geplanten Aktion in der Mondscheinhöhle war denen anscheinend nichts bekannt. Ich wies darauf hin, dass am Freitag ein Wagen von ihnen am Lippertshorn gestanden hatte. Man bedankte sich. Ich nehme an, sie haben den Wagen dann geholt. Mir kam zu diesem Zeitpunkt erstmals der Verdacht, dass Haugk mich reingelegt hatte. Nichts leichter als zu behaupten, die Uhr habe sich nicht gefunden, und damit nach Mallorca zu fliegen und sie dort zu verkaufen. Da wir keinen schriftlichen Vertrag geschlossen hatten, würde ich ihm nur schwerlich beweisen können, dass er mich bestohlen habe. Es konnte natürlich auch sein, dass er die Uhr nicht gefunden und über den Reisevorbereitungen vergessen hatte, mir das mitzuteilen. Na ja, in spätestens vierzehn Tagen würde er wieder auftauchen, dachte ich. Die Zeit habe ich dazu genutzt, mich ein bisschen kundig zu machen über diese Kampfmittelbeseitigungsfirma. Eine durchaus interessante Firma. Ein Jahr alt, keine Aufträge, aber mit einer Goldgrube vor der Tür, sobald unserem guten alten Bekannten, Ivan Räffle, der Auftrag erteilt wird, den Truppenübungsplatz zu erschließen. Haugk hatte doch tatsächlich kurz vor seiner Abreise seine eigene Gesellschaftermehrheit an Räffle verkauft. Wahrlich, es hätte mich nicht gewundert, wenn Haugk sich mit dem

Erlös, weiteren Finanzeinlagen und meiner Uhr als Zugabe nach Übersee abgesetzt hätte. Aber Mord? Nein, daran habe ich keinen Moment gedacht.«

Richard wechselte den Beinüberschlag.

Einen Moment lang war es völlig still im Zimmer.

»Warum«, fragte Richard endlich, »haben Sie eigentlich mich unter Tatverdacht verhaften lassen?«

»Ihr Handy am Fundort der Leiche … Hätte ich das unterschlagen sollen?«

Richard schnaubte angewidert.

»Das Handy wurde aber oben gefunden, nicht unten«, warf ich ein.

»Und mit Verlaub, Herr Dr. Weber«, sagte Abele, ohne darauf einzugehen, »Ihre Erklärung, Sie hätten es auf dem Truppenübungsplatz verloren, wirft immer noch einige Fragen auf, vor allem, wenn Sie darauf bestehen, dass das Handy oben auf dem Grillplatz lag. Ja, wenn Sie es einfach dort verloren hätten. Warum auch nicht? Aber warum sollte es jemand auf dem Truppenübungsplatz finden und auf dem Grillplatz am Lippertshorn ablegen oder erneut verlieren? Ja, dass es jemand in die Höhle wirft, um Ihnen zu schaden – aus welchen Gründen auch immer –, das würde mir zur Not einleuchten. Aber so?«

Wo er Recht hatte, hatte er Recht. Doch Richard sagte wieder einmal nichts dazu.

»Das wäre doch aber an sich noch kein Grund«, gab ich statt seiner zu bedenken, »den Fundort in die Höhle zu verlegen, um Herrn Weber verhaften zu können, nicht?«

»Nun ja, das Protokoll, das der sicherlich sehr verdiente, aber in Kriminalsachen nicht sonderlich erfahrene Polizeihauptmeister Rehle angefertigt hat, war nicht sehr präzise.«

»So kommen wir nicht weiter, Herr Abele«, sagte Richard ungnädig. »Ich denke, man wird das Gespräch mit Ihnen in einem anderen, weniger privaten Rahmen fortsetzen müssen. Einem erfahrenen Kriminalkommissar wie Ihnen brauche ich ja nicht zu erklären, dass vor Gericht ein Geständnis strafmildernd gewertet werden würde. Ich habe mich der offenbar irrigen Hoffnung hingegeben, Sie hätten verstanden, dass dies umso mehr gilt, wenn Sie kraft eigener Einsicht zu dem Entschluss gelangen, sich den Behörden zu stellen, und wäre bereit gewesen, die Freiwilligkeit Ihres Entschlusses zu bezeugen.«

»Aber«, platzte es aus Abele heraus, »warum hätte ich diesen Haugk denn umbringen sollen? Er sollte mir doch bloß meine Uhr wiederbeschaffen.«

»Eine übrigens erstaunlich wertvolle Uhr. Andere Leute kaufen sich für das Geld einen Kleinwagen. Sehr beeindruckend auch Ihre – wie sagten Sie vorhin? – bescheidene Hütte?«

»Wir haben geerbt vor zwei Jahren. Eine Tante meiner Frau in Amerika. Wir wussten gar nichts von ihr. Es kam völlig überraschend.«

»Gratuliere nachträglich.«

Auf Abeles unausgewuchtetem Gesicht spiegelte sich, wenn auch verschwitzt, das Lächeln, das der Staatsanwalt andeutete.

»Na dann, Herr Abele«, sagte Richard und machte Anstalten sich zu erheben. Das Schlappohrteufelchen, das sich eben zwischen meinen Füßen zusammengerollt hatte, fuhr verschlafen in die Höhe. Ich nahm es vorsorglich hoch. »Dann entschuldigen Sie bitte die späte Störung. Wenn Sie mir zum Schluss noch eine ganz persönliche Frage erlauben würden.«

»Bitte, gern.« Abele lehnte sich wieder zurück.

»Nur so aus Neugierde, Herr Abele. Wie sind Sie eigentlich auf die Idee gekommen, dass ich aus dem Dunstkreis Räffles bestochen worden sein könnte?«

»Oh, Herr Dr. Weber, glauben Sie mir, die Verzweiflung …«

Richard zog die Brauen hoch.

Abele hüstelte sich zur Raison. »Ich meine, da bin ich wohl eindeutig übers Ziel hinausgeschossen, im Eifer des Gefechts gewissermaßen. Wissen Sie, wenn man eine Person besonders schätzt, und das Bild bekommt einen kleinen Knacks gewissermaßen, so ist man manchmal bereit, aus übergroßer Enttäuschung gewissermaßen, dieser scheinbar makellosen Person, die auf einmal einen kleinen Kratzer erhalten hat, einen besonders großen Vertrauensbruch anzudichten.«

Kein Schwabe war dagegen gefeit, in gewissen Momenten Sofaphilosoph zu werden, auch Richards Schatten nicht.

»Na ja«, verfiel Richard fast ins Gemütliche, »was für einen Sinn hätte das auch gehabt, dass Räffle an Staatsbeamte Bestechungsgelder zahlt?«

»Dass man nicht gegen ihn ermittelt«, schoss es aus Abele heraus, »nehme ich an.«

»Aber ich ermittle doch gar nicht.«

Abele blickte ein wenig konsterniert drein, dann lachte er aus dem Bauch heraus. »Natürlich ermitteln wir nicht offiziell, klar. Wir wollen Räffle ja nicht warnen, nicht? Aber der Polizeipräsident hat mir erst kürzlich persönlich seine Anerkennung ausgesprochen und gesagt, Sie hätten gesagt, ohne mich wäre das Verfahren gegen Räffle niemals zum Laufen gekommen.«

»Es gibt kein Verfahren, Herr Abele!«

»Verstehe!« Er lachte.

»Sagen Sie, Herr Abele, wie viel hat Räffle Ihnen denn gezahlt? Seinem gefährlichsten Gegner.« Dabei schwenkte Richard seine Augen demonstrativ über den TV-Hausaltar, die Ledersessel, den Teppich, das Parkett, die Hallogenstrahler und die Schrankwand.

Abele wurde rot. »Herr Dr. Weber, was … was denken Sie von mir? Ich bin doch nicht bestechlich.«

»Das mit der Erbschaft können Sie nachweisen, nehme ich an.«

»Wollen Sie meinen Steuerbescheid sehen? Ich habe sogar ordnungsgemäß Erbschaftssteuer bezahlt! Nicht dass es von der Seite her böse Überraschungen gibt, gell!«

»Das hätten Sie gar nicht müssen. In Ihrer Steuererklärung hätten Sie das Geld als Einkünfte aus einer freien Nebentätigkeit deklarieren und mit möglichen Betriebsausgaben verrechnen können. Das Nemo-tenetur-Prinzip, Sie wissen doch. Was Sie in Ihrer Steuererklärung angeben, geht den Staatsanwalt nichts an.«

Abele wurde erneut rot.

»Aber dazu sollten Sie sich jetzt nicht äußern, Herr Abele«, fuhr Richard mit leiser Rachsucht fort. »Damit wird man Sie in Gegenwart eines Anwalts, zu dem ich Ihnen dringend raten würde, noch einmal konfrontieren. So wie ich Räffle kenne, wird die Androhung eines Durchsuchungsbeschlusses reichen, damit er einräumt, Ihnen über einen längeren Zeitraum Zuwendungen gemacht zu haben. Ihn kostet das ein müdes Arschrunzeln, denn mehr als eine Bewährungsstrafe wird es für ihn nicht geben, womöglich nicht einmal das.«

»Aber ich habe es doch nur genommen, um ihm eine Falle zu stellen«, taumelte Abeles Stimme durch den Raum. »Damit kriegen wir ihn doch endlich dran! Offiziell hat er mich für … für juristische Beratung bezahlt. Aber wenn wir Räffle damit endlich kriegen, dann nennen wir es eben Bestechung.«

Die reine Verblüffung ließ Richard lächeln. »Herr Abele, in welcher Welt leben Sie denn? Von einem Kriminalhauptkommissar lässt ein Unternehmer wie Räffle sich doch nicht juristisch beraten! Sie haben Geld für eine Leistung genommen, von der Sie wissen, dass Sie sie gar nicht erbringen können, und sich davon auch noch ein Haus gebaut. Das ist Vorteilsannahme. Und Sie können von Glück sagen, dass Sie so ein kleines Licht sind und keinerlei Entscheidungsbefugnisse über die Aufnahme von Ermittlungen haben, sonst wäre es tatsächlich Bestechung. Mann, was haben Sie sich eigentlich dabei gedacht!«

In der Rolle des Schuljungen schien Abele sich nicht unwohl zu fühlen. Bereitwillig senkte er die Augen. Aber nur kurz, dann saugte sich sein verspiegelter Blick wieder an seinem Herrn und Meister fest. Erwartungsvoll und ergeben.

Ich fand, Cipión hätte jetzt mal auf den Teppich kotzen können.

»Damit könnte ich Sie jetzt sofort festnehmen lassen«, fuhr Richard fort. »Aber das würde dem privaten Charakter dieses Gesprächs zuwiderlaufen. Allerdings können Sie sich ruhig schon mal darauf einstellen, dass Sie in den nächsten Tagen eine Aussage werden machen müssen. Ob der Haftbefehl dann außer Vollzug gesetzt wird, hängt ganz von Ihnen ab. Sollten Sie sich jedoch veranlasst sehen, Herrn Räffle über dieses private Gespräch in Kenntnis zu setzen, dann wird es für Sie keine Haftverschonung geben. Das garantiere ich Ihnen.« Damit stand er auf.

»Sie können sich ganz auf mich verlassen, Herr Dr. Weber«, sagte Abele aufspringend. »Dass wir diesem Räffle endlich das Handwerk legen, darauf kommt es doch an! Was ich mit meinen bescheidenen Mitteln dazu beitragen kann, werde ich beitragen. Selbstverständlich werde ich aussagen, dass Räffle mich bestochen hat.«

Richard brach in fassungsloses Gelächter aus, nachdem wir aus dem Kasperlestheater geflüchtet waren und wieder im Auto saßen. »Jetzt glaubt der doch tatsächlich, er würde mir mit einem persönlichen Opfer dazu verhelfen, dass ich Räffle festnehmen kann. Das ist urkomisch, wenn es nicht so tragisch wäre. Dieser Bachl wird alles verlieren: Job, Beamtenstatus, Rente, das Haus. Und es ist ihm gar nicht klar!« Er startete den Wagen. »Aber das hat man ja erstaunlich oft, dass dem Beschuldigten gar nicht klar ist, welche Folgen sein unrechtmäßiges Tun für ihn haben wird. Manchmal denke ich, ein Kind hat mehr Unrechtsbewusstsein als ein Verbrecher im weißen Kragen.«

»Aber Haugks Mörder scheint Abele nicht zu sein«, bemerkte ich. »Und wieder läuft alles auf Winnie hinaus. Womöglich hat Achim Haugk ihm erzählt, dass er zur Mondscheinhöhle will. Vielleicht hat er Winnie gefragt, was er braucht für diese Höhle. Und dann hat Winnie die Gelegenheit genutzt. Man wird es wohl nie mehr erfahren. Arme Eva. Die armen Kinder. Sie werden mit der Ungewissheit aufwachsen. Selbst wenn sich die Hinweise erhärten lassen, dass ihr Vater Motiv und Gelegenheit hatte, diesen Mord zu begehen, ohne ein Geständnis bleibt für die Angehörigen immer Raum zum Zweifel, nicht nur zu seinen Gunsten, auch zu seinen Ungunsten.«

»Und eigentlich«, sagte Richard, »waren es die Litauer, die den Sprengmittelingenieur der Konkurrenz beseitigen wollten.«

43

Ich musste eingeschlafen sein. Als ich aufwachte, weil Cipión mir beim Umdrehen seine vier Pfoten nacheinander in den Bauch trat, war es still und dunkel und ich befand mich auf einem Sofa in einem fremden Zimmer. Auf mir lag eine Wolldecke, mein Nacken schmerzte, und im Licht, das von einer Straßenlaterne durch eine Balkontür hereinfiel, schärften sich die Kanten eines Klaviers.

Richtig: Richard hatte ja noch seine Sachen bei seiner Gastgeberin in Hohenstein holen wollen. Hildegard Obermann hatte uns sehr herzlich empfangen und Cipión erst einmal eine Mahlzeit aus Reis und Pute zubereitet. Während sie und Richard in einem Nebenzimmer leise miteinander sprachen, hatte ich mich mit dem rund gefutterten Hund auf dem Bauch nur für einen Moment auf dem Sofa ausstrecken wollen, plötzlich unerträglich erschöpft nach den nicht unerheblichen Anstrengungen im Todsburger Schacht, mehr aber noch psychisch jäh entleert und entkräftet.

Hildegard weckte mich morgens gegen halb neun. Es gab Kaffee und Croissants. Richard war noch gestern Nacht nach Stuttgart zurückgefahren, informierte sie mich. Er werde mich heute Abend abholen. Wir verbrachten den Tag damit, für Cipión

Halsband, Leine und Hundefutter zu kaufen, und redeten. Ich erzählte ihr, was mir zugestoßen war, als ich noch als Journalistin wegen eines toten Lehrers recherchiert hatte, und sie berichtete mir, wie verzweifelt Richard vor gut zwei Wochen bei ihr untergekrochen war, weil er nicht wusste, wie er mit seiner Verantwortung für seinen Fehler und meiner Weigerung umgehen sollte, mit ihm darüber zu reden.

»Sie waren eifersüchtig auf mich, geben Sie es zu«, sagte Hildegard, als wir am Nachmittag mit Cipión bei Wind und Wolken über die Felder wanderten. »Und wissen Sie, was für eine Freude Sie mir damit gemacht haben? Mir alten Schachtel.«

»Und wissen Sie eigentlich«, erwiderte ich ihr, »dass Bodo Schreckle Sie heiß und innig liebt? Er traut sich nur nicht.«

»Nein! Ach was!« Sie fingierte, es sich nicht vorstellen zu können, würde aber, dessen war ich sicher, meine Behauptung überprüfen.

Am Abend holte Richard mich und mein Hündchen ab. Auf der Fahrt in den Regen nach Stuttgart berichtete er, dass Räffle den Ermittlern gleich sämtliche relevanten Bücher und Kontoauszüge zugänglich gemacht und die Schmiergeldzahlungen an ihn, Richard, und Abele eingeräumt habe. Florian hatte er als seinen Finanzminister bezeichnet. Der habe sich schon mit dem Gutachten im Namen der IPE über die Erschließung des Truppenübungsplatzes für ihn, Räffle, als nützlich erwiesen. Energisch bestritten habe Räffle hingegen, Erich Schorstel als Geschäftsführer der Natra GmbH das Gehalt mit der Absicht erhöht zu haben, dass er, Räffle, bei der Ausschreibung den Zuschlag bekam. Das sei gar nicht nötig gewesen, denn sein Angebot sei ohnehin das gemessen an den Leistungen preiswerteste, auch ohne einen erfahrenen Sprengmittelingenieur.

»Aber«, bemerkte Richard, »er leugnet nur, weil er noch davon ausgeht, dass er den Zuschlag bekommt. Und solange Schorstel ihm den nicht gibt, kann man nicht einmal Vorermittlungen einleiten. Vermutlich wird Räffle seine Aussage noch einmal überdenken, wenn er erfährt, dass nichts wird aus dem Auftrag. Denn wenn ich die Zeichen aus dem Regierungslager richtig deute, dann ist man im Wirtschaftsministerium – aufgeschreckt durch diesen unbekannten mutmaßlichen Journalisten im *Tauben Spitz* – davon abgerückt, die Erschließung und Bewirtschaftung des Truppenübungsplatzes Schorstels Natra und deren Untergesellschaften zu überlassen. Es könnte doch zu sehr nach Vetterleswirtschaft aussehen. Zudem hat, wie ich höre, ein US-amerikanischer Unterhaltungskonzern sein Interesse bekundet, das Gelände zu erwerben und einen Jurassic-Erlebnis-Park zu errichten, mit echten Fossilien, Sauriermodellen, künstlichen Höhlen, eiszeitlichen Lagerfeuern und so weiter.«

Ich jaulte auf.

»Allerdings mit der Auflage, den weitaus größeren Rest des Geländes bis zur Uracher Spinne hin als Biosphärengebiet zu bewirtschaften. Rad- und Wanderwege, Vogelbeobachtungsstationen, naturkundliche Führungen und so weiter.«

»Und was wird aus Schorstels Natra?«

»Schorstels Vertrag läuft erst in drei Jahren aus. So lange bekommt er natürlich sein Gehalt weiter.«

»Eins Komma vier Millionen im Jahr fürs Nichtstun?«

Richard lächelte. »Nichts tun wird er sicherlich nicht. Die Amerikaner können seine Sachkenntnis vielleicht auch ganz gut brauchen. Was er sich dann natürlich wieder extra bezahlen lassen kann.«

Ich lachte.

Und so versackte der Fall, der gar nicht harmlos begonnen hatte, in den alltäglichen Verrücktheiten der Politik. In Litauen wurde im Rahmen einer Kampagne gegen Korruption ein Mann verhaftet, der für diverse mafiöse Unternehmen als bezahlter Killer tätig gewesen war und den man unter anderem des Mordes an Achim Haugk anklagte, was vor allem Winnies Witwe zum Trost gereichen mochte, wenngleich im Prozess dieser Anklagepunkt aus Mangel an Beweisen wieder fallen gelassen wurde, denn seine Einsätze in Russland, Tschechien, Polen und Bayern reichten für lebenslänglich.

Einen schwunghaften Handel mit AT2-Minen hat es wohl auch nicht gegeben. Jedenfalls ließ sich anhand von Frachtpapieren nichts anderes belegen, als dass militärischer Schrott aus Münsingen in Hamburg verladen und zu den riesigen Recyclingmärkten in Afrika verschifft worden war. Letztlich ließ sich nur der Verbleib von hundertzwanzig Landminen nicht mehr nachvollziehen. Zehn waren in Winnies Auto explodiert. Die beiden Somalier, an die er die anderen verkauft haben mochte, waren schon vor einem Jahr ausgewiesen worden. Warum Winnie sich zu einem derartig riskanten und im Grunde nicht sonderlich einträglichen Geschäft hatte verleiten lassen, entzog sich unserer Vorstellungskraft. Richards Erscheinen in seiner Spedition hatte ihn vermutlich dazu bewogen, die restlichen unverkäuflichen Sprengkörper beiseite zu schaffen. Nach Richards Ansicht hatte er den Transporter auf der Straße nach Meidelstetten in die Luft sprengen wollen. Deshalb hatte er ihn vorher als gestohlen gemeldet. Leider hatte er dabei offensichtlich einen Fehler gemacht.

44

Ich machte meine Lohnsteuererklärung. Der Brief vom Finanzamt, den Oma Scheible mir geöffnet auf die Tasten meines Computers gelegt hatte, enthielt ein Mahnung, meine Umsatzsteuer zu zahlen. Dafür gab es aber keinen Grund, denn weder hatte ich eine Umsatzsteuererklärung gemacht, noch hatte ich eine zu machen. Der Finanzbeamte, bei dem ich anrief, um das Missverständnis zu klären, hieß auch Abele. Warum ich mich nicht schon vor zwei Wochen gemeldet hätte? Die Umsatzsteuer wurde mir erlassen, aber die Mahngebühr, die müsse ich jetzt zahlen. Himmel!

Ende Juli rief Bodo Schreckle an, um mir mitzuteilen, dass es am Samstag so weit sei. Hark Fauth werde seinen Archäopteryx zu einem ersten Testflug starten lassen. »Wenn Sie dabei sein wollen, müssten Sie allerdings früh aufstehen.«

Die Sonne spickte über die Albkante am Drackensteiner Hang und verhieß einen weiteren heißen Tag, als ich Brontë bei Kirchheim unter Teck von der Autobahn lenkte. Der Kegelberg mit der Burg Teck reckte seine dunkle Silhouette in den Morgenhimmel.

Selbst Cipión war es noch zu früh. Er schlief auf den Knien von Richard, der ungebührlich missmutig dreinblickte. Gestern Abend noch hatte er sich rundheraus geweigert mitzufahren. »Hark Fauth, das ist deine Baustelle, Lisa«, hatte er bemerkt.

Ein rosiger Hauch lag über der Hahnweide, dem Segelflugplatz von Kirchheim unter Teck zwischen Albtrauf und Autobahn. Von hier aus starteten die Segelflieger und umrundeten bei guter Thermik wie die Schmeißfliegen die Burg Teck. Jetzt am frühen Morgen war alles still und ruhig.

Bodo und Hark hatten den aus Aramid gegossenen Archäopteryx mit seinen vier Metern Spannweite bereits vom Gepäckträger des Cherokee gehoben und auf die Wiese hinübergetragen. Hark kniete unter dem keck in die Höhe gereckten Kopf mit dem eigenartigen Fortsatz am Hinterkopf und dem Schnabel voller Zähne und brachte ein Griffstück am Rumpf an.

Gerrit trat aufgeregt von einem Fuß auf den anderen, den schwarzen Kasten der Fernsteuerung in den Händen. Laura stand bei ihm und hätte zu gern auch einmal den Kasten wenigstens gehalten. Aber wie es aussah, blieb Gerrit hart.

Etwas abseits standen Janette und Hildegard Obermann und winkten uns zu. Janette hatte ihre Fototasche über der Schulter hängen, Hildegard steckte in Wanderstiefeln und Rock. Im Gegenlicht sah sie aus wie aus einem der alten Wanderparkplatzschilder entsprungen.

Da Cipión sich andernfalls an seiner Leine stranguliert hätte, ließ ich ihn frei. Er rannte los, was die Stummelbeine hergaben. Das verschaffte uns die Aufmerksamkeit der vier am Flugdrachen.

»He, ihr auch?«, rief uns Hark lächelnd zu. »Woher wisst ihr das denn? Ihr wollt euch wohl unbedingt alle an meiner Niederlage ergötzen. Ich habe doch keine Ahnung, ob das Biest auch wirklich fliegt.«

»Wetten, dass doch!«, knurrte Richard.

Die Strahlen der steigenden Sonne pickten sich in der schattigen Wand des Albtraufs die ersten Bergnasen und Muschelkalkfelsen heraus. Hark nahm den Drachen mithilfe des Griffstücks am Rumpf auf seine Hand. Das fünf Kilo schwere Modell in halber Lebensgröße über den Kopf gehoben, marschierte er damit auf die Hahnweide, gefolgt von Gerrit mit der Fernsteuerung.

Auch Bodo ging mit Hut, aber ohne Stock und Rucksack im Wanderschritt hinterher. Die Art, wie Hildegard ihm mit dem Blick folgte, ließ darauf schließen, dass er ihr gerade so ganz gut gefiel.

»Du bleibst hier, Laura«, sagte Janette. Die Art, wie sie ihre Tochter gängelte, verriet, dass sie mit Hark nicht ganz so weit gediehen war. Mich schaute sie auch nur schräg an.

Hark drehte sich und den Urzeitvogel in den kaum spürbaren Wind. Dann fehlte doch noch etwas, und er senkte den Vogel wieder. Gerrit legte die Funksteuerung im Rasen ab und kam herbeigelaufen. Cipión mit fliegenden Ohren hinterher. Gerrit rannte an uns vorbei zum Wagen seines Vaters, dessen Heckklappe offen stand, zog seinen Rucksack hervor und begann wild zu kramen. Dann hatte er sein altes Schweizer Messer mit Schraubenzieher gefunden und rannte wieder zurück, hinaus auf die Hahnweide. Cipión kam ebenfalls mit einer Beute, die ihm links und rechts aus dem Maul hing. Er schüttelte sie so leidenschaftlich, dass er sich verhedderte und auf die Schnauze purzelte. Eine gute Gelegenheit für mich, ihn einzufangen, ehe er erneut das freie Feld gewann, um den Männern mit ihrem kostbaren Ultraleichtplastikmodell vor die Füße zu wuseln. Cipión fand das lustig, knurrte, wich mir aus und schlug Haken, doch fiel er dabei Richard in die Hände, den er in den Wochen, die ich den Hund jetzt zu erziehen versuchte, mehr respektieren gelernt hatte als mich.

»Aus!«, sagte Richard sanft, aber gebieterisch und fasste nach dem fasrigen Zeug in Cipións Maul. Nur ungern löste der Kleine die Kiefer und gab es her, während ich ihn schnell anleinte.

Richard richtete sich auf. Er war auf einmal totenblass.

In seiner Hand krümmte sich ein Seil, das etwa armlange Stück eines Kletterseils, zum Achterknoten mit Schlaufe geknüpft. Von beiden Enden, die unten aus dem Knoten herauskamen, war das eine verschweißt und das andere glatt durchgeschnitten, bis auf das letzte Kardeel. Es war gerissen und faserte. Und das Seil war schwarz.

Mir flimmerte es vor den Augen. Mit einem Schlag fügte sich zusammen, was ich als disparaten Kinderkram missachtet hatte. Lauras allererste Frage, als Janette und ich nach Julians Bergung von der Mondscheinhöhle kamen, ob die Leiche schon verfault gewesen sei. Gerrits Fragen, als wir zum Lippertshorn aufbrachen, um mit der Kamera in den Spalten zu suchen, was denn mit der Leiche geschehe und ob sich beweisen lasse, wer den Toten ermordet hatte. Das ausgiebige Spiel von Laura, Julian, Volker und Gerrit unterm Nussbaum auf der Wiese, bei dem sie sich auf alle erdenkliche Weise ermordet und auf unaussprechliche Art ihr Leben ausgehaucht hatten. Richards leichthin gemachte Erklärung, es sei ihre Art, die Geschehnisse zu verarbeiten, bei der ich nur daran gedacht hatte, dass die Kinder spielten, was wir Erwachsene miteinander berieten, wenn wir meinten, sie kriegten es nicht mit.

»Gerrit war es«, entfuhr es mir, aber so wisprig, dass es selbst Richard nicht verstanden hätte, hätte er nicht denselben Gedanken gehabt. »Er hat das Seil durchgeschnitten, an dem Achim Haugk in der Höhle hing.«

Dann hatte er Karabiner und Seilrest vom Sicherungsbolzen am Höhlenmund entfernt und in den Rucksack gesteckt, aufgehoben und vergessen. Wobei der Achterknoten ihn mehr interessiert haben mochte als der Karabiner. So musste es gewesen sein.

»Weiß er, was er getan hat?«, flüsterte ich. »Wird er sich später erinnern und es begreifen? Mit aller Wucht! Oder wird es sich in den düsteren Schichten seines Unterbewusstseins als vage Angst festsetzen?«

»Ich kann es dir nicht sagen, Lisa«, antwortete Richard tonlos.

Es wäre nicht das erste Mal gewesen, dass Gerrit mit dem Schweizer Messer, das er zum sechsten Geburtstag bekommen hatte, ein Seil ansäbelte, bis aufs letzte Kardeel. Eine für einen Sechsjährigen beachtliche feinmotorische Leistung. Auch das blaue Kletterseil hatte er fast durchtrennt. Wahrscheinlich hatte Gerrit gewusst, dass seine Mutter beim Klettern mit dem Vater immer das blaue Seil nahm. Blau, die Lieblingsfarbe seiner Mutter, die ihn nicht mehr haben wollte, wie er sehr wohl gespürt hatte mit dem feinen Sinn der Kinder für alles, was aus den Fugen geriet.

Den Achim hatte Gerrit auch gekannt. Wohl nicht als Liebhaber seiner Mutter, aber als Bedrohung für seine Welt. Er hatte Achims Namen genannt, obgleich Richard und ich ihn nicht ausgesprochen hatten, als wir über seinem schaurigen Poesiealbum saßen, das, ehe Graf Huckebein sein segensreiches Werk tat und den Brief stahl, für Gerrit den Beweis enthalten hatte, dass seine Mutter mit Achim ausgemacht hatte, ihn an einen Ölscheich zu verkaufen.

Und als schon lange alles wieder gut war und einigermaßen im Lot, da war Achim erneut aufgetaucht. So große Mühe sich Hark gegeben haben mochte, vor Gerrit zu verbergen, was der Frechling forderte, nämlich seinen Sohn, hatte Gerrit es mitbekommen, wie Kinder alles mitbekommen, was ihre Welt bedroht. Womöglich war Achim so forsch gewesen, sich dem Jungen selbst als künftigen Vater vorzustellen.

Was hatte Abele erzählt? Achim Haugk habe in der Gegend zu tun gehabt an jenem Freitag, als er für immer in der Höhle verschwand. Das Rabenhaus lag in dieser Gegend. Was auch immer Achim von Hark gewollt hatte, wahrscheinlich war, dass Hark ihn ausgelacht und rausgeworfen hatte. »Das hat doch alles keinen Wert, du Simpel! Gerrit ist mein Sohn. Ich hab's schriftlich!«

Und draußen war Achim dann auf Gerrit gestoßen und hatte ihm erzählt, wie Onkels das so tun, dass er auf dem Weg zur Mondscheinhöhle sei. »Na, hast du nicht Lust mitzukommen? Ich zeige dir auch, wie das alles geht. Hark kann es ja nicht mehr. Der hat Schiss!«

Und Gerrit war umgedreht und ins Haus gelaufen, beschämt, verwirrt und zornig. Und dann hatte er seinen Rucksack genommen und sein Fahrrad bestiegen und war, ohne dass der Vater es mitkriegen durfte, zum Lippertshorn gefahren und hatte sich ins Gebüsch gelegt und zugeschaut, wie dieser Mann, der ihm den Vater wegnehmen wollte, im Höhlenmund verschwand. Er hatte sich herangerobbt und das Seil durchgeschnitten. Viele Seile hatte er schon auf diese Weise angeschnitten, immer bis aufs letzte Kardeel, damit sie nicht gleich auseinander fielen und alle sahen, was er angerichtet hatte. Es war wie eine Übung. Er schnitt nur ein Seil durch, und das nicht einmal ganz. Dass es schließlich riss, das war nicht mehr seine Sache. Aber Achim kam nie mehr wieder.

So oder so ähnlich konnte es gewesen sein. Dann hatte Gerrit in der lähmenden Langeweile eines Pfingstmontags auf der Alb, an dem Julians Mutter sich betrank, sich Florian am Computer betäubte, Heinz Rehle Dienst schob und Janette Bereitschaft hatte und sich mit mir traf, seinen Freunden erzählt, dass in der Mondscheinhöhle einer liegen müsse, ein Toter. Sie hatten sich gefragt, wie er wohl aussehe. Halb verfault, ganz verfault, bloß noch Knochen. Kurzerhand hatten sie den Entschluss gefasst nachzuschauen. Volker, Laura und Julian unbefangener als Gerrit.

»He!«, rief Janette und riss die Kamera hoch. »Jetzt hätten wir den Abflug fast noch verpasst.«

In der Tat, Hark stand mit erhobenem Arm auf dem grünen Platz, drehte die Nase des Archäopteryx erneut in den Wind, warf den kleinen Elektromotor an, der im Hals untergebracht war, und blickte sich nach Gerrit um, der die Hand an der Fernsteuerung hatte.

Gerrit nickte.

Hark setzte sich in Bewegung, lief ein paar Meter und übergab den Flugsaurier den Lüften. Das Griffstück löste sich, wie es sollte, und der Drache nahm den Flug auf, als sei es das Selbstverständlichste von der Welt.

»Er fliegt!«, jubelte Gerrit.

In weiten Kreisen stieg der Archäopteryx empor, gewann Höhe vor der schattigen Kulisse der Alb, strich an der Sonne vorbei und eroberte den blauen Himmel über dem Bergkegel mit der Burg Teck.

Bodo Schreckle beschattete seine Augen mit der Hand und jubelte: »Dass ich das noch erleben darf! Die Rückkehr der Flugsaurier auf die Schwäbische Alb.« Hildegard Obermann lachte. Janette fotografierte.

»Komm, Lisa! Gehen wir«, sagte Richard leise. »Weißt du«, fügte er nach ein paar Schritten hinzu, »ich wollte es nicht wahrhaben, aber eigentlich wusste ich es schon länger.«

Ich zerrte Cipión quer hinter mir her. »Wieso?«

»Das Handy, Lisa.«

»Wie gut, dass wir uns immer die Wahrheit sagen, ganz offen und ehrlich!«

»Stimmt. Nachdem ich dir gegenüber behauptet hatte, ich hätte es auf dem Truppenübungsplatz verloren, musste ich dabei bleiben.«

»Und wo hast du es tatsächlich verloren?«

»Gar nicht. Ich habe es Gerrit gegeben.«

»Was?«

»Es war an dem Freitag, als ich in Steinhilben vor dem Schul- und Rathaus auf Hildegard wartete und vorhatte, sie kalt damit zu überraschen, dass ich für ein paar Tage ihr Gästebett belegen würde. Ein paar Buben waren dabei, ein Handy zu Schrott zu kicken. Sie lachten dabei einen schmalen, dunkeläugigen Jungen aus, der beschämt herumstand.«

Ich blieb stehen. »Richard!«

Er lächelte schief. »Ja, ich weiß auch nicht, was in mich gefahren ist. Der Junge tat mir halt Leid. Wobei ich wohl vor allem mir selbst Leid tat. Ich war vor meiner Unfähigkeit davongelaufen, mit dir zu reden, war voller Ungewissheit, ob Hildegard mich aufnehmen würde, und ratlos, wohin ich mich sonst wenden sollte. Ich fühlte mich verstoßen und einsam. Ich sah in dem unglücklichen Buben mich selbst und wollte wenigstens ihm was Gutes tun.«

Deshalb also hatte Gerrit nicht gefremdelt, als ich mit Richard ins Rabenhaus kam. Sie waren gewissermaßen alte Bekannte gewesen.

»Aber warum hast du mir das nicht einfach erzählt?«, fragte ich sanft.

»Es war mir peinlich, Lisa. Ich fühlte mich nicht in der Verfassung, mich von dir auslachen zu lassen.«

»Aber ich hätte dich doch nicht …« Ich musste lachen. »Doch, allerdings. Du überlässt einem fremden Jungen dein Handy samt Vertrag! Und dann taucht es bei einer Leiche wieder auf. So was kann auch nur dir passieren!«

»Ich habe es ihm nur geliehen«, stellte Richard richtig. »Er musste seinen Vater anrufen, wegen irgendeiner Nachmittagsunternehmung, die er vergessen hatte ihm mitzuteilen. Es war ihm ganz arg, dass sein Vater erfahren könnte, dass seine Klassenkameraden ihm die Sachen kaputtmachen. Da habe ich gesagt, er soll meines nehmen, bis er ein neues hat. Ich habe ihm sogar angeboten, mit ihm ein neues Kartenhandy zu kaufen.«

Ich lachte. »Oh, Richard!«

»Aber das wollte er nicht. Er meinte, eine Woche würde er es noch brauchen, solange Schule sei. Und am Pfingstmontag sei er mit seinem Vater auf dem Pfingstmarkt in Laichingen, und da würde er es mir zurückgeben. Wir haben einen konspirativen Treffpunkt ausgemacht, bei einem Café in einem Hinterhof. Hildegard hat mir dann gesagt, wo Gerrit wohnt. Ich hätte mir also mein Handy jederzeit wiederbeschaffen können. Aber was sie mir sonst noch über Gerrit und Hark erzählte, zwei Außenseiter hier heroben, das hat mich mit meiner sentimentalen Aktion dann versöhnt.«

»Verdammt, Cipión, zieh doch nicht so!« Der Hund röchelte, so stemmte er sich auf seinen Stummeln mit Pfoten in die Leine. Richard verschaffte ihm Erleichterung, indem er sich und mich wieder in Marsch setzte.

»Leider«, fuhr er fort, »hat Gerrit mein Handy verloren. Er hat mir am Montag auf dem Pfingstmarkt eine ziemlich wilde Geschichte erzählt. Sie hätten die Hosen aneinander binden müssen, weil ein Kumpel in eine Höhle gefallen sei. Und er hätte vergessen gehabt, dass mein Handy in seiner Hosentasche steckte.«

»Aber wenn es immer unten in der Höhle lag und du wusstest, wieso, warum bist du dann überhaupt zu Winnie gegangen? Was sollte der dir erzählen?«

»Ich hatte gehofft, dass er mir ein bisschen was über Hark und Gerrit erzählt und über deren Beziehung zu Haugk. Aber ich war ihm wohl nicht geheuer. Er hat abgeblockt, und da habe ich mir aufzeichnen lassen, wo er das Handy gefunden hat. Und dann bin ich zu euch in den Kletterpark gefahren, in der vagen Vorstellung, die eigene Anschauung werde meinen Verdacht entkräften, dass einer von den beiden Haugk umgebracht hat.«

»Und Hildegard? Wusste sie, wo du dein Handy gelassen hattest?«

»Nein. Als sie herunterkam, waren die Kinder schon lange weg. Ich habe ihr nur erzählt, dass ein paar Buben Gerrits Handy kaputtgemacht haben.« Er fuhr sich über die Haare. Dann hob er seinen asymmetrischen Blick in meinen. »Gott, Lisa, hatte ich eine Angst, dass Gerrit den Mord an Achim Haugk zugibt, als wir uns sein schreckliches Poesiealbum anschauten. Er war dicht davor, als ich ihn mit meiner ganz anderen Interpretation des Briefs konfrontierte. Erinnerst du dich?«

Ich erinnerte mich nur an Richards plötzlich ernste Miene.

»Doch ich habe es dann wieder vergessen oder verdrängt, in meiner Angst um dich, als Janette beim Gedanken hysterisch wurde, dass du mit Hark im Todsburger Schacht stecken könntest.«

Ich nahm Cipión hoch, der im Bestreben, auf die Wiese zu kommen, erneut anfing sich im Halsband aufzuhängen. Untern Arm geklemmt, blickte er friedlich zwischen seinen Schlappohren in die Welt. Doch sobald er Boden unter seinen vier Pfoten spürte, machte ihn sein Jagdinstinkt kopflos und hektisch.

»Gehen wir«, sagte Richard noch einmal mit einem letzten Blick auf den Archäopteryx, der in den Himmel überm Albtrauf kreiste.